D1653913

Inspiriert von wahren Begebenheiten, sind doch alle
Charaktere und deren Lebenswege der Phantasie entsprungen.

Impressum
Text © Copyright by Ester Ette
www.ester-ette.de

Hrsg.: Kommunikationsbüro Kuckuck
Erdmannstraße 6, 10827 Berlin
Druck: epubli – ein Service der neopubli GmbH, Berlin
ISBN 978-3-7502-8266-7
Erste Auflage Berlin März 2020

Titelbild: Jule Kuckuck
Foto Umschlag Rückseite: Christian Irrgang
Layout und Satz: Gerhart Schneider
Hinweise zum Wickeln eines Sari: Ashara Kuckuck

DIE CREOLE

von ESTER ETTE

„Eine Lüge ist, ganz gleich, wie gut sie auch gemeint sein mag, immer schlechter als die bescheidenste Wahrheit."
Ernesto Rafael Guevara de la Serna, genannt Che Guevara

In dem Augenblick, in dem wir leiden, scheint der menschliche Schmerz unendlich zu sein. Doch weder ist der menschliche Schmerz unendlich, noch ist unser Schmerz mehr wert als eben ein Schmerz, den wir ertragen müssen."
Fernando Pessoa

Der Mensch ist ein Abgrund. Wenn man hinabschaut, schwindelt es einen.
Georg Büchner

Es gibt keine dummen Fragen, – nur dumme Antworten.
Frau Münch, Deutschlehrerin

Prolog OLGA

Ich liebe Indien, das Land meiner Geburt. Auch wenn ich hier immer eine Fremde sein werde.
Ich liebe Goa, meinen Mann Gopal und meinen Sohn Merlin.
Gopal möchte eines Tages zurück in das Land seiner Ahnen nach Nepal. Ich möchte nicht zurück in das Land meiner Ahnen – Deutschland – und auch nicht zurück in das Sehnsuchtsland meiner Mütter und Väter. Portugal. Nicht dorthin, wo es sie wie magisch immer wieder hinzog, wo die Dinge ihren Lauf nahmen und ich hineingeschleudert wurde in eine Welt voller Geheimnisse, Lügen und Intrigen, aber auch Unwägbarkeiten und Zufälle, wenn man an Zufälle glauben mag. An Kismet, an Bestimmung, Vorsehung oder höhere Gewalt. An göttliche Macht, – all das, worauf der Mensch keinen Einfluss zu haben scheint. Oder ist es Karma, wie es die Hindus und Buddhisten sehen, das Prinzip von Aktion und Reaktion. Diese ganze vertrackte Mischung – Schicksal eben, wie Ur-Großmutti Sara Barbosa es gesehen hätte, vielleicht auch Oma Lotti auf ihre Weise.

Wie auch immer, ich liebe diesen Ort, an dem ich unter Palmen geboren wurde, als behütetes, vaterloses

Mädchen am Strand von Candolim, da, wo mich José, Gopal und dieser Hippikautz Winni mit seiner Vorliebe für Pumpernickel und junge Männer vor den wilden Gottheiten beschützt haben. An jenem Ort, an dem José nicht glücklich werden konnte und an den meine Mutter geflüchtet war, um den Verletzungen ihrer großen Liebe und der ewigen Dominanz ihrer Schwester zu entgehen.

Nun freue ich mich auf den Besuch meiner kleinen Schwester Zoe, auch wenn er mich zurückwirft in die Tragödie meiner Teenager-Zeit und konfrontiert mit all den Verwirrungen meiner Familie.
Sieben mal ist seit dem der Monsun über das Land gezogen. Eine Ewigkeit manchmal, und doch erscheint es mir wie heute.

HEUTE_Verrückt

Wer am Anfang schon ans Ende denkt.

Wie es Martina, Marko und Susanne derzeit geht.

LIVROBRANCO März 2013

MARTINA

Zuerst ist es nur so ein diffuses Gefühl, eine leichte Verwirrtheit, Unstimmigkeit – als wenn die Wahrnehmung geringfügig verschoben oder auch nur verwackelt ist, ein Duplex entsteht. Du schiebst es zur Seite wie einen leichten Vorhang, und alles ist wieder scharf und klar.

Nur ganz hinten oder eher unten galoppiert einer deiner vielen Pulse zu schnell, liegt ein leichter Druck auf deinem inneren Auge, zwischen den Oberschenkeln zieht es ein wenig. Und dann ist es auch schon wieder vorbei.

Beim nächsten Mal dachte sie laut: „Komisch. Irgendetwas stimmt doch nicht. Habe ich einen Aussetzer? Ich hatte die Vase doch auf den Tisch gestellt, oder? Der Terrassenschirm am Pool war hochgestellt als wir gingen. Ich weiß es genau, weil ich noch dachte, ob er dem leichten Wind vom Meer standhält? Und wie schnell frischt der Wind auf."

Ebenso die Vase mit der leuchtend roten Geranie, die sich so grandios von der frisch gekalkten Hauswand abhob, auf die die Februar-Sonne derart knallte, dass man sich fast geblendet abwenden musste. Gerade diesen grellen Farbtupfer hatte Martina beim Fortgehen bewundert.

Von ihren Einkäufen zurückgekehrt, stand die Vase

auf dem Fenstersims und der Schirm war zugeklappt. Menschenleere. Das Haus stand fern ab des Weges, keine Nachbarn in einem Umkreis von 300 Metern.

Sie war irritiert.

„Marko? Hast du auf der Terrasse den Schirm zugemacht als wir gegangen sind?"

„Wie? Keine Ahnung. Mag sein, vielleicht. Ein Reflex. Wieso? Sollte ich nicht?"

„Nein, nein, schon gut." Selbst, wenn er den Schirm zugemacht hätte... was war mit der Vase? „Und hast du die Vase auf das Fenstersims gestellt?"

„Wie?", schallte es etwas ungeduldig aus dem Bad. „Die Vase? Was für eine Vase?"

„Hier vorne auf der Terrasse!"

„Nicht, dass ich wüsste. Warum auch. Ich verstelle niemals Vasen, das weißt du doch."

Dann sah sie, dass das Grillgitter, welches sie gewiss vor die Haustür zum Trocknen gestellt hatte, im Flur an der Wand lehnte. Soweit sie sich erinnerte, hatte sie es nicht dort deponiert.

„Marko, was ist mit dem Grillgitter, hast du es ins Haus geholt?" „Grillgitter? Sag mal, was willst du eigentlich von mir? Kontrollierst du mich, oder hab ich was falsch gemacht?"

Mein schöner Marko war genervt.

„Nein, nein. Mir ist nur so als wäre hier alles ein wenig

verschoben worden. Keine Ahnung. Ich wollte nur wissen, ob ich irgendwie nicht richtig ticke, oder was. Wenn du die Sachen nämlich verstellt hättest, wäre das die einfachste Erklärung, meine ich."

„Was denn", rief er aus dem Bad, „der Grill, die Vase, der Schirm. Ist was geklaut oder beschädigt?"

„Nein, nichts dergleichen. Es sind ja auch nur Zentimeter eigentlich. Schwamm drüber. Soll ich uns einen Tee machen?"

* * *

Am dritten Tag hatte Martina sich beruhigt. Die Dinge standen am richtigen Platz. Sie scannte ihre Positionen, merkte sich das Gesamtbild und verlor kein weiteres Wort darüber.

Am vierten Tag stand plötzlich ein gepflücktes Grasbüschel in einem ihrer Wassergläser auf dem Tisch der Hinterhaus-Terrasse, mit Wasser drin. Das Gartenregal war vom Abstellplatz um die Ecke vor den Außenkamin gewandert und die Polsterauflage des Liegestuhls stand sorgfältig drapiert an der Wand. Sie packte alles wieder dorthin, wo es hingehörte, setzte sich auf den Liegestuhl, schaute auf den

Pool und ihren Büro-Anbau, auf den sie recht stolz war, atmete zehnmal achtsam aus und ein – so wie sie es beim Pilates gelernt hatte – und behielt alles für sich. Ein Rest Unsicherheit blieb.

Die Veränderungen waren nicht massiver Natur, nur gerade so, dass sie es wahrnahm. Marko bemerkte nichts.

Als sie beide eines späten Nachmittags vom Strand aus Fuzeta kamen und der Tontopf mit der Nelke, die Marko tags zu vor noch wegen ihrer zarten Farben eine Erwähnung Wert war, was sie verwundert hatte, da er ansonsten selten etwas zu ihren Blumen sagte, als also dieser Tontopf nicht mehr auf der Blumenbank, sondern an der Grundstücksmauer stand, war für Martina klar, jemand schleicht um das Haus und verrückt die Dinge – geradeso als wolle er oder sie sagen: „Sieh her. Ich war wieder da!" Und nun?

Sie sagte zu Marko: „Da, der Tontopf... Siehst du? Ich spinne nicht. Er steht nicht mehr auf der Bank wie heute morgen. Er steht jetzt an der Mauer."

„Ach, Liebes", sagte er leicht von oben herab: „lass es gut sein. Wahrscheinlich hast du ihn selbst aus der Sonne in den Schatten gestellt. Da steht er ja auch viel besser. Du machst mich nervös mit deinen Bemerkungen. Hast du zu viel getrunken? Was ist los mit dir?"

Sie wurde ärgerlich. Wieso mit ihr? Warum bemerkte er die Veränderungen nicht? Warum unterstellte er ihr, dass sie nicht mehr wusste, was sie getan oder gelassen hatte?

Am folgenden Tag fotografierte sie mit dem Smartphone sowohl die vordere als auch die hintere Terrasse und den Bereich rund um den Pool, in dem um die Jahreszeit noch kein Wasser stand, um einen Vergleich zu haben, falls sie wieder eine Veränderung bemerken sollte.
Martina hatte die ganze Nacht kaum ein Auge zugetan, jedes Geräusch hielt sie wach, ihr Puls raste. Sie trank ein, zwei Brandy zur Beruhigung. Wer schlich ums Haus und beobachtete sie und aus welchem Grund? Warum glaubte Marko ihr nicht und unterstellte ihr, dass sie nicht ganz bei Sinnen war? Hatte er vielleicht recht? Vergaß sie im Laufe des Tages, was sie morgens hin und her geschoben hatte? Die verschobenen Dinge machten ja Sinn: heruntergelassene Sonnenschirme, sichergestellte Blumenvasen, dekorierte Tische, verstauter Grillrost, in den Schatten gestellte Nelken. Das musste niemanden beunruhigen. Das alles trug sogar ihre Handschrift – da sie immer für Ordnung sorgte – es ihnen schön machen wollte – alles in Sicherheit brachte.

Ihr Mann sagte oft, sie solle doch mal alle Fünfe gerade sein lassen, entspannen, umso mehr, wenn sie sich ein paar freie Tage gönnten. Das geschah selten genug, wenn er nicht auf Messen und Tagungen unterwegs war zu seinen Kunden oder um Ankäufe zu tätigen in London, Lissabon oder Berlin. Martina graute vor nächster Woche, wenn er sie

wieder alleine lassen würde, hier auf dem portugiesischen Land – allein mit einem Geist, der die Dinge verschob.
„Langsam mache ich mir Sorgen", sagte Marko, kniff die Brauen über seinen wasserblauen Augen zusammen und bewegte seine Sorgenfalten auf der Stirn. Sie hatte ihn gerade betont locker und beiläufig gefragt, ob er ihre Gartenschere gesehen habe. Sie war sich ganz sicher, sie hatte sie auf die verschobene Gartenbank am Außenkamin abgelegt. Dort lag sie nun nicht mehr. Sie konnte sie nicht finden. Alles, was anders lag als sie es erinnerte oder einen neuen Platz eingenommen hatte, versetzte sie inzwischen in leichte Panik.
„Die Gartenschere", sagte Marko in einem Ton, mit dem man gewöhnlich zu kleinen Kindern oder Demenzkranken spricht, „habe ich gestern Abend von der Gartenbank genommen als es anfing zu regnen und in den Geräteschuppen gelegt – dort wo sie hingehört. Was ist dabei?"
„Nichts. Nichts", erwiderte sie hastig. „Ich meine ja nur."
„Glaubst du noch immer, hier streunt jemand umher und verschiebt deine Sachen?", fragte er und verzog sein Gesicht zu einem schrägen Grinsen. „Ist das der Grund, warum du wie ein aufgescheuchtes Huhn hin und her rennst, andauernd Fotos machst, bevor du das Haus verlässt, alles ordnest und sortierst, nachts unruhig schläfst und mit dunklen Schatten unter den Augen herumläufst?"
Immerhin – er hatte es bemerkt. „Ich denke mir das ja

nicht aus", versuchte sie ihr Verhalten zu erklären. Es klang ihr selbst jämmerlich.

„Haben denn deine Fotobeweise etwas ergeben?", fragte er durchaus interessiert.

Martina mochte darauf nicht antworten, wollte sich nicht verteidigen. Sie hatten nichts ergeben. Sie konnte ja nicht vor jedem Einkauf, nach jedem Pilates-Kurs oder Besuch bei Freunden alle Ecken und Winkel durch fotografieren. Ihr Eindruck war ohnehin, dass sich merkwürdigerweise immer jene Dinge verschoben, die sie vorher nicht dokumentiert hatte.

Auf der Eingangsmauer waren die am Strand gesammelten Steine und Muscheln in neuer Reihenfolge, nun nach Größe sortiert, zusammengestellt. Unter dem Johannisbrotbaum am Carport links von der ehemaligen Scheune war das alte Surfbrett von Marko umgedreht worden. Das seit langem lockere Schild mit ihrer Hausnummer stand auf dem Kopf – von 66 auf 99. Der Blechnapf mit dem Futter für die Katze war umgedreht, der Wasserschlauch, den sie abends eingerollt hatte, lag ausgebreitet über dem Gartenweg. Ihr T-Shirt war von der Wäscheleine genommen und fein säuberlich zusammengefaltet auf die Grundstücksmauer gelegt worden. Tausend Nettigkeiten immer dort, wo sie gerade nicht fotografiert hatte.

Das alles schien kein Zufall zu sein und zeigte ihr, dass sie ständig beobachtet wurden. Konnte sie sich Marko anver-

trauen? Wohl kaum. Er nahm sie nicht ernst. Er würde ihr nicht glauben und sich nur lustig machen. Sie hatte das Gefühl, dass sie ihm nicht sagen konnte, wie es um sie stand. Ja, sie gewann die Überzeugung, er hielt sie langsam für verrückt oder betrunken oder beides. Und irgendwo konnte sie es ihm nicht einmal verdenken.
„Nun sag schon. Hat das Fotografieren was gebracht?"
„Ja", sagte sie mutig.
„Ach ja? Und was genau?"
Wollte er es wirklich wissen? Oder wollte er nur eine Bestätigung ihrer Dämlichkeit? Martina atmete tief ein und blähte ihren Brustkorb auf.
„Da sich immer dort etwas verändert hat, wo ich nicht fotografiert habe, ziehe ich den Schluss, dass uns jemand durchgängig beobachtet und gerade die Stelle verändert, die nicht dokumentiert ist."
Er schob sein markantes Kinn schräg nach vorn und guckte sie ungläubig an: „Du willst mir sagen, auf den Fotos sind keine Veränderungen sichtbar und das sei der Beweis dafür, das etwas verändert wurde?"
„Richtig", antwortete sie, alles Selbstbewusstsein zusammenkratzend, das ihr noch zur Verfügung stand. Er wollte sie nicht verstehen, obwohl sie zugeben musste, dass die Schlussfolgerung selbst in ihren Ohren etwas absurd klang.
„Weißt du was?", sagte er genervt – Tendenz ärgerlich. „Ich hatte dir etwas mehr Logik zugetraut. Ich packe jetzt

meine Sachen für morgen, schmiere mir ein Brötchen mit Käse, trinke ein Glas Bier und lege mich ins Bett. Ich muss morgen früh los. Der Flieger geht um kurz nach acht."
„Soll ich dich nach Faro bringen?" fragte sie vorsichtig. Das tat sie eigentlich immer um die Zeit. Sie tranken dann noch ein Glas Galāo in der Flughafenhalle, und sie verabschiedete ihn in die große weite Kunst-Welt.
„Ich nehme ein Taxi", sagte er kurz angebunden. „Du kannst ja sicher nicht weg, weil sonst wieder was verrückt ist, wenn du zurückkommst."
„Du bist gemein", die Tränen standen ihr in den Augen und sie ärgerte sich über sich selbst. „Warum sagst du so etwas? Ich bin etwas verunsichert. Mir graut gerade davor, allein im Haus zu sein. Wie lange bist du denn unterwegs?"
Er stöhnte laut und schaute seine Frau unverwandt an. „Mindestens eine Woche, du weißt doch, wie lange die Messe in London immer dauert und dass ich rundherum viel zu tun hab. Das Halbjahresgeschäft. Ich lasse dich in diesem Zustand auch ungern allein. Frag doch deine Schwester, ob sie dir für ein paar Tage Gesellschaft leistet. Na ja, vielleicht besser nicht..." Der Vorschlag war ihm wohl nur so herausgerutscht. Er wusste ja am besten, wie schwierig das Verhältnis der beiden Schwestern war.
„Es würde mir schon helfen, wenn du mir einfach glauben würdest und etwas aufmerksamer wärst. Dieser jenige will uns ja offenbar nichts Böses, sonst hätte er oder sie sich

wohl anders oder gar nicht bemerkbar gemacht. Oder?"
„Martina, hör endlich auf damit. Hier ist niemand. Du steigerst dich da in etwas hinein. Vielleicht solltest du mal zu einem Arzt oder Psychologen gehen. Beruhigungstabletten, Entspannungstees oder ein, zwei Brandys weniger oder so was. Ich hoffe, es ist nichts Ernstes. Du bist ja kaum wiederzuerkennen. Seit Tagen können wir kein normales Wort mehr miteinander reden. Du schleichst durch die Gegend, als leidest du unter Verfolgungswahn. Und jetzt willst du nicht alleine sein. Was sollen wir denn machen? Ich kann doch nicht meinen Job aufgeben", er lachte hysterisch und lief rot an. „Weißt du was, ich bitte Hannes mal wieder, nach dir zu sehen. Er passt rund um das Haus auf. Und nächstes Wochenende bin ich wieder da, dann sehen wir weiter. Und selbst wenn hier jemand herum läuft und Sachen verschiebt, so ist es ein harmloser Depp mit einem Tick. Oder Oma Soares, du weißt, sie schleicht hier manchmal übers Gelände und sucht ihr altes Haus. Ich muss jetzt wirklich was essen und dann ins Bett."

Einerseits tat ihm Martina leid, andererseits lag er in Gedanken schon im Londoner Rubens.

* * *

SUSANNE

Susannes 37. Geburtstag begann gänzlich unspektakulär, um nicht zu sagen: traurig. Saudade. Sie erwartete zum Kaffeetrinken ein paar Gäste in Bias do Sul. Sie vermisste ihren Mann. Den gemeinsamen Tee am Morgen, das flüchtige Gespräch über Manuels Schulleistungen, den Kuss beim Zubettgehen.
Vier quälende Monate waren schon vergangen. Er hatte einfach dagelegen, am Fuße der Treppe. Ende. So schnell sprangen alle Zeiger auf Null. José – langgestreckt vor ihr in seinem Blut, mitten in der Küche auf den kalten Kacheln, das Gesicht aufgeschlagen, gefällt wie ein Baum.
Nie würde sie diesen Anblick vergessen. Er verfolgte sie in ihren Träumen und noch jedes Mal, wenn sie vom Esszimmer in die Küche trat, sah sie ihn dort liegen, roch sie das gerinnende Blut. Am Ende bestand ein Leben aus einem Haufen blutenden Fleisches. Plötzlich war da nichts mehr. Kein Atem, keine Bewegung. Kein Licht in den Augen. Keine Wärme.
Sie hatte sich ein Ende anders vorgestellt. Sprach man nicht immer auch von Erlösung? Die Bilder verschwanden einfach nicht aus ihrem Kopf. Auch heute nicht, heute erst recht nicht.
Aber so sehr sie der Anblick des leblosen Körpers von José auch verfolgte, so ungenau erinnerte sie sich an die

Sekunden davor. Sie hatten sich kurz zuvor gestritten, soweit sie sich erinnerte. Wo war Manuel?
Seither vergrub sie sich schweigend in diffuse Schuldgefühle.
Ihr Jüngster gratulierte ihr im Vorbeigehen mit unbewegter Miene. Seit dem Tod seines Vaters hatte er es jeden Morgen sehr eilig, in die Schule zu kommen. Manuel verschwand aus ihrem Blickfeld mit den Worten, er habe heute Nachmittag ein wichtiges Fußballspiel in Olhão. Maura würde ihn nach der Schule mitnehmen und danach auch wieder zurückbringen. Das mit dem Kaffeetrinken heute Nachmittag würde also etwas später.
„Fangt ruhig schon mal ohne uns an!"
Draußen hupte Maura. Ihre portugiesische Nachbarin in Bias do Sul winkte heftig, was wohl ein schneller Geburtstagsgruß sein sollte. Auch Maura und ihr Sohn Carlos waren zum Kaffeetrinken eingeladen und würden dann vermutlich alle etwas später kommen. Maura war diese Woche an der Reihe, die beiden Jungen in die Schule nach Moncarapacho zu bringen. Sie teilten sich den Transfer der Kinder. Was für ein Glück, dass Manuel und Carlos Freunde waren und auch gemeinsam in der Fußballmannschaft spielten. Eigentlich war es sogar so, dass Manuel seit dem Tod seines Vater mehr bei Carlos und seiner Familie lebte als bei ihr. Sie schickte ihm fortwährend online-Botschaften, versuchte ihn anzurufen. Er antwortete selten.

Zwischen ihnen herrschte trauriges Schweigen. Susanne fehlte die Kraft der Worte und der Mut, Manuel in die Arme zu nehmen. Das hatte noch nie funktioniert. Manuel hatte sehr an seinem Paizinho gehangen. Sie spürte seine Ablehnung körperlich, sein verzweifeltes Leiden. Und sie versteinerte bei seinem Anblick, weil sie die Ähnlichkeit zu seinem Vater nicht ertrug und die Gewissheit, dass er ihr vollends entglitten war.

Sie hielt ihn nicht und war über die enge Verbindung zu Carlos Familie sogar erleichtert. Sie war schon lange keine gute Mutter mehr für ihre Kinder – und dass nicht erst seit dem plötzlichen Tod ihres Mannes. Keine gute Mutter... was ist eigentlich eine gute Mutter? Sie blieb an ihren Gedanken hängen wie die Fliegen am Honigklebeband des Lampenschirms. Wer legt den Maßstab an? Würde Gott sie strafen, weil sie die Kraft verlassen hatte, sich angemessen um ihre Familie zu kümmern? Hatte sie sich jemals um ihre Familie gut genug gekümmert?

Auch ihre Tochter ließ nach dem Tod ihres Vaters kaum noch etwas von sich hören. Olga war fast volljährig und ging längst ihre eigenen Wege.

Wie stolz Olga darauf gewesen war, dass sie in Alter do Chão das Reitinternat besuchen durfte. Sicher – auch Olga war tief getroffen von Josés Tod. Sie hatte aber nicht diese abgöttische Bindung zu ihrem Ziehvater wie Manuel. Sie war am Strand von Goa aufgewachsen, frei und unge-

zwungen. Susanne hatte immer dieses unbestimmte Gefühl gehabt, dass ihre Älteste niemandem gehörte außer sich selbst, dass sie einem Vögelchen glich, das schnell sein Nest verlassen hatte und neugierig von Ast zu Ast flog. War sie vielleicht nun ganz davon geflogen?
Siedend heiß fiel Susanne ein, dass sie die Rechnung für den Unterhalt ihrer Tochter und den Stall von Joelle immer noch nicht bezahlt hatte. Die Schule selbst war zwar kostenlos, aber mitsamt der Reitlehrerin musste sie gute 1.000 Euro im Monat für Olga aufbringen. Ihre Konten waren leer. Die Unklarheit, ob José ihr genügend Geld hinterlassen hatte, versetzte sie regelmäßig in Panik.

Olga war, wie es ihr schien, glücklich an der Schule, hatte eine Freundin gefunden, wohl auch einen Freund und konnte ihren Pferde-Traum leben. José hatte ihr vor Jahren Joelle geschenkt, weil sie so traurig war, Goa verlassen zu müssen. Schon damals folgte Olga ihrem untrüglichen Instinkt, das für sie Richtige zu tun. Sie war unbestechlich und kompromisslos in dem, was sie wollte. Susanne fragte sich oft, von wem sie diese Eindeutigkeit hatte. Vage erinnerte sie sich an eine Zeit, in der sie sich in völliger Gewissheit, das Richtige zu tun, aufgemacht hatte in eine andere Welt. Die Vorstellung, an diese Klarheit und Kraft wieder anzuknüpfen, erschien ihr heute aussichtslos. Sie war etwas neidisch auf ihre Tochter.

Olga konnte zu Susannes Geburtstag nicht kommen. Vier bis fünf Busstunden, um die Schule zu unterbrechen und kurz der Mutter zu gratulieren, dazu die Fahrtkosten. Da hatte sie bei einem ihrer raren Telefonate gesagt:
„Schatz, bleib in Alter do Chão. Ich nehm's dir sicher nicht übel. Ich freu' mich, wenn du in den Sommerferien kommst." Dabei merkte sie, wie Olga herumdruckste und auf Nachfrage, was denn los sei, ankündigte, dass sie mit ein paar Freunden gerne in den Sommerferien nach Spanien wolle, Barcelona und so, und deswegen erst ganz zum Ende der Ferien nach Bias käme. Spanien – das wäre so toll. Und dann werde sie ja auch schon bald 18. Aber sie wolle das schon mal ankündigen.
Susanne überschlug in Gedanken die Monate, schluckte und sagte, es sei noch reichlich Zeit bis dahin. „Wir können ja nochmal drüber sprechen. Und deinen Geburtstag – den wollten wir ja zusammen groß feiern. Es ist immerhin dein 18.!"
„Ja, das können wir dann ja nochmal bequatschen. Lass uns skypen. Ich weiß noch nicht, ob mir nach dem Tod von Vati zum Feiern ist. Ich hab da sowieso noch eine dringende Frage an dich."
Susanne wollte gerade nachhaken, um was es denn genau ginge. Da fiel ihr Olga ins Wort.
„Ich muss jetzt aufhören. Die Voltigierstunde fängt gleich an. Und du weißt ja, wie mich das stresst, Handstand auf

dem Pferd und so weiter, dieser ganze akrobatische Blödsinn... Und Mutti – feier' recht schön. Kommen Tante Martina und Marko noch vorbei?"
„Marko ist meines Wissens in London. Martina vermutlich schon."
Die Frage nach Martina und Marko löste bei Susanne innere Verkrampfungen aus.

* * *

MARTINA

Martinas Tagesablauf war heute vorgegeben. Der Vormittag gehörte der Pilates-Gruppe, am Nachmittag würde sie zum Geburtstag von Susanne gehen – ein besonderes Ereignis, denn erst zum zweiten Mal, seit Susanne wieder an der Ostalgarve wohnte, war sie in ihr Haus nach Bias eingeladen.
Beim ersten Treffen hatten sie alle Abschied von Susannes Ehemann José nehmen müssen. Ein trauriger Anlass für ein erstes Wiedersehen nach all den Jahren, kaum geeignet miteinander zu sprechen, zumal Susanne kaum ein Wort über die Lippen brachte. Verständlich in der Situation. Sie war mit 36 Jahren Witwe geworden. Martina wünschte,

José wäre noch am Leben und sie wären ein glückliches Paar. Sie hatte José zwar nicht kennen gelernt, aber sie war sich sicher, dass die Zukunft für sie alle einfacher wäre, wenn José noch leben würde; denn um so besser es ihrer kleinen Schwester ginge, je weniger Ängste und Schuldgefühle hätte sie selbst haben müssen. Sie ärgerte sich über ihre egoistischen Gedankengänge, aber sie konnte sich nicht dagegen wehren. Da war sie mit sich selbst ehrlich genug.

Im Anschluss an den Pilates-Kurs in Luz de Tavira traf sie sich turnusmäßig mit ihren Freundinnen im Café Rainha in Pedras d'el Rei zum „Damenkränzchen", wie sie es selbstironisch nannten.

Martina rutschte gleich zu Anfang heraus, dass es ihr zunehmend mehr zu schaffen mache, dass Marko so selten zuhause sei und sie sich alleine in der großen Anlage nicht wirklich wohl und dazu noch beobachtet fühle.

Schon als es ihr über die Lippen gekommen war, bereute sie, ihre Emotionen in die Runde getragen zu haben. Sofort entspann sich eine heiße Debatte zum Thema Männer und Beziehungen. Ausgangspunkt waren leider sie und Marko.

„Ich versteh dich gut", Ingrid fiel sofort mit der Tür ins Haus „Du hast Angst, Marko könnte fremd gehen auf all seinen Geschäftsreisen. Ich meine, das ist schon merkwürdig, wie oft er weg ist. Und so wie er aussieht, kann er doch jede haben. Oder?"

„Besten Dank auch, Ingrid, dass du mich so aufmunterst. Ich sprach davon, dass ich mich allein in der großen Anlage unwohl fühle. Und nicht davon, dass ich Angst habe, dass Marko mich betrügt. Eigentlich habe ich etwas Unterstützung von dir erwartet." Jede wusste, das Ingrids Mann seine Frau wegen einer Stammkundin aus ihrer Gärtnerei verlassen hatte und mit selbiger nach Deutschland zurückgegangen und umgehend Vater eines kleinen Jungen geworden war. Niemand sprach darüber.

„Der meinige", fiel Heidi sofort ins Wort, "ist so hässlich, da muss ich mir gar keine Sorgen machen, dass er fremd geht. Der Preis ist halt, dass du Ewigkeiten mit einem zwar netten, aber unattraktiven Mann zusammen bist. Ich hab mich halt dran gewöhnt. Er ist ja auch ein Lieber. Aber willst du das, Martina?" Heidi war selbst auch keine Schönheit, aber so drastisch hatte sie sich bezüglich der Attraktivität ihres Gatten noch nie ausgedrückt. War da etwa was im Busche?

Ingrid, die mit ihrem gelben Lieferwagen von Markt zu Markt fuhr und ihre Pflanzen aus der eigenen Gärtnerei verkaufte, stöhnte. „Seid froh, dass ihr überhaupt einen habt. Ich stehe mit der Gärtnerei ganz alleine da und weiß nicht, wo mir der Kopf steht. Pilates ist das einzige Freizeit-Vergnügen, das ich mir gönne. Ansonsten nur Arbeit, Arbeit, Arbeit."

Da meldete sich Barbara zu Wort, mit 56 die älteste unter

ihnen und die für gewöhnlich Schweigsamste, hielt sie sich doch aus fast allen Beziehungsgesprächen heraus. Heute aber mischte sie sich unverhofft ein. „Ihr tut so, als gäbe es immer nur Mann-Frau Geschichten. Vielleicht hat Marko ja einen Freund in London."

Martina starrte Barbara entgeistert an. Melissa entwich ein Spontanes: „Das wüsste ich aber!", worauf Martina auch sie anstarrte. Melissa bemühte sich umgehend, ihre schnelle Zunge im Zaum zu halten. „Ja, wer glaubt denn bei Marko an so was. Das müsste Martina ja wohl schon gemerkt haben."

„Wieso", entgegnete Barbara trocken. „Es gibt ja auch Menschen, die bi sind. Und manchmal ist alles anders als man denkt."

„Si, das stimmt", warf Antonia dazwischen. Die Brasilianerin war in zweiter Ehe mit einem deutschen Physiker verheiratet. Zusammen hatten sie fünf Kinder, die in der ganzen Welt verstreut lebten und wiederum Kinder bekamen – in England, in Thailand, in Brasilien, in der Ukraine und in Deutschland. „Es ist meist anders als man denkt", wiederholte sie nachdenklich in ihrem portugiesisch gefärbten Deutsch. Sie war ständig damit beschäftigt, durch die Weltgeschichte zu düsen, um eines ihrer Enkelkinder aus dem Bauch der jeweiligen Mutter zu holen. Ihr Mann hatte das Bedürfnis nicht. Er schrieb unablässig an seinem Lebenswerk: „Der Klimawandel und die Selbstüberschätzung der Menschheit" und war derzeit bei Kapitel 2 angelangt, während Antonia auf Koh Samui gerade noch ihrer Schwiegertochter Melina bei der Entbindung ihres sechsten Enkelkindes geholfen hatte. Erlebnisse, die sie der lockeren Pilates-Runde nicht zumuten wollte.

Barbara blieb bei ihrer Einschätzung. „Ich sage ja nicht, dass er bi oder schwul ist. Ich sage ja nur, es könnte eine Option sein. Ich finde es interessant, dass ihr so etwas gar nicht in Erwägung zieht." Barbara war seit 14 Jahren mit John liiert. Sie hatte sich eine florierende Agentur für Ferienhaus-Vermietungen aufgebaut. John war ein Säufer und neigte im betrunkenen Zustand zu Gewalttätigkeiten, von denen er am anderen Tag angeblich nichts mehr wusste. Und sie zog ihn seit Jahren mit durch. Das verstand niemand.

Barbara kannte Marko am längsten – noch aus den Anfängen in Portugal, wo sie sich ständig auf einer der angesagten Kiffer-Partys der Residenzler begegnet waren. Sie hatten auch zwei-, dreimal miteinander geschlafen, wie das so üblich war, damals, Ende der 70er, Anfang der 80er Jahre. Lange her. Martina wusste davon nichts. Dazu schwieg Barbara beharrlich, zumal ihr das damalige Motto „Wer zweimal mit derselben pennt, gehört schon zum Establishment", heute eher peinlich war. Außerdem war ihr der Sponti-Spruch viel zu machomäßig; denn er bezog sich ja offenbar nur auf Männer, die mit Frauen schlafen

– und nicht etwa umgekehrt. Wenn sie jemand fragen würde, mit wie vielen Männern sie denn geschlafen hätte, könnte sie beim besten Willen keine wahrheitsgemäße Antwort geben. Sie wusste es einfach nicht. Waren es 30, 40 oder 100? Heute hielt sich ihr sexuelles Verlangen nach Männern in übersichtlichen Grenzen. Mit John lief schon ewig nichts mehr. Sie fütterte ihn aus Mitleid mit durch und ertrug seine Ausraster, weil sie sich alleine langweilte.
Aktuell aber wendete sich das Blatt schlagartig. Barbara hatte sich in eine ihrer Mitarbeiterinnen verliebt. Zunächst war sie gar nicht darauf gekommen, dass es sich bei ihren Anwandlungen um Verliebtheitsgefühle handeln könnte – wohl, weil ihr das im Leben noch nicht passiert war. Sie hatte Sarah im Cantaloupe in Olhão kennengelernt und konnte den Blick nicht von ihrem sportlichen Körper lassen, der mit allerlei Tattoos Aufsehen erregte. Wie sie sich mit dem Tablett über dem Kopf durch die Reihen des Clubs schlängelte und mit ihrem kleinen Hintern wackelte.
Barbara hatte sie vom Fleck weg für einen horrenden Stundenlohn engagiert und ließ sich allerlei Marotten von ihr gefallen. Sarah kam zu spät, hatte den Schlüssel einer zu betreuenden Anlage verloren, flirtete mit Johns Tochter Casey und fütterte den Hund von Lady Heath wochenlang mit Katzenfutter, was dazu führte, dass diese wichtige Kundin die halbe englische Community gegen Barbaras

Firma aufhetzte. Barbara blieb ruhig und erfreute sich daran, dass Sarah „Schwung in die Bude" brachte. Als sie bemerkte, dass sie sich darüber hinaus in die smarte Lesbe verguckt hatte, war es zu spät.

Ihrem Damenkränzchen würde sie diese Wendung niemals anvertrauen. Da hätte sie sich gleich in Moncarapacho auf den Kirchplatz stellen und es lauthals heraus posaunen können.

„Das ist doch Quatsch", sagte Melissa, mit 36 die jüngste in der Runde, kinderlos, derzeit ohne feste Beziehung, ein Dauerzustand, den sie ständig zu beenden suchte. Sie arbeitete im Sommer am Strand von Barril und massierte Badegäste unter einem weißen Baldachin. Sie war erst kürzlich dem Charme eines Portugiesen von der Life Guard Station erlegen, der sie dann aber umgehend mit einer hübschen Schwedin austauschte, der dann eine etwas ältere, aber gutbetuchte Dame aus England folgte. Dabei war Ronaldo mit seinen 38 Jahren auch nicht mehr der Jüngste und neigte zum Bauchansatz. Dennoch hatten diese braungebrannten Lebensretter immer einen Schlag bei den Mädels. Melissa würde sich eher die Zunge abbeißen, als diese Schmach ins Gespräch zu bringen. Und schon gar nicht würde sie offenbaren, dass sie vor Jahren ein Verhältnis mit Marko hatte. Zweimal war sie mit ihm in London gewesen und hatte sich binnen Kurzem dort gelangweilt. Eine oberflächliche und schmerzlose Angelegenheit.

„Wenn ich ehrlich bin", und so begannen viele ihrer Statements, was dazu beitrug, ihr generell eher Unehrlichkeit zu unterstellen: „Ich würde Marko auch nicht von der Bettkante werfen. Ich meine, einen wie Marko, natürlich, nicht Marko jetzt, versteht mich nicht falsch, ich meine... so einen Typ wie... also, du weißt schon, was ich meine...!" Martina stand auf. „Nein, weiß ich nicht!", erwiderte sie genervt. „Ich geh jetzt lieber, sonst lass ich mich gleich scheiden!"

Als Martina von ihrer Pilates-Gruppe zurückkam, stand alles wie gewohnt an seinem Platz. Sie war einerseits erleichtert, andererseits kam ihr der Gedanke, ob das etwas mit der Abwesenheit von Marko zu tun haben könnte. Konnte es sein, dass Marko selbst...? Nein, sie verwarf den Gedanken sofort wieder.

Das verwirrende Gespräch mit ihren sogenannten Freundinnen hing ihr noch nach, während sie den Teig für Susannes Geburtstagskuchen knetete. Sie beschlich das Gefühl, dass einige der Mädels aus ihren Gefühlen eine Mördergrube machten. Jedenfalls waren sie alle derart heftig auf ihr Problem mit Marko angesprungen, dass sich dahinter mehr verbergen musste als Mitgefühl oder Neugier. Vor allem Barbaras Einwand zum Thema Bisexualität machte sie stutzig. Und Melissa, diese hinterhältige Ziege, konnte ihr künftig gestohlen bleiben.

Ihre Gedanken wanderten vom Damenkränzchen zu Marko und weiter zu Susanne, während sie die Mandeln im Mörser zerstieß und die Zitronenschale abrieb.

Erst seit dem Tod von Susannes Mann hatten sie sich wieder angenähert. Und auch dies nur ganz vorsichtig, um keine alten Wunden aufzureißen. Sofern die Ereignisse der Vergangenheit überhaupt zu kitten waren. Martina empfand die räumliche Nähe zu ihrer Schwester als beunruhigend. Jetzt, wo Marko verreist war, gab es vielleicht eine unverfänglichere Möglichkeit, ihrer Schwester zu begegnen. Vielleicht würde sie sie ja auch einmal in ihrem Haus besuchen. Das hatte Susanne bisher abgelehnt.

Und auch Martina war auf Distanz. Sie wusste um ihren Anteil an dem Zerwürfnis. Sie ging noch nach Jahren die Ereignisse von damals immer wieder in Gedanken durch.

Als sie den Kuchen aus dem Backofen holte und auf einem Kuchenteller umstülpte überlegte sie einmal mehr, ob es allein ihre Schuld war, dass es zu diesen ganzen furchtbaren Zerrüttungen zwischen ihr und ihrer Schwester gekommen war.

Hatte Susanne ihr eigentlich verziehen, dass sie ihr vor 18 Jahren den Mann ihres Lebens ausgespannt hatte?

* * *

LONDON

MARKO

Das Taxi am frühen Morgen war fast zu spät gekommen, weil es die Abfahrt von der Rue National nach Livrobranco verpasst hatte und erst im zweiten Anlauf in den Caminho do Salomé einbog. Dort verbarg sich hinter Canas- und Palmenhainen – etwas zurückgesetzt – ihre Quinta, früher ein alter, heruntergekommener Bauernhof, heute ein gepflegtes Anwesen mit Hauptgebäude und Nebenhäusern, Carport und einem großen Pool.

Im Taxi huschte noch schnell ein Gedanke an seine Frau durch seine Gehirnwindungen. Vermutlich hatte sie sich inzwischen aufgerappelt und einen ersten Espresso auf der Terrasse getrunken. Er verabschiedete sich innerlich von seinem Leben mit ihr und in Livrobranco und wechselte in die andere Welt. Seinen Flieger nach London erwischte er in letzter Minute.

Im Flugzeug spürte er wieder diesen Druck auf seiner Brust und bemühte sich, regelmäßig zu atmen. Den Flug verbrachte er in einem leicht nebulösen Zustand. Er konnte nicht schlafen, aber auch keinen klaren Gedanken fassen. So war es immer, wenn er sich in der Metamorphose, wie er es nannte, von hier nach dort befand. In der Umwandlung vom sortierten, kastrierten Ehemann im Larvenstadium zum lustvollen, selbstbestimmten Freigänger-Kater. Der Wechsel fiel ihm immer schwerer.

Marko stieg in Heathrow in die Bahn nach South Kensington, wo er wie üblich im teuren und sehr renommierten Hotel Rubens abstieg – und wie jedes Jahr auch nun wieder zur Map Fair, die in den Räumen der ehrwürdigen Royal Geographical Society stattfand. Die Messeräumlichkeiten befanden sich just around the corner in der Exhibition Road, hinter dem ungeheuer großen, ebenso altehrwürdigen Naturkundemuseum. Immer, wenn er hier war, besuchte er die nahe gelegene wunderbare Royal Albert Hall und gleich gegenüber den Kensington Garden mit dem in maßloses Gold getünchten Prinz Albert Memorial. Victoria möge ihm verzeihen – aber dieses übergroße Ehrenmal für ihren Gatten fand er furchtbar kitschig, ja geradezu lächerlich überhöht und er fragte sich, inwieweit tiefe Liebe zu solch überaus furchtbaren Ergebnissen führen konnte und ob dies zwangsläufig der Fall sein musste. Für ihn hatte diese Form der Liebe etwas Pathologisches.

Er genoss diese unverschämt teure Gegend mit ihrem blaublütigen Charme und dem überheblichen Prunk einerseits und dem jungen, internationalen Leben rund um die Metro-Station andererseits.

Er freute sich auf die Kollegen aus aller Herren Länder, schräge Vögel zum Teil, die mit ihren Karten, Grafiken und sonstigen Kunstwerken die heiligen Hallen füllten. Er freute sich auf die zu erwartenden Umsätze; denn er hatte ein paar sehr schöne Blätter im Gepäck, für die sich interessierte Käufer aus Übersee angemeldet hatten. Dennoch war er heute nicht allerbester Laune, als er in London ankam.

Das frühe Aufstehen, das ihm sonst keine Mühe machte, war ihm heute morgen nach dem Streit mit seiner Frau und einer unruhigen Nacht vergällt. Sie hatte sich schlafend gestellt als er das warme Bett verließ. Kein Abschiedskuss, keine Umarmung. Nicht, dass er darauf in letzter Zeit viel Wert gelegt hätte, aber Martinas Zuneigung und diese Rituale verschafften ihm eine gewisse Beruhigung, damit er, nun ja, seinen Interessen unbehelligt nachgehen konnte. Seine Geschäftstermine außerhalb dieses verschlafenen Nestes Livrobranco und weit weg von seiner ihn langweilenden Beziehung zu Martina waren längst die Leuchttürme in seinem Leben. Nichtsdestotrotz tat Martina ihm leid, und er hatte ein schlechtes Gewissen. Er hasste dieses diffuse Unwohlsein.

Vom Hotel aus rief er seine Frau an, um die Wogen zu glätten. Auch spürte er ein gewisses Unbehagen. Würde Susanne ihr kleines Geheimnis verraten? Noch ehe er unverfänglich danach fragen konnte, ob sie eine Begegnung mit ihrer Schwester plane, sprudelte es aus ihr heraus: „Es tut mir leid. Es war so ein blöder Abschied."

Er sagte: „Ja, ganz blöd."
„Wenn du nächste Woche nach Hause kommst", lenkte sie ein, „hast du gute Geschäfte gemacht, und wir genießen das Wochenende. Ich bereite eine Caldeirada de Lulas, wir trinken einen gut gekühlten Vinho verde. Alles wie immer!" Es klang etwas angestrengt in seinen Ohren.
Alles wie immer! Marko hatte das ungute Gefühl, dass es sich hier eher um einen frommen Wunsch handeln könnte. Alles wie immer! war keineswegs eine erstrebenswerte Perspektive für ihn. Er wollte nicht daran denken und schaltete vollständig um auf London.

Im Rubens war es düster, dunkle Wandvertäfelungen, Kopien alter Meister. „Herakles erlegt den nemeischen Löwen", nach einem Rubens-Gemälde – eine dieser kraftstrotzenden, kreatürlichen Darbietungen, die er seit fast zwei Jahrzehnten neben alten Landkarten und seinen Karikaturen handelte und deren Ansicht er gleichermaßen liebte und hasste.
Niemals würde er sich so ein brachiales, pathetisches Meisterwerk an die eigenen vier Wände hängen – egal, ob als Kopie, Grafikdruck oder in Öl. Und schon gar nicht in sein Haus in Portugal. Es schauderte ihn bei dem Gedanken, dieses halbnackte symbolträchtige Muskelspiel im Kampf mit der wilden Natur und zur Erbauung der Götter täglich anschauen zu müssen. Schon im Vorbeigehen

spürte er den Atem der Vergangenheit, fast der Verwesung. Von schweren, reich verzierten, goldenen Rahmen gehalten, die alle Inhalte zerschlagen und das eigene Erleben begrenzen. Diese Art Meisterwerke hängen an unpersönlichen Orten, die nur dazu dienen, das dick aufgetragene Öl zu verehren oder Besucher einzuschüchtern. Öl-Schinken. Wieso eigentlich Schinken?
Gleichzeitig war er sich seiner Ablehnung nicht sicher; natürlich konnte man die alten Meister nicht als unbedeutende Öl-Schinken abtun. Nicht zuletzt, weil er unter anderem damit sein bemerkenswertes Vermögen aufgebaut hatte. Aber rechtfertigten sie alles, was dem Original folgte? All die schlechten Kopien, gedruckten Plakate, Nachahmer-Werke, all den Schindluder, der mit ihnen getrieben, all die Verbrechen, die ihretwegen begangen wurden? Beim Durchschreiten der Hotellobby und im Angesicht der zur Schau gestellten Männlichkeit – sowohl was den Halbgott als auch den Löwen betraf – erfasste ihn aber auch immer wieder ein leichtes Kribbeln an den Innenseiten seiner Oberschenkel. Und er beantwortete seine eigenen Fragen mit einem verschmitzten: „Ja!" Das Rubens war schon immer Ort seiner wildesten Phantasien gewesen. Und bei Bedarf lebte er sie auch aus.
An der Rezeption begrüßte man ihn außerordentlich freundlich. „Welcome, Mr Kleinschmidt." Versehen mit diesem britischen Akzent klang sein, von ihm als unan-

genehm Deutsch empfundener Name geradezu weltmännisch. Schnell ging er weiter, fuhr mit dem Fahrstuhl in den 3. Stock und legte sich in voller Montur auf das Doppelbett seiner Suite. Sie war noch nicht da. Gott sei Dank. Er war komplett erschöpft, sein linker Arm schmerzte. Er fühlte sich den kommenden Anforderungen nur bedingt gewachsen. Gleichzeitig fieberte er seinen Phantasien entgegen und verfiel in unruhige Träume.

GESTERN_Vergessen

Wer die Geschichten hinter der Geschichte liebt.

Wie Marko, Susanne und Martina in Portugal landen.

BERLIN 1973

MARKO

Als er sein Zuhause verließ und über die Transitstrecke Richtung Hannover trampte, links und rechts die beunruhigende Ödnis der Deutschen Demokratischen Republik, durfte ihn niemand erwischen. Mit seinen 16 Jahren war er noch lange nicht volljährig. West-Berlin war Geschichte, lag schon weit hinter ihm, als er die Zonengrenze in Marienborn in den Westen nach Helmstedt passierte. Er wollte nur weg – weg von seiner Mutter, die er hasste, weil sie ihn hasste, so wie sie alle Männer hasste, inklusive seines Vaters, der sich im Kalten Krieg über die Mauer in den Osten von dannen gemacht hatte und wohl drüben gestorben war.

Viel mehr hatte sie ihm nicht über seinen Vater erzählt, nur noch, dass er Siegfried, kurz Siggi, geheißen hatte und ein „Sozi" war. Er sei wie sein Vater – ein Hallodri. Das behauptete zumindest seine Mutter.

„Niemand hat die Absicht, eine Mauer zu errichten!", verkündete die zittrige Stimme eines alten Mannes an einem schönen Juni-Tag des Jahres 1961, als Siggi und Lotti mit ihrem kleinen Marko das erste Deutsch-Amerikanische Volksfest besuchten. Zwei Monate später trennte die Berliner Mauer Ost und West.

Kurz nach Ulbrichts Lüge und dem Mauerbau, der aus einer Stadt zwei machte, war Siggi Kleinschmidt weg, ohne ein Wort. Lotti Kleinschmidt, geborene Kürmann, schwieg beharrlich. Marko erinnerte sich nicht. Kein Geruch, keine Geste. Und doch hatte er ein gutes Gefühl, wenn er an diesen Mann dachte.

Lotti verdiente ihrer beider Unterhalt als Fotografin im Berliner Zoo, wo sie Kinder mit Löwenbabies auf dem Schoß porträtierte. Löwenbabies, die sie für 1000 Ostmark vom Leipziger Zoo kaufte und nach einem halben Jahr gegen 1000 Ostmark wieder in ein jüngeres tauschte. Und weil die Tierpfleger im Berliner Zoo kein gutes Händchen für Löwenbabies hatten, die friedlich und niedlich auf Kinderschößen Platz nehmen sollten, nahm Lotti die Babys hin und wieder mit nach Hause, setzte sie in den Laufstall von Marko und päppelte sie hoch. Marko wuchs in einer Wohnung auf, in der es beharrlich nach Löwenpisse stank. Als er klein war, schleppte sie ihn täglich mit in den Zoo. Und was andere Kinder ersehnten, verbreitete in ihm gähnende Langeweile. Lieber wäre er auf den Bolzplatz am Fehrbelliner gegangen oder zum Herumstreunen im Volkspark, anstatt seine Mutter in den Zoo zu begleiten, wo sie fremde Kinder und ihre Löwenbabys ablichtete, während er seine Hausaufgaben im stinkenden Raubtierhaus machen musste. Er hatte das Gefühl, die Löwenbabys waren ihr wichtiger als er.

Seine Mutter war eine fleißige Kirchgängerin, Gott weiß, warum. Er saß im Kindergottesdienst und hörte, wie der Pfarrer sonntags verkündete: „Herr, ich werde eingehen unter deinem Dach!" Warum sagt der so was Blödes. Wer will schon eingehen. Er hörte sich das ein paar Mal an und ging dann nie wieder in die Kirche.

Seine Mutter zeigte ihm keine Gefühle. Manchmal schlug sie ihn. Sie schimpfte ihn spöttisch einen Versager, wenn er schlechte Noten nach Hause brachte. Sie nannte ihn verächtlich einen Bruder Leichtfuß, wenn er mit seinen Kumpels um die Häuser zog, die Nächte durchmachte und ihn die Polizei aufgriff, weil er erst 13 Jahre alt war.

Einmal kramte er heimlich in einer ihrer Foto-Schatullen. Er entdeckte ein Foto, wie er als kleiner Steppke an einem alten VW-Käfer lehnte, an seiner Seite ein Mann mit Schiebermütze und Bollerhose. Sein Vater Siggi. Er steckte das Foto ein.

Er fand ein anderes Schwarz-Weiß-Foto zwischen zahllosen Trümmermotiven. Ein nacktes Baby bäuchlings auf einem Schaffell, das in die Kamera strahlte. Auf der Rückseite stand gekritzelt: „Da liegt es, das Schwein!" War er auf dem Foto zu sehen? Marko zerknüllte das Bild und warf es in den Müll.

Sie verweigerte ihm das ohnehin magere Taschengeld, verhängte Hausarrest und konnte ihn doch nicht halten. Er war nun stärker als sie und hatte keinen Respekt. Er rächte sich an ihr mit Missachtung. Schon mit 13 kam und ging er, wann er wollte und verdiente sich sein Geld mit kleinen Haschisch-Deals, fing das Zocken in Hinterzimmern am Stuttgarter Platz an und klaute hier und da eine Geldbörse, wenn es sich ergab. Erwischt wurde er nie.

Seiner Mutter aber stahl er nie Geld. Das war die einzige Anerkennung, die er ihr zollte; denn er akzeptierte, dass sie allein und selbstständig das Geld für ihrer beider Leben verdiente. Immerhin hatte er in der Schöneberger Altbauwohnung sein eigenes Zimmer. Sie wohnten Parterre, halbe Treppe links. Er konnte nachts bequem aus dem Fenster in den Hinterhof klettern und mit seinen Kumpels durch die Westcity ziehen. Berlin – Stadt ohne Sperrstunde. Bahnhof Zoo war Treffpunkt, lange bevor die Kinder vom Bahnhof Zoo seltsame Berühmtheit erlangten. Er kannte die Typen alle, gehörte aber nicht wirklich dazu. Er war kein Stricher, kein Junkie und auch nicht wirklich ein Dealer oder ein Dieb. Er hörte RIAS Berlin und sah die letzten Ausgaben vom Beat Club mit den Kinks und Johnny Cash. David Bowie, Led Zeppelin und Pink Floyd waren seine Helden.

Für all die vielen jungen Westbürger, die in den Siebzigern nach Westberlin kamen, weil sie in der fest umschlossenen Mauerstadt die Freiheit witterten, weil sie die Bundeswehr ablehnten oder weil sie die Emanzipation und den Aufstand gegen das Establishment feiern wollten, hatte er nur Verachtung übrig. „Ton, Steine Scherben" und „Keine Macht für niemand!" verstand er erst Jahre später. Ihn beschäftigte der gegenteilige Gedanke: Bloß weg hier, weg aus dem Dreck, aus dem Schöneberger Kiez, aus der Mauerstadt, raus aus der Umzingelung von Amis, Engländern, Franzosen und Russen. Und vor allem: weg von seiner Mutter und all dem Mief, der sie umgab. Endlich frei sein! School is over!

Er trampte von Dreilinden. Transitautobahn nach Helmstedt. Dann Hamburg. Ein heißer Tipp brachte ihn nach Altona, in die berüchtigte Villa Blanke Neese, Umschlagplatz für Drogen jeder Art, alle Etagen belegt mit Hippies, Freaks, Kommunarden, Linken. Männern wie Frauen. Freie Liebe vom Keller, wo die Drogisten hockten und er bei Jens und Winni wohnen durfte, bis hin zum Dachgeschoss, wo die gutbetuchten Hanseaten-Söhne und -Töchter eine Koks-Party nach der anderen feierten. Ein Paradies, in das Marko freundlich aufgenommen wurde, weil er leidlich Gitarre spielte und sich als Drogenkurier Verdienste erwarb. Alte Schule West-Berlin. Leider wurden Jens, Winni und die Kollegen bei einer Razzia mit einem Kilo Rohopium erwischt, die Koksnasen aus den oberen Etagen waren rechtzeitig gewarnt worden und die Mittelschicht hatte nur Haschisch und Pillen zum Eigenbedarf dabei.

Als Marko im Morgengrauen von seinem Kurierdienst zurückkam, konnte er nicht einmal mehr sein spärliches Hab und Gut retten. Die Villa Blanke Neese war von Polizisten umzingelt. Er verschwand mitsamt der lukrativen nächtlichen Einnahmen Richtung Mittagssonne

* * *

Nach einer Irrfahrt durch Südeuropa – immer am Rande der Gesellschaft und der Legalität unterwegs, mit schwulen Männern, die heimlich und illegal Begleitung suchten, mit zugedröhnten Jungs, die auf dem Weg nach Marokko in Italien hängen geblieben waren, mit lauten Emanzen und besorgten Sozialarbeiterpärchen – landete er eines schönen Tages in Lissabon am Bahnhof Santa Apolónia am Tejo. Eigentlich war er die ganze Zeit auf der Flucht gewesen, auch weil er noch immer nicht volljährig war, sich mit kleinen kriminellen Aktionen über Wasser halten musste und stets auf der Suche nach einem Schlafplatz war. In Rimini bei einem schwulen Hotelbesitzer auf dem Sofa, auf der französischen Nudisten-Insel Ile du Levant im geliehenen Zelt, im Hauptbahnhof in Marseille in einem übergroßen Schließfach und in Barcelona im Schlafsack am Strand. Lisboa dann – das war seine Stadt! Er liebte die Portugiesen vom Tag seiner Ankunft an. Denen war es gerade gelungen, sich von alten Fesseln zu befreien und die Revolution zu besingen. Musik! Das war Seins. Man stelle sich vor: Der portugiesische Beitrag zum Eurovision Song Contest war das erste verabredete Geheimsignal an die aufständischen Truppen zum Beginn des Staatsstreichs! Der portugiesische Rundfunk hatte ein Liebeslied von Paulo de Carvallo gesendet: „Du kamst in Blumen gekleidet, ich habe dich entblättert." Einfach genial! Westeuropas älteste Diktatur gestürzt! Eine bessere Welt schien sich hier aufzutun – mit viel Wein, Weib und Gesang und natürlich einer Nelke im Knopfloch und der Revolution im Schritt. Und einer Menge junger Menschen, die von überall her in die Stadt strömten, sehr gerne kifften und immer neuen Nachschub brauchten.

Da lernte er Paul kennen, den Engländer. Marko gab ihm den Spitznamen Epi-Paul, so wie er es aus dem Zocker-Milieu in Berlin kannte. Da hatten alle rotlichtigen Gestalten Spitznamen, je nach dem, was sie besonders kennzeichnete. Epi-Paul war Epileptiker. Das wussten alle. Man munkelte, er könne keinen richtigen Sex haben, weil er dann Gefahr liefe, einen Anfall zu bekommen. Marko war das egal. Epi-Paul führte ihn in die Musik-Szene im Bairro Alto ein. Das allein zählte.

Marko fragte sich, warum die Deutschen das Ende ihrer Nazi-Diktatur eigentlich nicht ebenso gefeiert hatten, wie die Portugiesen das Ende ihrer Diktatur – einmal abgesehen davon, dass er sich nicht vorstellen konnte, dass seine Mutter irgendetwas jemals hätte feiern können. Nicht einmal seine Geburtstage hatte er dies bezüglich in Erinnerung. Meistens waren sie nach einer Curry-Wurst am Ku'damm im Kino gelandet. Er wollte das Ganze mit Epi-Paul besprechen.

„What a question!" Epi-Paul schüttelte seine spärlichen Fransen und kämmte sie mit gespreizten Fingern über den Kopf, wobei er selbigen bedeutend in den Nacken warf. „You are really too young. Nazi-Deutschland hat einen Vernichtungskrieg gegen uns geführt. Und verloren. Your fucking Nazi-Volk ist nicht aufgestanden gegen seine Diktatur. Wir haben Nazi-Deutschland besiegt und euch befreit. Das solltest du eigentlich wissen, you stripling. Befreit, verstehst du? Ich glaube, die meisten Deutschen haben gar nicht mal gemerkt, dass wir sie von dem schlimmsten Diktator aller Zeiten befreit haben – und das, nachdem sie Tausende von uns umgebracht haben. Sei froh, Bürschchen, dass ich überhaupt mit dir rede!"

So einen Schwall an Worten war er von Epi-Paul nicht gewohnt, und er hatte nicht alles verstanden. Aber eins war klar: Das war kein gutes Thema. Marko hielt fortan den Mund in dieser Angelegenheit. Er hatte eigentlich nicht das Gefühl, dass das sein Krieg und sein Verschulden gewesen war. Epi-Paul sah das offenbar anders. Er ge-

hörte ja auch zu den Gewinnern. Marko wollte mit Nazis, Adenauer und Wirtschaftswunder nichts zu tun haben. Das war die Welt seiner Mutter.
Er widmete sich wieder der Musik-Szene in Lissabon.

Marko begeisterte sich für die Live-Musik in den Bars, vergötterte die Guitarristas – nicht die, die den traditionellen klagenden Fado begleiteten, sondern jene, die dem Rock Unsterblichkeit verliehen, die, die Neil Young und Hendrix, die Doors und die Stones spielten, manchmal besser als die Originale. Aber auch die, die die Songs von Leonard Cohen, Cat Stevens und vor allem Dylan, dessen Protestsongs so gut in die Stimmung passten, durch die verrauchten Kneipen trugen. Die Stadt kochte, alles roch noch nach Nelken. Die Sozialisten verhießen einen fantastischen Neuanfang. Die linke Jugend Europas tanzte in den engen Gassen der von den Faschisten befreiten, überfüllten Hafenstadt.
Einer von denen, die Marko verehrte, war Domingo, ein begnadeter Gitarrist und Sänger mit einer Stimme, die Robert Plant von Led Zeppelin alle Ehre machte, und einer Gitarre, die an Eric Clapton erinnerte. Domingo hatte eine Frau, Glory. Glory war eine Sensation. Sie, gut 20 Jahre älter als Marko, war eine Schönheit aus Mozambique. Marko traute seinen Augen nicht. Trug sie wirklich ein aus großen bunten Blumen gehäkeltes, sehr grobmaschiges

Kleid mit nichts als einem Slip darunter?
Glory sah sofort, dass der blonde, wasserblauäugige, dürre Kerl aus Alemanha noch Jungfrau und ein herrliches Spielzeug war, von dem keinerlei Gefahr ausging, mit dem sie aber umso mehr Spaß haben würde. Er behauptete, er sei jetzt volljährig. Sie lachte nur. Ta bom. Não faz mal!
Glory flirtete mit dem jungen Fan ihres Mannes vom ersten Moment an, machte sich lustig über ihn, seine Skrupel, Domingo anzusprechen. Und foppte ihn wegen seiner sexuellen Unschuld und seiner Unerfahrenheit im Umgang mit Frauen. Marko zog es jeden Abend magisch zu Glory und Domingo und er wusste nicht, wen er nach dem Genuss eines Joints mehr anstarrte. Er hatte noch nie mit einer Frau geschlafen, hatte nur am Bahnhof Zoo oder auf seiner Reise an irgendwelchen Männern herumgefingert, die ihm dafür ein paar Mark, Franc, Lire, Peseten oder eine Unterkunft gegeben hatten. Er selbst empfand dabei nichts, es war ihm eher zuwider.
Glory hingegen war die verbotene Frucht, deren Geruch ihn schwindelig machte. Er musste sie nur anschauen, ihre braune, schimmernde Haut, die vollen Lippen, die prallen Brüste und ihren gigantischen Hintern, dann bekam er einen Ständer, den er nur mit Mühe und unter Zuhilfenahme eines Tischtuches, seines Palästinenserschals oder irgendwelcher anderer Gegenstände verbergen konnte. Heiliger Strohsack! Was für Wallungen, welche Begierde.

Er war dauerbekifft und begeistert. Nur einmal, Glory. Lass mich nur einmal ran und spüren, ob dein Anblick hält, was er verspricht. Mir ist alles egal, und wenn mich Domingo danach auch mit seiner tiefen E-Seite stranguliert oder mir mit dem Mikro-Ständer den Schwanz abhaut. Glory, Glory, ich will nur dich, in dir versinken, dich stoßen, mich auflösen und dann sterben!
Und so war es dann auch. Glory ließ keinen Wunsch offen. Es störte ihn nicht einmal, als er plötzlich ihre schwarze Lockenperücke in seinen Händen hielt und Glorys krauses, fransiges Kurzhaar über ihm erschien. Sie schrie auf, riss ihm das Teil aus den Händen und setzte es sich wieder auf, während sie weiter rhythmisch auf ihm herum ritt. Und als ihr Mann auf der Bühne „No woman, no cry" intonierte, stöhnte Glory in den höchsten Tönen und erlöste Marko von seiner schmerzhaften Begierde – kurzfristig. Denn am nächsten Abend stand er wieder breitbeinig und hungrig vor ihr und konnte kaum erwarten, dass Glory ihn auf ihr Bett zerrte, zu den Klängen von Domingos Band, die Parterre in der Rua do Rosa „Love Like a Man" von Ten Years After spielte.

So hatte sich Marko die Freiheit vorgestellt. Genau so!

* * *

1982 - 1993
SUSANNE

Susanne hatte schon als kleines Mädchen von Piraten und Seefahrern, vom weiten Meer und Delphinen, von hohen Wellen und sich blähenden Segeln geträumt. Auf dem Weg zur Schule und zurück nach Hause war sie glücklich, wenn sie alleine gehen konnte, niemand sie begleitete. Sie schwamm in einem Meer von Geschichten, spürte salziges Wasser auf ihrer Haut und tanzte durch den Regen bis sie klitschnass zu Hause ankam, wo sie von ihrer Schwester beschimpft wurde, weil alle mit dem Mittagessen auf sie warteten.

Niemand aus ihrer schwäbischen Familie hatte je etwas mit dem Meer zu tun gehabt und keiner wusste von ihrer Sehnsucht, außer natürlich Fräulein Hof aus der Schulbücherei. Die mochte das blonde Mädchen mit den braunen Kulleraugen. Alle Bibliothekare mögen Kinder, die in den Büchern nicht nur lesen, sondern auch in ihnen verschwinden. Die etwas pummelige Susanne war so eins. Fräulein Hof hielt oft einen Leckerbissen aus dem Genre der Seefahrt für sie bereit und lernte dabei selbst auch eine Menge über ihr Steckenpferd, den afrikanischen Kontinent.
Als kleines Mädchen schon liebte Susanne die Meerjungfrau Sursulapitschi, die im Barbarischen Meer Jim Knopf

und Lukas den Lokomotivführer bat, das Meeresleuchten zu reparieren. Jim war ein schwarzer Junge, vielleicht kam er aus Afrika. Ein tapferer kleiner Held mit einem großen starken Freund, die die gefährlichen Meere und die Wilde 13 nicht scheuten, um den Schwachen zu helfen.

Später durchlebte sie mit Robinson Crusoe dessen Schiffbruch und segelte mit Thor Heyerdal auf seinem Floß Kon-Tiki von Lima aus über den Pazifik. Sie kannte alle Filme und Geschichten, die sich um Sir Francis Drake, den Piraten der englischen Königin, drehten und lag im karibischen Meer anstelle von Consuelo in den Armen des Piraten Vallo in „Der rote Korsar". Die armselige Geschichte der Seeräuber-Jenny überzeugte sie nicht. Als Dienstmagd, die nur davon träumte, von Piraten gerettet zu werden, wollte sie auf gar keinen Fall enden.

Mit 15 mühte sie sich durch den Wälzer von Stefan Zweig „Der Magellan". Und auch, wenn ihr seine Sprache schwer verständlich erschien, so schraubte sich die Seefahrergeschichte in ihre Phantasiewelt. Sie segelte mit Fernão de Magalhães und erlitt alle Leiden dieses eigentümlichen Portugiesen, der für den spanischen König auf Reisen ging, weil ihn sein portugiesischer Herrscher abgewiesen hatte und der – nachdem er als erster Mensch die Welt umsegelt hatte – völlig unspektakulär von seinen Feinden niedergestreckt wurde. Susanne war entsetzt. Wie konnte dieser Held einfach so sterben, sich aus ihrer Geschichte davon stehlen, ohne ein ruhmreiches Ende gefunden zu haben. Er hatte nicht einmal mehr selbst erlebt, dass die von ihm entdeckte Meeres-Durchfahrt nach ihm benannt wurde. Sir Francis Drake versuchte sich an jener Stelle ein halbes Jahrhundert später und ging von dort aus auf Plünderungsfahrt – da schloss sich der Kreis ihrer Helden, mit denen Susanne auf Kaperfahrt ging. Jan und Claas und Hein und Pit Pit Pit...

Aber niemand konnte in Susannes Welt einer einzigen Seefahrerin das Wasser reichen: Anne Bonny. Susanne erfuhr von dieser jungen Frau auf verschlungenen Pfaden. Fräulein Hof empfahl dem jungen Mädchen, das so oft in ihrer Bücherei saß, während ihre Mitschüler über Rechenaufgaben brüteten oder den Erlkönig auswendig lernten, ein schmales Büchlein mit echten Piratengeschichten. Es enthielt ein Kapitel über Anne Bonny, in das sich Susanne vertiefte. Das war ihr Idol! My Bonny is over the ocean... das Mädchen, das um 1690 in Irland geboren und wohl nur 30 Jahre alt wurde. Sie war eine echte Piratin in der Karibik. Ihr Leben war weit tragischer und aufregender als das der hübschen Gespielinnen von Filmpiraten.
Susanne und sie verband ein geheimes Schicksal.

ANNE

Anne war das uneheliche Kind von William Cormac, einem angesehenen, verheirateten Juristen und seiner Dienstmagd Mary. Ein uneheliches Kind war eine schwere Sünde. Deshalb steckte Annes Vater seine Tochter in Jungenkleider und gab sie als entfernten Verwandten aus. Seine Frau aber roch den Braten und obwohl sie sich damit ins eigene Fleisch schnitt, verkündete sie überall, dass ihr Mann ein uneheliches Kind hatte. Damit nahm seine Karriere in Irland ein ruhmloses Ende. Die Familie mitsamt Anne schiffte in die britischen Kolonien Amerikas. In North Carolina brachte es der Vater als Plantagenbesitzer wieder zu einigem Reichtum.

Anne zog es an den nahe gelegenen Hafen in Charleston. Sie lernte den Abenteurer und Seemann James Bonny kennen und heiratete ihn. Zum Zeichen ihrer Liebe ließen sich beide eine Creole ins rechte Ohr stechen, in die ihre Namen und das Datum ihrer Hochzeit eingraviert waren.

Ihr Vater verstieß Anne wegen der Liaison, weswegen sie angeblich seine Plantage niederbrannte. Susanne jubelte innerlich bei der Vorstellung. Welch eine grandiose Tat! Besser konnte sie sich kaum an ihrem Vater rächen, der sie verleugnet und verraten hatte, anstatt sie zu lieben und zu unterstützen. Susanne wünschte, sie wäre auch so mutig.

Mit ihrem Mann schiffte sich Anne nach New Providence, das heutige Nassau, ein, der Hauptstadt der Piraten, wo sie ihren Mann für den Piraten Calica Jack Rackham verließ und mit ihm auf Charles Vanes Schiff anheuerte, auf dem Rackham Steuermann war. Weil Frauen an Bord von Piratenschiffen nicht gern gesehen waren, verkleidete sie sich wieder als Mann. Sie kämpfte geschickt, doch sie wurde entdeckt.

In New Providence heuerte ein neuer Mann, Mark Read, auf dem Schiff an, das inzwischen Anne und Rackham gehörte, denn die beiden hatten Charles Vane erst ab- und dann ausgesetzt. Anne warf ein Auge auf den feschen Piraten. Bei näherer Betrachtung stellte sich jedoch heraus, dass es sich ebenfalls um eine Frau handelte: Mary Read. Zu dritt segelten die beiden Frauen und Calico Jack nun kapernd, plündernd und mordend durch die Karibik und waren als Team berüchtigt und gefürchtet.

Zwischenzeitlich wurde Anne von Calico Jack schwanger. Sie bekam das Kind auf Kuba und ließ es dort zurück. Später wurde Rackhams Schiff, die Revenge, von einem englischen Kriegsschiff angegriffen. Die Schiffsbesatzung – abgesehen von den beiden Frauen – war betrunken und versteckte sich unter Deck. Anne Bonny und Mary Read kämpften alleine. Sie wurden überwältigt.

Das Urteil für Jack, Anne, Mary und die Crew lautete: Tod durch den Strang. Am Tage der Hinrichtung wollte

Rackham Anne noch einmal sehen. Sie antwortete: "I'm sorry to see you here, Jack, but if you'd fought like a man, you wouldn't need to hang like a dog."
Die Hinrichtung der beiden Frauen wurde aufgeschoben, da beide schwanger waren. Mary Read starb an einem Fieber, über Anne Bonnys weiteres Leben konnte Susanne nicht einmal mit der Hilfe von Fräulein Hof etwas in Erfahrung bringen.

Susanne schlüpfte in die Haut ihrer Heldin, verzichtete nun einige Zeit auf die drei ersten Buchstaben in ihrem Namen und nannte sich Anne. Vielleicht war sie kein uneheliches Kind, wer weiß, aber nicht dazugehörig fühlte sie sich allemal. War es nicht seit ihrer Geburt so gewesen, dass eine Art Fluch auf ihr lastete? Trug sie nicht die Schuld an der Krankheit ihrer Mutter, von der alle sagten, sie sei „lebensmüde". War nicht immer dieser stumme Vorwurf an Susanne spürbar? Und hatten nicht auch alle anderen Familienmitglieder ein viel schlimmeres Leben seit ihrer Geburt? Der Vater, der wegen ihr nun keine richtige Frau mehr hatte und deshalb oft zu Susanne ins Bett kam, damit sie ihn trösten solle? Martina, die an Mutters statt nun die Verantwortung für die ganze Familie übernehmen musste? Ihr Bruder Dirk, dem die ordnende Hand der Mutter fehlte, der dagegen die Hand des Vater oft zu spüren bekam? Dirk, der ihr deshalb nachstellte und die kleinere Susanne

„hässliches Entlein" schimpfte?

Nein, Susanne war ihrer Familie nur eine Last und wünschte sich in ihren Träumen weit, weit weg. Over the sea and far away. Sie sah ihr Elternhaus in Flammen aufgehen, aus den Fenstern schrien verlorene Seelen um Hilfe.

Fernweh, das war ihre Krankheit. Der Sog, woanders sein zu wollen als hier. In die Ferne zu streben, weil es dort weit interessanter und schöner zu sein schien als zu Hause. Je weiter man weg war, um so weniger spürte man die Zuhause-Schmerzen, das Heim-Weh.

Susanne quälte sich durch die Schuljahre. „Wo bist du nur mit deinen Gedanken?!" Ganz im Gegensatz zu Martina, die keine Probleme in der Schule gehabt hatte, nicht beim Abitur und auch später nicht im Studium – trotz der vielen Arbeit in der Familie. Denn da waren ja noch der griesgrämige Vater, die bettlägrige Mutter und Dirk, dessen Ausraster auf dem Schulhof und auf dem Fußballplatz die Familie einige Nerven kosteten.

Martina absolvierte alles in Rekordgeschwindigkeit und mit besten Noten. Susanne hingegen brauchte Zeit. Als sie endlich mit Anlauf und Verspätung den mittleren Schulabschluss geschafft hatte, war Martina bereits Diplom-Mineralogin und schrieb Artikel für ein Öko-Magazin.

Jetzt, da sie fast 17 Jahre alt war, packte Susanne die erste Möglichkeit, die sich ihr bot, beim Schopfe, so wie es Piraten-Anne auch getan hatte. Niemandem war bisher aufgefallen, wie resolut Anne alias Susanne sein konnte. Ihre Entscheidung war längst gefallen und niemand konnte sie aufhalten. Sie machte sich sofort nach der Mittleren Reife auf die Reise. Sie stach zwar nicht in See, noch nicht. Aber es zog sie in ein Land, das von Meeren umgeben, sehr weit weg und Ziel vieler Seefahrer gewesen war. Südafrika. Fräulein Hof hatte ihr eine Dokumentation über das südliche Afrika empfohlen. Als Vorsitzende eines Freundeskreises, der sich für afrikanische Kinder einsetzte, hatte sie Einfluss und einen guten Namen. Sie versorgte Anne mit Informationen und Kontakten und brachte sie auf die Idee, ein Praktikum in einem südafrikanischen Kinderhilfsprojekt im Norden des Landes zu machen.

Annes Eltern vertrauten den Informationen der Bibliothekarin nur zu gern und genehmigten die Reise, in gewisser Weise erleichtert darüber, dass ihre eigentümliche Jüngste nicht länger zu Hause für Kopfschütteln sorgte.

* * *

RUSTENBURG 1993
Fräulein Hof hatte Anne gut auf die schwierige Lage in Südafrika vorbereitet. Die schwarze Bevölkerung war aufgebrochen, um Nelson Mandela zu folgen und sich

der Rassenpolitik entgegen zu stemmen. Noch aber wurde die Apartheid, in der die burischen Nationalisten in Südafrika regierten, mit Waffengewalt und in blutigen Kämpfen durchgesetzt. Gerade hatten Nelson Mandela und Willem de Klerk eine neue Verfassung unterschrieben, in der die „Gleichheit zwischen Männern und Frauen und Menschen aller Rassen" festgeschrieben stand. Das hieß aber nicht, dass die neuen Gesetze schon umgesetzt wurden. Das Land befand sich in Aufruhr. Fräulein Hof mahnte Anne zur Vorsicht und ermutigte sie zugleich. Ein gefährliches Pflaster für ein weißes Mädchen. Aber Angst war nicht Susannes Ding. Sie kannte tiefe Traurigkeit, sie kannte dunklen Groll – aber das Gefühl der Angst war ihr fremd.

Susanne wurde in Johannesburg von Jakob Meyerhoff abgeholt. Der junge Arzt und Entwicklungshelfer hieß sie am Flughafen herzlich willkommen und brachte sie mit seinem Toyota Pickup über Pretoria zum Kinderprojekt nahe Rustenburg in der Provinz Nordwest.

Trotz vieler Warnungen und Vorbereitungen erwartete sie, in ein halbwegs funktionierendes Kinderheim zu kommen, in dem sie tagsüber die Kinder versorgen, mit ihnen spielen, ihre Hausaufgaben betreuen und mit ihnen Spaß haben würde. Abends würde sie frei haben und sich mit netten Leuten in der Stadt treffen.

Jakob konnte nichts davon in Aussicht stellen. „Da muss

ich dich enttäuschen. Wir stehen ganz am Anfang und müssen erst einmal Aufbauarbeit leisten. Das heißt, alle machen alles! Und einfach so herumlaufen in der Stadt – keine Chance. Du bleibst auf der Farm."

Die Game Farm nahe Rustenburg gehörte seinem Onkel Gustav, Initiator des Kinderprojektes. Der Deutsche hatte in den Gold- und Platinminen Südafrikas in den vergangenen Jahrzehnten seine Millionen gemacht.

„Die Game Farm ist so groß wie 5.000 Fußballfelder", erklärte Jakob nicht ohne gewissen Stolz. Angesichts der endlosen Weiten, durch die sie in Südafrikas flirrender Sommerhitze fuhren, glaubte Susanne das sofort, ohne sich eine genaue Vorstellung von der Größe machen zu können. Seltsamerweise wurde ihr erst jetzt bewusst, dass sie in eine Gegend fuhren, die keineswegs am Meer lag.

„Auf der Farm lebt Gustav mit seiner Frau, seinem Personal, in einem großen Farmhaus mit Pool, Golfanlage und zwei Tennisplätzen. Dazu gibt es eine Ferienlodge in den Bergen für Gäste und Partys. George, der Wildhüter und Verwalter der Farm, bewohnt mit seiner Frau ein großes Haus. Außerdem leben auf dem Gelände – abgegrenzt vom Hauptgelände – einige schwarze Familien, die für Gustav arbeiten. Dort bauen wir das Kinderprojekt. Die Farm dient dem Vergnügen ihres Besitzers und seiner Gäste, die dafür viel Geld bezahlen, damit sie jagen oder einfach nur auf Foto-Safari gehen. Ihr werdet Flusspferde sehen und Giraffen, Gnus, Antilopen, Affenhorden, Strauße und Alfred, den Nashornbullen. Und in den Bergen soll es einen Leoparden geben. Den hab ich aber noch nie zu Gesicht bekommen. Das Kinderheim besteht bisher nur aus einem Backsteingebäude, das wir gebaut haben und ein paar Holzhütten, in denen wir vorerst wohnen." Susanne schwieg bis zur Ankunft.

Das Projekt, so hatte es in Deutschland geheißen, sollte eine Art Auffangstation für schwarze Waisenkinder werden.
„Sein weißer Gönner", hatte Fräulein Hof erklärt, „verspricht sich außerdem wohl auch ein paar Pluspunkte bei einer neuen schwarzen Regierung – und an der Pforte Gottes. Hat er vermutlich auch nötig. Über seine Vergangenheit wird schwer gemunkelt!" Was da genau gemunkelt wurde, hatte Susanne nicht in Erfahrung bringen können.

Als Susanne an der riesigen Farm des Deutschen ankam, öffnete ein lachender, schwarzer Wächter ihnen die großen Tore und verriegelte sie hinter ihnen gleich wieder. Auf der Fahrt zum Projekt liefen ihnen Warzenschweine, Wildpferde und Rinder über den Weg. Jakob nannte ihr die Namen auf Africaans. Susanne vergaß sie sofort wieder. So groß wie das Gelände auch sein mochte, Susanne fühlte sich sofort eingesperrt. Jakob hatte unmissverständlich klar gemacht: Die nächsten Monate würde sie das Farmgelände nicht alleine und auch nicht zu Fuß verlassen. Sie würde sich nur auf den vorgegebenen Wegen aufhalten und auch das nur mit äußerster Vorsicht. Dabei war ihr nicht ganz klar, ob die strikten Warnungen sie vor gefährlichen Tieren oder gefährlichen Menschen schützen sollten.

Sie musste tatsächlich in einer dieser Holzhütten schlafen. Das Backsteingebäude auf dem durch hohe Zäune abgesicherten Gelände sollte sich erst nach und nach zum Kinderhort für verlassene Babys und Mädchen entwickeln.
Nancy und Collin Stone, ein weißes, südafrikanisches, sehr religiöses Ehepaar, leitete das Projekt nach strengen christlichen Regeln. Es wurde zu jedem Essen gebetet. Sonntags begab sich die gesamte Crew gestriegelt und geschniegelt in die Anglican Church zu hingebungsvollen Gesängen und ellenlangen Gebeten. Jungs und Mädchen wurden strikt getrennt, was dazu führte, dass es zu aufgeregten Geheimnistuscheleien, verwegenen Blickkontakten und blitzschnellen Berührungen kam.
Susanne mochte die seltsamen christlichen Rituale, auch wenn sie sich von den katholischen Gepflogenheiten deutlich unterschieden. Gebetet wurde zu Hause zwar auch, die Kirchenbesuche waren im Schwabenländle aber längst nicht so lustig wie hier.

Susanne musste, wie alle, Schwerstarbeit leisten, war notdürftig untergebracht und ungenügenden hygienischen Bedingungen ausgesetzt. Das Essen war einseitig und ungewohnt, sie konnte sich anfangs nur schleppend verständigen. Ständig fiel der Strom aus. Dann mussten sie das Essen auf dem offenen Feuer kochen. Die meisten der schwarzen Mitarbeiterinnen und Mädchen sprachen mit ihr und Jakob ein Englisch, das sich in ihren Ohren merkwürdig ruppig anhörte. Untereinander redeten die schwarzen Erzieherinnen, das Küchenpersonal oder die Handwerker in einer der vielen südafrikanischen Landessprachen, manchmal auch Afrikaans, die Sprache der Weißen. Susanne wurde das Gefühl nicht los, dass auch über sie, die weiße Deutsche, geredet wurde.

Tagsüber schuftete sie in brütender Hitze. Nachts jaulten die Schakale gottserbärmlich, und man konnte im Dunkel der Nacht herumliegende Wasserschläuche von tödlichen Puffottern nicht unterscheiden.
Immer mehr Kinder wurden in die Obhut des Heimes gegeben. Findelkinder, Waisen. Manchmal stand ein verletztes Mädchen allein vor der Pforte und bat mit großen Augen wortlos um Einlass. Ein anderes Mal hielt Nancy ein fast lebloses Baby im Arm, dessen dünne Beinchen aus der Decke hingen, mit der es notdürftig umwickelt war.

Ich liebe Babyfüße, diese kleinen fleischigen Gebilde, die noch nie auf der Erde standen, noch nie das Gewicht des Körpers getragen und seine Last von A nach B gebracht haben. Sie recken sich Monate in die Höhe ohne Bodenkontakt und warten ungeduldig auf den Moment, an dem sie unwiderruflich ihre Unschuld verlieren. Sie sind noch nicht gebogen, geplättet, gesenkt, gespreizt. Sie waren noch nie in zu enge Schuhe gepresst und mussten noch nie Verantwortung tragen. Sie riechen nach Rosen und Honig und nicht nach Schweiß und Straßendreck. Sie sind völlig entspannt und wissen noch nicht, was Schwerkraft ist. Sie sind perfekt.

Jakob untersuchte und betreute die Kinder im Projekt. Aber seine Hauptaufgabe bestand in der medizinischen Versorgung der Menschen in der Sozialstation der nahen Armensiedlung, die sie Smash Block nannten – eine wilde Ansammlung von Bruchhütten. Hier lebten die schwarzen Minenarbeiter mit und ohne Familien, alleinerziehende Mütter mit ihren Kindern, illegale Einwanderer, auf deren Rücken ausländische Investoren ihre Millionen machten. Susanne war entsetzt ob all der Ungerechtigkeiten, die hier offen zutage traten. Während die Schwarzen im Smash Block mit Kanistern und Eimern Schlange standen, wenn der Wassermann kam und Wasser verkaufte, tummelten sich in der Ferienlodge reiche weiße Briten, Deutsche oder Franzosen im Pool.

„Luftaufnahmen haben gezeigt, dass es sich im Smash Block um ungefähr 20.000 Menschen handeln muss", dozierte Jakob. Susanne bewunderte seinen Einsatz und hörte ihm gerne zu. „Geh da nicht hin", riet er, „Sie mögen keine Weißen. Ich bin nur akzeptiert, weil ich ihnen helfe. Sie hausen in den Slums in menschenunwürdigen Zuständen – ohne Strom, ohne Wasser. Die meisten von ihnen sind HIV-infiziert, viele von ihnen bereits an Aids erkrankt. Ich weiß wirklich nicht, wie wir das hier angehen können, solange das Gerücht kursiert: Wenn ein infizierter Mann mit einer Jungfrau schläft, dann befreit ihn das vom Virus. Bist du noch Jungfrau? Stell dir vor, was das bedeutet für all die Mädchen, die hier schutzlos herumlaufen und bei uns vor der Pforte stehen. Viele meinen, wenn sie nach dem Sex nur ausgiebig duschen, können sie sich nicht anstecken!"

Jakob machte selten einen mutlosen Eindruck, aber nun ließ er die Schultern hängen und stöhnte laut. „Es gibt kaum staatliche Schulen für schwarze Kinder, und wenn, sind sie so schlecht, dass die Kleinen besser auf der Straße betteln gehen und sich die teure Schuluniform sparen. Viel Armut, viel Gewalt, kriminelle Strukturen – aber auch ein unglaublicher Lebenswille!"

Susanne hörte aus Jakobs Berichten bei allem Frust aber auch viel Sympathie heraus. Abstoßend fand sie dagegen das Luxusleben von Gustavs Familie auf der Game Farm.

Einmal beobachtete sie von ihrer Holzhütte aus, wie John, der Wildhüter der Farm, mit einem richtigen Scheich und dessen kleinen Sohn im Jeep einen Straußenvogel jagte. Der große Vogel eilte panisch und in wippendem Laufschritt vor dem Auto her. Es sah irgendwie lächerlich aus. Der Junge durfte den fliehenden Strauß erschießen. Vater und Sohn stiegen aus und zupften dem toten Tier als Trophäe eine Feder aus dem Flügel. Der Kadaver lag noch Tage später unbeachtet auf dem Sandweg und faulte vor sich hin.

Trotz aller Anstrengungen entschied sich Susanne zu bleiben, schon allein, weil sie nicht wusste, wohin sie gehen sollte. Das Schwabenländle kam für sie nicht mehr infrage. War es nicht überall besser als dort? Sie vermisste niemanden. Vielleicht hätte sie vom Büro aus anrufen, ein Fax schicken oder einen Brief versenden können. Aber ihr war nicht danach. Jakob erzählte ihr von einer Art mobilem Funkgerät, mit dem man überall hin anrufen konnte. Aber sie war nicht interessiert. Sie biss die Zähne zusammen und arbeitete weiter. Hier wurde sie gebraucht.

Die kleine, kugelrunde Mandisa hatte sie besonders in ihr Herz geschlossen. Mandisa mit dem trüben und doch tiefen Blick, deren Augenkrankheit nur mit einem teuren Spezialmedikament behandelt werden konnte, für das der Freundeskreis von Fräulein Hof das Geld schickte.

Wenn sie abends in den kleinen Schlafraum der Babys und

Kleinsten kam, um den Kindern eine gute Nacht zu wünschen, blieb sie stets kurz bei Mandisa stehen, die flüsterte mit geschlossenen Augen: „Blanket!" Susanne zog die Bettdecke noch einmal hoch bis zu Mandisas Kinn und strich sie über ihrem kleinen, weichen Körper glatt. Dann huschte ein Lächeln über Mandisas Gesicht, denn die Decke war mehr als ein Fetzen Stoff. Sie bedeutete Geborgenheit, Fürsorge und Zuversicht. Und das brauchen alle Kinder auf der Welt.

Susanne lernte, Babys zu wickeln und zu füttern. Sie versorgte die kleine Mandisa mit Augentropfen und verband Seneles blutende Wunde. Jakob hatte ihr eingebläut, Plastikhandschuhe zu tragen, um sich nicht mit dem Aids-Virus anzustecken. Die Erzieherinnen lehnten diese Maßnahme ab. „Südafrika weigert sich, das Problem anzuerkennen", sagte er mit einem Anflug von Verzweiflung. „Und darunter leiden besonders die Frauen."

Nachmittags half sie den Schulkindern bei den Hausaufgaben. Zum Nachhilfeunterricht kamen sie stolz in ihren Schuluniformen, die aus Spendenmitteln finanziert wurden. Die aus Deutschland gespendeten Turnschuhe wurden zum Fußballspielen am Rand des Schotterplatzes abgestellt und nach dem Spiel wieder angezogen – aber nur, wenn die nackten Füße vom Bolzen nicht bluteten. Susanne lernte von Tau, Marimba und Djembe zu spielen und den Xhossa-Klick zu schnalzen.

Wenn Tau mit seinen Schlegeln auf die Tasten schlägt, dann fallen seine Ängste und Sorgen schlagartig zwischen die Ritzen der Klanghölzer, die er bearbeitet, als gäb's kein Morgen. Dann ist er ein reicher Mann, und seine Muskeln spielen im Takt. Seine schwarze Haut glänzt und schillert als stünde er im Blitzlichtgewitter in Hollywood. Er reckt und streckt sich, wirft die Schlegel in die Lüfte, spreizt seine Arme und fliegt wie ein Condor über das Spielzeug. Wenn Tau Marimba spielt, freuen sich alle mit ihm, weil es ihm gelingt, aus sich heraus zu gehen in eine Welt, die ihm zu Füßen liegt.

Manchmal wurde dem Projekt ein halbes Gnu oder eine Antilope geschenkt. Dann gab es ein Grillfest. Beim Braai füllte sie Schicht um Schicht Gemüse und Fleisch in den Potejiekos, einen gusseisernen Topf, der über dem Feuer stundenlang schmorte und ein köstliches Festmahl freigab. Antilopenfleisch und Burenwürstchen konnte sich das Projekt nur selten leisten.

Sie half, Bap aus Mais zu kochen und lernte die Tänze der afrikanischen Frauen, eine bewegungslustige Mischung aus altem Brauchtum und der christlichen Tradition. Es gab inzwischen geregelte Mahl-, Arbeits- und Freizeiten.
Nach und nach ging es ihr besser. Jakob machte ihr Mut, wenn sie abends müde und manchmal verzagt unter ihrem Moskitonetz weinte. Dann legte er sich zu ihr ins

Bett und sie machten die Löffelchen-Stellung. Sie fühlte sich geborgen. Sie überhörte sein Stöhnen und verdrängte seine rhythmischen Bewegungen. Er war ihr Freund, er beschützte sie. Und er fütterte sie mit Pillen, als sie an einem nicht enden wollenden Durchfall erkrankte.

* * *

RUSTENBURG 1994
JAKOB

Jakob hatte zwei klapprige Liegestühle besorgt. Darin lagen sie nun im Garten hinter den Wohnhütten und blickten auf das Farmgelände. Hinter den Bergen, in der umzäunten Wildnis, die noch zur Farm gehörte, ging die unglaublich schöne südafrikanische Sonne unter und tauchte den Himmel in flammende Gold-, Bronze- und Rottöne.
Susanne fühlte sich noch sehr erschöpft von der Durchfallerkrankung und war Jakob dankbar, dass er ihr im Liegestuhl Gesellschaft leistete.

„Warum wohnst du eigentlich nicht bei deinem Onkel in der Lodge? Da hättest du es doch viel besser als bei uns in der Hütte."

„Ach, mir gefällt es hier ganz gut. Ich steh nicht so auf diesen ganzen Luxus. Und mit meiner Tante komm ich ohnehin nicht zurecht. Sie leidet meiner Einschätzung nach an einer handfesten bipolaren Störung. Heute down, morgen Größenwahn. Anstrengend. Und Gustav ist ja selten da. Immer auf Geschäftsreise. Ich schätze, er hat da was in Pretoria am laufen. Und seine Platin- und Immobiliengeschäfte, na ja, alles nicht mein Ding." Er ließ seinen Blick in die Ferne schweifen, zu den Bergen, in denen der Leopard wohnte.

„Weißt du, ich bin ja in Ostberlin geboren und in der DDR aufgewachsen. Mein Vater war überzeugter Sozialist und hat Freiheitskämpfer ausgebildet, die hier in Afrika die Apartheid bekämpft haben. Er und mein Onkel Gustav waren wie Feuer und Wasser. Gustav hat schon vor Mauerbau nach drüben gemacht. Ich weiß nicht, warum, wann und wohin er abgetaucht ist. Vater hat nie darüber gesprochen. Sein Bruder war für ihn ein staatszersetzendes Element." Jakob atmete tief durch. „STAATSZERSETZEND! Das Wort musst du dir mal auf der Zunge zergehen lassen. Willy jedenfalls, mein Vater, ist das glatte Gegenteil von Gustav. Absolut linientreuer Sozialist. Und wenn man ihn auf die ganzen Widersprüche im Staat aufmerksam machen wollte, sagte er nur: ‚Ein Land kann nicht 1945 nationalsozialistisch sein und ein paar Tage später sozialistisch. Das dauert doch einige Generationen!'

Mit dem Satz hat er meine vorsichtige Staats-Kritik immer abgeblockt."

Plötzlich sprang Jakob aus seinem Liegestuhl hoch und fuchtelte wild mit seinen Armen, warf seine blonden Locken wild hin und her.
„Kennst du die Renft Combo? Meine musikalische Heimat. Die wurden irgendwann verboten!" Er brüllte in den Sonnenuntergang:
„Irgendwann will jedermann – raus aus seiner Haut – irgendwann denkt er daran – wenn auch nicht laut!"
Susanne musste lachen. „Ist doch normal", meinte sie. „Was meinst du damit?"
„Hallo! Das war Regimekritik pur. Das war ein Aufruf, abzuhauen, raus aus der sozialistischen Umklammerung. Für meinen Vater war das Aufruhr. Verrat. Für ihn ist die Wende keine Wende, sondern eine feindliche Übernahme – eine einzige Bankrotterklärung und Katastrophe, weil er all seine Ideale verraten sieht. Das hat er auch heute, vier Jahre später, überhaupt nicht verkraftet. Heute wird er als Verräter gehandelt. Wenigstens muss er wohl nicht in den Bau. Wenn er meine Mutter nicht hätte... Na ja, jedenfalls war es bei Gustav ganz anders. Ich glaube, er ist über das Ende der Apartheid nicht besonders glücklich. Da sieht er seine Felle wegschwimmen. Ach – alles kompliziert. Jedenfalls wohne ich lieber in der Hütte mit dir."

Er sah Susanne lächelnd an. „Ich finde, du machst deine Sache hier sehr gut. Und du riechst besser als Gustav!" Er fand das lustig.

Susanne ignorierte den Nachsatz und nahm einen kräftigen Zug von der selbstgemachten Limonade. „Und was hat dich dann nach Südafrika verschlagen? War es dein Onkel?"

„Tja, auch so'ne Geschichte in der Geschichte. Wie gesagt, mein Vater hat ANC-Widerstandskämpfer in Brandenburg ausgebildet. Darüber durfte er aber eigentlich gar nicht sprechen. Seine Operationen waren geheim. Aber er hat mit meiner Mutter alles besprochen und ich habe gelauscht. Sie lieben sich sehr, glaube ich."

Jakob räkelte sich wohlig in seinem Liegestuhl. Susanne betrachtete ihn zum ersten Mal ganz genau. Er war schlank und sehnig. Seine weißblonden Locken strahlten in der Abendsonne fast wie ein Heiligenschein. Seine große Nase stach wie ein Vogelschnabel aus seinem braunen Gesicht hervor, und sein Kinn schmückte ein kleiner Ziegenbart. Er rauchte eine selbstgedrehte Zigarette. Das Päckchen Tabak lag neben ihm auf der Erde. Am Ende der Welt kreischten die Paviane.

„Dann gab es einen Tag, 1976, den fühle ich noch heute", Jakob schien völlig in seine Welt abzutauchen.

„Du musst wissen, wir lebten privilegiert in der Platte an der Karl-Marx-Allee mitten in Ostberlin, eine betonierte

Prachtstraße. Weltniveau! Wir hatten ein winziges Ferienhäuschen am Wandlitzsee, um das mich meine Schulkameraden beneideten. Ich schweife ab. Alles 20 Jahre her. Ich war natürlich FDJ-Mitglied. In der Schule hatten wir Staatsbürgerkunde, und da kamen ständig der ANC und Nelson Mandela und die ostdeutsche Solidarität mit den antikolonialen und antirassistischen Befreiungsbewegungen vor. Hast du in der Schule nichts darüber gelernt? Bei uns war das oft Thema. Ich langweile dich, oder?"

„Nein, nein, erzähl weiter. Ich weiß ja immer noch nicht, warum du in Südafrika bist."

„Ja, das war 1976, da war ich Schüler und 13. Da gab es den Schüleraufstand im Township Soweto. Schwerbewaffnete Polizisten jagen schwarze Kinder und Jugendliche, schlagen mit Knüppeln auf sie ein und erschießen sie. Die Bilder waren schrecklich. Ich fühlte mich wie einer von denen. Hunderte starben. Seitdem war ich dran an Südafrika. Mein Vater hat das unterstützt. Er arbeitete schon damals für das Ministerium für Auswärtige Angelegenheiten und für das Ministerium für Verteidigung und Staatssicherheit. Nachrichtendienst. Geheimpolizei. STASI – schon mal gehört?"

Susanne zuckte mit den Schultern.

„Wie gesagt, er hat Männer und Frauen für den Untergrundkampf in Südafrika ausgebildet. Dazu kam der Zusammenbruch des portugiesischen Kolonialsystems Mitte

der 70er, da hat die DDR wohl die Möglichkeit gesehen, dem Westen im südlichen Afrika eins auszuwischen. Die Bundesrepublik hatte dem weißen Regime mithilfe deutscher Konzerne wie Daimler, Siemens und der Deutschen Bank Rückendeckung gegeben. Nun bröckelte das westliche System. Die Unterstützung der DDR wuchs. Und mein Vater hatte in den Ausbildungslagern in Tansania und Mosambik viel zu tun. Wir haben ihn nicht oft zu Gesicht bekommen. Aber wir waren stolz auf ihn."
Susanne dachte an ihre Seefahrer-Geschichten und was in all den vielen Geschichten wohl der Wahrheit entsprach und was nicht. Und ob sie jemals stolz auf ihren Vater gewesen war. Sie überlegte, ob sie in ihrem schwäbischen Dorf irgendetwas über die Menschen in der DDR erfahren hatte. Sie erinnerte sich nicht. Es war oft von Russen die Rede gewesen, von Unrechtsstaat und Stacheldraht und Toten an der Mauer. Und natürlich der Mauerfall, die Wende und die feiernden Horden von Ossis, die mit ihren Trabbis die Luft verpesteten. Aber sie hatte sich nicht besonders interessiert. Jakobs Geschichte kam ihr abenteuerlich, fremd und unwirklich vor.
„Aber da müsste dein Vater doch eigentlich froh sein, denn er hat ja mit dazu beigetragen, dass Südafrika jetzt von der Apartheid befreit ist!"
„Schön wäre es. Einerseits gibt es hier die ersten freien Wahlen und Nelson Mandela ist der erste schwarze Präsi-

dent. Aber andererseits ist Vaters Sozialismus total baden gegangen und er wird zuhause wie ein Verbrecher behandelt. Und meine Mutter gleich mit. Sie tun mir irgendwie leid. Ich musste nach meinem Medizinstudium an der Charité so schnell wie möglich da raus." Jakob nahm einen Schluck Limonade und verschluckte sich fast. Er schwieg lange und starrte auf den letzten Rest Abendsonne.

„Jedenfalls hat mir Gustav ein Angebot gemacht, das ich nicht abschlagen konnte. Jetzt bin ich froh, hier zu sein. Kann Erfahrungen sammeln und meinen Onkel darin unterstützen, wofür mein Vater gearbeitet hat. Ich finde das absurd und stimmig zugleich!"

„Da passt du tatsächlich besser hier in die Hütte und nicht auf die Farm deines Onkels", sagte Susanne und nahm noch einen guten Schluck von der Limonade.

Als Jakob ihr nachschenkte, berührten sich ihre Hände kurz und Susanne zuckte zurück, als hätte sie ein Stromschlag getroffen. Sie war mehr als überrascht von der Berührung und träumte nachts, dass sie auf dem Rücken eines riesigen Geiers, der Jakobs Schnabelnase und seinen Ziegenbart trug, über die Magaliesberge flog.

Sie schmiegte sich in sein Gefieder und war glücklich.

* * *

SUSANNE

Jakob hatte mit einigen Handwerkern tatkräftig den Ausbau weiterer Unterkünfte in Angriff genommen. Die schwarzen Erzieherinnen wechselten zwar ständig, – wer die Chance hatte, aus dem Bushfeld nach Pretoria oder nach Johannesburg zu wechseln, zögerte nicht lange – dennoch nahm das Projekt Form an.
Es schien Susanne, als wären Erfolge sichtbar. Der örtliche Radiosender hatte positiv über das Projekt berichtet. Die dicke, schwarze Frau vom Sozialamt wurde mit Gesang und Essen empfangen. Nora Module, die wunderschöne Küchenfee des Projektes, hatte sich selbst übertroffen und eine riesige cremige Torte aufgetischt, die im Wesentlichen aus bunten Zuckerperlen und einer Art Pfefferminz- und Karamellpudding bestand. Sie servierte das Prachtstück höchstpersönlich und mit schwenkendem Hinterteil.
Nora kam aus Namibia. Über ihre Familie verlor sie kein Wort, nur von den rot schillernden Sanddünen der Savanne schwärmte sie mit kullernden Augen. Susanne liebte ihre lustige Art und ihre fetten Torten, mit denen sie ihr Leben versüßte. Die dicke Frau vom Sozialamt fühlte sich geehrt.

Susanne begann ihre Arbeit zu mögen. Die Kinder wuchsen ihr ans Herz. So viel Lachen und so viel Energie, so viel

Fröhlichkeit und Rhythmus. Sie war ja selbst noch fast ein Kind.
Und doch blieb sie eine weiße Fremde, so sehr sie sich auch bemühte. Sie konnte sich das Leben im Projekt ohne Jakob nicht vorstellen.
Als sie eines Tages in die Küche schlich, um sich ein Stück Kuchen zu mopsen, sah sie Jakob wie er Nora von hinten nahm. Nora stützte sich an der Kühlschranktür ab und stöhnte. Susanne zog sich leise aus der Küche und aus Jakobs Leben zurück. Und die fettigen Festtags-Torten von Nora waren einfach viel zu süß.

Als sie nach neun Monaten zum ersten Mal so etwas wie Urlaub bekam, schloss sie sich Elsie an, die im Projekt die Buchhaltung, alle Einkäufe und den Briefverkehr erledigte. Elsie war weiß und sprach neben Africaans ein gutes Englisch. Sie war nur wenige Jahre älter als Susanne, aber bereits mit dem dicken Buren John aus Rustenburg verheiratet. Elsies Familie kam aus Fish Hoek, nahe Kapstadt, und sie hatte sehr große Sehnsucht nach ihrer Heimat im Süden des großen Landes. Sie schwärmte pausenlos von der Kapregion als das sonnige, reiche Südafrika am Atlantik. Susanne hörte ihr gerne zu. Alles schien dort einfacher und unbeschwerter als hier im Bushveld bei den dicken Buren und den dürren Schwarzen.
Susannes Sehnsucht entflammte aufs Neue für den wil-

den Ozean. Elsie brauchte nicht viel Überredungskunst. Sie planten gemeinsam eine Reise in Elsies Heimat, runde 1.300 Kilometer von Rustenburg entfernt, am anderen Ende des Landes, dort, wo sich am Kap der guten Hoffnung Atlantik und Indischer Ozean trafen. Sie reisten mit dem Zug. Es war eine tolle Bahnreise, auf der sie mit vielen Schwarzen, Farbigen, Indern und Weißen zusammentrafen, die entschlossen waren, ihre Regenbogennation in eine gute Zukunft zu führen. Und irgendwann würde sie all die Geschichten aufschreiben, die ihr in den 30 Stunden im Shosholoza-Express von Johannesburg nach Kapstadt begegnet waren.

Auf der Reise in den Süden, an die Spitze des afrikanischen Kontinents, machten sie einen Abstecher entlang der Garden Route bis nach Mossel Bay, die ihr ein Südafrika der Reichen und Schönen, der Weißen und Privilegierten offenbarte. Touristen, die in den herrlichen Buchten rund um Hermanus darauf warteten, dass die schwarzen Walwächter die Wanderung der Wale ausriefen.

In Mossel Bay besuchten sie ein Museum, sahen ein original nachgebautes Segelschiff aus Holz und lasen die Geschichte des portugiesischen Seefahres Bartolomeu Dias, der mit seinen Mannen und zwei anderen Schiffen auf Geheiß des portugiesischen Königs João II 1487 in Lissabon aufgebrochen war, um neue Seerouten und Länder zu erkunden. Er irrte ziemlich herum – entlang des heutigen

Angola und Namibia und dann wieder in die offene See und unwissentlich zurück um Cape Hope herum – und landete schließlich in Mossel Bay, welches Dias damals Aguada de São Bras nannte. Damals fand er nur eine Quelle vor. Weiter ging es zum Bushman's River Mouth in Kwa Zulu-Natal. Es war das erste Mal, dass Europäer in Südafrika gelandet waren. 16 Monate nach ihrem Start kehrte die Crew zurück nach Lissabon.

Susanne war fasziniert davon, wie klein diese Caravelle mit ihren gut 20 Metern war und wie waghalsig seine „Bewohner", die sich aufgemacht hatten, eine unbekannte Welt zu erobern. Gebaut worden war dieser Nachbau in Portugal. Und wie vermutlich vor 500 Jahren segelte eine 16-Mann Crew 1987 mit der ‚Bartolomeu Dias,' von Lissabon über Madeira und Saint Helena, und landete vier Monate später in Mossel Bay. Das Museum war um dieses Schiff herum errichtet worden.

Hier fand Susannes Leidenschaft für die Seefahrt neue Nahrung. Und so beeindruckend sie Fish Hoek mit seinen Haifisch- Stränden, Simon's Town mit seinen Pinguinen und Chapman's Peak Drive, die atemberaubend schöne Küstenstraße nach Capetown, fand – endlich wusste sie, wohin sie gehen würde, wenn ihre Zeit in Rustenburg abgelaufen war: Von der südlichsten Spitze des afrikanischen Kontinents an die südlichste Spitze Europas – Portugal. Nach Lissabon, von wo aus so viele ihrer Kindheitshelden

aufgebrochen waren, die Welt zu erobern.
Der Abschied von Mandisa und Tau, von Jakob und Elsie fiel ihr schwer. Aber als sie am Flughafen in Jo'burg noch schnell Jakob zuwinkte, war sie in Gedanken schon 12.000 Kilometer weiter.

* * *

PORTUGAL 1994 - 1995
Lissabon erschien ihr wie eine alte, etwas schrullige, aber sehr lebendige Tante, die zwar zur Familie gehörte, aber immer ihren eigenen Weg gegangen war. Morgens roch es in den alten Straßen nach Kaffee, mittags nach Fisch, nachmittags nach Wein. Susanne hörte auf den Klang der Sprache, versuchte, einzelne Worte zu erhaschen und sie vor sich hinzumurmeln. Nuschelig und etwas schwammig glitten ihr die Worte durch die vordere Mundhöhle und wurden über die Zunge nach draußen geschwemmt. Komischer Klang, fand Susanne und schwamm mit durchs Bairro Alto, zum O Triangulo, den Hafen, entlang der Ufer des Tejo und der umliegenden Hügel. Sie spürte vom ersten Moment an die wunderbar leichte Stimmung, die sie in Südafrika nie empfunden hatte. Und den Geruch des Meeres. Endlich war sie in einem Land angekommen, von

dem sie immer geträumt hatte. Dank an Bartolomeu Dias, den verwegenen Portugiesen und Anne Bonny, die ihr die Kraft und den Mut verliehen hatte, sich auf die Reise ins Ungewisse zu begeben. Und an Fräulein Hof, nicht zu vergessen!

Susanne tanzte durch die Nächte Lissabons, der Schönen. Und als ihre Escudos zur Neige gingen und ihr Geld nicht einmal mehr für die winzigste, billigste Absteige reichte, lernte sie Paul kennen, den sie Epi-Paul nannten, ein in die Jahre gekommener Aussteiger, der sein Vermögen angeblich in einer Londoner Werbeagentur gemacht hatte und seit Jahren unterwegs war, um ein sinnvolles Leben zu führen – sense of happiness – wie er es nannte. Was daran sinnvoll sein sollte, sein Geld beim Spielen zu verlieren und für Haschisch und Vinho Verde auszugeben, erschloss sich ihr zwar nicht, aber die internationale Community um Paul herum war abenteuerlustig, gesellig und verrückt. Epi-Paul war nicht geizig. Er war gut und gerne 20 Jahre älter als Susanne und besaß eine kleine Quinta an der Ostalgarve in Portugal, wo man preiswert und ungestört nah am Wasser leben konnte. Er lud sie und seine Freunde ein, mit an die Algarve zu kommen.

Sein Haus lag inmitten eines Orangenhains, und so hieß auch das Dorf: Laranjeiro. Ein typisches portugiesisches

Bauernhaus, eine Quinta, geduckt in die hügelige Landschaft, gebaut aus Stein und Lehm mit einem Dach aus orangebraunen Ziegeln, die sie Mönch und Nonne nannten, sowie Cannas, dem heimischen Schilfrohr. Die Zimmer waren dunkel, im Sommer kühl, im Winter hielten die dicken Wände die Wärme vom Backofen. Nur die Küche war etwas größer und mit einem runden Tisch ausgestattet. Die Wände waren kalkweiß. Das Haus stand inmitten einer satten, grünen Wiese mit gelbem Klee. Wie wunderbar! Es war Januar 1995 und die Mandelbäume blühten. Tagsüber war es schon angenehm warm in der Sonne, nachts empfindlich kalt.

Epi-Paul kam in den kühlen Nächten zu ihr ins Bett. Er rieb sich an ihrem Rücken, sie tat, als ob sie schlief. So, wie sie es auch früher schon gehalten hatte. Er stöhnte eine Zeit lang und schlief dann ein. Mehr passierte nicht. Sie machte kein Auge zu und wartete, bis er im Morgengrauen wieder aus ihrem Bett verschwand. Dann nickte sie ein. Tagsüber verhielt er sich, als wäre nichts gewesen. Sie fühlte sich einerseits unwohl und unangenehm berührt, andererseits erregten sie diese nächtlichen Übergriffe. Sie hätte ihn ja abwehren können, sagte aber nichts. Manchmal vermisste sie Jakob. Es war so ein vertrautes Gefühl. Sie sehnte sich danach und schämte sich zugleich.
Susanne verbrachte ihre Tage mit Epi-Pauls Freunden

Christiane und Piet, die mit ihr an die Algarve gefahren waren, am menschenleeren Strand von Fuseta. Schließlich kostete sie dieser Aufenthalt nichts weiter als schlaflose Nächte.

Paul musste zu irgendwelchen Geschäften zurück nach Lissabon. Christiane und Piet wollten mit. „And you? Was willst du?", fragte er Susanne.

„Ich kann hier bleiben, dein Haus hüten. Ich könnte die Wände kalken und im Garten arbeiten, heizen, damit nichts verschimmelt." Die Vorstellung, ein paar Tage und vor allem Nächte allein zu sein, beflügelte sie. „No problem", sagte Paul. „I will come back in a few days, may be on Sunday."

Nur keine Eile, dachte Susanne und winkte fröhlich, als die drei in Pauls altem Ford vom Hof fuhren – Susanne vermutete Drogengeschäfte. Zumindest machten jeden Tag ein paar Joints die Runde und Marihuanawolken zogen durch das Haus. Susanne mochte den Geruch, hatte aber kein Bedürfnis zu rauchen. Ihr wurde schlecht und schwindelig davon, im besten Fall kicherte sie sich halb zu Tode. Das war ihr zu anstrengend. Es ging ihr gut.

Paul hatte ihr ein paar Escudos da gelassen, für ihre Hauswarttätigkeit gewissermaßen. Also fing sie an, in der Küche die Wände zu kalken, bekleidet mit einem alten Oberhemd von Paul und einem selbst gefalteten Papierschiff auf dem Kopf.

Sie hörte ein herannahendes Auto, ein klopfender Dieselmotor, das Geräusch kannte sie nur zu gut aus Südafrika. Ein schwarzer Mercedes. Sie konnte durch das kleine Küchenfenster sehen, wie ein Mann ausstieg, etwas jünger als Epi-Paul, Mitte, Ende 30 vielleicht. Er trug ein blau-weiß geringeltes Sweatshirt und eine abgewetzte Jeans, dazu braune Ledersandalen, in denen knorrige Füße steckten. Er klopfte an Pauls Haustür. Sie öffnete, von oben bis unten mit Kalk bekleckert. Er strahlte sie aus wasserblauen Augen an, grinste über das ganze Gesicht und sagte sehr freundlich, ja fast zärtlich und auf Deutsch: „Hallo, mein Name ist Marko, könnte ich bitte Paul sprechen?" Sie kam sich blöd vor in ihrem Oberhemd und mit dem Papierschiffchen auf dem Kopf.
„Paul ist in Lissabon. Ich hüte das Haus bis er wieder kommt. Kann ich etwas für Sie tun?"
Er lachte. „Gott behüte... wir können uns gerne duzen. Ich nehme an, du bist Susanne, die Frau, die über Südafrika nach Portugal gekommen ist, aber eigentlich aus Schwaben stammt?"
Susanne stand völlig verunsichert in der Haustür und wusste nicht, ob sie diesen Mann freundlich und zuvorkommend behandeln oder ob sie ihm die Tür vor der Nase zu werfen sollte. Es hörte sich beinahe so an, als sei dieser Marko gar nicht wegen Paul, sondern wegen ihr gekommen.

„Ich hab' schon von dir gehört", sagte er schnell, „Paul hat mir von dir erzählt. Da war ich neugierig, gebe ich zu."
Susanne wollte ihn abwimmeln, verlagerte ihr Gewicht von einem Bein auf das andere, hielt mit einer Hand den tropfenden Pinsel hoch und stammelte etwas wie, dass ihr das gar nicht recht sei, wenn hier schon über sie geredet werde.
„Keine Sorge", sagte Marko, „ich will wirklich Paul sprechen. Kannst du ihm bitte ausrichten, er möge unsere Vereinbarung Sonntagabend einhalten? Ich warte auf ihn bei Ludovina. Er weiß, wo das ist."
Paul kam nicht. Niemand kam. Sie wusste, wo Ludovina war. Am Fischerdorf Sapateirra Baixo, etwa fünf Kilometer entfernt. Sie machte sich Sonntagabend mit einem klapprigen Rad, das sie im Schuppen gefunden hatte, auf den Weg in Richtung Meer. Als sie das Watt erreichte, tauchte die Abendsonne in ihrem Rücken die abfließenden Priele in ein tief orangefarbenes Licht. Die Stille, in die sich unendlich viele zarte Geräusche mischten, beruhigte sie zutiefst. Am Horizont sah sie die Sanddünen. Davor spiegelten sich im flachen Wasser zahlreiche blau weiße Holzboote der Fischer von Sapateirra – cidade sem lei – Stadt ohne Gesetz. Alte Bierkästen stapelten sich am Ufer, zwei Hunde streunten durch das Schilf. Rechts von ihr konnte sie die Sonnenschirme der heruntergekommenen Kneipe sehen. Vier Jeanshosen hingen auf der Leine und blähten sich im

Wind, als wollten sie gleich davon rennen. Fünf leere Tische. Am sechsten saß Marko und starrte versonnen auf das Wattenmeer der Ria Formosa.

Susanne fühlte sich ihm plötzlich auf ganz ferne Art verbunden, als hätte sie schon immer gewusst, dass sie hierher gehörte, ohne daran zu glauben, dass sich diese Sehnsucht je erfüllen würde. Es fühlte sich an wie etwas unwahrscheinlich Wahres, etwas nie Dagewesenes, Richtiges – ein Sog, gegen den niemand etwas ausrichten konnte, damit musste man sich einfach abfinden, dem musste man sich fügen wie der Wiederkehr von Ebbe und Flut, dem ewigen Hin und Her der Wassermassen, die durch die Priele in den Sand drückten und sich dann wieder unaufhörlich ins offene Meer zurückzogen. Stunde um Stunde, Tag für Tag, Jahr für Jahr. Es war das Meer, das sich in seinen Augen spiegelte, das Meer, dem sie sich von je her verbunden fühlte. Als er sie sah, lachte er wie bei ihrer ersten Begegnung, und seine Augen strahlten in der Farbe des Meeres. Was für ein Moment!

Es begann die schönste Zeit ihres Lebens.

* * *

Susanne hatte noch nie mit einem Mann richtig geschlafen. Vage stiegen Bilder ihrer Kindheit auf. Jakob hätte sie vielleicht gerne einmal geküsst. Aber die nächtlichen Rubbeleien von ihm und von Paul hatte sie über sich ergehen lassen – wie damals, als ihr Vater Trost bei ihr suchte. Sie fragte sich, ob Männer das unter Sex verstanden und fürchtete schon, nicht ganz normal zu sein; denn ihre Lust hielt sich in Grenzen. Männer schienen ihr zu groß, zu mächtig, zu drängend, zu bedrohlich, hin und wieder auch ekelig. Die meisten rochen nicht gut.
In Südafrika hatte sie zufällig beobachtet, wie eine junge Frau unter der mit Palmwedeln provisorisch verkleideten Dusche ihren Körper zärtlich streichelte, sich zwischen den Beinen mit der Hand berührte und mit schnellen Bewegungen offenbar in einen lustvollen Zustand geriet; denn sie stöhnte und leckte unter dem Wasserschlauch ihre Lippen. Susanne hatte sich verschämt abgewandt. Das Bild ließ ihr aber keine Ruhe und verfolgte sie in ihren halbwachen Träumen, in denen sie sich zwischen den Beinen berührte, feucht und geschwollen hochschreckte und sich schämte. Sie vergaß dann das Erlebte – bis zum nächsten Mal.

Mit Marko war es ebenso erregend wie alleine mit sich selbst. Er ahnte, wie er sie berühren musste und ließ sich viel Zeit. Er flüsterte ihr leise zärtliche Dinge ins Ohr und knabberte an ihrem Ohrläppchen, er fragte, erklärte – sie antwortete nie. Wenn er in sie eindrang, merkte sie es kaum, ein eher verschwommenes Gefühl völliger Auflösung, in der einsetzenden Entspannung schwammen sie in ihrer beider Saft, wohlig, weich, warm und glücklich. Keine Scham, kein Ekel, kein Widerstand. Sie liebten sich in den einsamen Dünen, auf dem Wasser in der kleinen Segeljolle, auf der Dachterrasse seines Hauses und unter dem Moskitonetz im Bett über dem steinernen Backofen. Er verzauberte sie mit seinen Fingern, und sie vergötterte ihn. Noch ehe Paul zurückkehrte war sie aus dessen Haus aus- und bei Marko eingezogen. Für immer.

Epi-Paul belästigte sie nie wieder. Marko war eine Autorität in der Gegend. Er lebte schon viele Jahre hier, sprach die Sprache der Einwohner, trank mit ihnen Wein und spielte mit ihnen Billard. Er suchte Grundstücke und bot sie Freunden und Bekannten aus Deutschland an. Er baute Surfbretter und wollte eine Surfschule eröffnen. Er kaufte Honig und wollte ihn nach Deutschland exportieren. Er sammelte Sardinenbüchsen und bot sie Restaurants an. Er entwickelte beständig neue Ideen und handelte mit allem, was nicht niet- und nagelfest war. Sie durchschaute seine Geschäfte nicht und wollte es auch gar nicht so genau wissen.

Sie trug ihren Obolus zum Haushalt bei, betreute die kleinen Kinder der deutschen Einwanderer und lernte mit ihnen Portugiesisch. Das lag ihr, sie lernte schnell, schneller als früher in der Schule. Sie schlenderte gern über den Markt von Olhão, kaufte das Gemüse der Bäuerinnen und den frischen Fisch, die Lulas, die Sardinhas, die Douraden, den Pescada und die Chocos – auch wenn Marko ihr ständig – freundlich, aber auch etwas väterlich – erklärte, dass sie den nicht frischen Fisch für zu viele Escudos, die importierten Früchte, statt der regionalen und die falschen Oliven aus Spanien gekauft hatte. Er erklärte ihr auch, welche Gerichte typisch und welche touristisch waren, zum Beispiel die Jardineira de Galo, Gemüseeintopf mit altem, lang gekochtem Hahn oder Lingua de Porco – Schweinezunge. Sie lachte: „So frisch, dass man sich noch mit ihr unterhalten kann." Er liebte den Leitão no forno, gebackenes Ferkel oder auch Feijoada de Choco, den Bohneneintopf mit Tintenfisch. Sie trank danach den heimischen Kräuterlikör Beirão und er einen Macieira „Apfelbaum" Brandy, oder auch zwei. Manchmal auch Medronho vom Erdbeerbaum, der samtig durch die Kehle rann. Und immer Vinho verde, den grünen frischen Wein. Santinho! Saude!

Er zeigte ihr, wie man bei rücklaufendem Wasser im Watt Stabmuscheln mit Salz lockte und wie man Lulas zubereitete. Er beschrieb ihr das Leben im Wattenmeer und die Bedeutung der Winde. Er zeigte ihr Blaulstern, Ziegenmelker, Steinkäutzchen, Austernfischer, Flamingos,

Löffler und Wattläufer. Er ging mit ihr segeln in seiner kleinen Jolle Maria, die bei Ludovina im Watt lag und bei Flut leicht schaukelte. Er machte sie mit Donna Dina, der Dorftratsche, bekannt und mit Bertilho, dem Tischler. In der Ölmühle von Sta. Catarina kauften sie kaltgepresstes Olivenöl, und in Tavira trafen sie den Antiquitätenhändler Pap Seco, der ihnen hübsch verzierte Tische und Stühle oder alte Ölschinken anbot.

Er wusste, dass sein Freund Marinho, der Maurer, ein Verhältnis mit Conceição, der Kellnerin im Conquistador, hatte und dass sie schwanger von ihm war, worauf sich Marinhos Frau nun endgültig von ihm trennte, insbesondere als klar war, dass Conceiçãos Tochter zur selben Zeit schwanger geworden war wie ihre Mutter, auch wenn das Baby wohl nicht von Marinho war. Aber man wusste ja nie... Marinho jedenfalls schob plötzlich mit zwei Frauen und zwei Kinderwagen durch Sapateirra Downtown, zum Gespött der Leute. Lange hielt er das nicht durch und wollte reumütig zu seiner Frau zurückkehren, zumal er ihr gutes Essen vermisste. Die zierte sich. Nächtelang saß er mit Marko in ihrer Küche. Sie tranken Wein und jammerten gemeinsam den Fado, bis Marinho schwer schwankend in der finstern Nacht verschwand und Marko ebenso schwankend zu ihr ins Bett fiel.

Sie wusste nicht, wohin Marinho ging. Zu Conceição, der Empfangenden, zur Tochter Virginia, der Jungfräulichen?

Oder seiner Frau Inocência, der Unschuldigen? Wohin gehen spät in der Nacht all die betrunkenen Männer, die ihre Frauen betrügen?

Beim Anblick der Babys spürte Susanne leichten Neid auf Mutter und Tochter. Ein Kind mit Marko, das wäre wunderbar. Aber sie schob den Gedanken beiseite. Sie war ja nicht einmal 20 und kannte Marko erst ein paar Monate. Sie war sich nicht sicher, ob er überhaupt Kinder haben wollte und traute sich nicht zu fragen.

Die düsteren Gedanken verflogen, als er sie auf eine Pilgertour auf den Camino Portugues von Porto nach Santiago de Compostela mitnahm. Sie waren nahezu allein unterwegs. Marko hatte diesen alten Weg in einem seiner schlauen Bücher rekonstruiert. Er führte sie durch Ritual, wo sie an einem Maisfest des Dorfes teilnahmen. Alle Frauen saßen in bunter Tracht und schwarzen Hüten um den von Männern geernteten Maisberg herum und schälten singend die Maiskolben. Wer einen blauvioletten Maiskolben entblößte, konnte im kommenden Jahr damit rechnen, den richtigen Mann zu finden. Die Frauen, die solch einen seltenen Kolben fanden, liefen puterrot an und aufgebracht durch den Kreis. Susanne schälte fleißig, aber vergebens ... claro, denn sie hatte ja bereits den Richtigen gefunden.

Der Jakobsweg war die Erfüllung für Susanne. Mit Marko alleine im Gleichschritt synchron bei Tag. Was spielten da ein paar Blasen an den Füßen schon für eine Rolle. Neben- und aneinander liegend bei Nacht – auf alten Pritschen mit Stroh und in duftenden Betten der Bäuerinnen, die sich ein paar Escudos hinzuverdienten, in dem sie hin und wieder einsame Wanderer aufnahmen. Und tagsüber durch Wälder, durch Städte, über die spanische Grenze nach Tui. Es gab zwei, drei katholische Herbergen auf dem Weg, für den sie zwei Wochen benötigten. Susanne hoffte, die Zeit würde nicht so schnell vergehen. Sie täuschte Knieschmerzen vor und ging langsamer. Kurz vor Santiago durften sie zwei Nächte in einem spanischen Franziskanerkloster übernachten. Außer ihnen und Padre Sebastian nächtigte niemand im Kloster. Der Padre las ihnen die Morgenmesse. Susanne war sicher, dass sie nun vor Gott vereint waren und höhere Weihen genossen hatten. Nichts konnte sie mehr trennen.

Gefestigt wurde das Band ihrer Liebe noch einmal beim Pilgergottesdienst in der Kathedrale von Santiago, wo eine runzelige Nonne so wunderbar sang, dass Susanne beim gemeinsamen Abendmahl mit Hunderten von Pilgern aus aller Welt hemmungslos weinend zusammenbrach.

Einzig der Umstand, dass Marko während der Zeremonie plötzlich verschwunden war und erst Stunden später in ihrer Unterkunft reichlich betrunken wieder auftauchte, warf einen kleinen Schatten auf ihr Glück.

MARKO

Epi-Paul hatte von dem blonden Girl geschwärmt und davon, dass er sie bald soweit hatte. Nach dem vierten Macieira schlossen Marko und Epi-Paul eine Wette ab, wer sie über den Sommer vögeln würde. Marko wunderte sich ein wenig über das Wettangebot, weil Epi-Paul ja angeblich keinen richtigen Sex haben konnte, schlug aber ein. Sie setzten 1.000 Escudos, ein mageres Sümmchen, aber ein großer Spaß.
Marko gewann, selbst einmal mehr erstaunt, wie leicht es ging. Die Suse, wie er Susanne nannte, war schon nach ein paar Tagen fällig, um so mehr als Paul in Lissabon wegen einer fehlenden Warenlieferung festsaß und vorläufig nicht an die Ostküste zurückkommen konnte, um mit Marko aktiv in den Wettstreit zutreten.

Marko war sich aber sicher, dass er auch mit einem anwesenden Paul keine Probleme bekommen hätte. Suse war jung und unerfahren. Er wusste, wie er die jungen Dinger zu nehmen hatte. Marko baute voll auf die Wirkung des Meeres, seiner einsam gelegenen Quinta und seiner wasserblauen Augen. Seit mehr als zehn Jahren lebte er nun hier am Strand, zuvor in Tavira und Lissabon, zu einer Zeit als Portugal den jungen Menschen ein politisches, offenes, alternatives und durchaus preisgünstiges Leben versprach, fernab bürgerlicher Normen, Rasterfahndung, RAF und kaltem Klima. Suse war nicht die erste, die ihm unter der Sonne Portugals über den Weg lief. Sie würde ihm helfen, die etwas bittere Erfahrung mit seiner letzten Beziehung zu vergessen. Erika war ziemlich genervt wieder nach Deutschland in ihren alten Beruf zurückgekehrt und hatte ihm ein Haus hinterlassen, das zur einen Hälfte ihr gehörte und zur anderen Hälfte ihm, wobei sie ihm das Geld für seine Hälfte geliehen hatte.

Inzwischen drehte sich sein Leben an der Algarve im Wesentlichen darum, wie er am einfachsten Geld verdienen konnte – zwischen kleinen Drogendeals, Gastronomie, Immobiliengeschäften und Handel und Wandel hie und da. Sein Ziel war es, nicht mehr als fünf Minuten am Tag zu arbeiten. Das war nicht leicht, aber es reichte immer geradeso zum Leben und begeisterte ihn nicht wirklich. Immer suchte er nach neuen Ideen, nicht zuletzt um die Raten an Erika abzustottern. Sie verdiente zwar als Lehrerin gut und drängelte nicht, aber früher oder später würde sie das Geld für das ganze Haus haben wollen. Wie auch immer, deswegen konnte er nicht ewig Trübsal blasen und suchte immer nach einer passenden Begleitung, was in dem portugiesischen Dörfchen, für das er sich nun entschieden hatte, mangels Masse gar nicht so einfach war.
So jemand wie Suse war lange nicht mehr in seinem Dunst-

kreis aufgetaucht. Sie entsprach zwar nicht ganz seinem Anspruch an Intellekt und emanzipiertem Auftreten, denn er liebte es, die eher strengen, spröden, klugen Frauen zu knacken. Aber ihr frisches unvoreingenommenes Wesen, ihre Anhänglichkeit und Begeisterung für ihn und seinen Lebensstil gaben ihm Energie und Spaß, zumindest den Sommer über.

Als der Oktober mit seinen ersten anhaltenden Regentagen in den November überging und die feuchte Kälte in alle Ritzen zog, wurden das Meer und der Alltag langsam grau.

* * *

EISTENSTÄTT 1995
MARTINA

Martina freute sich ehrlich als sie einen Brief von ihrer kleinen Schwester bekam. All zu lange hatte sie nur knappe Nachrichten aus Südafrika erhalten. Der erste längere Brief kam nun überraschenderweise aus Portugal.

Endlich schien Susanne einen Ort auf der Welt gefunden zu haben, an dem sie bleiben mochte, an dem sie Wurzeln schlagen wollte. Zumindest entnahm Martina dies nicht nur dem Brief, sondern auch einem langen Telefonat zwischen ihr und ihrer Schwester, in dem Susanne lebhaft und fröhlich ausführte, dass sie im Süden Portugals gelandet sei und es ihr wunderbar ginge.

Martina bemühte sich, nicht gleich mit der Tür ins Haus zu fallen und ihr die schlechten Nachrichten von Zuhause schonend beizubringen; denn offenbar waren sie noch nicht zu ihr vorgedrungen.

„Wie geht es Dirk?", fragte Susanne. „Gut, gut", sagte Martina, „er hat sich etwas gefangen und wohnt immer noch Zuhause. Zum Glück. Er versorgt unseren Vater. Ja, und er arbeitet sich in seine Immobiliengeschäfte ein, hoffe ich."

„Wieso, was ist mit Vater?"

„Er ist wohl krank, Susanne. Die Ärzte sind noch nicht ganz klar. Demenz vielleicht. Die Untersuchungen laufen noch. Jedenfalls ging alles ganz schnell."

„Ja, und Mutter?"

„Das ist es ja, Susanne. Mutter ist ... Mutter war ... sie ist tot, Susanne. Ich hatte es dir doch geschrieben, nach Südafrika. Ist der Brief denn nicht angekommen? Vater hat das einfach nicht verkraftet."

„Nein, ich weiß von nichts. Tot? Wie, was ist denn passiert?"

„Wir wissen es nicht genau. Vermutlich hat sie sich in einer schweren Depressionsphase selbst umgebracht. Wahrscheinlich... es konnte nicht hundertprozentig nach-

gewiesen werden. Ihre Leiche wurde aus dem Neckar gezogen. Fremdeinwirkung war nicht festzustellen. Sie ist ertrunken."
„Ertrunken? Konnte sie nicht schwimmen? Ich weiß es gar nicht, ob sie schwimmen konnte..."
„Sie hinterließ keinen Abschiedsbrief oder irgendeinen Hinweis. Du weißt ja, es ging ihr nicht gut seit ..."
„Ja, ich weiß – seit meiner Geburt. Das habt ihr mir oft genug unter die Nase gerieben. Und nun bin ich auch noch schuld an ihrem Tod, oder was?"
„Nein, Susanne, so habe ich es nicht gemeint ... warte ..."
„Merkwürdig, das alles. Ich muss jetzt aufhören. Es wird sonst zu teuer. Ach so... ich habe hier einen Mann kennengelernt, den ich liebe. Ich werde hier bleiben. Mein neues Zuhause. Du kannst mich ja mal besuchen, – irgendwann. Grüß alle von mir."
Martina hatte sich über das abrupte Ende ihres Telefonats geärgert. Würde sich denn nie etwas ändern? Die Nachricht vom Tod ihrer Mutter schien Susanne nicht sonderlich zu berühren. Nach dem weiteren Zustand ihres Vaters hatte sie sich nicht erkundigt. Und das Dirk jetzt nur noch Zuhause herumhing und seinen Vater zu Tode pflegte, interessierte sie auch nicht.
Martina saß mit allem mal wieder alleine da. Sie hatte das ganze Familiendrama so satt. Was soll's. Ein erster Schritt war getan. Susanne schien endlich Fuß gefasst zu haben. Ja,

Martina meinte sogar herausgehört zu haben, dass Susanne sich ein Wiedersehen vorstellen könnte?
Doch zunächst galt es, die Erbangelegenheiten der Mutter zu ordnen, dieser ewig kranken, depressiven Frau, die sich im Neckar ersäuft hatte. „Lass dich nicht so hängen", hatte ihr Mann immer zu ihr gesagt. Aber je öfter er das sagte, umso mehr war sie in sich zusammengesackt.
Seit ihrem Tod war der Vater zu nichts mehr in der Lage, war völlig abwesend und redete immer von den gleichen Dingen. Wie war das möglich? Warum hat sie mir das angetan? Uns ging es doch gut! Zum Glück kümmerte sich Dirk um den alten Mann, der mit seinen 69 Jahren 14 Jahre älter war als seine verstorbene Frau. Seine Altersversorgung war gut, davon konnten auch beide leben. So sah Dirk das. Martina durchforstete das ganze Haus und die Sachen ihrer Mutter, sortierte aus, warf weg, verpackte Vieles in Säcke und brachte es zum Roten Kreuz. Schuhe, Kleider – darunter zwei Dirndl – alte Stegbundhosen, Trevira-Jacken, ein Pelzmantel aus Kaninchenfell, Frotteebademantel, Nachthemden, Unterröcke, Seidenstrumpfhosen – fein säuberlich in einer Fächertasche aufbewahrt, Handtaschen aus Kunstleder mit Goldkettchen. Von der Schminkkonsole Kölnisch Wasser. Aus dem Schmuckkästchen eine Zuchtperlenkette und einen Goldring mit einem grünen Stein. Wahrscheinlich hatte Dirk die restlichen Stücke schon aussortiert. Aus dem Medizinschrank

Berge von Tabletten. Alles schien ihr alt und grau. Es roch nicht gut. Martina ekelte sich vor den Intimitäten ihrer Mutter. Tagelang war sie mit den mütterlichen Überbleibseln allein. Niemand sonst interessierte sich dafür, auch nicht die Geschwister der Mutter, die zwar zur Beerdigung gekommen waren, sich kurz im Haus ihrer Schwester umsahen, dann aber wieder verschwunden waren.
Die Umstände des Todes wollten auch sie nicht genauer hinterfragen.

Was sollte das bitteschön bringen? Ertrunken im Neckar. Typisch Gerda. Sie war schon immer anders und kränklich gewesen, Flüchtlingskind eben. Sie konnte froh sein, dass Heinz sie genommen hatte. Ein gestandener Mann, aus russischer Kriegsgefangenschaft zurückgekehrt, macht jetzt in Immobilien. Eine gute Partie, der Heinz. Der hatte Beziehungen, noch aus der Nazi-Zeit. Na gut, seinen Arm hatte er im Krieg gelassen. Aber wer hat den Krieg schon unbeschadet überstanden? Immerhin hat ihm das eine Versehrtenrente eingebracht. Die Gerda hat den Krieg ja praktisch gar nicht mit erlebt, da war sie ja noch ganz klein. Daran kann's ja nicht gelegen haben. Drei Kinder hat die Gerda noch bekommen. Wer hätte das gedacht, bei der Verfassung. Und dann, man stelle sich vor, im späten Gebäralter noch die Susanne, da ist sie ja gar nicht mehr hochgekommen, die Arme. Das hat sie dann nicht mehr verkraftet. Und nun ist die Gerda tot. Mit 56. Viel zu früh. Aber auch eben typisch.

Und so zogen sie von dannen – auf Nimmerwiedersehen, die Verwandtschaft mütterlicherseits. Heinz hatte noch nie besonderen Wert auf die „Mischpoke", wie er die Familie seiner Frau abschätzig nannte, gelegt. Er hielt sich mit seinem Stammbaum, der seit eh und je am Ort verwurzelt war, eindeutig für etwas Besseres und war seiner Meinung nach mit Gerda genug gestraft, die sich zwar – wenn auch spät – als recht fruchtbar erwiesen hatte, sich aber in allen anderen Angelegenheiten der Familienbildung als Niete herausstellte. Weder konnte sie mit dem Haushaltsgeld, das er ihr monatlich für die Versorgung der Familie gab, anständig umgehen, noch kochte sie besonders gut, noch wollte sie regelmäßig ihren ehelichen Pflichten nachkommen. Immerhin hatten sie unter den Augen von Konrad Adenauer eine ordentliche, deutsche Familie abgegeben. Das war ihm nach all den Kriegsjahren und der Zeit danach, wo noch alles drunter und drüber ging, besonders wichtig.

Dass seine Frau nun so früh und vor allem durch eigene Hand gestorben war, erschütterte sein Idealbild einer vorbildlichen Familie derart, dass er umgehend in seine eigene Welt abtauchte, dahin, wo er sich auskannte, wo alles noch seine Ordnung hatte und der Führer sagte, wo es lang ging.

„Heil Hitler!", salutierte er nun, wenn Dirk ihm den morgendlichen Kaffee brachte. Dirk war das egal.

Martina kramte gedankenverloren in den alten Schränken im Keller herum. Die Enge der kleinen, vollgestopften Räume machte ihr zu schaffen. Hier ein alter Lederkoffer mit Bertelsmann-Lesering-Büchern, dort eine Tüte voller Kinderspielsachen. Sie konnte sich nicht erinnern, ob Mutter mit ihr jemals gespielt hatte. Hier eine voluminöse Bowle-Trinkgarnitur mit röhrendem Hirsch und geschwungenen Porzellanbeinchen, dort eine verstaubte Sammlung alter Langspielplatten und eine Dose voller ungültiger Glückslose. Und dann eine etwas angeschimmelte Holzkiste hinter den Einmachgläsern, den eingelegten Gurken, Kürbissen und Stachelbeeren mit weit zurückdatierten, handschriftlichen Jahrgangsetiketten. Eine Kellerecke, die außer der Mutter wohl nie jemand angerührt hatte.

Martina öffnete die Kiste mittels eines Eisenstabes, den sie aus der gut sortierten Werkstatt ihres Vaters holte. Das Schloss brach auf. Innen fielen ihr prall gefüllte Briefumschläge mit 50 DM-Scheinen entgegen. Einige Tausend Deutsche Mark mögen es sein, dachte Martina mit klopfendem Herzen. Woher kam das viele Geld? Wusste jemand davon?

Unter den Briefumschlägen fand sie weitere Briefumschläge, fein säuberlich gestapelt, vielleicht zehn an der Zahl oder mehr. Postlagernd, ohne Absender, adressiert an Gerda Holzhuber, geb. Polaczek. Ihre Mutter also. Martina nahm die obersten vier Briefe. Sie waren in lateinischer Schrift, aber durchmischt mit altdeutschen Buchstaben geschrieben, so dass sie etwas Mühe hatte, sie zu entziffern.

20. März 1967
Liebste Gerda,
es war wohl einer der schönsten Tage meines Lebens. So frei und unbeschwert habe ich mich lange nicht gefühlt. Eigentlich noch nie. Und das du auch so empfunden hast, war einfach das Schönste. Nach so langer Zeit endlich einmal mit dir für viele Stunden zusammen sein, wie oft habe ich mir das vorgestellt, seit wir uns das erste Mal begegnet sind. Als ich nach Hause kam, dachte ich, Elli würde mir unser Glück sofort ansehen, denn so glücklich und leidenschaftlich war es mit ihr noch nie. Sie war aber so mit unseren beiden Jungen beschäftigt, dass sie gar nicht merkte, dass ich wieder da war. Erst beim Abendessen fragte sie mich, ob auf dem Großmarkt alles geklappt hat und ob ich die Sonderangebote ergattern konnte. Noch nie habe ich so gerne gelogen, liebste Gerda, auch wenn ich morgen zusehen muss, wie ich die Linsen und die Erbsen zu einem halbwegs günstigen Preis kriege. Ich hoffe, bei Heinz ist auch alles gut gegangen. Er passt ja immer

auf wie ein Schießhund. Konntest du ihm entwischen? Ich hoffe, er kam aus Aachen nicht vorzeitig zurück? Nicht auszudenken, wenn er uns auf die Schliche käme.
Ach Gerda, Geheimnisse sind schön und gut. Aber wie soll das mit uns weitergehen?
Ich vermisse dich. W.

1. April 1967
Geliebte Gerda,
ich denke immer an dich, beim Frühstück, im Laden, wenn ich an der Kasse sitze und all die bekannten Kunden aus dem Dorf ihre Einkäufe bei mir abrechnen. Dann denke ich, dass es für uns keine Zukunft gibt und ich mir doch nichts sehnlicher wünsche, als immer bei dir zu sein. Ich habe so etwas noch nie empfunden.
Aber wir können unseren Familien das nicht antun. Wir werden wohl das tun, was wir immer schon getan haben, verzichten. Verzichten auf ein bisschen Glück. Wie immer, verbrenne diese Zeilen, wenn du sie gelesen hast und behalte sie in deinem Herzen. Ich tue es auch.
Bis Donnerstag. Dein W.

17. Juni 1967
Liebe Gerda,
als ich deinen Brief von der Post abholte, habe ich mich so gefreut auf deine Zeilen. Ich habe so lange nichts von dir gehört.

Und dann das! Was machen wir denn jetzt? Wir können uns doch jetzt nicht zu erkennen geben. Elli und die Jungs. Der Laden. Die Leute. Und das Schlimmste – Heinz. Mein großer Bruder denkt doch immer, er sei der tollste Held, der seinen Arm im Krieg geopfert hat für uns alle. Was machen wir denn bloß? Bist du dir auch ganz sicher? Wie weit ist es denn? Wir müssen uns sehen. Bitte komm zu unserem Treffpunkt am Donnerstag um 10. Da ist Elli mit den Jungs bei Oma und Inge macht den Laden, weil ich ja zum Großmarkt fahre.
Ich warte auf dich. Dein W.

2. August 1967
Ach Gerda,
ich sehe auch keinen anderen Weg. Wir müssen unsere Liebe vergessen. Deinen Vorschlag wegen der finanziellen Regelung finde ich aber etwas überzogen. Du bist doch mit samt dem Kind gut versorgt durch meinen Bruder. Wofür benötigst du dann noch Unterhalt von mir? Du weißt doch, dass es bei uns hinten und vorne nicht reicht. Ich kann unmöglich jeden Monat 100 Mark abzwacken, ohne dass Elli was merkt. Ich möchte das böse Wort Erpressung nicht benutzen und ich verstehe auch, dass du etwas Sicherheit brauchst für alle Fälle, aber schlussendlich weiß ich ja nicht einmal, ob das Kind wirklich von mir ist. Ich mache dir einen Vorschlag zur Güte: Alles bleibt unser Geheimnis und ich lege dir erstmal

50 Mark postlagernd restante. Ich hoffe, du bist einverstanden und wir trennen uns gütlich. Schließlich sehen wir uns ja auf jedem Geburtstag und zu Weihnachten und müssen irgendwie miteinander klarkommen. Wenn ich richtig rechne, erscheinst du dann ja zu Weihnachten bei Mutter mit unserem Kind. Ach, wie soll das alles nur gehen.
Ich wünsche dir erstmal alles Gute für die schwere Zeit. W.

Martina steckte alles Geld ein. Schließlich handelte es sich ja wohl um die Unterhaltszahlungen für sie – oder zumindest einen Teil davon –, die ihre Mutter über all die Jahre aufbewahrt hatte, für alle Fälle. Jetzt war dieser Fall eingetreten. Martina saß auf einer Kartoffelkiste, war unfähig sich zu erheben. Sie atmete die erdige Kellerluft ein und starrte auf die beschrifteten Einmachgläser im Regal. 1993, 1994, 1995. Erdbeer-Rhababer. Apfelmus. Sauerkirsche.

„Die hier", sagt ihr Vater und zeigt auf den rechten Stapel, „die essen wir die nächsten Tage. Du machst uns Pellkartoffeln, was, Martina? Und die hier", Heinz zeigt auf den mittleren Haufen, „die nehmen wir als Saatgut für nächstes Jahr. Und die hier", links stehen drei Kartoffelsäcke, „die kellern wir ein, damit wir den Winter über was zu Futtern haben, haha! Alles aus eigenem Boden, alles von euch eingesammelt. Das ist doch was!" Stolz präsentiert er den Erfolg seiner gärtnerischen Tätigkeit.

Dieser Heinz, der seine grünen Tomaten auf die Fensterbank legte, damit sie rot würden, war also nicht ihr Vater. Wusste er davon? Sollte sie ihn mit den Briefen konfrontieren? Aber wenn er es wusste, hätte Gerda dann Briefe und Geld gehortet? Wohl nicht. In seinem jetzigen Zustand würde es soundso kein klärendes Gespräch mehr geben. Susanne und Dirk waren also nur ihre Halbgeschwister. Und W. hatte offensichtlich die ganze Zeit Bescheid gewusst! Er lebte ja im Nachbar-Dorf, ganz in der Nähe. Sie begegneten sich drei, vier Mal im Jahr...
Ihrem Onkel W., der ja nun offenbar ihr leiblicher Vater war, gehörte noch immer der dörfliche Laden, der allerdings inzwischen zu einer schlecht laufenden Imbissbude verkommen war. Es stank immer nach altem Öl. Sein ältester Sohn hatte sich in Amsterdam bei seinem HIV-infizierten Freund in der Küche erhängt und der jüngere saß wegen zahlreicher Überfälle im Gefängnis. Seine Frau Elli war in der Klappse gelandet, wie Heinz es nannte. W. hieß mit vollem Namen Werner. Martina hatte Mühe, sich diesen schwächlichen, blassen, frühzeitig gealterten Typ in seinem grauen Kittel vorzustellen. Zu diesem Mann, dem sein gesamtes Leben entglitten war, würde sie sich niemals als Tochter bekennen. Niemals! Sie richtete sich innerlich auf.
Am besten wäre es, sie würde ihm niemals mehr unter die Augen treten.

Martina ging mitsamt ihrem Unterhalt in die Bahnhofskneipe und betrank sich zum ersten Mal in ihrem Leben, und das unter den Augen der männlichen Dorfbewohner, in deren Gesprächen es am Sonntagnachmittag zum Glück nur um eines ging: Fußball!

* * *

Fußball-Sonntag. Vater nimmt sie mit auf den Fußballplatz, FC Eistenstätt spielt, sein Heimatverein, da spielt er auch immer noch all die Jahre bei den alten Herren. Torwart. Er hebt sie – vier Jahre alt – auf seine Schultern, ihre kleinen Beinchen mit weißen Söckchen bestrumpft baumeln vor seiner Brust. Sie krallt sich an seinen Ohren fest. Er ruft: „Vorsicht! Ohrwürmer!" und lacht krachend. Die einzige väterliche Berührung, an die sie sich erinnert. Sie liebt es. Anlässlich des Sportplatz-Besuches hat Mutter ihre dunklen Zöpfe mit weißen Schleifchen geschmückt. Sie hört ihren Vater schreien: „Abseits! Abseits! Der Linienrichter hat doch die Fahne hoch! Schiedsrichter! Eierkopp! Flanke links, Bernie. Meine Güte, lahme Ente! Manni, lauf! Ecke. Tor!!!"

„Tor!" ist überhaupt das Größte. Das hat sie schnell raus. Wenn Vati „Tor!!!" schreit, wackelt der Platz und der Sonn-

tag ist gerettet. Die Stimmung steigt. Sie hüpft auf seiner Schulter auf und ab und kreischt aus Leibeskräften auch „Tor!" Die Männer um ihren Vater herum lachen ihr zu und finden anerkennende Worte für die fußballbegeisterte Kleine auf Heinzens Schultern.

Ein Mann schießt ein Foto von ihr und ihrem Vater. Es steht anderntags in der Zeitung: „Moderne Väter nehmen sogar ihre Töchter mit auf den Fußballplatz, damit Mutti in Ruhe zuhause den Sonntagsbraten vorbereiten kann."

Das ist die Zeit, als auf dem DFB-Bundestag zum „Wunder von Travemünde" geblasen wird. Die Delegierten beschließen, den Frauenfußball im Westen der Republik zuzulassen und das Verbot aufzuheben. Zum Regelwerk für die Damen gehört, dass sie ohne Stollenschuhe spielen sollen. Dazu gehört auch die Erlaubnis des absichtlichen Handspiels zur Abwehr schmerzhafter Begegnungen mit dem Ball, welcher kleiner ist als der der Männer.

Zehn Jahre später. Martina will mit den Jungs aus der Nachbarschaft Fußball spielen. Sie wünscht sich dafür richtige Fußballschuhe zum Geburtstag – mit Noppen und aus Leder. Ihr Vater verbietet ihr das Rumbolzen. „Nix für Mädels!", sagt er. Ihre Mutter sagt: „Ich gebe dir einen guten Rat, Martina. Falls du dich mal mit einem Jungen triffst, rede beim ersten Mal auf keinen Fall mit ihm über Fußball. Das mögen Männer nicht!"

Das ist die Zeit, als der DFB eine Einladung zur inoffiziellen Frauenfußball-Weltmeisterschaft in Taiwan erhält. In Ermangelung einer eigenen Nationalmannschaft treten die Deutschen Meisterinnen vom SSG Bergisch-Gladbach an und holen den WM-Titel.
Davon haben Martina und ihr Vater nichts gehört. Martina mopst die alten Fußballschuhe ihres Vaters und wird dafür ein für alle Mal vom Fußballplatz verbannt.
Nur am Fernseher ist Fußball für Mädchen gestattet. Wenn Martina für ihre Mannschaft, den VFB Stuttgart, „Tor!" schreit, zucken alle Mitgucker – vornehmlich Männer – zusammen. Sie schreit natürlich nicht, wenn Helmut Roleder gegen Stuttgart ein Tor kassiert. Roleder! Das ist ein Torwart! Genau wie Vati.

Martina schreckte an der Theke der Bahnhofskneipe hoch, als ihr der alte Schalke väterlich wohlwollend auf die Schulter schlug. „Na, Kleine! Haste Kummer mit die Deinen? Trink dich Einen! Prost!"

* * *

Unter diesen Umständen fand Martina den Gedanken einer Auszeit an der Algarve mehr als verlockend. Raus aus

dem ganzen Wahnsinn, aus diesem Mief, dem sie Jahre lang treu gedient hatte, in der Annahme, es handele sich hier um ihre angestammte Familie. Bloß weg von diesem Hampelmann, der ihr leiblicher Vater war, diesem einarmigen Kriegsveteranen, der glaubte, ihr Vater zu sein, und diesem verblödeten Deppen von Bruder, der es sich mit der Kriegsrente seines arterienverkalkten Nazi-Vaters gutgehen ließ. Hatte sie wirklich auf ihre Jugend verzichtet für eine Ansammlung von Schwachmaten?
Ein paar Tage würden sie ihr in der Redaktion sicherlich frei geben. Und mit dem Abstand dann würde sie sich überlegen, wie alles weitergehen konnte. Vielleicht ließ sich die Reise sogar mit der Recherche für eine Story verbinden; denn die Nachforschungen über die neue Lebenswelt ihrer Schwester hatten doch ein paar interessante Anhaltspunkte ergeben.

Sie rief Thorsten an. Thorsten, den sie schon seit Kindertagen kannte und mit dem sie seit mehr als drei Jahren zusammen war. Thorsten, der kurz davor stand, als stellvertretender Verkaufsleiter in seine Ausbildungsfirma übernommen zu werden. Ihm stand eine steile Karriere bevor. Die schwäbische Autoindustrie boomte und seine Firma für Ersatzteile hing da unmittelbar dran.
„Mit Thorsten zusammen" – hieß in diesem Fall: montags ihr Nachtdienst im Verlag, dienstags Thorstens Fußball-

training, sie traf sich mit den Fußballfrauen, anschließend Beischlaf, mittwochs Chorprobe, donnerstags Kino oder so, freitags Doppelkopfabend mit Manni und Sabine, samstags „Wir machen es uns vor dem Fernseher gemütlich", anschließend Beischlaf, sonntags Fußball, anschließend Kneipe.

Thorsten war stolz auf sich und seine Martina. Sie war die einzige Studierte weit und breit und machte jetzt Karriere als Journalistin – nicht wie die Freundinnen seiner Fußballkumpels, die nur darauf warteten geheiratet zu werden. Thorsten, Mittelstürmer seiner Mannschaft, die dieses Jahr endlich in die Bezirksklasse aufsteigen wollte, war sich seiner Sache sicher. Noch ein, zwei Jahre, dann wäre er Verkaufsleiter, dann würden sie heiraten, ein Haus bauen und an Kinder denken.
Am Telefon sagte sie ihm, dass sie sich spontan entschlossen habe, ihre Schwester in Portugal zu besuchen.
„Wie? Alleine?", fragte er, etwas angefressen. „Ohne mich? Was ist los, Schatz!"
Warum nannte er sie eigentlich immer „Schatz"? Hatte er in all den Jahren ihren Namen vergessen?
„Du weißt, nächste Woche ist das entscheidende Spiel um die Herbstmeisterschaft. Da kannst du mich doch nicht hängen lassen. Wir brauchen jeden Fan. Wir haben eine Feier geplant mit allen Spielerfrauen bei Thomas im Gar-

ten. Spanferkel. Freibier!"

„Ja, ich weiß", sagte sie, „aber ich muss sowieso für eine Reportage an die Algarve. Susanne hat mich angerufen – nach all den Jahren. Ich möchte den Kontakt wieder herstellen. Das ist mir wichtig. Das verstehst du doch, oder?"

„Ja sicher, aber muss das ausgerechnet jetzt sein? Wir können doch unseren Urlaub in Portugal machen, im September. Wir streichen Mallorca und buchen nächstes Jahr Portugal. Was hälst du davon?"

„Machen wir dann, wenn es mit Susanne gut geht. Ich muss jetzt erst einmal alleine hin."

„Hm, na gut. Wir sehen uns dann Mittwoch nach dem Training."

„Das wird auch nichts", sagte Martina. „Ich fliege schon morgen!"

Thorsten stieß einen langen Pfiff aus. „Was soll das denn? Da stimmt doch was nicht. Du hast doch noch nie so spontane Entschlüsse gefasst, wenn's um die Family ging", seine Stimme wurde aggressiver. „Das kommt gar nicht in Frage. Ohne Abschied, einfach so. Wie lange denn?"

„Ich weiß es noch nicht genau. Eine Woche, 14 Tage? Hängt ja auch davon ab, wie es sich mit der Reportage so anlässt. Ich muss Einiges recherchieren."

„Das läuft doch schon länger! Ich glaub dir kein Wort. Ich möchte, dass du bleibst und dass wir dann im September zusammen fahren. Und für deine Reportagen hast du doch

vor Ort nie länger als drei, vier Tage gebraucht."
„Ich verhandle nicht, Thorsten. Mein Entschluss steht fest. Ich melde mich." Sie beendete das Gespräch und fragte sich, wie sie Thorsten nur so lange ausgehalten hatte und was er wohl sagen würde, wenn er wüsste, dass sie sich in diesem Moment erst entschieden hatte, sofort zu fliegen und wenn er erführe, dass ihr debiler Vater, sein Ehrenvorsitzender im Fußballverein, nicht ihr leiblicher Vater war.

Dezember 1996
MARTINA

Die Ria Formosa, ein Naturschutzgebiet an der Ostalgarve, war den Touristen bisher weitgehend unbekannt geblieben. Alles strebte an den westlichen Teil der Algarve mit den wunderschönen Buchten, Felsküsten und den romantischen Fischerdörfern, die jetzt mehr und mehr bebaut und dem Massen-Tourismus geopfert wurden. Lagos, Albufeira, Portimao. Die Ria Formosa und angrenzende Küstenstreifen aber blieben ein besonderes Kleinod zwischen Faro und Tavira, ja fast bis hin zur spanischen Grenze. Martina hatte darüber gelesen in Zusammenhang mit der fortschreitenden, unglaublichen Zerstörung der spanischen und nun auch portugiesischen Küstenlandschaft und ihren Bettenburgen und Golfplätzen. Susanne würde

ihr vielleicht sogar ein paar hilfreiche Informationen liefern können.
Es regnete in Strömen, und es war kühl, viel kühler als gedacht. Martina ärgerte sich über sich selbst; denn wider besseren Wissens und der Warnung der Kollegen, hatte ihr das Wunschdenken einen Streich gespielt. Advent unter Palmen und blauem Himmel. Kompletter Unsinn. Sie mietete am Flughafen in Faro ein kleines Auto. Obwohl sie schnelle, komfortable Marken liebte, reichte das Budget diesmal nur für einen italienischen Kleinstwagen.
Der Weg nach Livrobranco war leicht zu finden – N 125 Richtung Tavira, durch Faro, Olhão, Fuseta – immer geradeaus. Doch dann verfranzte sie sich gnadenlos und landete irgendwo auf unbefestigten Holperwegen ohne Hinweisschilder, ohne Menschen, die sie nach dem Weg fragen konnte. Die Autokarte stimmte offenbar hinten und vorne nicht. Sie hasste diese Art von Hilflosigkeit und fuhr den selben Weg wieder zurück, den sie gekommen war. Auf der N 125 orientierte sie sich von Neuem. Das Wasser lief die Windschutzscheibe hinunter. Die Scheibenwischer schafften ihr Pensum kaum.
Ihr erschien dieser Landstrich gänzlich unattraktiv. Kein Wunder, dass keine Touristen in diese gottverlassene Gegend der Algarve kamen. Hier gab es nichts – keine Hotels, keine Restaurants, keine Strandpromenade, keine Shops, keine malerischen Buchten. Zumindest hatte sie noch

nichts dergleichen gesehen. Sie konnte sich nicht vorstellen, dass sie auch nur einen Tag länger als notwendig bleiben würde, um Susanne Hallo zusagen und ihre Recherche zu beenden. Sie konnte sich nicht einmal vorstellen, dass ihre Redaktion über so einen uninteressanten Landstrich Europas auch nur eine einzige Zeile veröffentlichen würde. Sie musste unbedingt ihrem Fotografen, der nächste Woche für drei Tage anreisen sollte, absagen. Der Aufwand würde sich nicht lohnen.

Nach einer weiteren einstündigen Suchaktion hatte sie endlich ein Café gefunden, in dem man offensichtlich den Namen von Susannes Freund kannte. Zumindest hellten sich die Gesichter merklich auf, als sie seinen Namen nannte. Ein grimmig dreinblickender Portugiese erbot sich, sie dort hinzufahren. Sie war unsicher, ob er als Fremdenführer taugte oder ob er ihr gleich hinter der nächsten Kurve die Kehle durchschneiden würde.

Marinho, der Maurer, zeigte ihr den Weg bis zum Beginn des Caminho do Salomé, an dessen Ende das Haus von diesem Marko stehen sollte. Marinho selbst stieg vorher aus.

„Obrigada", sagte sie brav. Eigentlich war er doch ganz nett. Nach 150 Metern erschien das alte Bauernhaus, umgeben von mehreren Scheunen und einem Wasserspeicher. Es hatte aufgehört zu regnen. Die Sonne lugte hinter dicken Wolken kurz hervor und tauchte alles in ein bläuliches Licht. Martina war nervös. Wie würde das Wieder-

sehen ausfallen? Herzlich? Vorsichtig? Würden sie sich umarmen?
Sie sah Susanne am Wegrand stehen und hörte Hunde bellen. Ihre Schwester war eine Frau geworden. Sie umarmten sich verhalten freundlich. Susanne sackte in ihren Armen etwas zusammen.

* * *

SUSANNE und MARTINA

Martinas anfängliche Skepsis Land, Leuten und Klima gegenüber war binnen weniger Tage einer aufgeregten Neugier gewichen, umso mehr als sich Marko voll in ihre Betreuung geworfen hatte.
Der graue Regen zog über die Berge ins Landesinnere und legte eine liebliche Landschaft frei. Es machte Marko offensichtlich Spaß, ihr auf alle Fragen Rede und Antwort zu stehen. Das, was er nicht selber wusste, recherchierte er umgehend, denn er konnte hier jeden fragen. Der begehrteste Fisch. Das traditionellste Essen. Wie viele verschiedene Vogelarten? Welche Muscheln suchten die Sammler? Welche Winde erfreuten die Segler? Was und wie viel fingen die Fischer? Wann fuhren sie durch die Lagune aufs

offene Meer? Mit welcher Beute kehrten sie heim? Was ist eine Springflut und wann war die letzte? Wie heißen die bewohnten Inseln vor Olhão?
Der Strom an Fragen nahm kein Ende. Er verschaffte ihr Interviewpartner und übersetzte, er führte sie und ihren nachgereisten Fotografen an Orte, die er Susanne auch schon gezeigt hatte. Ein Wasserfall kurz hinter Quelfes, ein Zigeunermarkt in Loulé, eine Saline in Castro Marim. Flor de Sal, die Blume des Meeres, handgeerntet. Wie wurde das Salz geschöpft? Wo gab es Pferde und Ziegen zu kaufen? Wo wurden die leckeren Pasteis de Nata gebacken? Kann man aus Alfaroba Brot herstellen? Was genau ist Bacalhau? Von welchem Imker kommt der beste Honig: Tomilho, Rosmarinho, Laranjeira, Medronheira...?

An Weihnachten stellte Marko lachend einen aufklappbaren Plastik-Tannenbaum auf die Anrichte der kleinen Kochküche, in der die Pfannen und Töpfe von der Decke hingen. Martina und er rauchten zur Feier des Tages einen Joint.
Susanne war es bald leid, sich den ganzen Schwall an Informationen anzuhören und ihren begeisterten Marko dabei zu beobachten, wie er die Ria Formosa für Martina umkrempelte, sich als Reiseleiter empfahl, nächtens mit ihr am Ofen saß und mit ihr über den Sinn und Zweck von Naturschutzgebieten diskutierte, die Ausbeutung des

Atlantiks durch Riesentrawler oder über steigende Grundstückspreise philosophierte, die Immobilienschnäppchen pries, die er landeinwärts aufgespürt hatte – und ihr dabei auf die langen Beine starrte.

Martina hingegen war tief beeindruckt von der Sachkenntnis und Belesenheit dieses Mannes, dessen Begeisterung für diesen Landstrich und die liebevolle Art, mit der er auf die Einheimischen zuging. Sie hatte sich Marko an der Seite ihrer Schwester jedenfalls ganz anders vorgestellt. Und er hatte diese unglaublich blauen Augen.

Susanne und Martina fanden nicht so recht zueinander. Es war eigentlich wie immer – Martina war schnell überall Mittelpunkt mit ihrem profunden Wissen, ihrem interessanten Beruf und ihrer ungewöhnlichen Erscheinung. Sie war nicht unbedingt hübsch, hatte aber eine sehr schlanke, fast knabenhafte Figur und Beine wie ein Mannequin. Ihr herbes Gesicht mit den kurzen, fast schwarzen Haaren und den großen dunklen Augen, die sie mit einer ebenso dunkel umrandeten Hornbrille hervorhob, vergaß man nicht so schnell. Man konnte sich nicht loseisen, wenn sie einen erst einmal mit ihren nicht enden wollenden, gut durchformulierten Sätzen in ihren Bann gezogen hatte. Sie vereinnahmte ihre Mitmenschen, sprach schneller aus, was andere dachten, sortierte umgehend das, was andere sagten und hatte zum Schluss die besseren Argumente.

Susanne war das alles nicht und hatte diese Art ihrer Schwester immer als belastend empfunden. Neben ihr, so kam es ihr auch jetzt wieder vor, konnte sie einfach nicht bestehen, auch wenn sie jünger und hübscher war, so war sie doch scheu und eher still. Gewissermaßen das Gegenteil, schon grad, wenn es um Klugheit und Durchsetzungsvermögen ging.
Während also Martina und Marko ihre Interessensgebiete absteckten und lebhaftes Interesse aneinander bekundeten, kochte Susanne all die Gerichte, die ihr Marko in den letzten Monaten beigebracht hatte. Beim Essen dann sprachen Martina und Marko über ein Kochbuch-Projekt, das Marko eigentlich mit ihr hatte umsetzen wollen und für das Susanne schon zahlreiche portugiesische Rezepte zusammengetragen hatte.

* * *

Als Martina zurück nach Deutschland flog – mit einer guten Story in der Tasche – ahnte Susanne nicht, dass ihre Schwester schon wenige Wochen später wieder vor ihrer Türe stehen würde. Mitten in der Mandelblüte und dem Karneval in Moncarapacho erschien sie unangemeldet – diesmal mit einem großen Koffer. Auch Marko schien überrascht, aber nicht ganz so verblüfft wie Susanne. Zum Glück quartierte sich Martina bei Bertillo, dem Tischler des Ortes, ein, war aber ständiger Gast in ihrem Hause. Susanne überlegte fortwährend, wie sie ihre Schwester wieder loswerden könnte. Aber ihr fiel nichts ein. Ein Kummer machte sich in ihr breit, dem sie hilflos ausgeliefert war, während Martina aufzublühen schien.

Als Susanne von ihrem samstäglichen Einkauf auf dem Gemüse- und Fischmarkt von Olhão zurückkam und ihr Bett, das sie mit Marko teilte, frisch beziehen wollte, fiel etwas aus dem Kopfkissenbezug heraus und kullerte ihr vor die Füße – eine goldene Creole.

Sie selbst hatte keine Löcher in den Ohrläppchen und trug nie Ohrringe. Es war Martinas Ohrring, der da auf ihrer Handfläche schimmerte. Und das Beschämende daran war, dass es solch eines dummen Missgeschicks bedurfte, damit auch sie endlich merkte, was hier gespielt wurde.

Wie betäubt packte sie ein paar Sachen zusammen.

* * *

März 1996

ANNE

Der Schmerz hielt sie fest, gab sie nur frei bis zur Ilha da Culatra, die sie von Olhão aus mit einer kleinen Fähre erreichte. Die kleine Fischerinsel hatte etwas verträumt Übriggebliebenes, gerade im Winter, wenn keine Touristen durch die sandigen Straßen entlang der kleinen bunten Häuschen trabten. Wie im Traum wandelte sie durch die Zeit. Dem starren Schmerz folgte Taubheit. Sie spürte nichts. Sie konnte mit bloßen Füßen über die Muschelbänke gehen. Ana Santos badete ihre blutenden Schnittwunden in Kamille und Salbei.

Auf Culatra lernten sie alle nur unter dem Namen Anne kennen. Familie Santos überließ ihr freundlicherweise das Zimmer ihrer in Coimbra studierenden Tochter und verlangten als Gegenleistung lediglich ein paar Escudos. Als die Wunden an ihren Füßen verheilt waren, verdiente sie sich das Geld dafür im Service des Café Janoca, wo im beginnenden Frühling noch nicht viel los war.

Jeden Tag hoffte sie einerseits unentdeckt von Marko und Martina zu bleiben, andererseits blickte sie immerzu auf das Wasser, erwartete, dass Marko eines morgens mit seinem kleinen Segler im idyllischen Fischerhafen von Culatra anlegte.

Sie sieht ihn den Steg entlang kommen. Er setzt sich zu ihr ins Café Janoca und bittet sie aufrichtig um Verzeihung. Dann packt sie ihr Köfferchen mit den Habseligkeiten, verabschiedet sich von den Santos. Sie sagt allen, die sie so selbstverständlich auf der kleinen Sand-Insel aufgenommen hatten, Adeus!, geht mit Marko Arm in Arm und einem Lächeln über den langen Steg zurück auf die Fähre. Sie spürt seinen warmen Körper neben sich und atmet ihn tief ein. Zurück in Olhão setzt sie sich neben ihn in seinen alten Mercedes, legt ihren Kopf an seine Schulter und fährt mit ihm zurück nach Livrobranco, in das Haus am Caminho do Salomé, in das sie gehört und aus dem Martina ein für allemal verschwunden ist. Dort steht alles unverändert an seinem Platz, genauso, wie sie es verlassen hatte.

Aber Marko erschien nicht und alles blieb kalt und unwirklich.

* * *

April 1996
Dann überschwemmte sie der Hass und spaltete sie in Schwarz und Weiß, in kalt und warm, in Gut und Böse. Sie schaute in eine elende Fratze, in einen stinkenden Ab-

grund. Und mitten im lodernden Feuer traf sie Frank und Mareiken, die im Hafen von Culatra anlegten, um sich auf den Rest ihrer Atlantik-Reise vorzubereiten.

Das holländische Pärchen nahm sie mit auf's Wasser, auf ihr Schiff. Sie konnten dringend ein drittes Besatzungsmitglied gebrauchen. Ihre „Groningen" war ein stolzer Zweimaster, zu zweit nicht ganz leicht zu segeln. Susanne hatte zwar nicht viel Erfahrung, schon gar nicht auf offener See, aber sie war sofort überzeugt, dass dieser Weg für sie der richtige war. Sie atmete die klare Seeluft tief ein und sagte zu. Eine Seefahrerin auf der Route von Bartolomeu Dias entlang der portugiesischen Westküste zurück nach Lisboa.

Frank und Mareiken hatten das Gefühl, dass sie sich für diese Route die geeignete Begleitung an Bord geholt hatten. Anne stellte sich geschickt an und bewies sowohl ein gutes Einfühlungsvermögen als auch Verantwortungsbewusstsein. Und außerdem waren sie sich sicher, zudem noch ein gutes Werk getan zu haben.

In Lagos legten sie in der Marina an, nahe eines alten Holz-Seglers, ein Nachbau der historischen Caravellen, mit denen die alten Portugiesen fremde Ländern entdeckt hatten, ausgebaut als Museum. Anne saß stundenlang davor und träumte vor sich hin. Mareiken setzte sich dazu, und Anne erzählte plötzlich von Südafrika und den schwarzen Babies und der gleichen Caravelle in Mossel Bai und dass die Seefahrer und Seefahrerinnen ihr den Weg wiesen.

Mareiken hoffte, Anne würde ihr Herz weiter öffnen und ihren eigentlichen Schmerz antasten. Denn da war mehr als die alten Seefahrer-Geschichten, was das Herz der jungen Frau tief verletzt hatte. Aber Anne verstummte wieder und starrte auf den Hafen, durch den Touristen aus aller Welt wuselten.

In all den einsamen Stunden auf See erfuhren sie kaum etwas über diese merkwürdige junge Frau, die sich Anne nannte.

* * *

Mai 1996
Die Seefahrt nach Lissabon mit Frank und Mareiken war nur bedingt heilsam gewesen. Die Tage der Begegnung mit dem rauen Atlantik entlang der portugiesischen Westküste und dem holländischen Paar, ein eingespieltes Team an Bord, das sich blind verstand und tiefes Vertrauen ausstrahlte, waren innerlich aufwühlend und begleitet von Phasen unsäglicher Traurigkeit – je nachdem, ob sie auf dem Gipfel einer Woge schwamm oder im finsteren Wellental fest saß. Ihr war oft übel und schwindelig – seekrank eben – mochte es gegenüber den beiden aber nicht zeigen.

Das war auf so einem engen Schiff nicht leicht. Schließlich konnten sie sich an Bord nicht aus dem Wege gehen. Wie wäre es ihr wohl ohne Anne Bonny ergangen?

Susanne war im Wesentlichen für die Rah am Bugspriet und die Verpflegung verantwortlich. Sie schrubbte das Deck und nähte. Ja, Mareiken hatte eine Nähmaschine an Bord und zeigte ihr, wie man Vorhänge, Kissenbezüge, Schürzen, Tischdecken und Hemden nähte. Mareiken hatte auf ihren Weltreisen Berge von Stoffen eingekauft, in denen sie geradezu badete. Anne gefiel es an der Nähmaschine. Da fand sie ein wenig Ruhe und Konzentration. Aber das kam auf einem Zweimaster wie der Groningen nicht oft vor.

Mareiken sah Annes inneren Kampf zwischen Hass und Verzweiflung, aber sie konnte nicht zu ihr durchdringen und ließ sie in Ruhe. Anne verrichtete ihre Arbeit perfekt und wie ein Uhrwerk. Zuverlässigkeit war auf einem Schiff die wichtigste Tugend. In dieser Beziehung konnte man sich auf Anne hundertprozentig verlassen.

In Lissabon trennten sich ihre Wege und Mareiken sah, dass Anne beim Abschied Tränen in den Augen hatten, ja, sie hatte sich geradezu an die beiden geklammert. Eine Gefühlsregung, die ihnen während der gesamten Schiffsreise nicht entgegengebracht worden war.

Lissabon, du Schöne!
Susanne wartete an den Ufern des Tejo auf das alte Hochgefühl, welches sie bei ihrer ersten Begegnung mit Lissabon überflutet hatte. Aber es regte sich nur ein schwaches Lüftchen in ihr. Sie begab sich auf die Suche nach Epi-Paul, von dem sie annahm, dass er noch in Lissabon seinem sense of happiness nachging. Sie hatte während der ganzen Zeit mit Marko nichts von ihm gehört. In den Gassen der Altstadt empfand sie ein zartes Gefühl von Zuhause, obwohl es ihr so vorkam, als wäre sie viele Jahre nicht hier gewesen.
Verändert hatte sich hier nichts. Nur sie war eine andere. Damals war sie jung und frisch und unerfahren gewesen. Jetzt fühlte sie sich wie eine Frau, die alt werden kann, und das mit Anfang 20. Sie suchte in der Oberstadt nicht nur nach Epi-Paul, sondern auch nach ihrer Jugend, ihrer Sorglosigkeit und Neugier auf das Leben. Sie suchte im Mercado da Ribeira die vertrauten Gerüche des Bacalhau und der Caldoverde, in den Straßen des Alfama Viertels nach den wärmenden Öfchen der Kastanienröster und in Belem nach den glücklich machenden Gaumenfreuden der Pasteis de Nata. Unbekümmert war sie wohl nie gewesen, aber offen für alles Neue, Fremde und auf das gespannt, was die Zukunft ihr Gutes bringen möge. Die Euphorie kehrte nicht zurück.
Susanne brauchte nicht lange, um Epi-Pauls Spur aufzunehmen. Noch immer verkehrte der alte Hippie offenbar

in den einschlägigen Kneipen und Kreisen, wo man ihn allerdings schon einige Zeit nicht mehr gesehen hatte. Dort machte man aber vage Angaben, dass es dem Engländer geschäftlich nicht so gut gegangen sei und er überall Geld schulde. Es wurde ihr jedoch eine Adresse genannt unter der Epi-Paul möglicherweise zu finden sei.

Susanne hoffte, Epi-Paul könne ihr weiterhelfen. Er kannte Hinz und Kunz überall auf der Welt. Er hatte sicherlich eine Idee, einen Kontakt, der sie auf die nächste Etappe schicken konnte. Und außerdem brauchte sie jemanden, mit dem sie endlich einmal über die ganze schreckliche Geschichte reden konnte, die schlussendlich ja in seinem Haus in Laranjeiro begonnen hatte. Jemanden, der sie in seine beschützenden Arme nahm und ihr einfach nur tröstend über die Haare strich. Sie dachte flüchtig an Jakob, an seine freundliche, zugewandte Art. Wo möchte er jetzt sein?

Das „Auge des Adlers" war eine kleine Pension, die unterhalb des Castelo de São Jorge in der Rua do Recolhimento vor den Berg gesetzt worden war. Ein romantischer Ort, eigentlich, mit einem sagenhaften Ausblick auf die gegenüberliegenden Erhebungen der Lissaboner Altstadt.
Susanne stieg eine bröckelige Steintreppe hoch und klopfte an die Holztür.
„Boa tarde!" Eine ältere Dame öffnete ihr, eine von denen,

die aus dem Beginn des Jahrhunderts gefallen schienen, sicherlich einmal gutaussehend und aus besserem Hause stammend, die nun aber ihre tiefen Falten unter Puder nicht verstecken konnte und bemüht war, ihren runzeligen Mund mit einem leuchtenden Rot ins rechte Licht zu rücken.

Susanne erkundigte sich nach Paul, dem Engländer.

„O inglês?", fragte Donna Esmeralda mit hoch- und nachgezogenen Brauen.

Donna Esmeralda führte Susanne durch den dunklen Flur, an dessen Wänden zahllose Heiligenbildchen in verzierten Metallrahmen hingen. Und in einer Ecke glimmte ein Licht auf einem Altar ähnlichen Aufbau, der mit Spitzendeckchen und dem gekreuzigten Jesus geschmückt war. Bei genauerer Betrachtung entrannen dem rechten Auge Jesus Blutstropfen. Eine rote Flüssigkeit sammelte sich in der Schale, in der das Kreuz stand. Zumindest hätte Susanne schwören mögen, dass ein roter Saft über das Gesicht des Gepeinigten lief.

Epi-Pauls Zimmer lag im heruntergekommenen hinteren Teil des Hauses. Ein dunkles Loch mit einem schmalen Bett, eher einer Gartenliege ähnlich, das knarrte als sich Epi-Paul mühsam aufrichtete, um zu schauen, wen er da hereingerufen hatte.

„Bella! What a surprise. Susan!" Er schien sich ehrlich zu freuen, auch wenn sein Blick trübe und sein Lächeln gequält blieben. Susanne erschrak.

Epi-Paul ging es gar nicht gut. Nach einem schweren epileptischen Anfall hatte ihn ein Infekt erwischt oder ähnliches. Jedenfalls hatte er hohes Fieber und schweren Durchfall, so dass er kaum aufstehen konnte. Donna Esmeralda hatte ihren Mieter in christlicher Verzweiflung und Nächstenliebe in das hinterste Zimmer ihrer Pension verfrachtet, wo er am wenigsten Aufsehen erregte. Genau genommen traute sie sich gar nicht in seine Nähe, weil sie eine ansteckende Krankheit fürchtete – und das in ihrem Alter und bei ihrer hageren Statur! Zudem hatte sie Angst, er könne das von ihm geschätzte vordere Zimmer mit dem herrlichen Blick auf Dauer nicht mehr bezahlen. Womit sie durchaus recht hatte.

Epi-Paul war zu dem Zeitpunkt bereits alles egal. Die langen Haare hingen ihm wirr und klebrig ins Gesicht. Völlig geschwächt lag er auf der Pritsche, fiel von einem Fieberwahn in den nächsten und schaffte es hin und wieder geradeso bis zur Außentoilette.

Susanne wusch ihn, machte ihm Wadenwickel und mietete umgehend das vordere Zimmer, welches groß und hell war, über eine kleine Kochstelle und einen winzigen Balkon verfügte. Zudem gab es ein Waschbecken und ein angrenzendes WC. Sie bettete Epi-Paul unter Protest von Donna Esmeralda in das große Bett um und bat die alte Dame mit Verweis auf das Zweite Gebot „Du sollst deinen

Nächsten lieben wie dich selbst" um die Pritsche, auf der Epi-Paul dahin vegetiert war. Darauf würde sie nun schlafen, solange bis es dem Engländer wieder besser ging.

Donna Esmeralda nahm dies mit kritischem Blick und gespitztem Mund zur Kenntnis, da sie sich nicht der Kuppelei schuldig machen wollte. Susanne bezeichnete sich als Art Krankenpflegerin und legte das entsprechende Geld zur Miete im Voraus auf den Tisch, was Donna Esmeralda gnädig stimmte.

Der Erbteil ihrer Mutter, den sie sich von Moncarapacho nach Lissabon anweisen ließ, verschaffte ihr vorläufig finanzielle Unabhängigkeit.

Epi-Paul kam einfach nicht zu Kräften, so dass Susanne einen Arzt bat, gegen entsprechendes Salär einen Hausbesuch zu machen. Der vermutete Salmonellen, die höchst ansteckend waren und untersuchte Susanne gleich mit. Sie verspürte zwar seit der Schifffahrt mit der Groningen immer wieder Übelkeit, konnte aber keinerlei andere Symptome einer Salmonellenvergiftung bei sich feststellen und machte sich um ihre eigene Gesundheit weniger Sorgen. Epi-Pauls Befund war positiv. Sie selbst hatte sich offenbar nicht angesteckt. Der Arzt verschrieb ihm Antibiotika, Elektrolyte und miudos de frango. „Kochen Sie ihm eine Hühnersuppe!"

Nach und nach ging es ihm besser, und Susanne begann wieder Pläne zu machen. Denn Lissabon sollte nur eine

128

Zwischenstation auf dem Weg in ein neues Leben sein. Epi-Paul fragte sie, was sie denn vorhabe. Sie könne ihn ja nicht ewig pflegen. Und ob sie überhaupt wisse, dass er mal schwer verknallt in sie war? Damals in Laranjeiro, als er sie allein lassen musste in seinem Häuschen, das ihm jetzt leider auch nicht mehr gehörte? Er hatte alles verspielt in der kurzen Zeit. Ihm seien nicht einmal mehr die lächerlichen tausend Escudos geblieben, um seine Schulden an Marko zu zahlen. „Du weißt doch, die Wette, in der es darum ging, wer dich als erster flachlegen würde. Wettschulden sind Ehrenschulden!"
Er grinste dabei und sagte es so, als ginge es dabei gar nicht um Susanne, die gerade vor ihm saß und ihn zwei Wochen lang gepflegt hatte, die ihm Suppe eingeflößt, einen Arzt besorgt und ein ordentliches Zimmer verschafft hatte. Die nachts seinen fiebrigen Träumen gelauscht hatte, in denen von Billardtischen die Rede war, auf denen nackte Frauen breitbeinig lagen und von rauchigen Hinterzimmern, in denen Existenzen vernichtet wurden.
Susanne spürte diesen verzehrenden Hass wieder in sich aufsteigen. Männer und Frauen. Väter und Töchter. Ihr Vater. Sie spürte etwas Spitzes in ihrem Rücken. War es sein harter Prothesen-Arm? Mit dem anderen berührte er sie. Sie hatte ihn seit ihrer Abfahrt nach Südafrika nie wiedergesehen und sie hoffte, es bliebe auch dabei.
„Was ist eigentlich aus dir und Marko geworden?", fragte

Epi-Paul plötzlich.

„Nichts.", erwiderte sie kühl.

„Habe ich die Wette überhaupt verloren? Schulde ich ihm die Tausend Escudos?", und ein schiefes Grinsen huschte über sein hohlwangiges Gesicht.

„Nichts", sagte sie, stand auf und begann, ihre Sachen zu packen.

„Was ist denn los?", fragte er nun fast etwas besorgt.

„Nichts", sagte sie noch einmal und steckte ihre gesamte Barschaft in die Tasche ihrer Jeans. Dann ging sie zu Donna Esmeralda, kündigte das Zimmer und fuhr mit einem Taxi zum Flugplatz.

.

ZWISCHENZEIT_Verdrängt

Wie Susanne in Goa eine neue Familie findet, Marko sein Vermögen gründet und zwei Ehen ihren Lauf nehmen.

INDIEN 1996

SUSANNE

Susanne buchte einen Flug nach Indien. Bombay. Das war das Weiteste und Fremdeste, was sie sich momentan vorstellen konnte. Und doch wieder so nah. Als portugiesische Seefahrer das verschlafene Fischerdörfchen Anfang des 16. Jahrhunderts zum Handelshafen machten, gaben sie ihm den Namen Bom Bahia, gute Bucht. Die britischen Kolonialherren nannten die Stadt später Bombay. Eine Mega-Stadt. Ein großes Land, in dem sie garantiert niemanden kannte.

Im Board-Magazin der Fluggesellschaft las sie von Goa, dem kleinsten indischen Bundesstaat an der Westküste Indiens. Sie wusste sofort, dass sie dorthin wollte.

„Die Region war 450 Jahre lang portugiesische Kolonie. Kaum ein indischer Bundesstaat ist kulturell so nachhaltig von einer europäischen Kolonialmacht beeinflusst worden wie Goa", dozierte ihr netter Flugnachbar, ein portugiesischer Lehrer, mit dem sie ins Gespräch über Portugal und seine Geschichte gekommen war. Er teilte ihr überdies mit, dass – wenn sie in Bombay landete, Bombay nicht mehr Bombay heißen würde, sondern Mumbai. Die Regionalregierung hatte die Stadt am Arabischen Meer soeben nach der Hindu-Göttin Mumbadevi umbenannt, um sich endgültig von den Kolonialmächten zu distanzieren. Susanne wunderte sich über die Namensähnlichkeit und nahm die Umbenennung als gutes Omen für einen Neuanfang. Afrika, Indien ... alte Seewege und diese tiefe Verbindung zu Portugal.

Bombay, jetzt Mumbai, rauschte auf sie zu wie eine Turbowelle, in der es von exotischen Meeresbewohnern nur so wimmelt, in dem schillernde Quallen mit wirren Tentakeln schwebten und fantastische Fabelfische irre Luftblasen verströmten. Zum Glück prallte alles wie an einer Panzerglasscheibe vor ihr ab und sie blieb lediglich Zuschauerin in einem überdimensionalen Aquarium.
Sie trank in der Hotellobby des legendären Taj Mahal Palace einen Campari Orange und staunte über einen Scheich mit verschleiertem Haremsgefolge. Das Menschengewimmel, die Hitze, der Dreck, die Bettler, der Luxus, die ungewohnten Gerüche – das alles konnte sie nicht schockieren. Im Gegenteil. Die flirrende Atmosphäre vertrieb die Erinnerungen. Sie war bereits durch ihre persönliche Hölle gegangen.
Sie nahm einen Bus in die Hauptstadt des Bundesstaates Goa, nach Panaji, früher auch portugiesisch Nova Goa oder Pangim. Vielleicht würde sie in Goa eine portugiesische Ecke finden, die ihr neues Zuhause werden konnte. Ein Besuch in der katholischen Kirche Our Lady of the Immaculate Conception machte ihr Hoffnung.

Juni 1996
Goa empfing Susanne wie eine Prinzessin. Zumindest kam ihr das so vor. Am Strand von Anjuna ließen es sich die Touristen und Aussteiger gut gehen. Fullmoon-Parties, Trance Dance Events, auf denen Alt- und Jung-Hippies ihren bewusstseinserweiternden Träumen nachhingen. Lebenskünstler und -künstlerinnen, die dem westlichen Kapitalismus abgeschworen hatten, zumindest während ihres Urlaubs. Touristen mit Rucksäcken und Individual-Ansprüchen, die immer auf der Suche nach dem billigsten Flugticket und der günstigsten Unterkunft waren. Reiche indische Pärchen verbrachten gern ihren Urlaub an den sauberen, kilometerlangen Stränden. Wer nicht gut drauf war, dem wurden Ganja-Cookies empfohlen gegen depressive Verstimmungen. Noch immer gab es Ecken und Winkel, in denen der Drogenkonsum geduldet war und Bhang, ein indisches Hanfgebräu, die Runde machte. Dazu frisch gepresste Säfte, indisches Curry, englisches Breakfast.
Sie blieb in Candolim. Hier ging es international und recht europäisch zu. Susanne genoss die Dauerferien in vollen Zügen. Das mütterliche Erbe ermöglichte ihr einen finanziell sorglosen Einstand in Goa. Alles war sehr preiswert und einfach und darüber hinaus viel freizügiger als sie es von Indien erwartet hatte. Das lag wohl auch an der christlich-portugiesischen Tradition, die hier noch

immer zu spüren war. Sie wohnte in einem kleinen Apartment nahe am Beach mit Blick auf den indischen Ozean, trug Pluderhosen und gebatikte T-Shirts, die sie auf dem Flea Market von Anjuna billig erhandelte. Sie rauchte Haschisch mit Hans aus Antwerpen, kokste mit Gerry aus Birmingham.
Lothar aus Hamburg überredete sie zu einem sehr speziellen Pilzomelette, das Jamal ihnen im Shiva-Haus am Strand zubereitete. Infolge erweiterte sich ihr Bewusstsein rasch und um ein Vielfaches, dabei verlor sie sowohl ihren Apartmentschlüssel als auch ihr T-Shirt und ihren Brustbeutel mit einigen Rupies. Sie ging trotz aller Warnungen ins Wasser und benötigte gefühlt drei Monate, um das Meer wieder zu verlassen, in dem sie zwischen kobaltblauen und Diamanten funkelnden Mosaik-Tempeln umher getaucht und ihre Beine gesucht hatte, die in der im Wasser versenkten Basilica do Bom Jesus am Grab des Heiligen Francis Xaver verlorengegangen waren. Als sie ihre Gebeine wieder beisammen hatte, geriet sie in Panik, weil ein giftgrünes Monster mit gelben Augen sie verfolgte, und sie drohte zu ertrinken. Zum Glück wurde das Wasser plötzlich flach, und sie schleppte sich über die weiten Sandhügel der namibischen Wüste durch sengende Hitze und kam ihrem Handtuch, das am Horizont auf sie wartete, doch kaum näher. Sie schrie und kämpfte sich voran. Als sie auf die Uhr schaute, drehten sich die Zeiger rasend schnell und

die Haut auf ihrer Hand alterte im Zeitraffer. Dann fielen Ameisen über sie her und sie erstickte fast unter der Last der kribbelnden Tiere. Gleich, gleich hatte sie es geschafft. Sie brach über ihrem Handtuch zusammen, Schweiß gebadet. Jemand packte sie am Arm und zerrte sie in den Schatten eines Zeltvorbaus. Der Mann kam ihr bekannt vor, verlor aber bei genauerer Betrachtung alle Konturen. Seine Augen flossen über seine Wangen und nahmen alles mit, was ihr eben noch bekannt erschienen war. Sie wollte seinen Arm greifen, hielt aber nur ein dickes Seil in ihrer Hand. Das verrutschte vollständig und nahm die Form einer Coca Cola Flasche an, die umgehend jedwede Fassung verlor und immer länger wurde. Ein Bild, dachte Susanne. Ein Kunstwerk. Ein Spanier. Als der Trip nachließ, wölbte sich ein ungeheuer schöner Sternenhimmel über ihr und sie dachte: „Was ist wohl dahinter und dahinter und dahinter..." Ein halluzinogenes Pilzomelette dieser Art gab ihr darauf auch keine Antwort, und sie aß nie wieder eins.

Ihr Drang nach Vergessen und Ablenkung war unbändig. An den südlichen Sandstränden erholte sie sich nach durchtanzten Nächten, an den nördlichen begegneten ihr Partygänger aller Nationen und jeden Alters.
Zu der Zeit traf sie Winni Backpacker, der in seiner Hamburg Bakery dunkles Brot und Müsliriegel an Hippies verkauft hatte und nun beklagte, dass Goa dem kom-

merziellen Tourismus anheim gefallen sei. Winni, der auf Jungs stand und seinerzeit mit dem Mofa von Hamburg nach Afghanistan gefahren und weiter nach Kathmandu getrampt war, schloss Susanne in sein Herz, versorgte sie mit Healthfood eigener Herstellung und stellte sie wieder auf die Füße. Susanne half ihm im Service. Das Geschäft mit den verschmähten Massentouristen, den Europäern und immer mehr auch den gutbetuchten Indern, boomte. Der Alt-Hippie kümmerte sich rührend um seinen Schützling und führte Susanne in die deutsch-englische Community ein. Sie aber hielt immer auch Ausschau nach dem portugiesischen Teil Goas.

Weil Winni das wusste, machte er mit ihr einen Ausflug auf seiner alten Enfield nach Panaji, das er immer noch New Goa nannte. Er wollte ihr die zahlreichen Gebäude im portugiesischen Kolonialstil zeigen, aber auch den hinduistischen Mahalaxmi-Tempel und die Jama Masjid-Moschee. Auf dem Rückweg war ein Besuch in der alten portugiesischen Verteidigungsanlage Fort Aquada geplant. Daraus wurde nichts. Der Ausflug endete für beide im Straßengraben, weil Winni eine Vollbremsung hinlegte, um nicht auf einen indischen Tata aufzufahren.

Susanne war kurz bewusstlos und musste in ein nahegelegenes Krankenhaus gebracht werden. Der freundliche Arzt, der sie vorsichtshalber röntgen wollte, fragte: „I want to take x-ray, madame, and I must ask you: Are you pregnant?" Und erst in dem Moment realisierte sie, dass sie schon seit Monaten ihre Tage nicht mehr bekommen hatte, dass sie so oft mit Übelkeit kämpfte – was offenbar keineswegs auf Seekrankheit zurückzuführen war – und dass sie einige Kilo zugenommen hatte, von den Pluderhosen weitgehend kaschiert. Sie sagte: „Could be. Please, check it."

Kurze Zeit später gratulierte ihr der Arzt begeistert. Nach seinen Angaben war sie ungefähr im vierten Monat schwanger. Genaueres müsse eine Untersuchung ergeben. Susanne wusste nicht, ob sie lachen oder weinen sollte. Für eine Abtreibung war es reichlich spät und außerdem ließ ihre katholische Gesinnung diesen Schritt nicht zu.

Winni freute sich, als wäre er der leibhaftige Vater. „Das kriegen wir schon hin, Mädel. Ab jetzt nur noch Healthfood. Damit der Nachwuchs gedeiht. Wer ist denn der Glückliche? Hans, Gerry oder Lothar?" Sie winkte nur ab und Winni fragte nicht weiter.

Niemand schien sich daran zu stören, dass Susannes Bäuchlein größer und größer wurde. Als wäre es das Selbstverständlichste von der Welt. Sie selbst schwebte an manchen Tagen auf einer Wolke des Hochgefühls, was sie sich selber nicht erklären konnte. Die Umstände waren zwar komplett anders als ersehnt, aber dafür konnte das Kind ja nichts. Dann wieder stürzte sie ab in ein trübes Grau auf den Grund des Meeres und drohte zu ertrinken. Sie rang nach Luft und konnte sich ein Leben mit Kind und ohne Vater nicht vorstellen. Ein stetiges Auf und Ab der Gefühle, wie die Wellen des Meeres.

In der Hamburg Bakery traf sie Josefine, die mit ihrem Baby in ein Baumwolltuch gewickelt von ihrer wunderbaren Entbindung am Strand von Candolim im knietiefen Wasser des indischen Ozeans schwärmte. Ihren Mutterkuchen hatte sie im Tiefkühlfach von Winnis Bakery zwischengelagert. Gopal, der nepalesische Bäcker-Boy, hätte ihn fast zu Brot weiterverarbeitet, weil er ihn kurzfristig mit einem Haufen Sauerteig verwechselte. Sie verbuddelten dann gemeinsam mit Josefine den tiefgefrorenen Mutterkuchen im Rahmen einer Mondschein-Zeremonie unter einer Palme hinter der Backstube. Von da an waren sie Freundinnen.

Susanne hatte keine Angst vor der Geburt. Ob sie sich auf das Kind freute, konnte sie nicht genau sagen. Über den Vater verlor sie kein Wort.

* * *

PORTO Sommer 1996
JOSÉ MADEIRA

José Madeira steht auf der Plattform der Kathedrale von Porto, als sich alle Schleusen öffnen. Die Trauer, die ihn überwältigt, ist hier von eigenartiger Schönheit. Die Schmerzen, die er meinte, nicht mehr ertragen zu können, fließen durch ihn hindurch. Es ist ein göttlicher Moment, der ihn trifft und ihm sagt: Das Leben geht weiter. Gott trägt dich.

Er bekreuzigt sich und betet für seine Frau und sein Baby, die in ihrem Auto auf der N 236 nahe bei Pedrogao Grande verbrannt sind, als sie auf einem Ausflug nach Coimbra vor einem Waldfeuer nicht mehr flüchten konnten. Es blieb nicht viel von ihnen übrig, zwei eng umschlungene verkohlte Körper, ein Schnullerbändchen, eine Brille, ein Ehering... Das alles ist fast ein Jahr her.

José findet sich weinend auf seinen Knien wieder. Er weiß, dass er nicht mehr als Professor an die Fakultät für Literaturwissenschaften der Universidade do Porto zurückkehren kann. Er muss hier und jetzt einen Schlussstrich unter sein bisheriges Leben ziehen.

In seiner Wohnung herrscht ein grauenhaftes Chaos. Alles voller Flaschen und Müll. In einem Anflug von Wahnsinn hatte er das Kinderzimmer zerstört, das sie erst kurz vor der Geburt ihres Kindes liebevoll eingerichtet hatten – mit

rosa Tüll und allem, was sich junge Eltern für ein glückliches Kinderleben vorstellen. Die Wiege ist zertrümmert. Spielsachen liegen herum. Die Vorhänge sind heruntergerissen, die Tapeten, die er akribisch nach den Anweisungen seiner Frau an die Wände geklebt hatte: Blau – Weiß – Bärchen – Blau – Weiß – Bärchen... hängen in Fetzen. Das gemeinsame Schlafzimmer hat er seit Monaten nicht mehr betreten. Im Bad stinkt es nach Kot und Erbrochenem. Im Kühlschrank hat sich schwarzer Schimmel breit gemacht. Sein kleiner Sittich liegt rücklings im Vogelbauer, die dünnen Beinchen in die Höhe gestreckt.
Es dauert Tage, Ordnung zu schaffen.

José schleppt unter den mitleidigen Blicken der Nachbarn Müllsack um Müllsack vor die Türe, verstaut alles nach und nach in den großen Tonnen am Straßenrand. Er sortiert die liegengebliebene Post, die sich auf dem Küchentisch stapelt und begleicht zahllose Rechnungen. Beileidsbekundungen wirft er in die Tonne. Seine Familie hat es aufgegeben, Kontakt zu ihm zu suchen. Nur seine Mutter hatte immer wieder vor der Türe gestanden und nach ihm gerufen. Er antwortete nicht. Er war zu betrunken. An der Uni hat er eine Abmahnung erhalten. Seine Krankschreibungen gelten nicht mehr für das aktuelle Semester. Man hatte ihm angesichts seines Schicksalsschlages ein Urlaubssemester angeboten, aber er war nicht in der Lage, auf das

Angebot zu reagieren. Seine Miete wurde vom Konto abgebucht. Das Konto ist so gut wie leer geräumt. Den Sittich beerdigt er im Hinterhof.

Akribisch bereitet er seine Abreise vor. Sein Entschluss steht fest. Er wird nicht mehr weiter trinken. Er wird seinen Job aufgeben. Er wird alle Brücken abbrechen und auswandern in das Geburtsland seiner Mutter. Er schämt sich ob seiner Verwahrlosung und ist bereit, ein neues Leben zu beginnen. Er verkauft seine Eigentumswohnung an den Nächstbesten.
Er bittet seine Mutter um Verzeihung. Sie schließt ihn schluchzend in die Arme und wünscht ihm alles Liebe. Sie selbst hat zu ihrer Mutter in Goa alle Brücken abgebrochen. Alle belastenden Erinnerungsstücke lässt José bei seiner Mutter in Porto. Es ist ihr recht, denn sie hofft, dass ihr Sohn einmal zurückkehren wird, um sich alles wieder zu holen.
Er übergibt die Wohnungsschlüssel an seine Nachfolger, eine junge Familie mit zwei kleinen Kindern und wünscht ihnen alles Gute. Sein Hab und Gut hat er per Containerfracht nach Goa geschickt. Er nimmt noch einmal Abschied in der Kathedrale von Porto, weiht der Jungfrau Maria eine Kerze und legt sein Schicksal in Gottes Hände. Dann fährt er mit dem Bus und Handgepäck nach Lisboa, der Schönen, steigt ins Flugzeug und fliegt nach Bombay,

das jetzt Mumbai heißt, benannt nach der Hindugöttin Mumbadevi, eine der tausend Gottheiten Indiens, Schutzpatronin der Ureinwohner der sieben Inseln von Bombay. Der Hinduismus ist seine Sache nicht. Aber in Goa, das Ziel seiner Reise, ist der Katholizismus weit verbreitet und das portugiesische Erbe noch vielerorts zu spüren. Seine Vorfahren haben dazu ihren Beitrag geleistet. Er würde seine Großmutter Sara Barbosa Sanches wiedersehen, die Mutter seiner Mutter.

* * *

José erkannte Susanne in Winnis Bakery. Sie trug ein Baby in einem Tuch auf ihrem Rücken und half diesem verrückten Deutschen, Cheese-Brötchen zu schmieren. Er sprach die junge Frau gleich in seiner Muttersprache an, da sie bei ihrer ersten Begegnung auch Portugiesisch gesprochen hatten. Er erinnerte sich genau; denn er war im ersten Moment verblüfft gewesen, dass diese junge, hellhäutige, blonde Frau ein solides Portugiesisch sprach, obwohl sie offenbar Deutsche war. „Desculpa! Sie erinnern sich? Bombay? Mumbai?"

Susanne schreckte hoch und sah ihn verdutzt an. „Ähm, wo? Pardon?" Ja, jetzt erinnerte sie sich vage an das markante Gesicht mit den traurigen Augen. Seine Stimme kam ihr bekannt vor. Und dann die Sprache, die sie so liebte. Endlich wieder Portugiesisch.

„Ich bin der Mann, mit dem sie vor einiger Zeit im Flugzeug über Goa, Mumbai und die Portugiesen in Indien gesprochen haben. Was für ein netter Zufall!" Er freute sich aufrichtig, und das war ein Gefühl, das er lange nicht mehr gespürt hatte.

„Meine Güte", sagte sie lachend, „das ist Monate her!" Sie hatte Mühe, den Mann einzuordnen. „José Madeira", stellte er sich etwas förmlich vor. Er wollte sich nicht aufdrängen.

* * *

LISSABON

MARKO

Epi-Paul hatte sich von seiner Salmonellenkrise erholt und ging wieder seinen gewohnten, illegalen Geschäften nach. Als er erkannte, dass er Marko für den Deal mit Haschisch und Marihuana nicht wirklich einspannen konnte – abgesehen von ein paar Stammkunden, die sein deutscher Freund regelmäßig mit gutem Stoff versorgte – machte er ihn schweren Herzens mit Mr. Singh bekannt; denn er war

Marko noch die 1.000 Escudos schuldig, die er nach einer geschäftlichen Pleite – in Wirklichkeit waren es horrende Spielschulden – noch nicht zurückgezahlt hatte.

Marko suchte nach schnellen Deals, war auch bereit, Risiko einzugehen, mit Drogen aber wollte er nichts mehr zu tun haben, jetzt, wo er sich eine Zukunft mit Martina und einer eigenen Familie vorstellen konnte. Da war er unbestechlich. Von Epi-Paul hörte er auch, dass Susanne in Lissabon aufgetaucht und ebenso plötzlich wieder verschwunden war. Er wünschte ihr innerlich alles Gute. Weder erfuhr Marko von Epi-Paul, dass Susanne ihn gepflegt hatte, noch berichtete Marko ihm, dass Susanne Hals über Kopf verschwunden war, nach dem er mit ihrer Schwester angebandelt hatte. Die 1.000 Escudo hatte Marko längst abgeschrieben, dienten ihm aber nun dazu, Epi-Paul ein wenig unter Druck zu setzen. Spielschulden sind schließlich Ehrenschulden.

Mr. Singh war ein Schlitzohr – ein Klischee, eine Karikatur von einem indischen Ganoven, der in einem dunklen, verkommenen Loch an der Rua do Cruzifixo hauste, in dem der Geruch von Räucherstäbchen den eigentlichen Gestank kaum überdeckte. Marko vermutete, dass Mr. Singh dieses Etablissement nur zur Tarnung benutzte. Denn das, was er hier zu finden hoffte, war empfindlich und konnte unmöglich in diesen muffigen feuchten Räumen aufbewahrt werden.

Epi-Paul, den Mr. Singh auch mit Rauschmitteln versorgte, hatte Marko antiquarische Bücher und alte Landkarten versprochen, mit denen die Seefahrer früher die geheimnisvollen Länder Südafrika und Indien bereisten. Damit sollte eine Menge Geld zu verdienen sein, glaubte Marko. Ein portugiesischer Landbesitzer, der Millionen damit machte, an der südlichen Algarve sein Land und das seiner gesamten Familie an Immobilienhaie zu verhökern, hatte ihn nach dererlei Grafiken zur Ausstattung seiner neuen, protzigen Pousada in Estoi gefragt. Natürlich interessierte ihn besonders die portugiesische Route entlang der westlichen Atlantik-Küste, von wo aus Entdecker wie Bartolomeus Dias oder Vasco da Gama in See gestochen waren.
Im Prinzip aber war Marko nicht festgelegt. Schon als kleiner Junge hatten ihn Briefmarken, Bierdeckel und Streichholzbriefchen interessiert. Seine kleinen Sammlungen hatte er damals bei seiner Mutter in Berlin zurückgelassen. Wer weiß, vielleicht bewahrte sie die Dinge noch für ihn auf. Gefragt hatte er sie bei seinen seltenen Kontakten nie danach.

Marko interessierte sich auch für Japan-Perlen aus Hongkong, Elfenbeinschnitzereien aus Ost- oder Diamanten aus Südafrika. Er wusste jedoch, dass für Laien wie ihn momentan kaum Schnäppchen zu machen waren und sein Budget nicht ausreiche, um bei Mr. Singh im großen Stil einzukaufen. Er wollte sich auf Seekarten stürzen, hatte sich belesen und recherchiert, da er ja bereits einen Käufer mit einem speziellem Auftrag in Aussicht hatte.

Marko fand Mr. Singh und seine Behausung irgendwie belustigend, abenteuerlich, ja, auch faszinierend. Als Mr. Singh aus einem feuchten zerfledderten Lungi etwa fünfzig schimmernde Perlen herauspuhlte, schien es Marko, als ginge ein Leuchten durch das räudige Zimmer. Markos Finanzmittel reichten nicht einmal für eine dieser Schönheiten. Aber er war sich sehr sicher, dass sie echt und ihren Preis wert waren und bewunderte sie ausgiebig, um Mr. Singh freundlich zu stimmen.

Epi-Paul hatte keinen Sinn für Perlen und Diamanten. Er schnupperte währenddessen an einem Kilo-Brot Rohopium herum und stopfte sich ein Probepfeifchen mit einem guten Nepali, den Mr. Singh – er hieß mit Sicherheit anders – ebenfalls anzubieten hatte.

Sie stiegen über Kisten mit Rohseide, verstaubte Flaschen mit Portwein und Whiskey. In einem mit Saris verhangenen Verschlag hörte Marko Stöhnen und Getuschel. Bücher und Seekarten deponierte Mr. Singh in einem Raum im Obergeschoss des Hauses, wie Marko bereits vermutet hatte. Sie überqueren einen dieser wunderschönen Innenhöfe, in denen in unzähligen filigranen, hölzernen Vogelbauern exotisch anmutende Singvögel aufgeregt hin und her flatterten. Über eine wackelige Stiege erreichten sie das obere Geschoss, zu Markos Überraschung hell und luftig, mit wohl sortierten Regalen und Vitrinen. So stellte er sich eine Miniaturausgabe der Bibliothek von Alexandrien vor. In Leder gebundene Folianten, einige Bände des Theatrum Europaeum, jüdische, griechische und deutsche Bibeln, zum Teil aufgeklappt, so dass wunderbare Schriften und farbige Bilder zu erkennen waren, frühe Ausgaben des Koran in tiefem Lapislazuli Blau, Grafikständer mit Kupferstichen. An einem überfüllten Schreibtisch saß ein dünnes Männlein mit einer Lupe in der Hand, tief über ein aufgeschlagenes Buch gebeugt und riss zum Schrecken von Marko immer wieder einzelne Seiten mit Landkarten heraus.

Mr. Singh hütete viele Geheimnisse der Menschheit und verkaufte Marko einen kleinen unbedeutenden Stich von Goa aus dem 17. Jahrhundert, den Marko mit einigem Gewinn an seinen ersten Kunden verkaufte. Und er machte ihn bei einem seiner späteren Besuche mit Desmond bekannt, seines Zeichens ein in Delhi geborener Brite, der Marko in die Welt der Map Collectors einführen sollte, in der er von nun an seinen Handel vorantreiben und seine eigene Welt aufbauen würde.

* * *

DESMOND

Desmond war in gewisser Weise verrückt. Sein Vater hatte zu Zeiten der britischen Kolonialherrschaft in Indien als Fabrikant von Miederwaren ein Vermögen gemacht. Genauer gesagt war es eigentlich seine Großmutter Roxey Ann gewesen, die das Familienunternehmen begründet hatte.

Roxey Ann hatte Corsetts entworfen, die es den Damen der Gesellschaft ermöglichten, ihren Körper wie gewünscht zu formen, ohne Brüste, Lunge und die Gebärmutter zu zerquetschen. Sie und ihr Ehemann, Desmonds Großvater, begannen diese hübschen Gebilde zu produzieren. Ein besonderer Clou waren dann auch die Mieder, die die Damen vorne selber schließen konnten, was das morgendliche Ankleiden – zumindest an dieser Stelle – natürlich erheblich erleichterte und Hilfspersonal überflüssig machte.

Die nächste Generation des Unterwäsche-Imperiums spezialisierte sich dann auf Wäsche für heißes Klima, was im Britischen Empire bekanntlich vielerorts herrschte. Die Manufaktur, inspiriert von der cleveren Großmutter und dann von der ebenso geschickten Tochter mitsamt der dazugehörenden Ehemänner, benötigte Berge an feiner Baumwolle und Seide, die sie aus Indien bezog und dann auch dort in Teilen produzieren ließ. Warum dann nicht auch in Indien leben? Und so kam es, dass Desmond in

Delhi geboren und in Goa aufgezogen wurde und eigentlich dafür vorgesehen war, die Miederwaren-Manufaktur seiner Großmutter und Mutter weiterzuführen.

Desmond hingegen liebte – zum Leidwesen seiner Mutter – das Militärische und wurde Soldat in der indischen Armee. Er war sowohl als Unternehmersohn wie auch als Soldat eine komplette Niete. Als er aufgrund seiner militärischen Inkompetenz als Aufseher auf eine indische Insel versetzt wurde, um dort inhaftierte Rebellen zu beaufsichtigen, wollte er seinem Job alle Ehre machen, denn er war gerne Soldat, fernab von seinem despotischen Vater und dieser arroganten Familie, die auf Kosten der Inder ihren Luxus lebte und Dinge produzierte, die gänzlich überflüssig waren.

Leider entwischten unter seiner Aufsicht an die 200 Strafgefangene von der als absolut Ausbruch sicher geltenden Insel, und er wurde unehrenhaft entlassen – in eine Welt, in die er nie wollte. Er verwandelte sich vom zivilisierten Soldaten auf dem indischen Kontinent in einen Freak mit langem Haarzopf und ebenso langem Ziegenbart auf der britischen Insel. Das Geschäft mit Miederwaren empfand er als demütigend und lehnte es ab. Aufgrund seiner Herkunft und seines Geldes duldete ihn die Londoner Gesellschaft, zu deren Amusement er fortan ungewollt beitrug.

Trotz seiner langen Jahre in Indien war Desmond auf seine Weise very britisch und hatte Familien bedingt beste Ver-

bindungen zum Hochadel. Als sein Neffe die Privatsekretärin von Diana heiratete und er zur pompösen Hochzeit, die die Prinzessin für ihre Mitarbeiterin ausrichtete, nicht eingeladen wurde – mutmaßlich, weil er sich weigerte, seinen durchlöcherten Pullover gegen einen anständigen Anzug auszutauschen – war er so tief gekränkt, dass er sich vollends von der britischen Gesellschaft abwandte und die Map Collectors sein Zuhause wurden.
Das war die Zeit, als Mr. Singh Marko und Desmond in Lissabon miteinander bekannt machte, da sie dessen Reich im Bairro Alto zufällig zur selben Zeit besuchten und feststellten, dass sie an ähnlichen Werken Interesse hatten. Eigentlich waren sie ja konkurrierende Händler. Und konkurrierende Händler mögen sich für gewöhnlich nicht besonders. Marko hingegen erkannte sofort, was für einen speziellen Menschen er da vor sich hatte und begegnete ihm mit besonderem Respekt. Desmond mochte für viele ein nicht ernstzunehmender, komischer Kauz sein, für Marko hatte der alte Mann eine ganz besondere Aura, etwas, was man nur ganz selten, wenn nicht nur einmal im Leben antraf: Desmond war zu hundert Prozent Desmond. Marko war einer der wenigen, die der alte Brite an sich heranließ und in seiner skurrilen Behausung in der St. James's Street in London willkommen hieß. Dort wohnte Desmond hochherrschaftlich in einer der ehemaligen Pferdeknechtswohnungen gegenüber vom St. James's

Palace inmitten einer bunten Oase wunderbarer Marmorskulpturen, indischer Elefanten und sonstiger kolonialer Kunstgegenstände. Er handelte mit allem, was ihm gefiel und das waren eben hauptsächlich die alten Karten. Dabei landete er nur selten einen finanziellen Coup, warum auch. Sein Familien-Erbe ließ ihm jeden Spielraum, den er nie ausnutzte. Er war ein schlechter Soldat gewesen, und ein schlechter Händler war er auch, legte man die üblichen Maßstäbe an. Marko fand, dass die üblichen Maßstäbe nicht zu diesem Kauz passten. Desmond war eben Desmond. Ob ihn die anderen nun für einen guten Händler hielten oder nicht. Schon allein der Umstand, dass er in einer Branche von Weinsäufern und Zigarrenrauchern niemals Alkohol trank und allenfalls Pfeife schmauchte, machte ihn in Händlerkreisen zu einer absoluten Rarität. Desmond hantierte mit wertvoller Ware und großen Summen, aber es blieb selten ein Gewinn übrig, und wenn, dann passierte ihm so etwas wie bei Christies in der Old Bromfield Street. Er hatte in Begleitung von Marko einen guten Deal abgeschlossen und 20.000 Pfund in seiner obligatorischen Weste verstaut. Während der Auktion wurde es ihm zu heiß, und er hängte die Weste an einen Stuhl. Zuhause angekommen, stellte er fest, dass er das Kleidungsstück vergessen hatte. Noch Wochen beklagte er den Verlust der abgewetzten Weste. Die verlorenen 20.000 Pfund erwähnte er mit keinem Wort.

Marko besuchte Desmond so oft er in London weilte. Er war eine Art Vater für ihn, den er nie hatte. Ein Ziehvater, ein unerschöpflicher Quell an Geschichten, Kontakten und Kenntnissen über wertvolle Ware, die Markos Ansehen in der Branche begründeten. Desmond hingegen wäre nie auf die Idee gekommen, in Marko eine Art Familienersatz oder gar einen Sohn zu sehen. Familie war für ihn keine Option und nicht positiv besetzt. Als er starb, vermachte er seinen gesamten Kartenbesitz, der mehrere Millionen Pfund umfasste, der Royal Geographical Society.

Aber auch für Marko hielt er eine kleine Überraschung bereit. Er hinterließ ihm seine vermeintlich unbedeutende, aber geliebte Sammlung originaler Karikaturen aus aller Welt, auch aus good old Germany. Darunter zahlreiche Werke von Heinrich Zille, die „Hurengespräche" zum Beispiel oder Arbeiten von Hogarth, Gillray und Rowlandson. Da gab es eine Originalzeichnung von Mickey Mouse und eine von Obelix mit Idefix oder die „Rote Kreuz Tante" von George Grosz.

Auch fand Marko einen Zettel mit einer handschriftlichen Notiz von Albert Einstein. Den hatte er angeblich 1922 einem Hotelpagen anstatt Trinkgeld gegeben, mit den Worten: „Der Zettel, mein Junge, wird mal mehr wert sein als der tip. I tell you!"

Auf dem Zettel stand: „Stilles bescheidenes Leben gibt mehr Glück als erfolgreiches Streben, verbunden mit beständiger Unruhe." Marko war entschieden anderer Meinung als der deutsch-amerikanische Physiker.

Desmonds Nachlass hinterließ in Marko eine leichte Enttäuschung. Erst im Laufe der Jahre erkannte er die Bedeutung der Hinterlassenschaft. Allein Einsteins Zettel, der Jahre später in Jerusalem versteigert wurde, brachte Marko mehr als eine Millionen Dollar ein. Desmond hatte damit den Grundstein für Markos Londoner Vermögen gelegt.

Von all diesen Schätzchen wusste niemand. Auch nicht Martina, die er zur Jahrtausendwende ehelichte.

* * *

MARKO und MARTINA

Es war, als hätte er mit dem Aufsetzen des Eherings alles Begehren abgestreift. Martina war als taffe junge Frau zu ihm gekommen, mit profunden Kenntnissen und einer guten Portion Neugier. Die hatte er in jeder Hinsicht befriedigen können. Eine tolle Zeit, damals, als sie an seinem Haus auftauchte und ihn wie ein Blitz traf. Er war begeistert. Eine scharfzüngige, hell wache und blendend argumentierende Wissenschaftlerin. Dazu noch gut aussehend, zumindest ungewöhnlich. Besonders die Beine... Es hatte sofort zwischen ihnen geknistert, auch wenn die Umstände unglücklich waren.

Genau genommen hatte das ihrer Beziehung noch die entsprechende Würze gegeben. Da war er wieder, der Kick des Verbotenen, eine Intensität, ein ekstatisches Vergnügen. Sie mussten sich verstecken mit ihrer Begierde. Nur ein einziges Mal vergaßen sie sich in ihrem Rausch und schliefen miteinander in dem Bett, in dem Marko und Suse noch gewohnheitsmäßig nebeneinander die Nächte verbrachten. Eines Tages, als sie von einer ihrer Exkursionen in die Habitate der Seepferdchen zurückkehrten, war Suse plötzlich wie vom Erdboden verschluckt. Während Martina und Marko in den Sanddünen von Fuzeta wilden Sex gehabt hatten, war sie mit nichts in der Hand aus beider Leben verschwunden. Es tat ihm leid, er hatte ein schlechtes Gewissen, aber im Grunde war das für ihn damals die beste und unproblematischste Lösung. Martina hatte sich schreckliche Vorwürfe gemacht, suchte überall nach ihr. Gerüchteweise wollte der ein oder andere Suse auf der Insel Culatra gesehen haben.

Als sie dorthin fuhren, – Martina wollte es unbedingt – kamen sie zu spät. Ihre Nachfragen ergaben, dass eine Anne hier übergangsweise gelebt haben musste, die der Beschreibung nach Suse war und die auf einem niederländischen Zweimaster angeheuert hatte. Martina und Marko kehrten unverrichteter Dinge zurück nach Livrobranco.

Und irgendwie war er damals froh, dass Susanne nicht mehr da war.

Martina war direkt bei Marko geblieben und lies keinen Zweifel daran aufkommen, dass sie ihn ganz und gar haben wollte. Das schmeichelte ihm sehr. Dennoch war er erstaunt, wie einfach sie Bruder, Vater und ihren Freund Thorsten dem Schicksal überließ. Letzterer hatte ihm telefonisch gedroht, ihm „seinen ganzen Laden zusammenzuschlagen", wenn er nicht die Finger von Martina ließe. Die Drohung hatte ihm richtig Spaß gemacht.

Martina hatte ihren Haushalt in Deutschland aufgelöst, ihren festen Job in Stuttgart an den Nagel gehängt und gegen ein Freelancertum an der Algarve eingetauscht. Er zögerte nicht lange, – das Angebot an gescheiten Frauen in der Ria Formosa war bescheiden; aber er wurde das Gefühl nicht los, dass er nicht der einzige Grund war, warum sie ihr Zuhause in Deutschland Hals über Kopf verließ und kompromisslos ein neues Leben mit ihm begann.

Fortan schrieb sie Artikel über Portugal: Der marode Charme der Tejo-Metropole Lisboa – Azulejos, die traditionellen Wandfliesen – Edle Weine aus dem Süden Portugals – Die Ria Formosa, Naturpark im Urlaubsstress – Medronho, Macieira, Beirão, Hochprozentiges aus Portugal.

Sie vertiefte sich in die portugiesische Küche, beziehungsweise in die Küche der Algarve, ohne selber gerne zu

kochen, ja ohne sogar besonders gerne zu essen. Ein rein intellektuelles Vergnügen und eine brillante Möglichkeit, sich in jeder Gesellschaft als Kennerin der regionalen Szene zu profilieren und Gesprächspartner zu verblüffen. Essen und Trinken waren allerorts geeignet, sinnliches Vergnügen herbeizuzaubern, auch wenn darüber nur geredet oder auch geschrieben wurde. Bei ihm ging Liebe ohnehin durch den Magen, maximal noch ein wenig unterhalb desselben. Martinas Können bestand darin, die Themen so zu verpacken, dass dem Gegenüber das Wasser im Munde zusammenlief oder es sich zumindest köstlich amüsierte.
Sie hatte in rasender Geschwindigkeit die Landessprache gelernt und sich binnen kürzester Zeit in Livrobranco eingerichtet. Gemeinsam restaurierten sie eines der hinteren Gebäude der Quinta. Sie richtete sich ein eigenes Büro-Apartment ein, in das sie sich oft und gern zurückzog.

Seine Karriere zwischen Portugal und London als Kunsthändler nahm Fahrt auf. Mit viel Glück und Desmonds Hilfe traf er die richtigen Leute und verdiente genügend Geld für sie beide. Er konnte seine Ex-Ex aus- und seine Quinta abbezahlen. Martina brachte einen nicht unerheblichen Erbanteil mit in die Beziehung. Es war höchste Zeit, eine Familie zu gründen.
Sie drängte auf eine Heirat. Sie wollte seinen Namen tragen. Es wunderte ihn; denn eigentlich passte das gar nicht

zu seiner selbstständigen, unabhängigen Martina. Ihr war das sehr wichtig, für ihn spielte es keine Rolle. Und so fügte es sich ins Bild, dass sie ihm am Praia do Barril in einer schicken Strandbar einen Heiratsantrag machte und lachte, als habe sie einen Scherz gemacht. Dabei war es ihr todernst.
Als sie heirateten, luden sie Hinz und Kunz zu einem rauschenden Grillfest bei Fernandez Sousa ein. Der hatte mithilfe von Luis die schmackhaftesten Austern, Ameijoas, Camarões und Lagostas aufgefahren. Der Vinho verde floss in Strömen. Und sein Freund Marinho legte einen Fado hin, der der Festgemeinde Tränen in die Augen trieb. Martina übte tagelang ihre neue Unterschrift Kleinschmidt und grinste dabei über das ganze Gesicht. Was einem angesichts seines spektakulär langweiligen Namens das Grinsen ins Gesicht treiben konnte, blieb ihm ein Rätsel.

Gab es einen Zeitpunkt, an dem ihre Beziehung gekippt war? War es die Fehlgeburt, die sie nicht verkraftet hatte, die fehlende Anerkennung im Beruf? Seine Abwesenheit? Seine kluge Martina, die auf jedem Parkett zu Hause gewesen war, erschien ihm mehr und mehr unselbständig und unsicher. Er fühlte sich unwohl mit Frauen, die an ihm hingen wie eine Klette. Ja, über die Jahre wuchs in ihm so etwas wie Verachtung, Abscheu, zumal der erhoffte Kindersegen ausblieb. Seine Londoner Affären trösteten ihn und katapultierten ihn kurzfristig in andere Sphären. Sie erlebten noch einmal ein Hoch, als Martina eine alte Ölmühle in Maragota kaufte, sie über drei Jahre hinweg zu einem luxuriösen Feriendomizil ausbauen ließ und entsprechend einrichtete. Sie verbrachten viele warme Nächte und schweißtreibende Tage in dem alten Gemäuer, beobachteten den Gecko an der Decke, liebten sich in der Hängematte im alten Garten und fühlten sich wieder jung und abenteuerlustig. Diese alte Mühle war ein ganz ungewöhnlicher, geheimnisvoller Ort, den Martina seither mit Hingabe pflegte und über ihre Freundin Barbara vermietete. So weit er wusste, war dies die einzige Tätigkeit, der sie mit Leidenschaft nachging. Es fiel ihm auf, dass er nicht einmal mehr genau wusste, was sie trieb, wenn er auf Reisen war. Hinzu kamen die leeren Brandy-Flaschen, die er regelmäßig im Müllcontainer zählte, dieser zähe Kinderwunsch in all den Jahren.

London war seine Rettung. Streets of London. Hier fühlte er sich seltsam frei und ungebunden. Hatten The Kinks nicht schon in den Swinging Sixtees die Modewelt in der Carnaby Street aufs Korn genommen? Waren die Beatles nicht über diesen legendären Zebrastreifen in der Abbey Road gegangen? Und war David Bowie nicht ein Londoner Brixton boy? London – keine eigene Geschichte, nur die der anderen. Hier hatte er sich nie offenbart. Niemand kannte sein Inneres, seine Herkunft. Er tauchte ein wie in

einen Film: kurze Affären, schnelle Geschäfte. London schluckte alles und jeden. Keine Bedeutung, kein tieferer Sinn, keine Fragen. Hier war er stark und selbstbewusst, cool eben. Ein Reisender mit Aufenthaltsrecht, der bleiben oder weiterreisen konnte. Ein Millionär ohne Seele.
London verstand ihn. Er war Freund und Fremder zugleich. Hier hatte er die Entscheidungshoheit, er war Regisseur, war Held und Chef. Er war nicht identifiziert, nicht involviert, gehörte nicht dazu. Er war unbeteiligter Beobachter und jederzeit in der Lage, die Kontrolle zu übernehmen.
Ganz anders Lisboa. Der hügeligen Schönen mit ihren verträumten Gassen galt seine Liebe. Liebe macht verletzlich, tut weh, ist etwas, auf dass man sich nicht verlassen kann. Ja schlimmer noch, Liebe macht schwach und verwirrt. Lisboa wütete in seinen Innereien, schenkte ihm verwirrende Träume, überließ ihn dem Absturz und dem freien Fall. Das war Portugal pur – es versprach Glück und konnte es nicht halten. Sehnsucht nach etwas, was fehlt.
Er entschied sich für London und big money. Geld verschaffte ihm Distanz zu Menschen, zu Problemen, zu Bedürfnissen. Die lukrativen Deals, die er hier abwickelte, waren sein Ticket zur Unabhängigkeit. Sein zweites, vielleicht sogar sein drittes Leben. London versprach Reichtum und hielt sein Versprechen. Kein Preis war zu hoch. Er war gerne hier.

GOA 1997
JOSÉ, SUSANNE und OLGA

José kam nun des öfteren in die Bakery, aß ein Brot mit Cream Cheese, manchmal ein Müsli, trank Chai und rauchte eine Zigarette. Er beobachtete Susanne, wie sie Winni im Service half, immer ihre Olga auf den Rücken gebunden. Die schlief meist. Ihre pummeligen Füße und Beinchen baumelten links und rechts an den Hüften ihrer Mutter. „So entspannt würden sie nie wieder sein", dachte José versonnen. Ihm gefiel der Anblick, auch wenn er immer wieder an sein Baby denken musste. Die beiden strahlten etwas Friedliches, Behütetes aus. Das war einerseits Balsam und andererseits riss es alte Wunden auf.

Eines Tages fragte Susanne ihn, was er eigentlich hier mache. Und sie erfuhr, dass er in der geschichtsträchtigen Stadt Velha Goa wohnte und Portugiesisch-Kurse gab. Kleine Gruppen interessierter Goanesen, die ihre portugiesischen Wurzeln näher kennen lernen wollten. Manche planten auszuwandern, sie verfügten über die portugiesische Staatsbürgerschaft dank eines besonderen Gesetzes. „Wir reden Portugiesisch miteinander, unterhalten uns über Gott und die Welt, und ich erzähle ihnen etwas über die portugiesische Geschichte und wie sie mit der indischen verknüpft ist seit fast 500 Jahren. Von den alten portugiesi-

schen Seefahrern, von Vasco da Gama, dem Entdecker des Seewegs um das Kap der Guten Hoffnung nach Indien, dem portugiesischen Kolonialreich und seinen Königen bis zur Gründung der Republik, über den Faschismus hin zur Nelkenrevolution und der sozialistischen Verfassung, die vielen Regierungswechsel bis zum Eintritt in die Europäische Gemeinschaft 1986."
Portugiesische Reisegruppen führte er in die „Kathedrale des Guten Jesus" in Velho Goa, zeigte ihnen die dort in einem Sakrophag ausgestellten Überreste des Heiligen Francis Xavier oder besuchte mit ihnen Prozessionen, in der Kruzifixe, Madonnenporträts und die Knöchelchen von Heiligen durch die Straßen getragen wurden. Er organisierte Ausflüge ins Hinterland nach Chandor, in den Ort, in dem seine Großmutter Sara Barbosa Sanches den morbiden Charme des vierhundertjährigen Herrenhauses bewahrte und Besuchern gegen einen kleinen Obulus Einlass gewährte. Dass er Professor war und seine Frau und sein Baby verloren hatte, wusste außer seiner Großmutter niemand. Er hatte ihr verboten, darüber zu sprechen.

Das alles weckte Susannes Neugier und Sehnsucht, und sie meldete sich zu einer seiner Exkursionen an. „Mit Kind?", fragte sie noch. „Mit Kind!", sagte er und lachte zum ersten Mal seit eineinhalb Jahren.

Olga wuchs in Winnis Bakery auf. Die Bäckerjungen, die für Winni arbeiteten, spielten mit ihr und fütterten sie mit Cookies, Müsli und Lassi. Balram, Gopal, Bishu und all die anderen Jungs – Inder und Nepalesen – buken in Winnies mobiler Bäckerei das braune Brot, das auf den Goa Parties und dem Flea Market reißenden Absatz unter den zahlreichen deutschen Touristen fand.

Besonders Gopal hatte einen Narren an dem blonden, kleinen Bleichgesicht mit den strahlend blauen Augen gefressen. Wenn er mit ihr zum Strand ging, staunte er über den festen Griff ihrer weißen winzigen Hand und verglich ihre kurzen mit seinen samtbraunen, doppelt so langen Fingern. Sie schaute strahlend zu ihm hoch. Er fühlte sich bedeutend und wichtig.

Während Susanne das neu eröffnete Winni-Café mit Barbetrieb managte, brachte er der kleinen Olga ein paar Worte Nepali bei. Susanne sprach mit Olga zumeist Portugiesisch, während Winni es auf Deutsch versuchte. Das babylonische Wirrwarr hatte zur Folge, dass Olga mit drei Jahren praktisch noch kein Wort gesprochen hatte und man sie für zurückgeblieben hielt. Susanne blieb zuversichtlich. Und irgendwann erwachte die kleine Olga aus ihrer Stummheit und sprach drei Sprachen. Portugicsisch, Deutsch und etwas Nepali. Es dauerte weitere zwei Jahre, bis ihre Mutter feststellte, dass sie außerdem noch in Pidgin-English parlierte.

José warb viele Monate um Susanne – sehr zurückhaltend, so dass kaum jemand es bemerkte. Susanne am allerwenigsten. Er sprach ihren Namen aus wie „Sussa". Er mochte einerseits ihre frische, jugendliche Art und wie sie mit ihrer Tochter umging, unkompliziert und selbstverständlich. Andererseits bewunderte er ihre Zuverlässigkeit und Beharrlichkeit. Sie war seine treueste Schülerin. Seine Kurse und Exkursionen erfreuten sich wachsender Beliebtheit, seine Vorträge über die katholischen Goanesen waren kritisch und humorvoll. Seine Ausflüge führten Einheimische und Touristen in unentdeckte Ecken portugiesisch-indischer Geschichte, voll von Greueltaten der Eroberer. Er wusste aber auch illustre Geschichten der lokalen indischen Eliten zu erzählen, die nach der zum Teil Zwangs-Konversion zum Katholizismus unter der portugiesischen Herrschaft zu großem Einfluss und Wohlstand gekommen waren. Zu den Profiteuren der Kolonialverwaltung hatte schließlich auch seine eigene Familie gehört, von der eigentlich nur noch seine Großmutter in dieser Tradition lebte.

Susanne und Olga waren immer dabei. Er fühlte sich zu Susanne hingezogen, scheute sich aber, sich ihr über das freundschaftliche Maß hinaus zu nähern. Er konnte sich nicht vorstellen, jemals wieder eine Partnerschaft einzugehen, fühlte sich schuldig und verurteilte sich für seine aufkeimenden Gefühle zu der Deutschen, die zudem einige Jahre jünger war als er. Die Nähe zu einer Frau tat ihm noch immer weh – auch körperlich. Wenn Susa ihn beiläufig berührte oder ihn an der Schulter fasste, durchfuhr ihn ein stechender Schmerz. Er hatte, als er seinen Onkel Munna in Varanasi besuchen wollte, diese Sadhus gesehen, Fakire, Yogis, denen es anscheinend nichts ausmachte, wenn sie auf einem Nagelbrett lagen und dafür ein paar Rupis von den Schaulustigen erhielten. Er wünschte sich deren Schmerzunempfindlichkeit. Jeder Gedanke an seine Frau und sein Baby legte sich immer wieder wie eine Eisenplatte auf seine Brust. In den Nächten hörte er sie in lodernden Flammen schreien. Nur wenn er seine Kurse gab, recherchierte, sich in die wechselvolle Geschichte Goas versenkte und seine Exkursionen vorbereitete, vergaß er seinen Schmerz.

Solange ihm Susanne und Olga nicht zu nahe kamen, konnte er auch ihre Gegenwart genießen, suchte er die Begegnung, wo immer sich eine Möglichkeit bot.
Diese junge Frau umgab neben all ihrer Agilität eine Melancholie, in der er sich wiederfand und die seiner eigenen Stimmung ähnelte.
Sie sprachen nie über dieses starke Band, das sie zu Seelenverwandten machte.
Susanne war der einzige Mensch weit und breit, dem er

sich sehr nahe fühlte. Nicht einmal seine Großmutter löste diese Gefühle in ihm aus.

Einmal nahm er die beiden mit zu seiner Großmutter. Sara Barbosa Sanches und er wohnten nun gemeinsam im Herrenhaus in Chandor. Susanne war begeistert von Goas Hinterland, von der alten Inderin, für die die leicht marode, aber malerisch schöne Villa den würdigen Rahmen bildete.

Sara Barbosa Sanches war eine katholische Goanesin. Ihr verstorbener Mann hatte hinduistische Wurzeln. Und obwohl es in ihrer Gegend nicht überall wohlgelitten war, sprachen sie in den eigenen vier Wänden Portugiesisch. Sie und ihre beiden Kinder, Munna und Anna, verfügten sowohl über die indische als auch die portugiesische Staatsbürgerschaft. Munna war Zeit seines Lebens in Indien geblieben. Er lebte in Varanasi, der heiligsten Stadt der Hindus am Ganges, als Tabla-Lehrer ein eremitisches Dasein und hatte sich ganz dem hinduistischen Glauben und der indischen Musik zugewandt. Josés Mutter Anna heiratete Kitush, einen Portugiesen mit afrikanischer Abstammung und blieb nach dem Studium mit ihm in Porto, wo José geboren wurde, Saras einziger Enkel. Sie liebte ihn abgöttisch, auch wenn er der Sohn von diesem Kitush war, dessen Familie aus Angola stammte, und der bei weitem nicht ihren Vorstellungen eines Ehemanns für Anna entsprochen hatte.

Susanne schwirrte der Kopf von all den Geschichten. Nur über Josés Leben in Porto erfuhr sie wenig, zumindest was die letzten Jahre betraf. Sara Barbosa Sanches umschiffte das Thema geschickt und bemühte sich ihrerseits vergebens, Details aus Susannes Vorleben zu erhaschen, speziell eine Aussage zum Vater der reizenden kleinen Olga, die sie sofort in ihr Herz geschlossen hatte. Es beschlich sie das ungute Gefühl, dass beide Kinder Einiges zu verheimlichen suchten. Nicht gut für eine ernsthafte Verbindung.

* * *

Für den Jahrtausendwechsel plante Winni rund um seine Bakery ein großes Fest. „20 Jahre Indien und Nepal", resümierte er seine eigene Geschichte. „Wir wechseln in eine neue Zeit. Aquarius!", schwärmte der Alt-Hippi. Winni war schon Monate vor dem christlichen Neujahrsfest mit einer 2000er-Sonnenbrille und Glitzer-Klamotten herum gelaufen. Er hatte ein Millenium-Brot kreiert, das angeblich 2000 Körner enthielt. Zum Fest selbst wollte er 2000 Schnittchen schmieren lassen.
Winni plante einen kompletten Neustart: „Wir haben von Ladhak eine Ladung getrockneter Aprikosen, organisch und nicht mit Sulphor behandelt, bekommen.

Wir kreieren natürliche Konfitüren aus Pflaume, Mango, Guave, Orange, Apfel-Ingwer und Aprikose. Wir bieten Apfel-Sirup-Brot, Himalaya-Honig, Aprikose-Öl und Apfelwein-Essig. Neue Teigwaren mit Buchweizen, Amaranth, Roggen, Gerste, Himalaya Quinoa. Und dann Mumijo, Moringa, wilde Sesampaste, Bärlauch Pesto, goldenen Kurkuma-Sirup. Wunderbar – und das alles liefern wir auch – ja, wir machen einen Lieferservice für Nord-Goa und haben einen Stand auf dem Mittwoch Markt in Anjuna!"

Susanne versuchte zu sortieren. An Ideen mangelte es dem Herrn nicht. Wenn Winni loslegte, war er nicht zu bremsen. Nach solchen Schüben legte er sich allerdings erst einmal für ein Power-Napping in seine Hängematte.

Bezüglich der Millenium-Party war Susanne skeptisch: „Der Wechsel gilt doch nur für Christen oder? Was feiern denn die Einheimischen?" „Keine Ahnung", sagte Winni. „Da blickst du nicht durch. Es gibt endlos verschiedene Zeitrechnungen in Indien. Manche feiern im Januar so eine Art Erntedankfest. In der buddhistischen Ära ist nächstes Jahr 2454. Das islamische Neujahr ist in unserem Juli. Aber es sind ja immer noch ein Viertel der Goanesen Katholiken und dazu kommen die Touris. Das passt schon!"

Winni ließ 2000 Plakate drucken, die seine Boys an den Stränden von Anjuna bis Candolim verteilten. „Big Party

– Hamburg Bakery – From Pink Floyd to Trance Dance!"
Er ernannte Susanne zum Head of Millenium. Sein Zögling managte längst den gesamten Service-Bereich und hatte aus dem verstaubten Hippie-Laden eine angesagte Location gemacht, in der sich der alte Style mit dem jungen verband. Die Bakery war für das neue Jahrtausend bestens gerüstet.

Die 2000er-Party war allerdings finanziell eine ziemliche Pleite. 300 Gäste – Touristen aus Europa, Amerika und Indien – waren mit 2000 Stullen schlichtweg überfordert, zumal sich wie üblich zahlreiche einheimische Händlerinnen mit Fingerfood am Rand der Party eingefunden hatten und Kokosküchlein auf Bananenblättern, Samosa, Dal und ihren Milchtee günstig feil boten. Der engagierte Star-DJ aus dem Ashram von Poona war mit dem Übergang ins neue Jahrtausend komplett überfordert und lag kurz nach Mitternacht zugekifft und breit grinsend im Sand.
Susanne arbeitete an allen Fronten, einige ihrer Hilfskräfte waren gar nicht erst erschienen, und Winnie war derart enttäuscht von seiner Jahrtausendfeier, dass er sich in seine Hütte zurückzog, wo ihn sein junger Liebhaber stundenlang trösten musste.
José war mit seiner ganzen Community aus seinen Seminaren angerückt und amüsierte sich köstlich. Sie tanzten und tranken Golden Grape und Kingsfischer und aßen so

viele Schnittchen wie sie nur konnten. Susanne hatte zwei Cocktail-Stände organisiert, an denen sich vor allem reiche indische Pärchen aus Mumbai und Poona tummelten, die als Hindus zwar mit der Silvesterparty nicht allzu viel anfangen konnten, aber gerne zum Feiern nach Goa kamen, um sich zu amüsieren.

Gegen vier Uhr morgens, zu einer Zeit, in der die Strand-Parties ansonsten erst richtig Fahrt aufnahmen, hatte sich das Fest verselbstständigt. Susanne ließ fast alle Getränke-Buden und das Café schließen. Sie taumelte zu José, der – von seinen Freunden verlassen – im Sand lag, alle Viere von sich gestreckt und in den Sternenhimmel starrte. So losgelöst hatte sie ihn in all den Jahren noch nie erlebt. Er war ihr immer als feste Burg erschienen, kontrolliert und irgendwie unnahbar, aber in seiner ganzen Autorität auch von einer Sanftheit umgeben, die sie anziehend fand. Ein Freund und zuverlässiger Ansprechpartner, ohne den sie sich Goa nicht vorstellen mochte. Sie ließ sich erschöpft neben ihn fallen, und die Bässe benachbarter Party-Sounds wummerten in ihrer Magengrube.
„Es ist an der Zeit, ein neues Leben zu beginnen, meinst du nicht auch?", José schaute starr in das fantastische Gestirn. Susanne schien es, als würde er zittern. Sie wusste genau, was er meinte und sagte: „Ja, es ist Zeit ein neues Leben zu beginnen." Sie suchte seine Hand und spürte dieses starke

Band zwischen ihnen. Sie könnten es schaffen. Es könnte gelingen, das neue Leben.
José beugte sich lächelnd über sie, berührte ganz zart ihre Stirn mit seinen Lippen, so als wollte er testen, ob es funktioniert. Dann tastete er sich vor zu ihren Lippen. Es vibrierte, kleine Blitze. Er öffnete seinen Mund und fühlte vorsichtig mit seiner Zungenspitze, was sich ihm bieten würde. Eine warme feuchte Öffnung, kein Widerstand.
Ja, es könnte gelingen. Mit aller Behutsamkeit, die eine erwachende Liebe verlangt.

* * *

Noch im selben Jahr heirateten sie. Goa war ein Paradies für Honeymoon und Hochzeitszeremonien jeder Art – ob indisch oder europäisch, ob hinduistisch oder katholisch – ob am Strand, in einer Kirche oder im Ballsaal. Susanne hatte oft beobachtet, wie in geschäftiger Eile die luxuriösesten Plätze rasch wechselnd gestaltet wurden: Dekorationen in schillernden Lichtern, Stoffen und Blumen, prunkvolle Feste mit Hunderten von Besuchern, die alle verköstigt und musikalisch unterhalten sein wollten. Für jeden Eventplaner ein Paradies.
Prunk, Luxus und viele Menschen waren Susannes und

Josés Sache nicht. Sie gaben sich das Ja-Wort in einer dieser schönen katholischen Kirchen, in denen sich christliche und hinduistische Religionen vermischen, in denen Jesus als eine Reinkarnation von Vishnu und Maria auf einem Krokodil ihren Platz einnahmen. Susanne trug einen hellblauen Seidensari. José bestand darauf, in einem grün-gold schimmernden Brokat-Anzug und einer ebenso schimmernden Kopfbedeckung vor den Altar zu treten, was wohl seiner Großmutter geschuldet war. José und Susanne hatten beschlossen, ihre jeweiligen Familien in der Heimat nicht von der Heirat in Kenntnis zu setzen. Sie sprachen nie über die Vergangenheit.

Olga schwebte ein Prinzessinnen-Outfit vor, wenn sie für Mutti und José Blumen streuen würde. Gopal schminkte sie wie die lebende nepalische Kindgöttin Kumari, der Inkarnation der Göttin Durga. Er umränderte ihre Augen mit schwarzem Kajal, färbte ihre Stirn orange. Ihr Haar schmückte er mit organge-farbenen, roten und weißen Blüten und bastelte mit ihr ein Körbchen aus Palmenblättern, das sie mit Lotusblüten füllten.

„Die Kumari", sagte er feierlich, „muss zwar schwarze Haare, die tiefe Stimme eines Sperlings und die Augen und Wimpern einer Kuh haben, um als Kumari auserwählt zu werden – und diese Eigenschaften kann ich beim besten Willen nicht bei dir entdecken, Olga. Aber du bist mutig und hast meines Wissens noch nicht geblutet – heute darfst du unsere Kumari sein!" Er lachte bei dem Gedanken, die heilige Welt seiner Ahnen und Götter ein wenig auf den Arm zu nehmen; denn Olga war einer Kumari so ähnlich wie ein höhenkranker Ausländer einem Himalaya tauglichen Sherpa.

Olga hatte zwar eine andere Vorstellung von einer Prinzessin, ließ sich aber von ihrem Freund Gopal mitreißen und nahm eine würdevolle Haltung ein.

Winni bestand darauf, in einem eigens für die Hochzeit gebatikten Hemd zu erscheinen. Er hatte diese Serie bereits vervielfältigt und unter dem Motto „Portugues Wedding" in Anjuna auf dem Markt mit Erfolg angeboten. Dazu trug er lila-farbene Pluderhosen und Ledersandalen. Am Gürtel baumelte sein obligatorisches, mit Perlen besticktes Ledersäckchen mit Ganja. Susanne hoffte inständigst, dass er sich nicht bereits in der Kirche einen Joint drehen würde. Josés Großmutter wäre entsetzt.

Schon jetzt schüttelte sie beständig ihr weißes Haupt mit dem strengen Nackenknoten angesichts der unkonventionellen Hochzeitsvorbereitungen. Wo sollte das nur hinführen? Wenigstens das rituelle Bad in Kokosmilch vor der Hochzeit hatte ihr die Braut nicht abgeschlagen und es in der prunkvollen Badewanne des Herrenhauses sogar ein wenig genossen.

Sara Barbosa Sanches hätte gern ein traditionelles Fest gesehen, mit allem Prunk, der ihrer Meinung nach in Indien standesgemäß dazu gehörte. Auch mit Susanne haderte sie, dieser blonden jungen Deutschen, die zehn Jahre jünger war als ihr José und doch schon ein ebenso blondes, sehr liebenswertes und sehr blauäugiges Kind mit in die Ehe brachte, von dem niemand wusste, wer sein leiblicher Vater war … nein, bei aller Sympathie für Mutter und Kind, sie hätte sich in alter Tradition eine goanesische Katholikin gewünscht, so eine wie ihre noch ledige Groß-Nichte Fernanda. Immerhin war Fernanda zur Feier geladen, trug ein sehr schönes pinkfarbenes Seidenkostüm mit einem bunten Schal, über den ihr schwarzes langes Haar fiel. Sara Barbosa Sanches saß in der Kirche stolz neben ihr.

Und dann die Feier mit Gästen in Winnis Hamburg Bakery. Bisher hatte sie sich standhaft geweigert, Susannes lasterhaften Arbeitsplatz und zweites Zuhause zu besuchen. Nun war sie gezwungen, zwischen all den Touristen auf den spartanischen Stühlen Platz zu nehmen und Cheese-Cake zu essen. Susanne wurde auf einer mit lila Samt bezogenen Sänfte an den Strand getragen. Dieser komische Vogel Winni hatte sich nicht lumpen lassen und ein ganz ordentliches Feuerwerk organisiert. Nun ja. Dann sangen drei Hippies englische Lieder, die außer ihr offensichtlich alle mitsingen konnten. Sogar Fernanda klatschte begeistert im Rhythmus. Immerhin kam in einem „Halleluja" vor. Nein, das alles war nicht ihre Welt,

und sie war froh als sie die Feier gegen Mitternacht verlassen konnte, ohne jemanden zu beleidigen. José hatte für sie ein nahegelegenes Hotelzimmer gebucht. Sie konnte nicht verstehen, warum die beiden nicht in Chandor im Ballsaal der Familie feierten, so wie sie es angeboten hatte. Dann hätten die Frischvermählten ihre Hochzeitsnacht in diesem wunderbaren alten Himmelbett verbringen können, in dem schon Josés Mutter gezeugt worden war und vor ihr viele seiner Ahnen.
Die Ehe der beiden stand auf keinen sicheren Beinen, und sie betete inständigst, ihr einziger Enkel möge hier keinen Fehler begangen haben.

* * *

„Mädel", sagte Winni, „es wird Zeit, dass wir noch einen Laden eröffnen. Die Leute rennen uns die Bude ein. Ich plane eine Coffeeshop-Kette wie Starbucks oder so! Und du wirst meine Generalmanagerin."
„Du spinnst komplett!" Susanne lachte. Sie kannte Winnis verrückte Ideen, und doch klang hier etwas Ernstgemeintes durch.
„Ich mein's so wie ich's sage. Ich will nicht, dass du als Hausfrau und Mutter in Goas schönem Hinterland versauerst.

Keine Ahnung, warum du heiraten musstest. Was macht Heiraten für einen Sinn? Ehe – und dann noch kirchlich. Mein Segen hätte doch allemal gereicht. Warum muss nun auch noch der Allmächtige ran? Naja, immerhin hatten wir eine sehr geile Party. So, pass auf, ich stelle mir das wie folgt vor", und er erläuterte ihr seine Expansionspläne. Die waren etwas bescheidener als anfangs angenommen und erschienen Susanne durchaus realistisch.

Sie warf sich mit Elan in die neue Aufgabe. Josefine stand ihr als Assistentin zur Seite, während ihre beiden Kinder in der Bäckerei, bei José und Ur-Oma Sara ihr Unwesen trieben.

Susanne arbeitete rund um die Uhr. José hatte sich ihre Ehe etwas anders vorgestellt, tolerierte aber Susannes Eigenständigkeit. Sie wohnten inzwischen in einem Seitenbereich des Herrenhaus in Chandor. Aber Susanne hatte ihr kleines Apartment am Beach behalten; denn die Fahrt nach Chandor lohnte sich nicht jeden Tag, zumal sie oft erst um Mitternacht Feierabend hatte, wenn alle anderen schon im Schlaf lagen, sah man einmal von den umtriebigen Touristen ab, die sie regelmäßig aus der Coffee-Bar hinauskomplimentieren musste. Sie checkte dann noch schnell alle Abrechnungen, bereitete Bestellung vor, überprüfte die Personalstunden, das Lager und die sanitären Anlagen. Susanne vermutete, dass es gerade die gepflegten Stehtoiletten waren, weshalb viele Touristen in ihr Café kamen; denn was Strand auf, Strand ab als WC angeboten wurde, entsprach nur selten westlichen Hygienestandards. Die schwarzen Goa-Schweine, die die menschlichen Ausscheidungen gerne fraßen, hatten schon so manchen Urlauber geschockt.

Sie telefonierte kurz mit Josefine, die im jeweils anderen Shop nach dem Rechten sah und gab ihr Instruktionen für den kommenden Tag. Ein Geheimnis des gut florierenden kleinen Unternehmens bestand in Susannes schwäbischer Gründlichkeit, Disziplin und Zuverlässigkeit – Eigenschaften, die Susanne selbst bisher als eher unangenehm empfunden hatte, die ihr hier aber sehr dienlich waren.
Winni war von seiner Geschäftsführerin begeistert, zumal Susannes Engagement ihm einige Überstunden in seiner geliebten Hängematte und neue Ideen bescherte. Er eröffnete in seiner Bäckerei einen kleinen internationalen, antiautoritären Kinderladen nach 1980er-Jahre-Vorbild. Er war der Meinung, Kinder seien die Zukunft und müssten demokratisch und weltoffen erzogen werden. Er sah sich dabei als leuchtendes Vorbild.
Auch diese Einrichtung schlug voll ein, gab es doch einige europäische Alleinerziehende oder auch Paar-Eltern, die sich in Goa niedergelassen hatten und für ihre Kinder eine Betreuung suchten. Saras Groß-Nichte Fernanda, inzwischen selbst verheiratet mit einem indischen Arzt

und Mutter zweier Kinder, übernahm die Leitung. Mit Hilfe indischer Nanas, seinen Bäcker-Boys und nicht zuletzt seiner selbst, bespaßten sie die Kleinen, machten Ausflüge, bauten Sandburgen und sangen englische Hippie-Lieder. Besonders gerne versammelten sie sich um die legendäre Hängematte von Winni – allen voran Olga. Er las ihnen dann auf Englisch aus Harry Potter vor oder hängte eine Mondlaterne an einen Baum, um mit ihnen Fullmoon-Party zu spielen und Hip-Hop zu tanzen.

* * *

FAMILIE MADEIRA

Als Susanne wieder schwanger war, schwamm José im Glück. Endlich ein eigenes Baby. Eine eigene Familie. Endlich würde sich eine grausame Lücke in seinem Leben schließen. Sussa würde sich nun mehr um die Familie kümmern, kürzer treten in der Arbeit und mehr zuhause in Chandor sein. Großmutter ging es nicht gut, sie war alt und gebrechlich geworden, und es fehlte eine Frau im Hause. Vielleicht würde sich auch das Verhältnis zu Sara noch verbessern. Granny würde sich über einen richtigen Urenkel freuen, davon war er überzeugt. Auch, wenn sie Olga in

ihr Herz geschlossen hatte.
Susanne war weniger begeistert. Sie verfügte über ein kleines erfolgreiches Imperium, in dem sie schalten und walten konnte, wie sie wollte. Sie hatte ein eigenes Einkommen, viele interessante Menschen um sich herum und Entscheidungsfreiheit. Im Trubel des Alltagsgeschäfts verblassten die aquamarinblauen Bilder der Algarve. Und mit Olga und José genoss sie ihre freien Tage wie Urlaub.
Kurzum: Ihr Leben war gut so wie es war. Sie sah nicht ein, weshalb eine Schwangerschaft daran etwas ändern sollte. Und wenn noch ein Kind, so würden sich José, Sara und Winnis Childrens Club darum kümmern. Sie arbeitete einfach weiter und lebte ihr Leben wie bisher – bis kurz vor der Geburt – als wenn nichts wäre...

Manuel wurde im Beisein der ganzen Familie geboren. Fernandas Mann, der als Arzt in Panaji praktizierte, half bei der Hausgeburt. Während Susanne nach der Entbindung am Ende ihrer Kräfte war und das Neugeborene teilnahmslos neben sich liegend betrachtete, war José außer sich vor Freude. Ein Junge! Gesund, mit einem Büschel schwarzer Haare, dunklen Augen und leicht gebräunter Haut. Ganz der Vater! Auch Sara strahlte.
José ging ganz in seiner Vaterschaft auf, schränkte seine Arbeitszeit ein und blieb oft zuhause, um bei Manuel zu sein, während Olga inzwischen auf eine internationale Schule

ging. Susanne erschien Josés Liebe zu Manuel übertrieben, war aber gleichzeitig erleichtert; denn sie selbst empfand nur wenig Mutterliebe für ihren Sohn.

* * *

Der Brief lag auf dem Küchentisch. José starrte ihn an und wusste nicht, ob er lachen oder weinen sollte. Er hatte sich an der Universidade do Algarve in Faro beworben, nur mal so – um seinen Marktwert zu testen und ob eine Rückkehr in eine wissenschaftliche Karriere noch möglich schien oder er den Rest seines Lebens als besserer Reiseleiter und Sprachlehrer in Indien verbringen würde. Nun stellte man ihm in Faro eine Professur für den Bereich Linguas, Literaturas e Culturas in Aussicht. Sein Herz schlug ihm bis in den Hals.

* * *

GOA 2008
SARA BARBOSA SANCHES

Sara Barbosa Sanches spürte seit langem, dass sich ihr Leben dem Ende entgegen neigte. Sie fürchtete sich nicht, im Gegenteil. Sie fühlte sich schwach und ausgelebt und begab sich ganz in die Hände des Herrn. Sie wusch sich ausgiebig und kämmte ihre noch immer langen, wenn auch sehr dünnen silbergrauen Haare, steckte sie sorgfältig zu einem winzigen Nackenknoten zusammen. Auch das fiel ihr sehr schwer und sie hatte sich geschworen, wenn sie ihren Knoten nicht mehr selbst drehen konnte, wäre es Zeit zu gehen. Ohnehin war die Zeit der großen Gesten vorbei, eine Zeit, in der sie einen üppigen Haushalt mit Bediensteten führte. Heute waren ihre Einnahmen so gering, dass sie mehr recht als schlecht davon leben konnte. Es reichte nicht aus, um das Haus zu erhalten. Sogar Bandu, ihr treuer alter Housekeeper, war längst vor ihr gegangen. Sie konnte nicht länger alleine im Haus ihrer Ahnen bleiben.

Sie holte ihren Hochzeitssari aus der alten Truhe. Er roch etwas stockig, hatte aber ansonsten von seiner Schönheit in all den Jahrzehnten nichts verloren. Und als sie ihn entfaltete und ihn kunstvoll um ihren dürren Körper schlang, fielen viele Erinnerungen zu Boden.

Ein Sari ist ein sechs bis sieben Meter langes, circa achtzig bis hundert Zentimeter breites Tuch, das in Indien den Frauen als Kleid dient. Je nach Stand, Kaste und Anlass kann dieser Sari aus einfachster Baumwolle bestehen oder aus aufwendig hergestellter Seide, kostbar mit Gold und Edelsteinen bestickt.

Ein Sari wird in einer bestimmten, kunstvollen Art und Weise um die Frau gewickelt.
Das eine Ende wird dazu in sechs bis acht fünf Zentimeter breite Falten gelegt und mit einer Hand seitlich an der rechten Taille der Frau gehalten, dann das Tuch fest links herum um die Hüften geschlungen, um es schließlich ungefähr fünf Zentimeter unterhalb der Falten fest anzulegen. Dann werden die fünf Zentimeter frei hochstehenden Falten über das fest angelegte Tuch geklappt, um so die erste Sari-Lage um den unteren Körper festzuzurren.
Das Tuch wir noch einmal fest um die linke Hüfte und den Po gewickelt, um dann unterhalb der rechten Hüfte schräg über den Brustkorb zu der gegenüberliegenden linken Seite gebracht zu werden, wo die restlichen ein bis zwei Meter – je nach Materialverbrauch, abhängig von Hüft- und Bauchumfang – sich dekorativ locker über die Schulter werfen lassen. Elegant hängt so das Ende des Tuches den Rücken herunter oder legt sich geschmeidig in den linken Arm der Trägerin. Bauch und Taille bleiben so partiell frei, was die

Inderinnen immer gerne stolz und ohne Scham zeigen, selbst wenn von Wespentaille keine Rede sein kann.
Die Brust wird gehalten von einem engen, zum Sari passenden Mieder aus Stoff, das unter dem Sari getragen wird. Dieses Mieder hat immer mindestens halbe Ärmel, da die Achsel der Frau in Indien als erogene Zone gilt. Nie würde eine Frau diese zeigen. Das Mieder wird vorne mit Haken zusammengehalten und endet unter der Brust.

Sara Barbosa Sanches überprüfte ihr Aussehen in dem drei Meter hohen, mit Gold umrandeten Spiegel im Kaminzimmer ihres Hauses. Sie sah sowohl die junge, frisch verheiratete Frau vor sich als auch die Greisin, deren Geschichte eng mit der goanesischen verbunden war. Wie oft hatte sie hier mit ihrem Mann in den schweren Sesseln aus Tropenholz gesessen und unter den Augen Vishnus, dem Erhalter, aus chinesischem Porzellan Tee getrunken. Es war sein Lieblingsplatz – bis er nach all den Wirren um Goas Unabhängigkeit hier friedlich entschlafen war.
Der schwere Kristalllüster über ihr schillerte in allen Farben. Sie fand sich schön.
Sie griff zu ihrem Schirm mit dem Silberknauf und schritt – hoch erhobenen Hauptes und so aufrecht es ihre müden Knochen zuließen – quer durch den Ballsaal mit den türkis farbenen Wänden über den mit Holz vertäfelten Flur, vorbei an der verstaubten Ahnengalerie, dem Hausaltar

und den gepackten Koffern und Kisten der Kinder. Vor der Tür atmete sie tief die schwere, feuchtwarme Monsunluft ein und begab sich auf den Weg zum nahen Hügel. Sie benötigte mehr als zwei Stunden bis sie auf der Kuppel mit dem schönen Ausblick auf die Reisfelder, die Palmenhaine und die dahinter liegenden tropischen Wälder an den Ufern des Flusses angekommen war. Sie setzte sich auf die eigens für sie dort aufgestellte Bank unter den Baum, der ihr schon seit ihrer Jugend Schatten spendete und wartete betend auf ihren letzten Atemzug.

Als die Sonne sich neigte, die Abendluft zu spüren war und sie immer noch atmete, entschloss sich Sara Barbosa Sanches, den Rückweg anzutreten; denn die Dunkelheit kam schnell und es begann zu regnen. Ein wilder Himmel türmte sich über ihr auf. Der Regen zu Beginn des Monsun hatte es in sich.

Die 92jährige musste an drei aufeinander folgenden Tagen den Hügel erklimmen, was für sie eine schier unmenschliche Anstrengung bedeutete. Dreimal wartete sie betend, der Allmächtige möge ein Einsehen haben und sie in Würde zu sich nehmen. Die Enkelkinder würden nun mitsamt des Urenkels und Olga ihrer Wege ziehen und sie niemals alleine in ihrem Haus zurücklassen. Sie aber wollte sterben, wo sie geboren war. Sicher, sie hatte viel gesehen in ihrem Leben. Sie erinnerte sich an die Reisen mit ihrem Mann. Sie hatten in Puri zum Sonnenfestival am Tantra-Tempel die Sonne mit Tausenden am Strand durch einen langen Triller begrüßt. Sie hatte an den Ausläufern des Himalaya die Familie seines Vaters besucht, der in Punjab enger Vertrauter eines indischen Maharadschas gewesen war. Dort, in Amritsar, ehrten sie den Golden Tempel, Hari Mandir, das höchste Heiligtum der Sikhs. Sie mussten in Kalkutta – oder wie es heute wieder hieß: Kolkata – am Bahnhof die verehrten Ratten und heiligen Kühe von ihrem Gepäck vertreiben und sich beim Besuch ihres Sohnes in Varanasi zwischen Sadus und Bootsvermietern mit dem geweihten, aber übel riechenden Wasser von Mutter Ganga waschen. Nach der Rückkehr war ihr Goa immer wie das Paradies auf Erden erschienen.

Nicht wegen des Ozeans, weiß Gott nicht. Das Arabische Meer. Sie mochte das Meer nicht besonders, beziehungsweise nicht das, was die Menschen aus ihm machten. Sie hatten es benutzt, um Indien zu erobern und zu beherrschen. Und auch wenn ihre Familie von den Eroberern profitierte, sie ihr den Glauben mitgebracht hatten, so blieb es doch im Grunde ein Verbrechen – bis die Portugiesen alle Besitztümer zurückgaben. Das war – sie erinnerte sich als wäre es gestern gewesen – 1962, und sie war gefühlt schon eine alte Frau. Heute benutzten sie das Meer, um ihm alles zu entreißen, was Geld einbrachte und alles hineinzuwerfen, was sie nicht mehr brauchten. Das konnte nicht gut gehen. Die wenigen Fischer, die noch immer

ihre alten Holzboote auf den Strand schoben und in deren Schatten ihre Netze reparierten, starben aus.
Nein, sie mochte das Meer nicht besonders. Vielleicht tat es ihr auch leid. Sie konnte nicht schwimmen und besaß auch kein Badekleid. Sie war bei Hitze allenfalls hin und wieder im Sari bis zu den Knien ins Wasser gegangen. Das Meer verschlang die Menschen und die guten Sitten. Sie verabscheute all die halbnackten oder – Gott behüte – die nackten Besucherinnen und Besucher, die kreischend und lachend ins Meer sprangen und ihre Kinder mit Gummitierchen in die Wellen schickten. Das Meer gehörte den Meeresbewohnern, den Fischen, die sie gerne aß. Ins Wasser gingen die Sterbenden... Sie fiel im strömenden Regen auf die Knie, legte ihre Hände dankbar zusammen und verneigte sich gen Sonnenuntergang.

Susanne und José, die von einer kleinen Reise mit ihren Kindern zurückgekommen waren und sie schon seit Stunden gesucht hatten, fanden Sara Barbosa Sanches in einer Wasserlache liegend mit betenden Händen. Sie hatten eigentlich mit ihr besprechen wollen, wie sie die gemeinsame Abreise nach Portugal nun endlich in Angriff nehmen könnten.

* * *

JOSÉ und SUSANNE

Der Abschied verlief tränenreich. Zum einen wegen des Todes von Sara Barbosa Sanches, zum anderen, weil Susanne und die Kinder ihr geliebtes Leben und all ihre Freunde zurücklassen mussten.
José hingegen konnte es kaum erwarten, wieder in ein Flugzeug zu steigen, um Goa und das alte Herrenhaus zu verlassen, blieb aber bis zur Beerdigung seiner Großmutter in Indien. Auf eine Weise erleichterte ihm ihr Tod die Abreise. So hielt ihn nichts mehr in Goa. Er betraute Fernanda mit der Nachlassverwaltung. Das gesamte Vermögen der Familie, wozu im Wesentlichen das reichlich marode Herrenhaus und einige verwahrloste Felder ringsherum gehörten, ging nun an Saras Kinder Munna und Anna. Beide waren nicht zur Beerdigung ihrer Mutter erschienen. Munna lebte sein eremitisches Dasein in Varanasi und zeigte am kolonialistischen Erbe seiner Familie keinerlei Interesse. Josés Mutter Anna schickte José vor, um die dringlichsten Angelegenheiten zu erledigen. Schlussendlich lief es darauf hinaus, dass Susannes und Josés Hausstand sowie ein paar Erinnerungsstücke in einem großen Container nach Faro verschifft wurden, sie das große Haus hinter sich abschlossen und Fernanda die Schlüssel übergaben. Fernanda würde vielleicht mit ihrem Mann und den Kindern einen Flügel des riesigen Hauses bewohnen.

Susanne, Olga und Manuel zogen übergangsweise in das kleine Apartment am Beach. Sie würden José folgen, sobald er in Faro eine Wohnung gefunden und dort die Container in Empfang genommen hatte.
Als der Tag des Abschiednehmens kam, weinte Olga bitterlich und hielt Gopals Hände bis zur letzten Sekunde. „Ich komme bestimmt bald wieder", flüsterte sie ihm ins Ohr. „Bestimmt, kleine Kumari", sagte Gopal zärtlich und ließ sich seinen Kummer nicht anmerken. Er war schließlich schon ein Mann und Olga erst zwölf.

Winni war untröstlich, dass er seine Freundin und Managerin verlor und sie nun wohl doch als Hausfrau und Mutter in irgendeinem portugiesischen Kaff verkümmern würde.
„Mädel", sagte er zum Abschied mit Schmerz verzehrtem Gesicht, „du verschleuderst deine Talente. Denk an meine Worte und komm bald wieder!"
Josefine drückte sie lange: „Wir werden dich sooo vermissen. Mach's gut. Vielleicht komme ich mal vorbei", wissend, dass ihr Einkommen wohl niemals ausreichen würde, um mal eben ihre Freundin in Portugal zu besuchen, auch wenn sie nun die Aufgaben von Susanne weitestgehend übernehmen würde.

Susanne ahnte, dass es ein Abschied für immer sein würde.

Und sie spürte, dass sie nicht ihrem Mann folgte, sondern einem Sog, gegen den sie sich nicht wehren konnte.

* * *

PORTUGAL 2008
José hatte in Faro ein großzügiges Apartment in einem der Neubaugebiete am Rande der Stadt und nahe der Universität angemietet. Manuel fand es spannend, in eine recht große Stadt zu ziehen und folgte dem Enthusiasmus seines Vaters. Olga vermisste das Strandleben und ihren Freund Gopal schmerzlich. Zum Trost schenkte José ihr ein Pferd. Von da an hatte Olga ihre Bestimmung gefunden. Sie stürzte sich in ihre neue Aufgabe, lernte Reiten und pflegte ihr Pferd Joelle mit Hingabe.
José ging völlig in seiner Tätigkeit auf. Erst jetzt bemerkte er, wie unterfordert er all die Jahre gewesen war und wo seine eigentlich berufliche Bestimmung lag – in der Wissensvermittlung und der forschenden Arbeit.
Susanne versank oft in eine Stimmung, die mit der portugiesischen Saudade nur unzureichend beschrieben war.
José ahnte nicht, dass seine Frau der Quelle ihrer immer wieder aufkeimenden Traurigkeit immer näher kam. Wie ein unsichtbares Gummiband zog es sie immer näher an

den Ort, an den sie nie wieder zurückkehren wollte. Er spürte, wie sie ihm entglitt und sich mehr und mehr in eine andere Welt zurückzog.
Aber er fand keine Kraft, zu ihr vorzudringen; denn auch seine alten Bilder kehrten zurück. Er konnte darüber nicht reden – nur mit seiner Mutter, die er gelegentlich in Porto besuchte. Sie bewahrte noch immer die alten Sachen seiner ersten Frau und seiner kleinen Tochter auf. Wenn er Anna besuchte, sprachen sie über diese Zeit und wühlten in den Erinnerungsstücken. Danach war er tagelang mürrisch und verkroch sich völlig in seine Arbeit.
Susanne zeigte kein Interesse, seine Mutter näher kennenzulernen. Beide bemühten sich nicht um die Verbindung. Nur Manuel besuchte in den Schulferien seine Oma in Porto.

* * *

Susanne fand kein Glück in der Stadt. Die Enge der Siedlung, kein Auslauf ins Grün, kein Blick auf das nahe Meer, keine Freunde und keine Beschäftigung.
Ein Jahr später kauften sie ein Häuschen in Bias do Sul, einem kleinen Ort an der Ria Formosa. Es hatte einen wunderschönen Garten, von der Dachterrasse aus blickten

sie auf die Dünenlandschaft. José hoffte, seiner Frau würde der Umzug in die Natur mit Sichtweite zum Meer etwas von ihrer Schwermut nehmen. Er fuhr jeden Tag nach Faro. Manuel wechselte auf die Schule in Moncarapacho. Olga wünschte sich sehnlichst mit ihrem Pferd Joelle auf ein Reitinternat nach Alter do Chão, wo auch ihre Freundin Lissi einen Platz bekommen hatte. Sie kam sich sehr erwachsen vor und war wild entschlossen, ihre Zukunft selbst in die Hand zu nehmen.

Susanne fügte sich in ihr Leben als Hausfrau und Mutter und verlor sich im grünen Dickicht ihres Gartens. Es trennten sie nur noch acht Kilometer von Marko und Martina und von dem Haus, aus dem sie vor so vielen Jahren Hals über Kopf geflüchtet war.

Bisher hatte sie hier niemand danach gefragt, was sie in den letzten Jahren gemacht hatte und warum sie an der Algarve gelandet war. Dass die blonde, blauäugige Olga nicht das Kind des dunklen José war, konnte sich jeder denken. Aber auch das wollte niemand genauer wissen.

Nur Olga fragte immer wieder und erhielt ausweichende Antworten. „Eine flüchtige Begegnung, meine Süße, als ich nach Goa kam. Leider kann ich dir keinen Namen nennen. Ein Kind der spontanen Liebe, jedenfalls." Olga war hungrig nach Einzelheiten. „Aber du musst doch irgendetwas von ihm wissen. Wie sah er aus? War er Inder,

Deutscher, Portugiese? War er jung oder alt? Was hat er gesagt? In welcher Sprache gesprochen?"
„Ach Olga, Kind, es war dunkel am Strand, er roch gut, wir lachten viel und er sprach Holländisch. Er war zärtlich und lieb zu mir. Es war sehr schön. Ich bereue nichts. Und am anderen morgen fuhr er mit der Fähre zurück nach Mumbai."

In ihrer Freizeit klapperte Susanne alle Flohmärkte der Umgebung ab und hielt nach besonderen Kleidungsstücken und Stoffen Ausschau. Sie entwarf recycelte Taschen aus Jeanshosen, nähte bunte Kinderkleidchen mit lustigen Aufdrucken aus alten T-Shirts und Sonnenhüte im Hippi- und Goa-Style. Das kam in den touristischen Hochburgen an der Algarve gut an, und sie belieferte einige Boutiquen mit „Goatik", wie sie ihre Mode nannte. Während der Arbeit versank sie mit jedem Nadelstich in alte Bilder. Sie sah den ziegenbärtigen Jakob, in den sie damals vielleicht ein wenig verliebt gewesen war, sie sah das gebräunte Gesicht von Mareiken, der sie das Nähen verdankte, und sah die bunten Hippies, die ihr unerschöpfliche Inspiration für ihre Entwürfe waren. Sie fand ein wenig Ruhe und verschwamm mit den Mustern der Stoffe. Sie fühlte sich und freute sich auf die Gesichter ihrer Kundinnen.
In ihrer freien Zeit beobachtete sie oft die Insekten bei

ihrer Arbeit. Sie liebte die Wiesen, den sauren Klee mit seinen gelben Blütenkelchen, den violett blühenden Lavendel und den rosafarbenen Rosmarin, in denen die Bienen summten und ihre dünnen Hinterbeinchen mit wachsenden gelben Säckchen beklebten. Stundenlang saß sie im Mato und verfolgte das emsige Treiben. Sie staunte über die kräftigen Alfarroba, deren zarte Blüten so gar nicht zu den urwüchsigen Bäumen passten. Manchmal schwirrte es im Johannisbrotbaum, als würde der Starkstrom zum Abflug einer fliegenden Untertasse produziert. Die Bienen fielen über das Mahl her. Heraus kam ein herber, intensiver Honig, der auf den Märkten von Olhão angeboten wurde. In ihrer Arbeit und in der Natur war sie sich selbst genug. Jede Begegnung mit Menschen fiel ihr von Tag zu Tag schwerer. Die Zeit floss zäh dahin, und auch der Honig heilte keine Wunden.

Jedes Jahr im November fuhr sie allein an die Westküste nach Odeceixe. Sie übernachtete in einem kleinen Hotel direkt auf den Klippen, öffnete das Fenster, hörte den Atlantik nach ihr rufen. Zwischen den meterhohen Wellen sah sie die Caravelle von Bartolomeu Dias auf dem Wege nach Südafrika und weiter nach Indien.

Sie hätten nie aus Goa wegziehen und nach Portugal zurückkehren sollen. Wie Monster stiegen die Erinnerungen,

die längst begraben schienen, wieder und wieder in ihr hoch und bildeten Schaumkronen auf den Wellen.
Oder war es die Hitze der Glut, die unter einem Haufen Asche überdauert hatte und wieder Feuer fing?

* * *

BIAS DO SUL 2012
An einem schönen Wintertag – Manuel war in der Schule – brach es unvermittelt aus José hervor. Warum sie nicht mehr mit ihm schlief? Warum sie Manuel immer so kühl behandle? Warum sie immer abwesend war? „So geht es nicht weiter, Susa. Unsere Ehe war immer etwas anders, als ich es erwartet hätte. Aber so geht es nicht weiter!"
Susanne drehte sich abrupt auf der Treppe um. Ihre Augen blitzten. „Du hast deine Arbeit, José. Und was habe ich? Ich sitze zuhause und nähe Kleidchen. Ich habe Angst. Angst, José." Tränen liefen plötzlich über ihr Gesicht. Mit solch einem Gefühlsausbruch hatte er nicht gerechnet. Oder vielleicht doch? Hatte er deshalb so lange geschwiegen, sich in seine Arbeit verkrochen, weil er fürchtete, unangenehme Wahrheiten zu hören? Angst? Wovor hatte sie Angst?

„Was quält dich? Sag es mir! Sag es mir endlich!"
„Angst ihr und ihm zu begegnen. Meiner Schwester und Marko. Ich habe Angst, alles kehrt zurück. Das tut dir weh, José. Ich will dir nicht weh tun. Ich habe ihn geliebt, José. Wie nie zuvor und nie mehr danach. Du bist mein Ehemann und meine Gefühle für dich waren immer ehrlich. Aber ganz tief, José, ganz tief da drinnen sitzt immer noch der eine, den mir meine Schwester gestohlen hat vor 18 Jahren!"
Susanne stand wild gestikulierend auf der obersten Stufe der Steintreppe in der Küche, auf der Stufe unter ihr José, der ihr eigentlich nur auf die Dachterrasse hatte folgen wollen. Sie war bleich, ihre dunklen Augen zogen sich in ihre Höhlen zurück.
„Was sagst du da? Du hast eine Schwester? Und da ist ein Mann?" Er fasste sie an den Schultern und schüttelte sie kräftig. Da er einen Kopf größer war als sie, standen sie jetzt auf Augenhöhe.
„Ja, und sie wohnen in Livrobranco!"
„Wie bitte? Wir wohnen ein paar Schritte von deiner Schwester entfernt? Seit vier Jahren schon? Und du hast immer einen anderen geliebt?" Er war fassungslos. Da war eine Stimme in ihm, die schrie wie aus lodernden Flammen.
„Ja", sagte Susanne mit ungewöhnlich fester Stimme. „Und er ist der Vater meiner Tochter." Dolchstöße. Jetzt war es

heraus nach all den Jahren des Schweigens und Verschleierns, und sie fühlte Erleichterung.

„Warum? Warum hast du mir das verschwiegen? Wie konntest du nur!"

„Und du? Was verschweigst du mir? Glaubst du, ich bin so dumm und hätte nie bemerkt, dass deine Großmutter, deine Mutter und du, dass ihr alle immer ausgeschwiegen habt, was in Porto mit dir war? Hast du mir alles gesagt?"

„Das ist jetzt ein ganz blödes Ablenkungsmanöver. Das ist lange vorbei und hat jetzt nichts mehr zu bedeuten. Weiß Olga..."

„Nein!", schrie Susanne plötzlich. „Nein, und sie darf es auch nicht erfahren. Nicht so. Hörst du!?" Sie fasste sein T-Shirt und zerrte daran. Er schlug sie weg.

„Sie hat ein Recht darauf. Wenn du es ihr nicht sagst, werde ich es tun. Und ich werde zu diesem Marko gehen. Ich will ihn sehen, und deine Schwester auch. Und das Olga sein Kind ist. Soll er sich doch kümmern! Kann er ihr das Internat bezahlen. Ich gehe sofort, jetzt. Lass mich los! Lass mich los! Hör auf, an mir rumzuzerren. Das Ganze muss ein Ende haben, vielleicht können wir dann wieder..."

Sein Schrei war kurz und schrill, es klang dumpf, als sein Körper auf die Küchenfliesen krachte. Susanne schlug die Hände vor das Gesicht. Sie hörte eine Tür schlagen, drehte sich um und stürzte über die Dachterrasse, die Außentreppe hinunter und dann durch den Garten auf die Straße. Sie sah Manuels rotes Fußballtrikot von hinten und wie er auf den Weg rannte. Sie rief seinen Namen.

* * *

MANUEL

Manuel sah aus wie ein Portugiese, fühlte sich wie ein Portugiese und sprach wie ein Portugiese, ganz wie sein Vater José. Seine Mutter erschrak so manches Mal, wenn sie ihn ansah, weil er diese frappierende Ähnlichkeit mit José hatte, nicht nur in seinem Aussehen, auch mehr und mehr in seiner Ausstrahlung – immer mehr, je älter er wurde. Ganz und gar José, ganz und gar wie sein Vater, an dem er hing wie eine Klette. Manuel vergötterte ihn und José vergötterte seinen Sohn.

Manuel war an diesem verhängisvollen Tag früher als sonst aus der Schule nach Hause gekommen. Als er durch das Bougainvillea-Tor trat, hörte er schon von Weitem laute Stimmen, die nichts Gutes verhießen. Stritten Mama und Paizinho wieder? Er konnte es nicht genau heraushören und später – als die Polizei ihn befragte – erinnerte er sich nicht mehr an die genauen Zusammenhänge, wusste nicht

mehr, ob er in die Küche gegangen war, um die Streithähne zu beschwichtigen. Die Erinnerung war hinter einem dicken Vorhang verschwunden.
Er sah dann nur noch seinen Vater in der Küche in einer Blutlache liegen, regungslos, und lief zurück durch das Tor auf den Weg. Dort rief ihn seine Mutter, die doch eben noch im Haus gewesen war? Hatte er sich getäuscht?
Sie kam hinter ihm hergerannt und wollte ihn in die Arme nehmen. Er wehrte sich schreiend. Sie rief immer wieder: „O que pasa! Was ist denn, Manuel? Warum schreist du so? Was ist passiert?"

Manuel blieb stehen, starrte seine Mutter an, drehte sich um und rannte den Weg hinauf bis zur Straße, von der er gekommen war. Er versteckte sich zitternd hinter dem alten Johannisbrotbaum von Nachbarin Dona Maria. Wie lange, wusste er später nicht mehr. Dies alles erzählte er der Polizei nicht.
Dann ging er den Weg zu seines Vaters Haus wieder hinunter, trat erneut durch das Tor über den Pfad durch den Vorgarten zur Haustür, vorbei an den Polizisten und all den Menschen, die um seine weinende Mutter herumschwirrten.
Er stand starr und bleich in der Tür und sah, wie zwei Männer einen Sarg aus dem Haus trugen.

Seinen Vater bekam er nie wieder zu Gesicht. Und auch seine Mutter war ihm seither seltsam fremd. Er sprach nicht mehr mit ihr, sah ihr nicht in die Augen, berührte sie nicht. Er war allein.

* * *

Einige Tage später wurde die Leiche freigegeben. Und obwohl José und Susanne beide katholisch waren, erschien es Susanne angemessen, die Leiche ihres Ehemannes verbrennen zu lassen, was in Portugal als eher ungewöhnlich galt.

Als Josés Mutter Anna hörte, ihr Sohn solle verbrannt werden, schloss sie sich in ihrer Wohnung in Porto ein und sprach nie wieder ein Wort mit Susanne.

Manuel, Olga und Susanne mieteten ein großes schwarzes Auto und begleiteten den Leichenwagen des Beerdigungsunternehmens zum Krematorium nach Ferreia do Alentejo ins Landesinnere. Kurz vor einer Autobahnraststätte bedeutete Susanne dem Beerdigungsunternehmer mit wilden Handbewegungen und Lichthupe anzuhalten. Sie fuhren auf den nächsten Rastplatz.
Susanne sagte, sie müsse José unbedingt noch ein letztes

Mal sehen. Sie müsse sich von Angesicht zu Angesicht verabschieden. Der Beerdigungsmann öffnete die Autoklappe, hinter der der Sarg stand, zog den Sarg etwas hervor, hielt sich ein Tuch vor das Gesicht und lüftete den Deckel ein wenig.

Manuel sah vom Auto aus, wie sich Susanne beim Anblick des Sarginhaltes angeekelt abwandte und sich Mund und Nase zuhielt. Dann setzte sie sich zurück ins Auto und schwieg bis zum Friedhof von Ferreia do Alentejo.

In der dortigen Friedhofskapelle wurde der Sarg aufgebahrt und anstatt still Abschied zu nehmen, sang Susanne plötzlich ein altes Hippilied. Manuel war zutiefst peinlich berührt und hätte beinahe lachen müssen. Dann konnte er bei offener Tür sehen, wie die Männer den Sarg mit seinem Paizinho in den Ofen schoben. Sie standen etwas hilflos herum und der Mann vom Beerdigungsinstitut sagte, sie könnten nun einen Kaffee im Ort trinken gehen. In gut zwei Stunden bekämen sie dann die Urne mit der Asche des Verstorbenen zurück. Danach stieg er in sein Auto und fuhr davon.

Nach zwei Stunden kehrten sie zum Krematorium zurück und bekamen die noch heiße Urne in einer Henkeltasche überreicht. Seine Mutter verstaute die Henkeltasche im Kofferraum, so dass sie nicht umkippen konnte. Manuel stellte sich auf der Rückfahrt vor, seine Mutter müsse scharf bremsen und die Urne würde samt Inhalt durch

das Auto geschleudert und Paizinhos Asche würde sie alle überdecken. Wie viel Asche blieb eigentlich von einem übrig? Besonders viel schien es nicht zu sein, vielleicht ein Pfund oder auch zwei? Vielleicht war es aber auch gar nicht Paizinhos Asche, sondern die von jemand anderem. Besonders ernst hatten die Beerdigungsleute die Einäscherung nicht genommen, so schien es Manuel. Wer wusste schon, ob sie nicht nur die Hälfte in die Urne eingefüllt hatten? Und der Rest landete auf dem Müll oder im Garten.
Manuel erschien das ganze Vorgehen nicht richtig. Warum konnte Paizinho nicht beerdigt werden wie alle anderen Menschen auch? Als Carlos Großvater starb, kam die ganze Familie, und es wurde ein großes Fest gefeiert. Der Großvater lag aufgebahrt in der Küche, so dass alle Abschied nehmen konnten. Dann fuhr der Beerdigungswagen vor, geschmückt mit Blumen. Der Großvater wurde hineingeschoben, und alle gingen hinter dem Auto her, quer durch Moncarapacho bis zum Friedhof am Ende des Ortes. Dort wurde der Sarg in eine Mauerwand geschoben, die nach Carlos Ansicht einem Ikea-Regal ähnelte. Draußen stand in großen Lettern: Juan Soares e sua familia. Das alles war zwar nicht schön, hatte Carlos berichtet, aber er war doch froh gewesen, seinem Opa noch einmal adeus sagen zu können, bevor sein Sarg mit dem Körper und dem Beisein von Gott in das Ikea-Regal geschoben wurde.
Auf der Autobahn zurück nach Bias do Sul war Manuel

eingeschlafen. Er wachte erst wieder vor ihrem Haus auf. Da hatte Susanne die Urne mitsamt der Henkeltasche schon in die alte Vitrine in die Küche gestellt.
Manuel setzte sich auf sein Fahrrad und fuhr direkt zu Carlos, dessen Zuhause er fortan auch zu seinem erklärte. Erst Wochen später wagte er es, sich der Vitrine und der Urne zu nähern. Carlos begleitete ihn auf seinem schweren Gang, den sie von langer Hand geplant hatten.
Der Deckel der Urne war leicht anzuheben. Darin lag die Asche und obendrauf drei kleine Knöchelchen. Das also war von Paizinho übrig geblieben?
Er weinte fürchterlich. Carlos nahm ihn in den Arm und sagte: „Dein Vater ist doch längst im Himmel. Das hier sind nur die Reste von seinem Körper. Wahrscheinlich hatte er keine Lust, in ein Ikea-Regal gesperrt zu werden. Und das kann man ja irgendwie auch verstehen!"
Als Manuel unter Tränen den Deckel auf die Urne zurücklegte, lüftete sich plötzlich der Vorhang, der sich am Todestag seines Vaters zwischen ihn und die Erinnerung gelegt hatte, und er sah die schrecklichen Bilder in der Küche ganz deutlich vor sich. Es war so schrecklich, dass er nicht einmal Carlos erzählen konnte, was er gesehen hatte.
Irgendwann würde er ganz allein in seiner kleinen Jolle mit seinem Paizinho in die Ria Formosa schippern und die Asche dorthin verstreuen, wo sie hingehörte – ins weite Meer, getragen vom Wind, begleitet von seinen Gedanken.

Seine Mutter war nun ebenfalls für ihn gestorben.

Auf der Trauerfeier für seinen Vater im Haus in Bias do Sul traf er zum ersten Mal seine Tante Martina und seinen Onkel Marko. Olga hatte kaum Zeit für ihn. Sie suchte die Nähe zu den neuen Familienmitgliedern. Er nicht.

GEGENWART_Verstehen

Wer an das Gute im Menschen glauben will.

Wie sich die Dinge zwischen Martina, Susanne und Marko zuspitzen und jeder in seine eigene Welt entschwindet.

LIVROBRANCO März 2013
MARTINA

Der Kuchen war ihr gelungen. Martina schob ihn auf eine Plastikplatte und stülpte den Deckel darüber. Sie warf einen Blick auf die Anordnung der Terrassenmöbel, um bei ihrer Rückkehr gegebenenfalls Veränderungen festzustellen, und fuhr mit ihrem Audi die acht Kilometer zum kleinen Haus von Susanne. Sie fragte sich wie so oft, warum sich Susanne und ihr Mann nicht ein etwas größeres Haus für sich und die beiden Kinder gesucht hatten. Warum war sie überhaupt zurückgekehrt – ausgerechnet in ihre Nähe?

Susannes Haus hatte eine Toplage inmitten eines Olivenhains, machte jedoch einen äußerst bescheidenen Eindruck. Es verfügte zwar über eine geräumige Küche, aber nur über vier winzige Zimmer. Der Garten allerdings war eine Pracht, etwas verwildert, aber voller Rosen, Bougainvilleas, Geranien, sogar Weinranken über der Terrasse. Die Mandelbäumchen blühten noch. Die Nesperas waren fast goldgelb und die Kakteenfrüchte trugen Blüten. Der alte Johannisbrotbaum hing voll grüner Schoten und an der Terrasse stand ein Oleander, der sich im Sommer weißblühend vor dem strahlend blauen Himmel abhob. Ihre kleine Schwester hatte sich ein kleines abgeschiedenes Paradies geschaffen – ohne jeglichen Komfort, aber mit einem wun-

derbaren Ausblick auf das Wattenmeer.
Für Susanne war das sicherlich lebbar, aber ob ihre Kinder das goutierten? Kein Wunder, dass Manuel mehr bei seinen Freunden war als zuhause und Olga sich so schnell wie möglich Richtung Norden abgesetzt hatte.
Martina spürte einen leicht säuerlichen Geschmack aus ihrem Magen emporsteigen. Dieses verdammte Sodbrennen, dachte sie, wahrscheinlich vom Teig probieren. Oder vom Brandy. Vielleicht sollte sie die Marke wechseln oder auf Wodka umsteigen. Der roch ohnehin weniger stark.
Ja, die Kinder. Sie war zwar die Tante, hatte aber kein besonders enges Verhältnis zu Olga und Manuel, zumal Susanne ihr den Kontakt ja erst seit Josés Tod ermöglicht. Bisher hatte sie sich auch noch nicht getraut, Susanne zu fragen, wer denn Olgas leiblicher Vater sei; denn nach Adam Riese konnte es nicht José gewesen sein.
Martina spürte etwas säuerlichen Neid angesichts der beiden Kinder. Sie bedauerte es heute zutiefst, dass sie keinen eigenen Nachwuchs hatte, wollte aber die Hoffnung noch nicht aufgegeben.
Sie tastete sich sehr vorsichtig an ihre Schwester und deren Familie heran. Sie fürchtete sich vor dem Moment, in dem Marko und Susanne unweigerlich aufeinandertrafen und Marko erfuhr, was Susanne damals im Bett gefunden und was sie verraten hatte.
Susanne war offenbar nicht zu Hause, obwohl sie ihren Be-

such angekündigt hatte. Martina spürte leichten Ärger aufwallen, nachdem sie zweimal um das Haus herumgelaufen war. Die Haustür stand offen, der Tisch war gedeckt, so als wenn Besuch erwartet würde. Aber keine Susanne zu sehen. „Wahrscheinlich kommt sie gleich", dachte Martina, „sonst wäre hier ja nicht alles offen."
Sie setzte sich auf die Steinbank unter den schattigen Johannisbrotbaum und döste vor sich hin...

* * *

SUSANNE

Die Blauelstern machen einen Lärm, denkt Susanne. Wahrscheinlich kreischen sie, weil der schwarze, schwanzlose Kater unter der Steineiche herumstreunt und Ausschau nach ihren Nestern hält. Vielleicht fühlen sie sich auch von der Hufeisennatter gestört. Die ist zwar nicht giftig, aber ihre Bisse sind schmerzhaft. Sie beschützen ihre Jungen. Susanne will nicht, dass Martina ihr zum Geburtstag gratuliert. Sie will eigentlich, dass niemand mehr kommt. Ihr Leben erscheint ihr wie ein einziges Abschiednehmen. Sie muss alleine sein und nachdenken. Oder besser noch: nicht nachdenken.
Sie schwingt sich auf ihr Moped und fährt in der ihr so ver-

trauten Gegend herum, an ihrem alten Zuhause vorbei, dann zum Meer. Sie geht ins Watt von Sapateirra, in den braunen Schlamm mit den scharfen Muscheln, bei Ludovina. In ihren Ohren toben die Wellen, die gegen die Sanddünen schlagen. Sie hört nichts anderes. Es zieht sie magisch an. Sie sieht die Muschelsammler mit ihren Eimern und Hacken. Gebückte Frauen und Männer. Sie bemüht sich um Haltung, um Selbstachtung. Die scharfen Muschelkanten schneiden ihr in die Füße. Fast wäre sie über einen mit Algen bedeckten rostigen Anker gestolpert, der an einem Seil hängend ein kleines Holzboot hält. Hannes' Boot. Vor ihr stürzt ein Austernfischer kopfüber in den flachen Priel, der kaum merklich, aber für ihr geübtes Auge sichtbar, wieder vollläuft. Die Flut kommt. Unaufhaltsam. Und allen, die sich darauf nicht einstellen, steht das Wasser bald bis zum Hals, zum Hals und dann weiter. Bis nichts mehr bleibt als das weite Meer.

Aber noch ist Zeit. Die Muschelsammler machen sich auf den Heimweg. Die Winkerkrabben verschwinden in ihren Löchern. Es gluckert dort, wo sich das Wasser langsam seinen Weg bahnt. Unter ihren Füßen matscht und quatscht es, schleimig quillt es zwischen ihren Zehen. Sie denkt immer an Marko, wenn sie durch das Watt geht, an seine knochigen Zehen, seine von der Sonne und dem Salzwasser brüchige Haut und an seine große Liebe – nicht für sie – aber für das kommende und gehende Meer. Wie sehr hatte sie sich damals gewünscht, Teil dieser Liebe zu sein, so sehr, dass noch heute ihre Tränen in das aufsteigende Wasser laufen, so salzig, so allein, so traurig. Und der Hass auf Martina, den sie zu begraben hoffte, steigt wieder auf mit der Flut und steigt ihr bis zum Hals, zum Hals und dann weiter. Sie schreit laut gegen die Wellen, und sie hört sich nicht. Das Meer schluckt alles.

* * *

MARTINA

Martina schoss aus ihren Tagträumen hoch. Sie war wohl auf der Steinbank vor Susannes Haus eingenickt. Ihr Bein war eingeschlafen und ihr Herz klopfte wild. Wo war Susanne? Sie hatte ein mulmiges Gefühl. Ihre Schwester war einfach fort. Wie damals. Martina schob die dunklen Erinnerungen beiseite. Sie ging noch einmal durch die offene Haustür direkt in die geräumige Küche, den schönsten Raum des ganzen Hauses. Die Kaffeetafel war für fünf Gäste gedeckt. Wen erwartete sie außer Martina noch? Maura vielleicht. Hannes? Sie wusste eigentlich nichts über Susannes Freundeskreis. Manuel natürlich. Und seinen siamesischen Zwilling Carlos.
Auf dem Tisch entdeckte Susanne ein weißes Plastikröhr-

chen. Zunächst dachte sie, es sei ein Fieberthermometer. Dann erkannte sie es. Ein Schwangerschaftstest. Der rote Eichstrich war deutlich zu erkennen. Positiv. Olga!, schoss es ihr durch den Kopf. Olga war offenbar doch zum Geburtstag ihrer Mutter erschienen und hatte eine wohl eher unliebsame Überraschung mitgebracht, schließlich war sie erst 17, mitten in der Ausbildung und sicherlich noch nicht reif für die Mutterschaft.

Und nun waren beide offenbar losgegangen. Das Moped stand nicht mehr im Vorgarten. Vielleicht direkt zum Arzt? Oder irgendwohin, um alleine zu sein. Ein Gespräch zwischen Mutter und Tochter.

Martina buddelte ihr Handy aus der Tasche, in der zuoberst der Kuchen lag. Sie wählte Susannes Nummer. Es klingelte in irgendeiner Ecke der Küche. Da, am Herd lag ihr Telefon. Nun ja, in der großen Aufregung über Olgas Schwangerschaft konnte sie es schon mal liegen gelassen haben.

Der Kuchen duftete nach Mandeln. Martina versuchte, Olga per Telefon zu erreichen. Wenn die beiden zusammen waren, würde sich das bald klären. Olgas Stimme: „Ja? Olga hier."

„Hi, Olga." Martina wusste plötzlich nicht mehr, was sie sagen sollte. Was, wenn Olga gar nicht bei ihrer Mutter war?

„Hier ist Tante Martina." Das Wort Tante ging ihr nicht

einfach über die Lippen.

„Ja, seh' ich. Was ist denn?" Olgas Stimme klang schroff. Martina rief sie so gut wie nie an. „Bist du nicht bei Mamas Geburtstagsfeier? Ist was mit Mama?"

Martina war verunsichert. „Nein, nein. Wo bist du denn, Olga?"

„Ich bin in Alter do Chão, leider."

Olga wäre offenbar lieber woanders.

„Und weshalb rufst du an? Bist du nicht bei Mamas Geburtstagsfeier. Sie hat doch so etwas gesagt."

„Doch, doch." Martina stotterte herum. „Ich, ich,... es ist nur so, also, wir wollten uns gleich treffen und ich wollte nur mal horchen, ob du vielleicht doch kommst, dann hätte ich dir das Dings, äh den Stiefelknecht von Marko, du weißt schon, den er dir versprochen hatte, also den hätte ich dir mitgebracht."

„Und deswegen rufst du an? Da stimmt doch was nicht. Ist was mit Manuel? Gib mir mal Mama, bitte."

„Die holt gerade Milch, hatte sie vergessen. Sie kann dich ja später nochmal anrufen. Alles in Ordnung, Olga. Wirklich. Bis später."

Martina schluckte. Olga war nicht bei ihrer Mutter und auch nicht schwanger, sehr wahrscheinlich. Also, was war hier los?

Als Maura mit ihrem Sohn und Manuel zum Kaffeetrinken kam und Susanne noch immer nicht aufgetaucht war,

beschlossen sie, das Geburtstagskind zu suchen.
Den Schwangerschaftstest steckte Martina vorsichtshalber in ihre Jackentasche.

* * *

SUSANNE

Wenn man nicht mehr reden möchte oder auch die passenden Worte nicht findet oder es einem die Sprache verschlagen hat oder einem das Schweigen sinnvoller, ja sogar freundlicher erscheint als das Reden, wenn man also still ist, verstummt, schweigsam oder auch sehr leise, vielleicht nur noch innerlich mit sich spricht und vielleicht das auch noch nicht einmal mehr, dann hört man alle Geräusche um sich herum mindestens doppelt so laut wie vorher als man noch sprach, selber laut war und Geräusche produziert hat. Spürst du die Stille, die fernab aller Geräusche immer da ist? Die Stille, die unter allem liegt? Oder liegt sie darüber? Schweigen und Nichtreden ist nicht dasselbe.
Die anderen um dich herum, die es gewohnt sind, dass du Geräusche jeder Art und zu jeder Zeit produzierst, fragen irritiert: Ist was? Du bist so komisch. Und dann willst du eigentlich gar nicht antworten, weil es dann in dir und um

dich herum wieder laut wird und du vielleicht Sachen sagst, die jemand wieder falsch versteht oder beleidigend findet oder dir später vorhält. Denn eins ist klar: Wenn du redest, bist du ausgeliefert. Wenn du schweigst, bist du geschützt. Geschützt durch einen großen Mantel, der sich um dich herum legt, den Mantel des Schweigens. Und dann wirst du vielleicht auch nicht gesehen mit all deinen Schwächen und dann erfährt vielleicht auch niemand, dass es wieder passiert ist. Und wieder mit dem gleichen Mann. Und du wieder zu schwach warst, nein zu sagen oder einfach zu gehen. Im Gegenteil. Im Grunde deines Herzens hast du es dir all die Jahre gewünscht, dass er kommt, dass er dich liebt und zu dir steht. Nur zu dir.

* * *

Er hatte plötzlich in der Türe gestanden und mitfühlend seine Arme um Susanne gelegt und gesagt, dass es ihm leid täte. Und sie hatte gedacht, er meinte sie beide und dass alles so furchtbar auseinandergegangen war. Dass er sie verraten und verkauft hatte, fallengelassen wie eine heiße Kartoffel. Marko aber hatte den Tod ihres Mannes gemeint, der einige Wochen her war. Das hatte sie erst gemerkt, als es zu spät war.

Und wie er seine Arme um sie legte, sank sie hinein, klammerte sich an ihm fest, gab sich diesem Gefühl hin, war viel zu schwach zu widerstehen. Er roch so gut – nach Meer und Rauch. Genau wie damals. Und er strich ihr zärtlich über den Kopf, küsste sie auf die Stirn und auf den Mund und trug sie auf das Sofa. Und es war so warm und so richtig und so unendlich normal gewesen. Und der Augenblick schloss alle Wunden.
Bevor er ging, flüsterte er ihr ins Ohr: „Das hätte nicht passieren dürfen. Entschuldige bitte, Suse. Ich hätte besser aufpassen müssen. Ist doch klar, dass du nach dem Tod von José völlig durcheinander bist. Es tut mit wirklich leid."
Seither fand sie keine Worte mehr und alle dachten, der Tod von José hätte sie zu einem sehr schweigsamen Menschen gemacht.

Nun, drei Monate später, saß sie am Priel, das Wasser stieg und mit ihm sickerte langsam in ihr Bewusstsein, dass sie wieder schwanger war.

* * *

LUIS

Wenn einer wusste, was am Strand von Sapateirra Baixo los war, wer kam und wer ging, dann war es der kleinwüchsige Luis, der an diesem Nachmittag seine Austernbänke pflegte und bei auflaufender Tide noch ein paar Eimer Schlick entfernte. Er hatte natürlich auch die Frau gesehen, sie kam manchmal und starrte stundenlang auf das weite Meer. Jetzt lief sie Richtung Sandbank, kurz vor Hochwasser. Das machte sonst niemand, der sich hier auskannte, und reflexartig registrierte Luis, dass sie stetig Richtung großem Priel watete und sich an den unteren Rand der Sanddüne, die das offene Meer vom Watt trennte, setzte.

Luis hatte gute Augen, und während er auf etwas mehr Wasser wartete, um mit seinem kleinen Boot mit Außenbordmotor zurück zu schippern, scannte er den Horizont, sah die allerletzten Mariscadores zurückkehren, begrüßte kurz die alte Ludovina, die beklagte, dass heute kein guter Tag für Conquilhas sei und sah, dass die Frau keine Anstalten machte, rechtzeitig zurückzukommen. Ihr Moped stand am Ufer.

Auch wenn er die Frau seit vielen Jahren kannte, hatten sie fast nie miteinander gesprochen. Olà hier, Bom dia dort, wie es so ist mit den Ausländern, von denen sie hier inzwischen mehr als genug hatten. Engländer, Holländer, Franzosen, Schweden, Deutsche... sie suchten einen sonnigen Lebensabend und trieben die Immobilienpreise in astronomische Höhen. Er suchte den Kontakt zu den Ausländern nicht unbedingt. Nicht, dass er sie ablehnte, aber sie blieben ihm fremd in ihrem Aussehen, in ihrer Sprache, ihrem Gehabe, in ihrem Reichtum. Nein, Luis blieb bei seinem Austerngarten, den er seit einiger Zeit betrieb und ging fischen wie es schon sein Vater getan hatte. Seit der Finanzkrise waren er und seine Familie besonders auf die dürftigen Fangerträge angewiesen.

Und immer wieder geschah es, dass er Touristen von den Sanddünen abholen musste, die sich nicht mit der Flut und den Strömungen auskannten, nicht wussten, dass es lebensgefährlich war, nicht rechtzeitig durch Schlick, Schlamm, Priele und Muschelbänke zurückzukehren an Land. Aber die blonde Deutsche? ... Es wunderte ihn, dass sie dort sitzen blieb. Sie wusste um die bedrohliche Situation. Plante sie, über Nacht auf der Insel zu bleiben? Dafür war es noch entschieden zu kalt. Wollte sie erst zurückkehren, wenn die Ebbe es möglich machte? Bei Nacht? Im Notfall war er schon oft als Retter mit seinem Boot aufgetaucht und hatte vor Kälte zitternde Touristen mit ihren weinenden Kindern aufgelesen und sicher ans Ufer gebracht.

Am Strand sah er nun eine andere Frau aus einem Auto steigen. Es war der alte schwarze Mercedes von Marko, solch ein Auto gab es hier nur einmal. Ihn persönlich interessierten nur aktuelle Modelle, auch wenn er sich ein neues Auto nie würde leisten können. Sein klappriger kleiner Fiat musste noch ein paar Jahre halten. Er bastelte mit seinen Amigos beständig an dem alten Auto herum.

Wenn aus Markos Oldtimer-Mercedes eine Frau ausstieg, so musste es Martina, seine Frau, sein. Sie winkte aufgeregt und kam ihm durch das kniehohe Wasser entgegen. Er konnte sich die Zusammenhänge irgendwie denken. Martina wollte offenbar, dass er zu ihr kam. Und es musste mit der Frau dort auf der Insel zu tun haben.

Luis zögerte nicht lange. Das Wasser war inzwischen hoch genug, um Martina mit dem Boot entgegen zufahren. Die Dämmerung hatte eingesetzt. Sie mussten sich beeilen. Der Wind pfiff eiskalt vom Land her. Im Nu waren die Temperaturen auf zehn Grad gesunken, gefühlt aber war es noch deutlich kühler. Als er Martina erreichte, war die schon klitschnass und brüllte hektisch auf ihn ein. Sie sprach ziemlich gut Portugiesisch, aber es klang hart und schroff in seinen Ohren und ihre Stimme überschlug sich. Er hörte die Worte „Schwester" und „Susanne". Martina stieg in sein Boot und er hatte schon verstanden, ehe sie zu Ende gesprochen hatte. Er hielt direkt Kurs auf die Sanddüne mit Ziel Susanne. Nur keine Hektik, sie würden sie rechtzeitig erreichen und außer einer fetten Erkältung, die vermutlich beide Frauen erwischen würde, ging keine weitere Gefährdung von der Lage aus. Er würde ihnen anschließend bei Ludovina einen doppelten Medronho empfehlen. Auf die

Idee, dass Martina und Susanne Schwestern waren, wäre er ohne Martinas Hinweis nicht im Traum gekommen. Sie hatten keinerlei Ähnlichkeit miteinander.

Susanne stieg widerstandslos zu Luis und Martina ins Boot. Es war nun so gut wie dunkel. Luis setzte seine Stirnlampe auf.
Martina war außer sich. „Mein Gott, was machst du hier? Du weißt doch, wie gefährlich das ist. Bist du von Sinnen? Wir suchen dich seit Stunden. Manuel und Maura sind Richtung Moncarapacho unterwegs, um dich zu finden. Kannst du dir vorstellen, wie es Manuel geht, wenn du weg bist – so kurz nach dem Verlust seines Vaters? Wir sitzen an deinem gedeckten Geburtstagstisch, und du bist verschwunden. Ohne eine Nachricht. Was ist los?"
Luis tuckerte mit seinem Diesel direkt auf den Strand zu. Die Sonne ging gerade hinter San Miguel unter. Er verstand zwar die Worte nicht – die Frau sprach Deutsch – nahm aber die Stimmung auf.
Martina fiel ein, dass sie sofort Manuel informieren musste. Er war wie versteinert mit Maura losgezogen, ohne ein Wort, bleich im Gesicht, und mit seinen großen dunklen Augen hatte er wie ein Schreckgespenst ausgesehen, als er in Mauras Auto einstieg. Noch vom Boot aus rief Martina ihn an. Sie hörte Maura im Hintergrund erleichtert aufschreien und rufen: „Mãe de Deus! Wo treffen wir uns?"

„Ich bring sie nach Hause", rief Martina ins Handy. „In einer halben Stunde spätestens."

Susanne hatte noch kein einziges Wort gesprochen. Was sollte sie auch sagen? Sie wäre jetzt gerne Zuhause, am liebsten dort, wo sie sich zum ersten mal in ihrem Leben Zuhause gefühlt hatte – in Markos Haus im Bett über der Küche, wo es immer warm und ruhig war und von wo aus sie aus dem Dachfenster aufs Meer gucken konnte. Aber in dem Haus wohnte seit vielen Jahren Martina, ihre Schwester, die sie jetzt mit lauten Worten überschwemmte.

Sie hatte einfach ihre Ruhe haben wollen, wollte mit ihren Gedanken alleine sein, wollte das Wasser steigen hören und den Wind rauschen sehen und zuschauen, wie die Sonne hinter den Bergen verschwand – wo doch die Sonne eigentlich immer an ihrem Standort blieb und keineswegs verschwand, und nur die Erde sich drehte und selber den Untergang der Sonne verursachte. Seit Kopernikus wussten die Menschen davon und taten dennoch so, als wäre es andersherum. Ja, Bartolomeus Dias, der wusste wohl noch nicht, dass die Erdkugel nicht im Universum fest angenagelt war. Was mochte er gedacht haben... dass er am Ende von der Platte herunter segelte?

Von der Sonne aus betrachtet, dreht sich die Erde ganz klein und entfernt. Niemand hier spielt dabei eine Rolle.

Diese vollkommene Sinn- und Bedeutungslosigkeit ist für uns Menschen wohl schwer zu ertragen.

MARTINA

Der Rest des Geburtstages verlief im Stimmungstief. Susanne wollte sich nicht erklären und schwieg wie so oft in letzter Zeit. Maura begrüßte die Schwestern mit einem Schwall portugiesischer Worte – laut und erleichtert. Manuel würdigte seine Mutter keines Blickes und drang darauf, mit Maura zu Salvador und Carlos zu fahren. Er wollte wie gewohnt bei seinem Freund übernachten.
Martina kochte einen Tee, bemüht, es sich und ihrer Schwester zum Ausklang dieses anstrengenden Tages irgendwie noch gemütlich zu machen.
Susanne bat Martina zu gehen. Sie wolle sich mit einer Wärmflasche hinlegen und sich entspannen. Martina solle sich keine Sorgen machen. Sie habe an José und ihren letzten gemeinsamen Geburtstag mit ihm denken müssen und sei ein wenig melancholisch geworden.
Martina fühlte sich abgewiesen und machte sich beleidigt auf den Heimweg. Sie fand keinen Zugang zu ihrer Schwester. Es blieb das mulmige Gefühl, dass Susanne ihr eine Lektion hatte erteilen wollen.

Zuhause sank sie völlig erschöpft in ihren Kaminsessel und döste im Dunkeln vor sich hin. Erst jetzt bemerkte sie, dass alle Fensterläden rund um das Haus zugeklappt waren. Der Mond schimmerte durch kein Fenster. Sie selbst schloss immer nur die Fensterläden im Schlafzimmer, wenn sie zu Bett ging.

Mit der Bettruhe war es vorbei. Sie trank drei Macieiras, ließ alle Fensterläden geschlossen, durchsuchte jeden Raum, stellte eine Kommode hinter die Haustür und ließ in allen Räumen Licht an. Sie fiel in einen unruhigen Schlaf, schreckte immer wieder hoch, heftig zitternd und eiskalt, dann wieder fiebrig heiß.
Sie kam sich lächerlich vor, sowohl, was ihre Panikattacken betraf, als auch damit, dass sie sich nicht traute, Marko anzurufen. Was brachte es auch, wahrscheinlich würde er sich nur wieder über sie lustig machen. Marko hatte sich für morgen angekündigt. Und sie wusste gerade nicht, ob sie sich freuen sollte. Wie würde er reagieren, wenn sie ihm von diesen neuen Vorfällen berichtete?
Was würde er zu Susannes Eskapaden sagen? Irgendwie fühlte er sich ja wohl immer noch für sie verantwortlich. Ein bisschen zumindest trieb ihn offenbar das alte schlechte Gewissen. Würde er sonst immer noch nach ihr fragen? Wie es ihr ginge, ob sie etwas erzählt habe von früher. Wie das Verhältnis der Schwestern sich entwickele und dies und das ... Jedenfalls gab es da eine Unsicherheit. Das spürte sie. Marko selbst wies das weit von sich. Er selbst hatte offenbar noch nicht mit Suse, wie er sie nannte, gesprochen. Zum Glück.

Sie legte ihr Smartphone neben ihr Kopfkissen, überprüfte, ob sie ein Netz hatte, was hier nicht immer der Fall war und stellte Hannes' Nummer ein, so dass sie im Zweifel nur noch die Tastatur betätigen musste.

Kurz vor Mitternacht Nacht schreckte sie wieder von einem Geräusch direkt über ihr hoch. Im hellerleuchteten Raum wackelte die Lampe leicht. Alles, was sie an der Wand über ihrem Kopf entdecken konnte, war der dicke Gecko, der mit seinen Saugnapffüßen an der Kalkwand hing. Irgendwie beunruhigte es sie, dass er wieder aufgetaucht war. Wilde Fantasien hielten sie vom Einschlafen ab.

Sie dachte an Hannes. Er könnte schnell bei ihr sein. Ja, das wäre das Beste. Vielleicht war er noch wach, er war der Typ, der nächtelang vor seinen Videos hing. Sie betätigte den Touchscreen. Hannes antwortete sofort, als hätte er auf ihren Anruf gewartet.

* * *

HANNES

Hannes war der klassische Westfale – von kräftiger Statur, breit in den Schultern, durchaus attraktiv. Seine braunen

Haare trug er meist zu einem Zopf zusammengebunden, darüber eine dunkelblaue Seemannsmütze. Jetzt allerdings hingen seine Haare ungeordnet wirr und wirkten schütter. Seine grünen Augen blickten glasig auf das Display seines Telefons. Martina erschien auf dem Monitor, eines dieser Fotos, die er heimlich von der Frau seines Freundes Marko gemacht hatte. Das war eine seiner Marotten, verheiratete Frauen ablichten in aller Heimlichkeit. Das war wichtig; denn ohne Heimlichkeit keine Gefahr und ohne Gefahr kein Kick.

Sofort griff er zu und hatte seine Stimme trotz mehrerer Sagres unter Kontrolle. „Martina... du? Zu so später Stunde? Ist was passiert? Kann ich was für dich tun, Königin der Nacht?"

Martina war so gar nicht nach flotten Sprüchen zumute, gleichzeitig merkte sie, wie gut ihr eine vertraute Stimme tat, mit der sie vorbehaltlos sprechen konnte.

„Ach, Hannes...!", sie ließ einen tiefen Seufzer los. „Entschuldige bitte, dass ich so spät noch störe, aber ich kann einfach nicht schlafen. Marko ist in London, du weißt ja, er kommt erst morgen wieder. Jedenfalls habe ich allein hier oben etwas Panik gekriegt. Ich hatte das Gefühl, hier schleicht jemand ums Haus. Außerdem fühle ich mich fiebrig."

„Mannomann!", Hannes' westfälischer Akzent schlug voll durch. Sie mochte diesen trockenen Slang. „Bangemachen gilt nicht. Pass upp, ich bin eh noch wach und kann mit Cleo einen kleinen Nachtgang vertragen. Ich komm eben mal rum. Und wenn du noch wach bist, dann kannst du mir gerne einen von dem Brandy eingießen, den Marko neulich aus Spanien mitgebracht hat."

* * *

Martina war heilfroh über Hannes' unkomplizierte Reaktion, auch wenn sie einem persönlichen nächtlichen Besuch etwas skeptisch gegenüber stand. Hannes wurde man im Allgemeinen nicht so schnell wieder los, schon gar nicht, wenn eine Flasche Brandy auf dem Tisch stand. Er redete gern und viel. Aber heute Nacht war ihr jede Begleitung recht, nach all dem, was ihr widerfahren war. Sie konnte auch noch einen kräftigen Schluck vertragen.
Sie warf sich ihren Bademantel über und stellte den Brandy mit zwei Gläsern auf den Tisch.

* * *

MARKO

Diese nervöse Unruhe, die ihn seit einiger Zeit befiel, wenn er eine Flugreise antrat, wurde ihm erst wieder bewusst, als er in Heathrow am Check-in-Schalter nach Lissabon/Faro stand. Überlebensfragen: Entsprach sein Handgepäck der in Gitterkästen vorgegebenen Größe der Fluggesellschaft? Hatte er sein Schweizer Messer einmal mehr in der Seitentasche seines Handkoffers vergessen? War die Wasserflasche, die er selbstverständlich immer bei sich hatte, leer? War sein Personalausweis gültig? Seine Duschutensilien nebst Zahnpasta in der vorgeschriebenen Plastikhülle verstaut? Sein Herz schlug schneller je näher er dem Schalter kam. Sein Atem wurde flach, leichter Schwindel. Er konnte sich nicht erinnern, dass er früher auch schon in Atemnot verfallen war, wenn er im Flughafengebäude von Berlin, Paris, Istanbul oder Prag gestanden hatte. In der Passkontrolle wurde er gebeten, seinen obligatorischen Panama-Hut abzunehmen. Beim Securitycheck musste er die Schuhe ausziehen. Der Scanner piepte. Auf dem Weg zu Gate A 17 hatte er Schweißausbrüche. Die Sicherheitshinweise beruhigten ihn nicht. „Dear passengers. Aus Sicherheitsgründen werden unbeaufsichtigte Gepäckstücke entfernt und vernichtet. Do not leave your luggage."
Heathrow war ein Moloch, ein reißender Strom nie enden wollender Menschenmassen, alle Sekunden ein Abflug auf

fünf Terminals. 30 000 Gepäckstücke pro Tag. Wer will hier Sicherheit gewährleisten? Bei der Vorstellung, er müsse hier Tag und Nacht arbeiten, wuchs der Kloß im Hals. Ihm wurde schlecht. Sein Leben erschien ihm plötzlich derart kompliziert, dass er es kaum schaffen konnte.
So schnell wie möglich steuerte er auf die Toilette zu und ließ kaltes Wasser über seine Unterarme fließen. Im Spiegel starrten ihn zwei Schreck geweitete Augen an. Sein Herz raste. Der Schweiß lief ihm aus dem Haaransatz in den Kragen. Mühsam stützte er sich am Beckenrand ab. Er konnte sich nicht vorstellen, auch nur einen Schritt weiter zu gehen. In seinem linken Arm breitete sich ein ziehender Schmerz aus und durchfuhr ihn bis in die Fingerkuppen. „Herzinfarkt!", schoss es ihm durch den Kopf. „We kindly ask all passengers ... Last call... Lisbon... immediately"
Er war gemeint.
„Ist Ihnen nicht gut?", ein junger Mann beugte sich besorgt hinunter.
„Doch, doch, geht schon", stammelte Marko und erwachte dank der direkten Ansprache aus seiner Starre. „Mir war nur grade etwas mulmig."
„Kenn' ich", sagte der junge Mann. „Trinken Sie mal was! Soll ich Ihnen helfen? Wohin müssen Sie denn? Oder soll ich Hilfe holen?"
Der Mann war von dunkler Hautfarbe, trug einen Rucksack und sprach perfekt Deutsch. Wieso sprach einer wie

er hier in London perfekt Deutsch und woher wusste er, dass Marko Deutscher war?

Marko wehrte ab. „Geht schon. Ich muss zum Boarding. Vielen Dank. Danke."

Wie auf der Flucht lief er so schnell er konnte zum Check-in-Bereich. Hier, auf einem der Sessel, übermannte ihn eine tiefe Erschöpfung. Am liebsten wäre er ewig hier sitzen geblieben. Irgendwie gelangte er ins Flugzeug. Es blieb eng.

Sein London-Aufenthalt hatte unter keinem guten Stern gestanden. Der Besuch von Olga war ausgeblieben. Sie konnte sich diesmal nicht von ihrer Schule wegschleichen. Er war irgendwie verwirrt. Der Streit mit Martina, die Absage von Olga, seine Begegnung mit Susanne, seine Gesundheit... Das Leben hastete an ihm vorbei...

Das monotone Motorengeheul versetzte ihn in einen unruhigen Zustand. Die Maschine stand auf der Landebahn von Heathrow und startete nicht. Der Kapitän machte eine undeutliche englische Ansage, die er nur halb verstand. Der Flug verzögerte sich wegen irgendeiner Panne. Sein Sitznachbar stöhnte laut. Marko spürte, wie die Panik erneut in ihm hoch kroch, seinen Brustkorb erfasste. Er zwang sich wieder zu gleichmäßigem Ausatmen. Diese Enge. Ruhig. Ausatmen. Es dröhnte in seinen Ohren. Es wurde dunkel. Endlich. Der Flieger startete mit ziemlicher Verspätung, er würde den Anschlusszug in Lissabon nach Faro heute Nacht verpassen.

Zum x-ten Mal verfolgte er abwesend die Security-Vorstellung der Stewardess: Schwimmweste, Atemmaske, Strippe hier, Stöpsel da, „erst aufblasen, wenn Sie das Flugzeug verlassen haben" ... als wenn es jemals dazu käme ... „sorgen Sie zuerst für sich und dann für Ihr Kind ... Atemmaske erst selbst aufsetzen" ... komisch, der Reflex ist ein anderer. Zuerst Frauen und Kinder ... dann er selbst? Warum eigentlich? Sind Frauen und Kinder wichtiger als Männer im Überlebenskampf? Ist es die männliche Ehre, die ihnen den Vortritt gewährt? Glauben Männer, sie könnten sich am Ende besser retten, wenn Frauen und Kinder schon mal vorangegangen sind? ... vielleicht sogar in den Tod?
Aber klar, wenn er ohnmächtig würde, könnte er anderen auch nicht mehr helfen ... trotzdem ... was wäre, wenn es wirklich zum Notfall käme, würde er sich an die Anweisungen der Stewardess erinnern? Würden die 200 anderen Passagiere alles richtig machen? Würde vielleicht nur einer seine Weste noch im Flugzeug in Panik aufblasen und einen Ausgang blockieren, zum Beispiel der Asiat da vor ihm, der sein Smartphone noch nicht eine Minute aus der Hand gelegt hat, würde der sein Handy ablegen im Ernstfall, um Atemmaske und Sicherheitsweste anzulegen und nicht bereits im Gang die Weste aufblasen, so dass er nicht mehr vorwärts käme, um den Notausgang zu erreichen? Oder würde er nicht vielmehr die verbleibende Restendzeit nutzen, eine SMS an seine Familie zu schicken, dass er

jetzt gleich sterben würde, wenn nicht noch ein Wunder geschähe?
Würde die ohnehin überforderte Mutter mit den zwei kleinen weinenden Kindern im Notfall irgendeinen klaren Gedanken fassen können und erst sich, danach die beiden Kleinen versorgen? Wie würde er selbst reagieren? Würde er versuchen, sein Bargeld aus dem Messegeschäft, das im Handgepäck über ihm verstaut war, zu retten? Würde er anderen helfen oder würde er ausflippen? Ausnahmezustände. Unvorhersehbar.
Keine guten Überlegungen für einen ohnehin unruhigen Flug. Warum machte er sich neuerdings derart viele Gedanken über die Dinge, die doch nicht eintrafen? Die Sicherheitsdame hatte ihre Demonstration längst beendet, das Flugzeug war bereits in der Luft, und er vernahm eine auf- und abwippende Stimme, die ungenießbare Snacks und Drinks zu überhöhten Preisen anbot. Das Leben erschien ihm gerade furchtbar kurz, und er musste unbedingt ein paar Dinge ändern, wenn er wieder in Portugal war. Das Verhältnis zu Olga beunruhigte ihn zutiefst.
Olga hatte er auf der Trauerfeier ihres Vaters kennengelernt und gleich eine gewisse Anziehungskraft gespürt. Kurz darauf traf er sie zufällig in der Physiopraxis von Melissa, und sie unterhielten sich nett, ja, vielleicht könnte man es auch als flirten bezeichnen. Zu Melissa ging er regelmäßig wegen seiner Arm- und fortgesetzten Rückenbeschwerden.

Seine Affäre mit Melissa war längst vorbei, – kurz, heftig und dann langweilig und einvernehmlich beendet.

Die Begegnung mit Olga war anders. Seine Nichte weckte in ihm eine Sehnsucht, ein Verlangen, dem er sich nicht entziehen konnte. Er hatte sie noch in derselben Woche angerufen, und unter dem Vorwand, als Familie müsse man sich doch näher kennenlernen, hatte er sie zu einem kleinen Ausflug nach Monchique eingeladen. Sie schmiegte sich im Park des romantischen Bergortes an ihn, er legte – zunächst fast väterlich – den Arm um sie.

Da hatten sie sich ein erstes Mal geküsst. Der Kuss war keineswegs familientauglich. Sie trafen sich fast täglich an geheimen Orten, von denen Marko eine Menge kannte.

Sie musste wieder zurück ins Internat. Er lud sie nach London ein. Sie musste in letzter Minute absagen, weil man ihr auf die Schliche gekommen war und sie Hausarrest hatte.

Sein schlechtes Gewissen und seine Ängste verflogen regelmäßig, wenn sie vor ihm stand. Die Kontrolle, die er über sie hatte, die Verwirrungen, die sie in ihm auslöste, die Ungeheuerlichkeit ihrer Verbindung, die Abenteuerlust überschwemmten alle Bedenken in ihm und um ihn herum – seine Vergangenheit, seine Geschäfte, auch seine Ehe mit Martina und die Begegnung mit Susanne.

Olga legte etwas in ihm frei, was er längst verschüttet oder abgelegt glaubte. War es eine verlorene Jugend? Wie trivial.

Konnte er es Liebe nennen? Sie war minderjährig und seine Nichte, wenn auch nicht blutsverwandt. Machte er sich strafbar? Das wohl nicht, schließlich war sie 17. Mit 17 hat man noch Träume... Rauschhafte Zustände waren ihm durchaus vertraut, auch wenn sie eher in der Vergangenheit lagen. Im Keller seiner Empfindungen war es das absolut Verbotene, das Tabu, der Bruch mit allen gesellschaftlichen Vorstellungen und Erwartungen, der ihn schon immer gereizt hatte. Einerseits ähnelten die schmerzhaften Gefühle denen, die ihn damals bei Glory überfallen hatten. Andererseits war da aber auch noch etwas anderes. Olga war auf eine Art unschuldig. Dunkelblond, von heller Hautfarbe und wohl proportioniert, wie ihre Mutter und dennoch fast ein Kind. Nur die Augen ähnelten weder der ihrer Mutter noch denen von Glory.
Susanne blickte aus braunen Knopfaugen immer leicht melancholisch in die Welt. Olga hingegen hatte hellblaue Augen, ein klares Aquamarin-Blau, in dem sich das Licht spiegelte, als träfe es hinter der Iris auf einen Spiegel. Manchmal meinte er, sich darin erkennen zu können.
Unsinn! Dieser romantische Quatsch brachte ihn nicht weiter. Er überprüfte seinen Sicherheitsgurt als er die entfernte Stimme der Stewardess hörte, die die verspätete Landung in Lissabon ankündigte. Wenn er den Anschlussflug nach Faro verpassen sollte, würde er ein Auto mieten und direkt nach Hause fahren. Die nächtliche Anfahrt ohne

weiteren Flugstress, eine Mütze voll Schlaf an einer Autobahnraststätte, ein früher Galão bei Henrique würden ihm guttun. Er fühlte sich dünnhäutig. Am liebsten würde er Martina reinen Wein einschenken, dass er so nicht weitermachen konnte, dass er eine Affäre mit ihrer Nichte hatte, dass er sie nicht mehr liebte, ein Doppelleben in London führte, für alle Fälle und und... Um Himmels Willen, reiß dich zusammen, altes Haus! Du wirst doch jetzt nicht schlapp machen!

Und wie sollte er Suse je wieder unter die Augen treten, wenn alles aufflog. Suse, der er kurz nach dem Tod ihres Mannes nur einen Beileidsbesuch hatte abstatten wollen, als sie plötzlich in seinen Armen lag und sich so jämmerlich schluchzend an ihm festgeklammert hatte. Und da war es halt wieder passiert, wie früher. Dabei war alles so lange her, und jetzt überfluteten ihn ständig diese lästigen Erinnerungen.

Suse, in deren Tochter er sich offenbar verliebt hatte, war unvermittelt nach 18 Jahren einfach wieder in seinem Dunstkreis aufgetaucht! Martina hatte ihn erst vor ein paar Wochen davon in Kenntnis gesetzt, dass ihre Schwester mitsamt ihrem Mann und ihren zwei Kindern in Bias do Sul lebte und dies schon seit Jahren. Offenbar hatte seine Frau ihn darüber Jahre lang im Unklaren gelassen. Warum? Und noch ehe er José hatte kennenlernen können, war der zu Tode gekommen. Er wusste nicht, was er von

alledem halten sollte.
Er schob seine Gedanken beiseite, konzentrierte sich. Nein, alles soll so bleiben wie es ist. Sein Doppelleben in London, seine Ehe mit Martina, seine Sehnsüchte mit Olga, und seine Geschichte mit Suse. Drei Frauen – eine Familie. Und er hatte sich vollkommen in deren Dickicht verheddert. Er war sehr müde.

Auf einem Rastplatz bei São Bartolomeu de Messines träumte Marko von zwei tektonischen Platten, die sich unausweichlich näherten, sich rieben und ein Inferno auslösten. Der Tsunami erreichte ihn nicht wirklich, aber er sah noch die haushohe, schäumende Wasserwand auf sich zukommen und hörte Menschen schreien.

* * *

Marko bog in den Caminho do Salomé ein. Der Weg zum Haupthaus kam ihm lang vor. Wieder war nichts geklärt. Wieder kam er ohne einen Entschluss gefasst zu haben zu Martina. Wie lange würde das noch gut gehen?
Kurz vor der Haustür sprang ihm Cleo laut bellend entgegen. War Hannes etwa schon hier? Der stand doch für gewöhnlich nicht vor zwölf Uhr mittags auf. Hoffentlich

war nichts passiert. Alle Fensterläden waren geschlossen. Hier stimmte etwas nicht.
Er suchte nervös seinen Hausschlüssel in seinen Jackentaschen, konnte ihn nicht finden. Er ging um das Haus herum. An der seitlichen Terrassentür hing Martinas Windjacke. Vielleicht hatte sie ihren Schlüssel in der Tasche gelassen? Er klopfte die Tasche ab. Er fühlte etwas. Könnte das der Schlüssel für den Seiteneingang sein? Er zog einen weißen Plastikstab aus der Tasche. Er wusste erst nicht, was es war – ein Sichtfenster mit einem roten Eichstrich. Irgendwie kam ihm das Teil bekannt vor. Natürlich. Das war ein Schwangerschaftstest. Positiv, offenbar, wenn er sich richtig erinnerte...
Plötzlich durchflutete ihn ein warmer Glücksstrom. Martina war schwanger? Und das nach all den Jahren? Ein Kind – auf seine alten Tage. Wie wunderbar. Eine seit Ewigkeiten nicht mehr gespürte Leichtigkeit. Ihm war als trete er aus einer Raumkapsel in eine unbekannte Welt, in der alles neu, hell und freundlich war. Eine neue Wahrheit, ein neuer Sinn...
Er rüttelte an der Seitentür, sie war offen. Er rief ihren Namen, lief durch das Wohnzimmer, welches seltsam unaufgeräumt schien. Eine Decke lag auf der Erde. Es roch etwas nach Zigarettenrauch. „Martina?", ihm wurde bang ums Herz. „Martina?" Plötzlich stand sie halbnackt vor ihm, nur mit einem Tuch bedeckt, zu kalt für diese Jahreszeit.

Sie sah etwas angegriffen aus.

„Hallo Marko! Reg dich bitte nicht auf. Ich kann dir alles erklären. Lass uns reden..."

„Ich weiß schon alles", rief er und schwenkte den Teststab wie eine Trophäe. „Ich weiß schon. Das ist doch toll!" Er nahm sie in die Arme. „Warum hast du mir das denn nicht gleich gesagt? Du wolltest es mir persönlich sagen, stimmt's? Ist es denn sicher? Freu' ich mich etwa zu früh? Warst du deswegen die letzten Wochen so durch den Wind?"

Martina starrte ihn entgeistert an. Hannes war gerade so eben über die hintere Terrasse entwischt, Marko musste ihm eigentlich noch begegnet sein, zumindest seinem Hund. Und dann die Unordnung, der Brandy, sie noch nicht einmal angezogen. Er würde völlig falsche Schlüsse ziehen.

Und nun stand er mit hochrotem Kopf vor ihr, strahlendes Glück in den blauen Augen, umarmte sie sogar, was auch schon Ewigkeiten nicht mehr vorgekommen war.

„Da ist er!", rief er. „Ich hab ihn in deiner Jacke gefunden, als ich einen Schlüssel suchte."

* * *

MARTINA

Sie hatte plötzlich das übermächtige Gefühl, mittels einer Ohnmacht dieser Szene entgehen zu müssen, diesem Schauspiel ein schnelles Ende zu bereiten. Die Synapsen krachten und jemand schaltete das Licht aus. Es wurde weich und dunkel um sie herum. Ein herrlicher Zustand vollkommener Unschuld und Verantwortungslosigkeit. Ein Zustand, der, wie lange er auch währte, in jedem Fall zu kurz war.
Als sie wieder zu sich kam, entschied sie sich dafür, die Augen weiterhin geschlossen zu halten und äußerlich den Eindruck der Bewusstlosigkeit aufrecht zu erhalten. Sie musste einfach die ganze Sache in Ruhe und im Dunkeln durchdenken, bevor sie Marko wieder unter die Augen treten konnte. Offenbar lag sie auf dem Sofa, die Decke, die eben noch auf der Erde lag, über ihr. Marko schien nicht da zu sein. Sie blinzelte ganz vorsichtig, da kam er gerannt, stammelte „Ogottogott!" und legte ihr etwas Kaltes auf die Stirn, tätschelte ihre Wange: „Sag doch was, Martina! Hallo, sag was..."
Sie schaltete ihn kurz weg und versuchte, die Geschichte zusammen zubekommen.

Marko denkt, ich bin von ihm schwanger, weil er den Teststab in meiner Jackentasche gefunden hatte. Was tun? Wie

konnte er das überhaupt denken, wo wir doch schon wochenlang nicht mehr miteinander geschlafen hatten. Ach doch! Dieses eine Mal, als er von Susannes verspätetem Beileidsbesuch leicht angetrunken zurück kam, war er etwas abrupt über mich hergefallen. Er war nicht besonders einfühlsam, und ich hatte es hingenommen, weil ich viel zu viel Angst gehabt hatte, er würde gar nicht wiederkommen.
Wie einfach wäre es nun, zu erwachen und zu sagen: „Das ist alles ein Irrtum. Ich muss dich enttäuschen. Ich habe den Stab bei Susanne gefunden. Weiß aber gar nicht, von wem er ist. Vielleicht von Olga. Ich hab ihn einfach in die Tasche gesteckt und bei der Suche nach Susanne gestern völlig vergessen."

Sie schlug die Augen auf, gerade bevor Marko den Notarzt anrufen wollte, und hörte sich sagen: „Ja, ich wollte es dir gerade sagen... ich bin schwanger!"

* * *

HANNES

Hannes war sehr zufrieden, als er früh am Morgen in seinem Holzhaus ankam. Nicht nur, dass er es war, den

Martina in ihrer nächtlichen Not angerufen hatte und ihm offenbar soweit Vertrauen schenkte, dass sie ihm mitten in der Nacht ihr Leid geklagt hatte. Auch, dass sie dann – ziemlich betrunken – im Sessel eingeschlafen war – seine KO-Tropfen wären fast nicht nötig gewesen – und ihm Gelegenheit gegeben hatte, in aller Ruhe ihre Wohnung zu inspizieren. Er fand massenhaft leere Brandy-Flaschen und ein paar intime Dokumente in einer braunen Kiste, die ihm vielleicht einmal dienlich sein konnten. Es ging dabei offenbar um Liebesbriefe an Martinas Mutter. Er konnte den Inhalt nicht so schnell erfassen und steckte einfach ein paar Briefe ein. Dazu ein frühes Foto von ihr. Höhepunkt war, dass er in der Wäschetruhe im Bad einen ihrer getragenen Slips mitnehmen konnte. Er dokumentierte alles mit seiner Handykamera.
Er hatte ihr dann den Bademantel abgestreift und ins Bett geholfen und sich ohne Umschweife einfach dicht neben sie gelegt, ihre Nähe eingeatmet und sie sehr vorsichtig berührt, erst am Hals, dann ihre Brust, ihren Bauch. Durch ihr dünnes Nachthemd hindurch spürte er ihre Haut, ertastete ihre Brustwarzen, ihren Bauchnabel, fühlte ihren Venushügel und die rasierten Stoppelhärchen ihrer Scham. All dies erregte ihn derart, dass er nicht widerstehen konnte und ihr Nachthemd hochschob. Sie stöhnte leise, ein kleiner Schnarcher vibrierte über ihre Unterlippe. Und dann lag ihre Scham vor ihm. Er legte seine Nase ganz

vorsichtig zwischen ihre Schenkel. Er zitterte am ganzen Körper und öffnete mit seiner Zunge ihre Schamlippen, die sich feucht und warm anfühlten. Konnte es sein, dass sie nur so tat als wenn sie schliefe? Dass sie sein Lecken genoss? Dass ihre Möse nass wurde und anschwoll? Ja, so musste es sein. Er meinte sogar, ein leichtes Auf und Nieder ihres Beckens wahrzunehmen. Ihr Herz klopfte schneller. Oder war es sein eigenes?

Es überkam ihn eine rauschhafte Woge, in der er sich an ihr rieb und plötzlich war ihm alles egal und er legte sich über sie, um sie ganz zu nehmen.

Da drehte sie sich plötzlich seufzend um, schlug kurz um sich, suchte die Decke und wickelte sich hinein. Hannes schreckte aus seinen Phantasien hoch, rollte zurück auf den Rücken, vertiefte sich in ihren Geruch, der ihm in alle Öffnungen drang und vollendete sein Werk allein, in aller Stille und unter der Decke. Dann schlief er ein und wachte erst wieder auf, als Martina neben ihm am Bett stand und ihm höchst aufgeregt zu flüsterte, er müsse sofort über die Terrasse verschwinden. Marko sei schon an der Türe und wieso er überhaupt halbnackt bei ihr im Bett läge.

Er hatte schnell Hose und Hemd übergeworfen, sich noch vergewissert, das Briefe und Slip in der Seitentasche gut verstaut waren und war verschwunden, ohne ihr eine Antwort zu geben. Sein Hund war schon auf dem Weg und bellte freudig. Offenbar war sein Freund Marko bereits im

Anflug. Im Vorbeigehen zog er noch eine Rose aus der Blumenvase, die auf dem kleinen Tischchen auf der Veranda stand. Eine kleine Erinnerung daran, dass er hier gewesen war und eine tolle Nacht verbracht hatte.
Er würde sich heute noch mit einem ausgiebigen Segel-Ausflug in die Ria Formosa belohnen, sobald die Tide es hergab.

* * *

BERLIN April 2013
MARKO

„Ostberlin", dachte Marko und meinte den typischen Geruch zwischen Bohnerwachs und Marzipan in der Nase zu spüren. Dabei hatte Berlin heute, so viele Jahre nach dem Mauerfall, kaum noch etwas mit seinem West- und Ostberlin aus den Siebzigern des vorigen Jahrhunderts zu tun.

Der Flughafen in Schönefeld strahlte noch immer diesen Ostcharme aus. Der langgeplante Flughafen Berlin-Brandenburg war seit fünf Jahren Baustelle, längst nicht eröffnet und drohte, Berlin weltweit zum Gespött zu machen. Die Deutsche Einheit war ihm gefühlsmäßig egal, auch wenn sie für seinen Kunsthandel enorme Folgen hatte. Ebenso wie die Digitalisierung, die irgendwie mit diesem Ost-West-Prozess zeitlich einherging. In Portugal hielt er sich von diesen hektischen Entwicklungen fern. In London bezahlte man immer noch in Pfund und das sollte wohl nach den neuesten Entwicklungen ewig so bleiben. Die Ostmark war in Westmark umgewandelt worden, die Westmark und der Escudo in Euro. Und immer hatten die Zocker der Welt davon profitiert. Für seinen internationalen Handel war die Einführung des Euros weitaus einschneidender als der Fall der Mauer, alles getoppt von der Digitalisierung. Wobei – ohne die Einheit wäre der Euro vielleicht gar nicht möglich gewesen.

Sein Gedankenwirrwarr riss abrupt ab als seine Koffer auf dem Rollband näher kamen. Er schnappte sich sein Gepäck und nahm sich ein Taxi nach Schöneberg. Seine Mutter wohnte noch immer in der selben Hochparterre-Wohnung, die er damals fluchtartig verlassen hatte. Seitdem hatte er sie nicht wieder betreten.

Er kam nicht gerne in seine Geburtsstadt zurück, auch wenn er hin und wieder aus geschäftlichen Gründen die Hauptstadt besuchen musste. Und noch weniger mochte er sich während seiner Berlin-Aufenthalte bei seiner Mutter melden. Er traf sie – wenn es sein musste – in einem Café ihrer Wahl, bevorzugt am Neuen See im Tiergarten. Dort überhäufte die alte Dame ihn regelmäßig mit Vorwürfen, nach dem die erste Wiedersehensfreude abgeebbt war. Sie hatte nie verwunden, dass er vor vier Jahrzehnten ohne ein Wort verschwunden war und nichts von sich hatte hören lassen bis er in Portugal das Haus erworben und sie auf einen Besuch eingeladen hatte.

Sie hatte sich sofort auf den Weg gemacht, um ihm gehörig den Kopf zu waschen, war dann aber beeindruckt, dass aus ihrem Sohn offenbar doch noch etwas geworden war – zumindest ein Mann mit Haus, wenn auch ohne Familie. Das hatte sie ihm nicht zugetraut, ihm, der mit 16 und ohne nennenswerten Schulabschluss ihr Zuhause und sie verlassen hatte. Aber was konnte man schon erwarten – bei dem Vater.

Als sie nach seinem Abgang damals bemerkt hatte, dass er seinen Rucksack gepackt, Ausweis und Sparbuch eingesteckt, Proviant aus der Kammer geklaut und sogar sein Fahrrad aus dem Hof mitgenommen hatte, beschloss sie, nicht nach ihm zu suchen und ihn nicht zu vermissen. Das hatte sie alles schon einmal durchgestanden und war geübt darin, ihre Gefühle zu unterdrücken. Er hatte sie verlassen. Seine Sache. Er war ihr sowieso lange über den Kopf gewachsen, und ihr Einfluss auf ihn war gleich Null. Er war eben ein Herumstreuner und Vagabund. Genau wie sein Vater. Sein Zimmer blieb wie es war. Sie hielt es all die vielen Jahre für Gäste vor, die nie kamen.

Marko hatte online ein kleines Apartment am Winterfeldtplatz gebucht, von dem aus er zu Fuß oder mit dem Bus die Wohnung seiner Mutter gut erreichen konnte, ohne zu nah bei ihr zu sein. Für nichts in der Welt wäre er in sein altes Jugendzimmer eingezogen.

Allerdings wusste er nicht, in welchem Zustand sich seine Mutter befand. Helene, die Nachbarin, die seit geraumer Zeit nach seiner Mutter schaute und sich gegen ein großzügiges Salär seinerseits um ihren Haushalt und nun auch ihre Pflege kümmerte, hatte am Telefon nur angedeutet, dass es an der Zeit sei, für Lotti eine andere Unterbringung zu finden, da sie nicht mehr in der Lage sei, Lotti zu versorgen, auch wenn zweimal am Tag ein Pflegedienst kam.

„Helene, kannst du mir denn in etwa sagen, wie es ihr geht? Was sagt Dr. Piltz?" Marko hätte sich gerne um einen Berlin-Besuch herumgedrückt, schon gerade jetzt, wo Martina schwanger war.

„Sie will ja nich, dass ick den Arzt rufe. Und selber jeht se ja schon lange nich mehr. Se hockt ja nur in ihrn Rollstuhl, und ick kriege se ja alleene nich die Treppe runter. Und schon ja nich wieder hoch. Der Pfleger hat keene Lust uff Stress. Nee, Marko, det jeht so nich weiter. Und reden tut se och nich mehr richtig. Ick weeß ja jar nich, wann ick se uffn Pott setzen muss. Nu is Schluss mit lustig. Ick kann och nich mehr. Wenn de nich bald kommst, weeß ick och nich…!"

Helene sprach schnell und aufgeregt. Marko konnte nicht mehr aus ihr herausholen, spürte aber die Dringlichkeit und dass schnellstmöglich etwas passieren musste.

Er erledigte dringende geschäftliche Angelegenheiten. Die Nachverkäufe von London trudelten ein. Der Versand seiner Ware wurde von seinem Büro in Tavira aus von Patricia erledigt.

Von Martina trennte er sich diesmal äußerst ungern. Er machte sich erhebliche Sorgen um sie. Trotz der Schwangerschaft trank sie jeden Tag ihren Brandy. War das eigentlich früher auch schon so gewesen? Jetzt, da er ständig um sie herum war, sie umsorgte und sie beobachtete, fiel ihm ihr Alkoholkonsum besonders auf. Als er das Thema vorsichtig ansprach, rastete sie komplett aus und schrie, sie könne machen was sie wolle. Früher habe ihn das doch auch nicht interessiert. Und jetzt gehe es ihm doch bloß um das Baby und nicht um sie. Sie war weinend in ihr Büro gerannt und hatte sich bis zum nächsten Morgen dort eingeschlossen – mitsamt der Brandy-Flasche.

In dieser Situation hatte Helene Eder geklingelt und um Hilfe gerufen.

Am anderen Tag hatte Martina den Streit mit Marko offenbar vergessen, benahm sich wie eine werdende Mutter und ließ sich von ihm bekochen. Soweit er sehen konnte, hatte sie nichts getrunken und er hoffte, dass das Thema damit erledigt sei.

Martina bestärkte ihn darin, nach Berlin zu fliegen und die Dinge mit seiner Mutter zu regeln. Schließlich sei er der einzige Sohn, und er könne sie und Frau Eder jetzt nicht im Stich lassen.

„Und wenn es einige Zeit dauert, vielleicht ein, zwei Wochen? Ich weiß ja gar nicht, was auf mich zukommt."

„Fahr nur", sagte sie milde lächelnd. „Ich komme zurecht. Ist ja auch nicht das erste Mal, dass du weg bist. Und ich bin nicht krank, es geht mir bestens. Vielleicht ist es sogar gut, wenn du in Berlin was klären kannst. Wenn ich dich hier brauche, kannst du zurück fliegen. Berlin ist ja nicht aus der Welt."

„Und wenn du mitkommst?", schlug er halbherzig vor.

„Um Gottes Willen, nein!", rief sie. „Du weißt, dass deine Mutter mich nicht ausstehen kann. Und dann laufe ich den ganzen Tag in Berlin herum und warte auf dich? Und hier vernachlässige ich meinen Job und die Gäste und das Haus? Und in den ersten drei Monaten soll man eh nicht fliegen. Nein, nein, fahr bitte allein und lass dir Zeit. Wer weiß, wie lange deine Mutter noch lebt!"

Komisch, dachte er. Dass seine Mutter einmal sterben würde, kam ihm völlig abwegig vor. So ein Mensch aus Stahl mit Nerven wie Drahtseile war doch eigentlich unsterblich. Kindergedanken.

* * *

Sein Herz klopfte laut, als er auf die Klingel des Schöneberger Mietshauses bei KLEINSCHMIDT drückte. Komisch, sie hatte den Nachnamen ihres verhassten Ehemannes nie abgelegt. Niemand betätigte den Türöffner. Er klingelte bei EDER. Der Summer öffnete die Tür. Helene Eder stand schon im Treppenhaus vor der Hochparterre-Wohnung seiner Mutter. Alles war wie früher.
„Da biste ja endlich. Wird aber och höchste Eisenbahn! Lotti will nämlich nich mehr. Vielleicht kannst du se ja überreden. Komm rin, Junge!"
In der Wohnung seiner Mutter sah es auf den ersten Blick so aus, wie er es blass in Erinnerung hatte. Sauber und ordentlich, alles hatte seinen Platz. Sogar die Lampenputzer in der Bodenvase schienen ihm die selben wie die vor 40 Jahren. Der Geruch war neu. Es stank nach Urin. Am liebsten hätte er auf dem Absatz kehrt gemacht. Schlagartig sehnte er sich nach der salzigen Luft am Atlantik zurück.
Helene schob ihn durch die Tür.
Im kleinen Wohnzimmer waren die Rollläden zur Straße hin heruntergelassen, so dass er den Rollstuhl vor dem Fenster nur schemenhaft erkennen konnte.

„Sie schreit eben manchmal wie am Spieß, dass die Nachbarn draußen Jott weeß wat denken, wat hier los ist. Da mache ick nach vorne hin immer die Fenster dicht", sagte Helene, die direkt hinter ihm gestanden hatte und jetzt die Rollläden hastig hochzog.

„Kiek mal, wer da is, dein Marko. Siehste, hab ick dir doch jesacht, der kommt, wenn ick ihn anrufe. Der lässt dir doch uffn End nich in Stich!" Helene hatte sich zum Rollstuhl hinuntergebeugt und lächelte jetzt Marko auffordernd zu. Die zusammengesackte Person im Rollstuhl regte sich nicht. Marko konnte seine Mutter nicht erkennen.

„Hallo Mutter", sagte er und blieb in der Tür wie angewurzelt stehen. „Wie geht es dir?" In die stumme Pause hinein sagte Helene vorwurfsvoll: „Die spricht doch nich mehr, hab ick dir doch jesacht, Junge. Nu stell mal keene Fragen, uff die de keene Antwort kriegst. Geh mal hin und drück se!"

Marko näherte sich ihr zögerlich und ging vor dem Rollstuhl in die Hocke. Ja, das war seine Mutter, ohne Zweifel, zusammengefaltet und geschrumpft. Lotti hob langsam ihren Kopf. Als sie ihren Sohn sah, bäumte sie sich mit ungeahnter Kraft in ihrem Rollstuhl auf und stieß einen markerschütternden, ohrenbetäubenden Schrei aus. Der Rollstuhl kippte um, und seine Mutter lag zitternd wie ein Häufchen Elend auf dem Fransenteppich.

„Oje, oje", stammelte Helene, als schlagartig wieder Stille

einkehrte. „Det war jetze aber 'n Schock für se, wa? Wenn se sich da mal wieder von erholt. Erkannt hat se dir jedenfalls."
Helene und er konnten sie nicht mehr in ihren Rollstuhl heben. Sie stöhnte unablässig vor Schmerzen, sobald er sie berührte. Vielleicht hatte sie innere Verletzungen. Offenbar war ihr linker Arm in Mitleidenschaft gezogen. Sie legten ihr ein Kissen unter den Kopf und benachrichtigten den Notarzt.
Der Rettungswagen brachte seine Mutter ins Krankenhaus. Helene kommentierte trocken: „Echt jetz ma, Marko, so traurig det is. Aber die Lotti jehört schon lange inne Klinik."

* * *

Im Krankenhaus stellten die Ärzte fest, dass ihr Oberarmkopf gebrochen war. Sie musste still liegen im Gitterbett, wurde nachts angeschnallt. Als er ins Zimmer trat, traf ihn die Gewissheit wie ein Hammerschlag – sie würde bald sterben. Er konnte es in ihren Augen sehen, die trübe durch ihn hindurchblickten.
Sie hob den rechten Arm etwas an und versuchte Worte zu formen. Er beugte sich über sie. Wollte sie ihm etwas sa-

gen? Aber die Anstrengung schien zu groß. Erschöpft ließ sie ihren Arm wieder fallen und schloss die Augen. Starb sie jetzt? Marko ließ sich seine tosenden inneren Stürme nicht anmerken.

Was war sie für eine Frau? Er wusste es nicht. Vor ihm lag ein fremdes Wesen. Blass, dünnhäutig, faltig und schwer atmend. Wahrscheinlich hatten sie ihr Schmerztabletten gegeben.

Er suchte nach einer inneren Stimme, die ihm sagen würde, was er ihr noch sagen könnte. Aber er hörte nichts. Keine Resonanz. Nicht einmal das Wort „Mutter" kam ihm über die Lippen. Er fühlte sich unendlich traurig.

* * *

MARTINA

Ich trinke zu viel. Zuerst habe ich es nicht bemerkt. Nun tue ich alles dafür, dass es andere nicht bemerken. Die Nacht mit Hannes hat mir den Rest gegeben. Was war da? Er war nachts gekommen, weil ich mich gefürchtet hatte, und er lag am anderen Morgen neben mir, als Marko vorzeitig nach Hause kam. Dazwischen fehlen mir sämtliche Erinnerun-

gen. Habe ich wirklich so viel getrunken – bis zur Besinnungslosigkeit?
Hat Hannes mich ins Bett gebracht und ausgezogen? Warum lag er morgens fast nackt neben mir? Ich hatte keine Zeit, ihn zu fragen. Die Ereignisse überschlugen sich.
Dann diese merkwürdigen Verschiebungen von Gegenständen in meinem Haus. Sinnestäuschungen? Delirium? Weiße Mäuse?
Ich muss höllisch aufpassen, dass keiner merkt wie viel ich trinke. In meinem Büro am liebsten. Dort steht immer eine Brandy-Flasche. Eine zweite habe ich im Schreibtisch eingeschlossen. Und eine dritte im Safe. Leere Flaschen bringe ich regelmäßig in den öffentlichen Container an der Straße, damit niemand die Herkunft nachvollziehen kann.
Ich war zu lange allein, zu lange mit mir selbst beschäftigt. Wenig Aufträge. Der Umbau der Mühle. Ein paar Vermietungen. Jetzt fällt es mir schwer, einen Satz zu schreiben, ohne meinen Brandy. Ich kann nicht denken, die Hände liegen zitternd auf der Tastatur. Ich schreibe über den iberischen Luchs, über ein Tierschutzprojekt und die dazugehörige Ausstellung in Silves.
Endlich wieder ein interessantes Thema. Der Abgabetermin naht. Ich trinke und schreibe und weiß am anderen Tag nicht genau, was ich getan habe. Es muss aufhören. Alle, die glauben, dass ich schwanger bin, beobachten mich. Früher hat niemand gemerkt, ob ich was trinke. Hier trinken ja alle

mehr oder weniger ab mittags. Was soll's. Aber jetzt muss ich aufpassen.

Ich mag Land und Leute, das schon. Aber ich bin hier nie wirklich angekommen, weil ich immer in Wartestellung war. In froher Erwartung einer eigenen Familie. Die kam aber nicht.

Damals war Marko meine Rettung, die Lösung. Von Holzhuber zu Kleinschmidt. Vom Kuckuckskind zur Ehefrau.

Ich war verliebt, ich wurde bewundert. Ich war fast glücklich. Wenn nicht das Schicksal meiner kleinen Halb-Schwester gewesen wäre, deren Liebe ich zerstört habe, deren Platz ich eingenommen habe. Das war der Preis. Schon auf dem Rückweg aus den Dünen, in denen Marko und ich gelegen hatten, wusste ich, dass das Ganze in eine Katastrophe münden würde, aus der ich unbedingt als Siegerin hervorgehen wollte. Ich wollte diesen Mann haben mit allem, was dazu gehörte – koste es, was es wolle.

Es hat mich eine Menge gekostet. Meine Karriere, meine Selbstachtung. Bekommen habe ich ein sonniges Allerlei in Müßiggang als Senhora Kleinschmidt, einen abwesenden Marko und die Möglichkeit, hin und wieder über ein Thema zu schreiben. Ich habe mir mein Leben anders vorgestellt und frage mich andauernd, warum es so entglitten ist.

Entglitten in eine Scheinschwangerschaft. Nicht einmal das habe ich richtig hinbekommen. Ich bin nicht so naiv zu glauben, dass ein Kind mich und meine Ehe retten könnte.

Vermutlich wäre ich als Mutter auch die komplette Niete. Eine besoffene Mutter. Eine viel zu alte Mutter. Und dennoch: ein Kind würde mir doch endlich das Gefühl einer eigenen Familie geben, eine sinnvolle Aufgabe, eine Perspektive. Warum kann ich keine Kinder bekommen, wo wir es uns doch so dringend gewünscht hatten? Liegt es an mir oder an Marko? Wie ungerecht. Da hatte ich in meiner Pseudo-Familie immer die Mutterrolle und konnte selbst nicht Mutter werden? Trotz der geleerten Brandyflasche sehe ich jetzt ganz klar. Ich will endlich ein Kind. Die Lösung liegt auf der Hand. Ich muss nur eins und eins zusammenzählen. Und in Mathe war ich schon immer ein As.

* * *

SCHWESTERN

Susanne fühlte sich unwohl. Zum ersten Mal seit ihrer Flucht vor 18 Jahren betrat sie offiziell das Haus am Caminho do Salomé. Salomé – Inkarnation weiblicher Grausamkeit, magische Kindfrau und Verkörperung idealer Schönheit und purer Erotik, Enkelin des Herodes, schönste Frau der damaligen Zeit, verheiratet mit ihrem Onkel Philippos. Die Legende um Salomé hatte viele

Gesichter. Was bleibt in uns von 2000 Jahren christlicher Geschichte?

Das Gewohnte vermischte sich mit dem Ungewohnten. Im Haus hatte sich viel an der Einrichtung geändert und dann auch wieder nicht. Sie verspürte wieder diesen Zwang, alles auf seinen alten Platz zu stellen, so wie es sein sollte.

Das Badezimmer war komplett neu, die alte Holzbadewanne durch eine neue mit Schieferumrandung ausgetauscht. Die klapprige Dusche durch eine moderne Duschanlage ersetzt. In der Küche gab es zwar den alten Backofen noch, die traditionelle Lehmkonstruktion war jedoch durch Betonwände und eine Granitplatte ergänzt. Im Flur herrschte perfekte Ordnung. Das Kaminzimmer allerdings war dunkel wie eh und je, und auch die erstklassigen und originalen Bauhaus-Möbel konnten daran nichts ändern.

Das war nicht mehr ihr Zuhause, war es vielleicht nie gewesen. Nur der Garten erinnerte sie an frühere Tage, der Eukalyptus war in die Höhe geschossen, die Palme, die sie einst gepflanzt hatte, machte einen gepflegten Eindruck und der Avocadobaum hatte Zuwachs bekommen. Auch die Guave war gut in Schuss. Sie erkannte noch ihre Handschrift und war auch hier versucht, das ein oder andere gerade zu rücken. Sie verkniff sich jede Gefühlsregung, schließlich war sie aus anderen Gründen den schweren Weg in das Heim von Martina und Marko gegangen. Sie brauchte Gewissheit.

Martina arbeitete im Anbau – früher ein Ziegenstall, dann Werkstatt und Gartenhaus, heute ihr Büro.
Susanne klopfte an die halboffene Tür. Martina drehte sich erschrocken um und starrte ihre Schwester an. „Du hier?" Sie war mehr als überrascht, immerhin hatte sich Susanne hier noch nie blicken lassen, zumindest nicht in ihrer Anwesenheit. „Oh entschuldige, aber du bist wirklich ein seltener Gast. Als wäre es Gedankenübertragung. Ich wollte auch gerade zu dir aufbrechen und mir dir reden. Was gibt's?"
Susanne fiel gleich mit der Tür ins Haus: „Ich habe gehört, du bist schwanger? Gratuliere!" Ihre Bemerkung klang spitz. Martina bemühte sich um Kontrolle, griff reflexhaft zum Glas neben sich als wolle sie sich daran festhalten und stürzte die bräunliche Flüssigkeit hinunter. „Du redest also wieder?"
„Vielleicht solltest du das Trinken einstellen, wenn du schwanger bist."
„Woher weißt du das?" Martina war verblüfft und unsicher. Sie fühlte sich plötzlich in ihren eigenen vier Wänden nicht mehr wohl und hatte das Gefühl, am falschen Platz zu sein.
„Die Spatzen pfeifen es von den Dächern", sagte Susanne. „Marko hat es bei Henrique stolz verkündet. Konnte wohl kaum an sich halten. Endlich ein eigenes Kind... das hat er sich ja wohl auf seine alten Tage doch noch gewünscht."

Die Bitterkeit war nicht zu überhören. Susanne konnte kaum an sich halten.

Martina schüttete sich einen zweiten Brandy ein. „Willst du auch einen?", fragte sie sarkastisch. „Ich muss genau darüber mit dir reden."

„Worüber – über deine Schwangerschaft?" Susanne schüttelte unwirsch den Kopf, als wolle sie im Hirn etwas zurecht rücken.

„Über Schwangerschaft. Meine, deine ... Ich habe auf deinem Geburtstagstisch einen Schwangerschaftstest gefunden und versehentlich eingesteckt..."

„Wie bitte? Du hast ihn? Versehentlich eingesteckt? Ich habe ihn schon überall gesucht. Was fällt dir ein, bei mir herumzuschnüffeln und den mitzunehmen?"

„Ja, es tut mir leid. Es war in dem ganzen Durcheinander als du verschwunden warst. Da war ich doch bei dir wegen des Kaffeetrinkens, und da lag er auf dem Tisch."

„Na und? Ist doch kein Grund, ihn mitzunehmen? Das geht dich doch gar nichts an."

„Stimmt." Martina nahm einen tiefen Schluck. „Ich war durcheinander und habe ihn versehentlich eingesteckt, nach dem ich mit Olga telefoniert hatte. Ich dachte, Olga wäre schwanger. Ist sie aber nicht, soweit ich das sehe. Ich würde gerne wissen, zu wem er gehört."

Susanne blieb der Mund offen stehen: "Wie? Du hast Olga gefragt?"

„Nein, nicht direkt. Aber ich bin mir sicher, sie ist es nicht, oder?"

„Das geht dich alles überhaupt nichts an." Susannes Stimme wurde immer schriller. Schließlich hatte sie sich zu diesem schweren Gang nach so vielen Jahren aufgemacht, um herauszufinden, ob Marko Martina tatsächlich geschwängert hatte. Wenn dem so war, so würden sie beide von ihm ein Kind fast zur gleichen Zeit bekommen. Sie musste einfach wissen, ob es so war. Ob das Schicksal für sie diese Ungeheuerlichkeit, diesen Gipfel der Verletzung bereit hielt. Denn, auch wenn niemand davon wusste, so war es doch bisher eine heimliche Genugtuung für sie gewesen, dass nur sie selbst ein Kind von Marko hatte – und demnächst vielleicht zwei. „Gib mir das Röhrchen sofort zurück, und lass mich damit in Ruhe. Du hast schon so viel Unheil in meinem Leben angerichtet... reicht dir das nicht? Was ist mit deiner Schwangerschaft?"

Martina leerte das Glas und nahm alle Kraft zusammen. „Beruhige dich, Susanne! Jetzt, wo du schon mal da bist, sollten wir ernsthaft miteinander reden, und vielleicht ist es eine Befriedigung für dich, was ich zu besprechen habe. Also – wenn ich eins und eins zusammenzähle, dann bist du schwanger, stimmt's? Deshalb auch dein Verschwinden, der Gang ins Wasser an deinem Geburtstag, oder? Du musstest den Schock überwinden, vielleicht warst du auch lebensmüde. Vielleicht hast du überlegt, ob du überhaupt noch ein Kind haben willst, jetzt, wo dein Mann nicht mehr lebt? Ist es nicht so?"

Susanne schnappte nach Luft: „Das geht dich nichts an. Das geht dich überhaupt nichts an!", schrie sie. „Gib mir den Test, und dann gehe ich endgültig!"

„Hör auf! Ich weiß, dass es mich nichts angeht, und es wäre mir auch egal. Aber Marko hat das Röhrchen in meiner Tasche gefunden..."

Susanne schwand der Boden unter den Füßen. Sie musste sich am Türgriff festhalten. „Das wird ja immer besser. Hast du ihm gesagt, dass du das Röhrchen von mir hast?"

„Nein, hab ich nicht. Frag mich nicht, warum. Er denkt nun, es sei mein Test gewesen und ich sei von ihm schwanger. Er war so glücklich für den Moment, dass ich ihm nicht sagen konnte, dass das Röhrchen nicht von mir war. Dass ich gar nicht schwanger bin!" Jetzt war es heraus. Sie hatte ihre Schwester zur Mitwisserin dieses Geheimnisses gemacht. Ihre Schwester, der sie im Grunde nicht über den Weg trauen konnte; denn die Verletzungen, die sie ihr vor fast 20 Jahren zugefügt hatte, zerrten offensichtlich immer noch an Susanne und machten sie unberechenbar.

„Und? Ist es dein Test?" Martina versuchte im Gesicht Susannes eine Antwort zu lesen. Aber sie sah nur blankes Unverständnis.

„Hab ich richtig gehört? Du hast behauptet, es sei dein Röhrchen und du wärst schwanger von ihm?"

„Sag ich doch. Ich habe ihn in dem Glauben gelassen, ich sei schwanger."

„Aber du bist nicht schwanger?" Susanne ließ sich erschöpft in den Sessel fallen. Sie hatte große Not, die Übersicht zu behalten.

„Ich verstehe nicht...", fragte sie verstört und sah etwas Dunkles auf sich zukommen.

„Bist du schwanger?", fragte Martina eindringlich und leerte die Brandy-Flasche in ihr Glas. Ihre Zunge wurde schwerer.

Susanne stand wieder auf und ging hin und her. Sie bemühte sich, Ordnung in ihrem Kopf zu schaffen. Aus dem Dunkel dämmerte es langsam. „Und wenn? Was wäre, wenn ich ein Kind bekäme, wonach du dich schon so lange sehnst? Was wäre, wenn du Marko die Wahrheit beichten müsstest?"

Martina schossen Tränen in die Augen. „Ich habe eine Bitte", sagte sie mühsam. „Eine Bitte. Wenn es nicht geht, dann geht es nicht; dann werde ich alle Konsequenzen ziehen. Aber jetzt habe ich diese Bitte... Wenn du schwanger bist und das Kind nicht haben willst... dann, dann gib es mir!" Sie trank das Glas in einem Zug aus. Wärme flutete ihre Blutbahnen, leichter Nebel senkte sich und eine schöne Ruhe kehrte ein. Am liebsten wäre sie jetzt unter eine Bettdecke gekrochen. *Ich sehe niemanden und keiner sieht mich ...*

Susanne brach in schallendes Gelächter aus. „So ein bodenloser Unsinn. Sag mir auch nur einen einzigen Grund, warum ich das tun sollte, warum ich dir und Marko zu einem Kind verhelfen sollte, um euer Familienglück perfekt zu machen. Vorausgesetzt, ich wäre schwanger. Warum, um Gottes willen, soll ich ein Kind gebären und es dir schenken? Warum sollte ich dich und Marko glücklich machen? Warum?"
Susanne war außer sich, ihre Stimme überschlug sich. Sie machte einen großen Ausfallschritt auf Martina zu und versuchte sie, an den Schultern zu fassen. „Warum um alles in der Welt. Sag mir einen Grund! Allein der Gedanke ist schon solch eine bodenlose Unverschämtheit, so ein…!"
Martina wich ihr aus und bemühte sich um Gleichgewicht. „Ich weiß es nicht." Martinas Stimme hörte sich klein an. Sie schwankte etwas. „Ich weiß es nicht", brach es mühsam aus ihr heraus. „Vielleicht, weil du das Kind gar nicht willst, es aber auch nicht abtreiben kannst? Du bist doch so katholisch. Ist es denn ein Vermächtnis deines Mannes!"
Erst jetzt fiel ihr ein, dass sie danach noch gar nicht gefragt hatte. José, der seit mehr als vier Monaten tot war…war er überhaupt der Vater? Ein anderer – so kurz nach seinem Tod…? Hatte Susanne ein Verhältnis? Vielleicht gab es ja schon einen Nachfolger, einen Vater für das Ungeborene? Wie hatte sie diesen Aspekt nur außer Acht lassen können. Sie war einfach zu sehr mit sich selbst beschäftigt gewesen,

war wie besessen gewesen von der Chance auf ein eigenes Kind. Plötzlich erschien ihr das ganze Unterfangen völlig aussichtslos. Es war alles Unsinn. Sie sackte in sich zusammen und auf das Sofa.

„Eine komplette Schnapsidee", schrie Susanne hysterisch. „Du solltest weniger trinken, auch wenn du nicht schwanger bist. Wahrscheinlich kannst du gar nicht schwanger werden. Ein intellektuelles, fruchtloses Monstrum."

„Sei still! Und hör auf mich zu beleidigen!" Martina bemühte sich um Konzentration. „Gibt es denn einen Vater für dein Kind? Ist das Kind noch von José? Hast du jemanden Neues?"

Susanne atmete tief durch, entspannte sich etwas und hatte sich binnen kurzem wieder im Griff. Sie genoss in gewisser Weise den Anblick ihrer älteren Schwester, die sie noch nie in so einem desolaten Zustand erlebt hatte. Immer war sie ihr überlegen gewesen, hatte ihr Vorschriften gemacht, war die erfolgreichere von beiden. Und nun dies. Martina saß betrunken vor ihr, verzweifelt, mickrig und unfruchtbar. Wenn Marko sie nur so sehen könnte. Er würde sich ekeln. Plötzlich fühlte sich Susanne als die Starke, die, die das hatte, was Martina nie haben würde. Kinder. Kinder von Marko. Welch ein Trumpf, den sie in Händen hielt. Und sie würde ihn ausspielen. Endlich!

„Wo ist Marko überhaupt? Bei einer seiner Geliebten?" Susanne lachte schrill auf.

Martina ließ sich nicht mehr provozieren. Sie hatte ihre gewohnte Distanz wieder hergestellt. „Er ist in Berlin bei seiner todkranken Mutter."
„Ach ja!? In Berlin? Todkrank?", Susannes Mund umspielte ein vielsagendes Lächeln. „Ich muss über diesen ganzen Unsinn nachdenken. Vielleicht sage ich dir eines Tages, von wem mein Kind ist", sagte sie.

* * *

MARKO

Die Ärzte gaben Marko zu verstehen, dass seine Mutter zäh sei und ihr Herz funktioniere. Ihr Gesamtzustand sei jedoch sehr schwach, unterernährt, dehydriert. Man müsse sie künstlich ernähren, da sie jegliche Nahrungsaufnahme verweigere. Ihre demente Verfassung habe sich rapide verschlechtert und niemand wisse, ob sie noch zu klaren Gedanken fähig sei, was sie noch mitbekomme von ihrer Umwelt. Man müsse mit allem rechnen.
Mit allem rechnen? Also auch mit einer Genesung? Oder meinten sie langes Siechtum? Würde sie noch einmal ihre Sprache finden? Den Tod? Oder was? Er traute sich nicht zu fragen.

Womit er nicht gerechnet hatte, war, das Olga ihm per SMS mitteilte, sie sei auf dem Weg nach Berlin. Sie hatte Susanne angerufen und herausbekommen, dass er Hals über Kopf nach Berlin zu seiner kranken Mutter gerufen worden sei.
Sie müsse ihn sehen, nachdem sie sich in London nicht hatten treffen können.
Olga in Berlin. Das hatte ihm gerade noch gefehlt. Er rief sie umgehend an. „Olga, ich kann dich jetzt nicht treffen! Meine Mutter liegt im Sterben. Ich muss mich hier um alles kümmern, das Krankenhaus, vielleicht ein Pflegeheim, die Wohnung. Ich weiß grad' nicht, wo mir der Kopf steht. Versteh doch bitte…!"
„Ich komme jetzt erst mal zu dir. Ich will dich sehen. Ich halte es nicht mehr aus. Ich will endlich, dass wir zusammen sind. Immer kommt irgendwas dazwischen. Sag mir, wo du bist. Ich bin am Flughafen Tegel." Olgas Stimme klang äußerst bestimmt, gleichzeitig hörte er ihre Tränen heraus.
„Olga, es geht nicht. Du kannst jetzt nicht einfach herkommen. Hol dir ein Ticket, ich bezahle es, und flieg wieder zurück ins Internat."
„Du hast gesagt, dass du verrückt nach mir bist. Dass du dich selbst nicht wiedererkennst. Dass du immer bei mir sein möchtest. Jetzt bin ich da und ich bleibe! Wo bist du?"
„Ich bin im Apartment und gehe gleich ins Luise-Auguste-

Klinikum zu meiner Mutter."

„Bleib da, ich komme sofort!"

„Olga, du bist 17 und ich ..."

„Du nervst. Ich weiß, wie alt ich bin und wie alt du bist. Und es ist mir total egal. Ich werde bald 18. Das hat dich doch bisher auch nicht interessiert. Was ist los? Willst du mich nicht mehr?"

„Ich bin dein Onkel!"

„Bist du nicht. Nur, weil du mit der Schwester meiner Mutter verheiratet bist, sind wir noch lange nicht verwandt. Ich habe mich erkundigt. Das geht klar mit uns, alles total easy."

„Aber unmoralisch!"

„Du spinnst. Wir lieben uns. Was ist daran unmoralisch?"

„Ok, Olga, also komm und lass uns reden."

„Reden?", fragte sie misstrauisch. Wenn Erwachsene mit einem reden wollten, gab es meist Probleme.

„Ja, reden." Er gab ihr seine Adresse und rief Martina an. Er sagte ihr, dass es seiner Mutter gar nicht gut gehe. Man müsse mit allem rechnen und dass er noch eine Weile in Berlin bleiben müsse, um alles zu regeln. „Und wie geht es dir? Alles in Ordnung?"

„Alles bestens", sagte Martina und starrte auf ihr halbvolles Glas und die halboffene Tür ihres Büros, aus der Susanne gerade entschwunden war. Sie legte ihre zitternden Hände auf den leeren Bauch.

OLGA

Als Olga eine Stunde später vor ihm stand, war Marko sofort bereit, die ganzen Probleme um sich herum zu vergessen. Sie roch rosig und strahlte ihn an. Welch eine Gelegenheit, Tod und Uringeruch, Brandyfahne und Sorge um ein Ungeborenes zu vergessen und weiche Haut zu berühren. Pulsierendes Leben. Lust. Er konnte nicht widerstehen.
Genau damit hatte Olga gerechnet. Sie spürte die Wirkung ihrer Anwesenheit. Sobald einer von ihnen beiden aus der Tür ging, waren ihm andere Dinge wichtiger. Aber solange sie in seiner Nähe war, gab es diese magische Anziehung. Sie fand sich unwiderstehlich bedeutend. Ein Gefühl, dass sie um nichts in der Welt aufgeben wollte. Ihre Freundin Lissi war neidisch auf sie.
Sie fiel ihm um den Hals – mit einem Ziehen im Unterleib, als würde sie vom Zehnmeter-Turm springen, ohne die Gewissheit, dass Wasser im Becken war.
„Wir müssen reden", sagte er etwas keuchend und zog sie aufs Sofa. Sie kuschelte sich an ihn und genoss die Wärme seines Körpers, dieses herrliche Kribbeln im Bauch, das fast weh tat.
„Was müssen wir reden?", fragte sie einschmeichelnd. „Es gibt nichts zu reden. Ich hab keinen Bock zu reden. Alles ist gut."
Bei aller Liebe und deutlicher Anspannung im Schritt:

Ihre fröhliche Naivität ging ihm plötzlich auf die ohnehin angespannten Nerven und seine Stimme klang barscher als er wollte. „Ich hab es ja schon erklärt. Meine Situation, meine Mutter – und dazu, ... du erfährst es ja sowieso bald... Martina ist schwanger." Nun war es heraus.
Olga zuckte zurück. „Von dir?"
„Ja, das nehme ich schwer an." Ein schiefer Lacher rutschte ihm unkontrolliert in das Gespräch.
„Fuck – Aber du hast behauptet, dass du nicht mehr mit Tante Martina schläfst. Du liebst doch mich..."
„Ja, sicher, dass habe ich ja auch nicht, beziehungsweise nur dieses eine Mal gewissermaßen versehentlich. Ich war betrunken und hatte ein schlechtes Gewissen."
„Ein schlechtes Gewissen?"
„Ja, hm, wegen uns", er konnte ihr ja schlecht sagen, dass er zuvor mit ihrer Mutter Sex hatte.
„Und da wird sie gleich schwanger? Krass! In dem Alter? Sie ist eine alte Frau!"
„Deutlich jünger als ich!"
„Ja, und? Was heißt das jetzt – für uns?"
Olga war den Tränen nahe. Marko stotterte herum. Was sollte er ihr sagen, dass alles Unsinn war mit ihnen beiden? Dass er sich auf das Kind freute? Dass er nun Verantwortung übernehmen musste? Für wen eigentlich? Verantwortung hatte er auch Olga gegenüber. Sie war noch minderjährig. Alles lief hier komplett aus dem Ruder. Verdammt.

Er musste sich zusammenreißen, sich konzentrieren.
„Ich weiß es nicht, Olga. Ich weiß es grad wirklich nicht. Ich wünschte, wir wären einfach nur auf einer kleinen Insel und könnten in den Tag hinein leben."
Olga fand plötzlich, er redete wie einer der Jungs aus ihrer Reitschule, die pubertäre Ausdrücke hinter ihr herriefen, mit denen sie nichts anzufangen wusste und deren Annäherungsversuche ihr eher peinlich waren.
„Idiot! Ich hau ab." Sie sprang auf, nahm ihren Rücksack und knallte die Wohnungstür hinter sich zu. Ihr sogenannter Onkel sollte sie noch kennenlernen. So leicht würde sie sich nicht abservieren lassen.

* * *

Olga war wütend und schwer enttäuscht. Das Wiedersehen hatte sie sich anders vorgestellt, wo doch schon London nicht geklappt hatte. Nachdem sie aus Markos Apartment gestürzt war, schrieb sie ihrer Freundin Lissi nach Alter do Chão eine SMS. „Bitte sag Senhora Mendonza, dass ich schnell nach Hause musste, weil meine Mutti im Krankenhaus ist. Melde mich, sobald ich kann. Beijos. O."
Ihrer Mutter schickte sie ebenfalls eine Nachricht: „Muss Lissi nach Hause begleiten. Sie ist krank und kann nicht

alleine. Melde mich bald. Kuss Olga."
Lissi, ihre Zimmernachbarin im Reitinternat und engste Freundin, war im Bilde. Sie hatten keine Geheimnisse voreinander. Lissi wusste um die heimliche Liebe ihrer Freundin Olga. Das war aufregend und romantisch. Lissi verschlang jede Story der beiden und deckte Olga, wo sie konnte. Dafür ließ Olga sie an ihren Liebesabenteuern teilhaben. Lissi selbst hätte sich das alles niemals getraut.
„Das ist hier alles mega Scheiße gelaufen", erklärte ihr Olga nun am Telefon voller Empörung. „Marko hat mir erklärt, dass Tante Martina schwanger ist, stell dir vor. Mir hat er geschworen, dass er nicht mehr mit ihr schläft. Das ist doch widerlich. Das wird er mir büßen, echt! Ich hab auch schon einen Plan. Der wird sich noch wundern!"
„Oh, oh, Olga, mach keinen Quatsch. Und dann noch in Berlin. Ist das wirklich so eine geile Stadt wie alle sagen?"
„Keine Ahnung. Ich war ja auch erst einmal kurz hier. Bisher hab ich außer Flughafen noch nichts gesehen. Ich muss jetzt erst mal klar kriegen, was hier mit Marko und mir läuft. Ich ruf dich an. Hast du mich schon entschuldigt? Ich revanchiere mich die Tage. Ach so, und außerdem hab ich meiner Mutter gesimst, dass ich die kranke Lissi nach Hause begleiten muss. Nur, damit du Bescheid weißt."
„Wenn das nur gut geht. Deine ganzen Lügen blicke ich ja kaum noch. Pass auf dich auf, Olga!"
„Mal sehen", sagte Olga. „Ich hab ja nichts zu verlieren.

Und in ein paar Monaten bin ich 18. Dann mach ich sowieso, was ich will. Und – Lissi! Absolutes Stillschweigen!"
„Ehrenwort!"
Olgas Plan war, Marko vor vollendete Tatsachen zu stellen. Sie würde das Krankenhaus ausfindig machen, in dem seine Mutter lag. Hatte er den Namen nicht sogar erwähnt? Dort wollte sie ihn abfangen und ihm drohen, alles seiner Mutter am Krankenbett zu erzählen, falls er sich von ihr trennen wollte. Und wenn das nichts half, würde sie drohen, alles Tante Martina zu verraten. Es wurde eh mal Zeit, für klare Verhältnisse zu sorgen. Mal sehen, wie er darauf reagieren würde, dachte sie und freute sich schon auf sein Gesicht.
Liebe war echt anstrengend.

* * *

Evakuiert 1945

LOTTI

Sie hört ihre kleine Schwester Lisbeth schon die Treppe hochspringen. „Sie kommen. Sie kommen!", schreit die Kleine. „Sie kommen!"
Lotti versteckt ihre Stricksachen hinter dem Sofakissen

und springt wie besprochen in den Kleiderschrank im Flur, den sie für derlei Zwecke schon präpariert haben. Sie zittert wie Espenlaub. Zwar haben sie die Situation zig mal durchgespielt – für alle Fälle – aber jetzt, wo es soweit ist, merkt sie, dass sie nicht wirklich geglaubt hat, dass es passieren könnte. Sie war felsenfest davon überzeugt gewesen, dass sie von den Soldaten verschont bleiben würden, von denen nur Schreckliches berichtet wird.

Sie ist die Hübscheste in der Familie und im „richtigen Alter", wie Tante Ida unheilvoll anzudeuten pflegt. Die Alte seufzt dabei schwer und lässt den Blick über ihren Schützling gleiten. „Viel zu hübsch", murmelt sie, wischt ihre stets feuchten Hände an ihrer blauen Schürze ab und kramt dabei in der winzigen Küche herum. „Sie dürfen dich jedenfalls nicht erwischen. Besser ist besser. Man weiß ja nie..."

Die Worte beunruhigen Lotti, obwohl sie nicht genau weiß, was Tante Ida damit meint. Ihre kleine Schwester Lisbeth jedenfalls scheint mit ihren sechs Jahren nicht im richtigen Alter zu sein. Sie darf draußen auch mit anderen Kindern spielen, während es ihr selbst seit einiger Zeit verboten ist, vor die Türe zu treten. Das Dorf, in dass es sie verschlagen hat, scheint plötzlich nicht mehr das Beste zu sein für Mädchen wie sie. Dabei waren sie doch hierher verfrachtet worden, weil sie hier in Sicherheit sein sollten. So hatte es ihre Mutter verkündet und sie Hals über Kopf in den Zug gesetzt. „Und pass gut auf deine kleine Schwester auf, Lotti. Du bist nun für sie verantwortlich!" Die Augen ihrer Mutter waren seltsam leer beim Abschied gewesen. Lisbeth hatte sich an sie geklammert und sie bemüht sich seitdem, der Verantwortung gerecht zu werden.

Nun leben sie bei Tante Ida. Lotti weiß nicht genau, was sie erwartet. Tante Ida macht immer nur Andeutungen, und sie spürt die Panik der alten Frau, die sie nach der Rettung aus dem Inferno in Gelsenkirchen und der Evakuierung freundlich aufgenommen hatte. Lisbeth und sie. Wo sich der Rest der Familie aufhält, weiß Lotti nicht.

Lisbeth steht atemlos in der Küche. „Beruhige dich, Kind", sagt Ida. „Lass dir nichts anmerken."

„Ist Lotti schon im Schrank?", fragt Lisbeth, als handele es sich um ein beliebiges Versteckspiel.

„Bist du still!", fährt Ida sie an. „Du weißt von nichts, hörst du? Von nichts! Du bist ein dummes kleines Kind und wir beide sind hier allein. Allein! Was sind wir, Lisbeth?"

„A-allein", stottert Lisbeth eingeschüchtert und plötzlich den Tränen nahe. Ihre große Schwester, die sie aus dem Feuer gezogen hatte, die mit ihr durch die brennenden Häuserreihen gerannt war, mit der sie im Zug bis hierher gekommen war, befindet sich jetzt offenbar in Gefahr.

„Komm auf meinen Schoß", sagt Ida. „Beruhig' dich, Kind. Alles wird gut. Wir bleiben jetzt hier sitzen und tun so, als wenn nichts wär."

Lotti hört die Männer kommen. Sie sprechen laut in einer fremden, rollenden Sprache und lachen. Sie hört Schritte und Gepolter. Ohrenbetäubende Schreie. Lisbeth! Lisbeth! Jemand öffnet die Schranktür. Sie sieht ein dunkles Gesicht. Es riecht widerwärtig. Tante Ida kann ihr nicht helfen. Sie kann Lisbeth nicht helfen. Niemand kann ihnen helfen.

All die Nächte im Keller, in Luftschutzbunkern, in glühenden Straßen, unter kreischendem Himmel sind nichts gegen den Schmerz, der jetzt in ihr tobt, der sie zerreißt. Alles hat sie überlebt – die Bombennächte, den Hungertod ihrer behinderten Schwester, eine dieser Ballastexistenzen, wie es die Nazis nennen, die zerstörten Träume von einer besseren Zukunft und den Abschied von Vater und Mutter. Jetzt stirbt sie das erste Mal bei lebendigem Leibe.

Als sie sieht, wie sich die Männer über Lisbeth und Ida hermachen, stirbt sie das zweite Mal. Lisbeth und Ida überleben das Massaker nicht. Sie schon.

Der Krieg ist vorbei.

Alles ist vorbei.

* * *

Lotti wandert von Pflegefamilie zu Pflegefamilie. Als billiges Kindermädchen und dienende Putzfrau, als Fußabtreter der Hausfrau und Matratze des Hausherrn. Ihre Eltern sind nicht auffindbar. Sie hat bis dahin wohl insgesamt an die drei Jahre eine Schule besucht, kann kaum richtig Lesen und Schreiben und spricht so gut wie kein Wort. Sie zittert wie Espenlaub, wenn sich ihr ein Mann nähert. Das finden viele reizvoll, weil sie es als Erregung deuten. Lotti wehrt sich nicht. Der widerwärtige Geruch geht ihr nicht mehr aus der Nase.

Sie erleidet eine Fehlgeburt, eine Abtreibung und eine Schwangerschaft. Das Kind, ein Mädchen, wird zur Adoption freigegeben. Lotti ist noch nicht volljährig.

Wie sie dann mit 25 Jahren die Kraft aufbringen kann, dieses Leben hinter sich zu lassen, weiß sie nicht. Mit nichts außer einer Umhängetasche ist sie eines Tages einfach vor die Haustür getreten und hat sich auf den Weg gemacht. Wie man flüchtet, hatte sie gelernt. Wie man Hunger, Kälte, Gewalt und Einsamkeit überlebt, auch. Ja, sie fühlt sich plötzlich frei und irgendwie glücklich. Sie ist kein Opfer mehr.

Im immer noch in Trümmern liegenden Berlin findet sie ein neues Zuhause, eine neue Aufgabe. Von ihrem selbst verdienten Geld als Putz- und Aufräumhilfe kauft sie sich einen gebrauchten Fotoapparat, streicht durch die Straßen und fotografiert Trümmer, nichts als Trümmer. Davon gibt es in Berlin noch immer genug.

Und daneben der Kurfürstendamm in neuem Glanz, die schicken Damen mit Stöckelschuhen und Perlonstrümpfen, die polierten Autos und die Luxushotels. Das Wirtschaftswunder nimmt seinen Lauf. Lotti lässt niemanden in ihr Leben.

Die Trümmerstadt mit Alliierten-Status, in der sie den Aufbruch in eine neue Zeit bereits zu spüren meint, ist Balsam für ihren inneren Trümmerhaufen, aus dem sie nun hervor steigt wie der Phönix aus der Asche. Sie lebt so etwas wie eine Jugend. Deutschland wird Fußballweltmeister. Sie sieht eine Operette im Admiralspalast, geht tanzen bei Clärchen, trinkt Bowle mit Bekannten.

Sie trifft den schmucken Siggi auf einem Rummelplatz. Er hält seine dicke Zigarre an ihren Luftballon. Es knallt. Auch zwischen ihnen beiden. Liebe auf den ersten Blick. Siggi mit der Schiebermütze, zehn Jahre älter als sie. Sie zittert nicht, aber es bebt in ihr. Das es so etwas gibt. Wie in den Filmen, die man in den Filmpalästen sehen kann – Sissi mit Romy Schneider oder Die oberen Zehntausend mit Frank Sinatra. So wie es Caterina Valente und Peter Alexander besingen – Das tu ich alles aus Liebe...

Dann bleiben ihre Tage aus. Sie hatte eine weitere Schwangerschaft nicht für möglich gehalten, zumal auch die Ärzte meinten, sie würde nie wieder Kinder bekommen. Marko wird geboren. Sie ziehen in eine kleine Wohnung in Schö-

neberg. Es war in Schöneberg, im Monat Mai... Das können sie sich leisten, denn Siggi ist bei der Post. Und er ist ehrgeizig. Einer Karriere steht nichts im Wege. Lotti sorgt zuhause für das Wohlbefinden und hält ihm den Rücken frei. Er ist in der Verwaltung, oft unterwegs – vielmehr weiß sie nicht. Sie haben ihr Auskommen und können sich sogar bald einen VW-Käfer leisten. Nun ist das Leben doch tatsächlich auch einmal gut zu ihr.
Lotti ist streng, aber gerecht. Marko ist ein Schreikind, Babys soll man schreien lassen, das stärkt die Lunge. Sie fotografiert ihn auf einem Schafsfell. Der Marko hat es von Anfang an faustdick hinter den Ohren. Dem muss man schon als Kleinkind gleich von Anbeginn zeigen, wo Bartel den Most holt. Ein paar Stockschläge haben noch keinem Kind geschadet und Marko lernt schnell. Es ist eine schöne Zeit.
Als 1961 die Mauer plötzlich Ost und West trennt, sagt sie zum Siggi „Gut, dass wir im Westen leben!" Da sagt der Siggi: „Warum? Im Osten geht es viel gerechter zu. Da sitzen keine alten Nazis an den Hebeln der Macht und alle haben die gleichen Chancen!" Sie lacht. „Du alter Sozi!"
Zwei Jahre später lacht sie nicht mehr. Während einer Reise nach Bayern werden ihnen sämtliche Papiere aus ihrem VW-Käfer geklaut. Siggi regt sich fürchterlich auf. Lotti findet es nicht so schlimm und meint, man könne ja Ausweise und den Führerschein neu beantragen.

Eine Woche später ist Siggi von einer Nacht auf die andere verschwunden. Ohne ein Wort. Lotti wird von der Polizei abgeführt und pausenlos verhört. „Postüberwachung", das Wort hört sie zum ersten Mal. Eigentlich weiß sie gar nichts über Siggi. Aber wer wusste schon nach den Kriegswirren etwas Genaues voneinander. Sie hat ja auch all die schrecklichen Sachen für sich behalten. Wer wollte darüber reden? Wer das wissen? Niemand.

Lotti kann nicht aufhören zu zittern, als ihr klar wird, dass Siggi ein Agent ist und er offenbar nur mit ihr zusammen war, weil er ihre Ehe zur Tarnung brauchte, um für den Osten zu spionieren. Und das er niemals wiederkommen würde. Der Verlust seiner falschen Papiere hat den ganzen Schwindel ins Rollen gebracht.

In der Klinik geben sie ihr gegen das Zittern Tabletten, von denen sie nie wieder loskommt.

Als sie nach Wochen entlassen wird und zurück in ihre Wohnung will, ist alles weg – auch ihr Sohn. Sie kämpft um eine neue Wohnung und um Marko, der inzwischen bei Pflegeeltern untergekommen ist. Sie weiß, was es bedeutet, bei Pflegeeltern zu sein. Als sie ihn dort abholen will, erkennt er sie nicht und schreit aus Leibeskräften. Sie kann ihn nicht an sich drücken. Sie hat Angst, wieder zu zittern und ihn auf die Erde fallenzulassen. Dann hätten sie ihn ihr bestimmt gleich wieder weggenommen.

Sie schafft es. Sie bekommt ihren Sohn zurück. Sie findet

eine kleine Wohnung, Rote Insel Schöneberg, mit Außenklo. Sie arbeitet als Assistentin eines alten Fotografen im Zoo und übernimmt bald seinen Job. Löwenbabys in den Armen kleiner Kinder von stolzen Eltern. Keine Trümmerfotos.

Freunde hat sie keine mehr. Als ledige Mutter wird sie gemieden. Nur die junge Helene grüßt im Treppenhaus. Es war in Schöneberg... der Mai kam leider nicht mehr, aber das Leben muss ja weitergehen. Schlussendlich geht's uns ja gut. Es hätte alles noch schlimmer kommen können.

Niemand kennt Lottis Geschichte. Sie selbst hat sie vergessen. Das ist alles so lange her. Lass die alten Geschichten ruhen. Sie wird alles mit ins Grab nehmen.

Ruhe in Frieden.

* * *

BERLIN Mai 2013

MARKO

Warum sitze ich hier am Krankenbett? Marko konnte sich die Frage nicht genau beantworten. *Jahrelang haben wir kaum miteinander gesprochen. Jahrelang haben wir uns so gut wie nie angesehen, geschweige denn berührt. Da war nichts außer Misstrauen und Ablehnung, Unverständnis – allenfalls Pflichtgefühl. Gefühl – was für ein Wort. Du hast mich gehasst. Du hast meinen Vater gehasst und infolge auch mich. Du warst hart und unbeugsam. Keine Mutterliebe, keine Fürsorge, keine Nähe. Liebe, das hatte bei dir immer mit Erpressung zu tun. „Ich hab dich lieb, wenn du lieb zu mir bist." „Wenn ich dich liebhaben soll, dann muss sich der Marko besser benehmen." „So ein schmutziger Junge – wer soll den denn lieb haben?" „Sei ein lieber Junge und schlaf gleich ein. Dann bringt dir Mama morgen vielleicht Gummibärchen mit." „Gummibärchen, ha! Nein, heute gibt es keine Gummibärchen. Du hast Mama heute Nacht zweimal geweckt. Da konnte ich nicht mehr einschlafen. Dafür gibt es keine Gummibärchen. Böser Junge!"*

„Du hast mir meinen Vater vorenthalten. Siegfried – mehr nicht. Du wolltest nicht über ihn sprechen. Kopfschuss – hast du gesagt. Er ist tot. Warum? Woran ist er gestorben? Wo begraben? Nur ein Foto. Keine Geschichte. Keine Antworten. Warum hast du mich nicht geliebt? Wie eine Mutter ein Kind lieben sollte!
Du hast einen Stacheldraht um mich geschlungen. Todesstreifen. Selbstschussanlage. Ich konnte nicht atmen. Alles war eng und kalt. Was bist du nur für eine Mutter gewesen. Mein Leben begann erst, als ich abgehauen bin. Warum also sitze ich jetzt hier an deinem Sterbebett? Sag mir, warum?!"

„Er hat dich oft mit zum Fußball genommen. Zu Hertha an die Plumpe. Erinnerst du dich nicht? Du warst noch klein und hast es geliebt. Wir haben Ausflüge im Käfer gemacht, zum Wannsee und an die Ostsee. Einmal auch nach Bayern. Da warst du glücklich. Erinnerst du dich nicht?"

Marko schreckte hoch. Wer hatte gesprochen? Er fasste sich an sein schmerzendes Herz und schloss erschöpft die Augen.

„Du kennst mich doch gar nicht. Du weißt doch gar nicht, wer ich bin. Ich war auch mal jung, und es war Krieg. Nein, du hast überhaupt keine Ahnung. Hast du dir mal mein Geburtsjahr angeguckt? 1930. Und du verdammst mich jetzt? Klagst mich an? Verurteilst mich?
Wer bist du, dass du über mich richtest? Du bist mein Kind, und ich habe dich groß gezogen. Du lebst. Es geht dir gut. Vielleicht zu gut, vielleicht besser, als es mir jemals gegangen ist. Weißt du denn, warum ich so geworden bin? Ich habe meine Vergangenheit von dir fern gehalten, den Krieg, die Zerstörung und die furchtbare Zeit danach, als ich als Sklavin den oberen Zehntausend zu Diensten sein musste. Du weißt doch gar nichts über mich, meine Familie, deine Familie, dass du eine Schwester hast, ein Baby, das ich abgeben musste. Deinen Vater, den ich geliebt habe und der uns verlassen hat.

Du solltest mir dankbar sein. Stattdessen beschimpfst du mich im Angesicht des Todes. Wer bist du? Was weißt du denn über dich selbst? Bist du frei von Schuld, von Geheimnissen, von Hass?

Kümmere dich gefälligst um deine Probleme. Du wirfst mir vor, mich nicht gut genug um dich gekümmert zu haben? Wo war er denn, dein Vater? Wo bist du als Vater? Kümmerst du dich um dein Kind? Weißt du überhaupt, wer deine Tochter ist? Wie es ihr geht? Trägst du Verantwortung für sie?

Was bist du für ein Vater? Du glaubst, du kannst mich hassen? Du glaubst, ich habe dich gehasst. Nein. Es ist wahr, ich konnte dir keine Liebe geben, weil keine Liebe mehr in mir war. Das hatte nichts mit dir zu tun. Verzeih mir. Gehasst habe ich dich nicht. Gehasst habe ich all die Männer, die über mich hergefallen sind.

Ich hoffe, deine Tochter kann dir verzeihen, so wie du mir verzeihen musst. Als Susanne mir von meiner Enkeltochter berichtete, da spürte ich zum ersten Mal wieder ein Gefühl in mir. Ich bin ihr sehr dankbar, dass sie bei mir war. Auch wenn ich Olga nur einmal im Arm halten konnte und ich Susanne Stillschweigen versprechen musste, so war etwas in mir doch glücklich. Das Leben geht weiter, dachte ich. Olga ist deine Tochter. Ich breche mein Versprechen. Dieses Geheimnis nehme ich nicht mit ins Grab. Meine eigene Geschichte schon."

Marko starrte das alte weiße Gesicht mit den tiefliegenden grauen Augen an. Hatte sie wirklich zu ihm gesprochen? In klaren Worten?

Und was hatte sie da behauptet? Er habe eine Schwester? Olga sei seine Tochter?

Sein Tinnitus schlug gegen sein Schädelinneres. Sein Herz krampfte sich schmerzhaft zusammen. Seine Brust brannte wie Feuer.

Er konnte die Schläge nicht länger ertragen. Er wollte ihre Worte nicht hören. Er beugte sich über sie, nahm die Bettdecke und zog sie über das alte Gesicht. Er drückte fest zu und spürte ihren knochigen Schädel durch die Decke hindurch. Ihr Körper wehrte sich nicht. Er zuckte nicht einmal.

OLGA

Als Olga – ziemlich aufgeregt – leise die Tür zum Krankenzimmer von Markos Mutter öffnete, traute sie ihren Augen nicht. Marko lag bäuchlings und mit ausgestreckten Armen auf dem Bett, in den Händen eine Bettdecke, unter der ein weißer Haarschopf hervorlugte. Sie stürzte auf das Bett zu, schrie „Marko!" und riss reflexartig die Bettdecke vom Gesicht der alten Frau. Dabei stieß sie Marko derart heftig zur Seite, dass sein bewusstloser Körper langsam von der Bettkante auf den Fußboden rutschte.

Panikartig stürzte sie auf den Flur in die Arme eines Pflegers. Der ließ die schreiende Olga stehen und rannte ins Krankenzimmer, wo er seine tote Patientin vorfand und ihren am Boden liegenden Sohn. Mit einem Blick erkannte er, dass der Frau nicht mehr zu helfen war. Ihrem Sohn vielleicht schon. Binnen weniger Minuten wimmelte es von Schwestern und Weißkitteln und Marko verschwand mit allerlei Gerätschaften im Schlepptau und vor den Augen Olgas auf die Intensivstation, während sich der Pfleger und eine Schwester um die Leiche kümmerten.

Olga stand noch immer wie versteinert auf dem Flur. Eine Schwester fragte sie, ob sie eine Verwandte der verstorbenen Frau und deren Sohn sei. „Ja", sagte Olga, „ich bin die Nichte. Und das ist, war wohl …meine … die Mutter von meinem Onkel!"

„Ok", die Schwester schaute etwas skeptisch und zog Olga am Arm in das Schwesternzimmer. „Dann kommen Sie mal mit. Sie zittern ja am ganzen Leib. Kein Wunder. Die tote Oma und der bewusstlose Onkel… haben Sie die beiden gefunden? Es tut mir wirklich sehr leid. Kommen Sie! Ich gebe Ihnen was zur Beruhigung, und dann sehen wir weiter."

* * *

MARKO

Als er erwachte, hing er an Schnüren wie eine Marionette. Er erkannte Olgas Gesicht über dem seinen. Olga, seine Tochter. Er wusste sofort, dass es seine Tochter war. Er sah seine Augen in ihren. Wieso hatte er das nicht schon viel früher bemerkt? Er roch Suse. Er spürte diese körperliche Nähe schmerzhaft. Olga, mein Kind! Und dann fragte er flüsternd nach seiner Mutter.
„Sie ist tot." Olga beugte sich noch weiter zu ihm, um ihn zu verstehen. „Kannst du dich nicht erinnern? Du warst bei ihr. Du lagst bewusstlos auf ihrem Bett. Es geht dir nicht gut, dein Herz... Ich habe dich gefunden. Du lagst, ... du lagst da ganz komisch auf deiner toten Mutter..."
„Und...wie, wie ist sie gestorben? Hat sie noch was gesagt? Hast du sie gesehen? Hat sie was zu dir gesagt?", flüsterte er.
„Gar nichts, beruhige dich. Sie ist wohl plötzlich eingeschlafen, zumindest haben das die Ärzte gesagt." Olga richtete sich wieder auf. „Kannst du dich denn gar nicht erinnern?"
„Nein", flüsterte Marko. „Ich weiß nicht mehr. Plötzlich war alles schwarz. Hat sie noch was gesagt? Hast du mit ihr gesprochen?"
„Nein, nein. Was redest du. Der Pfleger hat gesagt, dass sie schon seit Tagen nicht mehr ansprechbar war und sie

rechneten jeder Zeit damit, dass sie stirbt. Das musst du doch noch wissen. Was war denn mit dir los?"

„Ich weiß es nicht", sagte Marko. „Ich weiß es nicht. Was sagen denn die Ärzte? Wo bin ich hier überhaupt? Intensivstation? Und wie kommst du ins Krankenhaus?"

„Was hast du mit deiner Mutter gemacht?", raunte Olga in sein Ohr. „Als ich in dein Zimmer kam, lagst du über ihr und hattest ihr die Bettdecke über den Kopf gezogen. Es sah aus, als wenn..."

Das Gerät hinter ihm machte fiepsende Geräusche. Sein Atem ging schwer. Eine Schwester rannte im Laufschritt an sein Bett.

„Schnell, gehen Sie zur Seite!" Er hörte noch hastige Schritte. Olga schrie auf.

Eine wilde Hitze stieg in ihm hoch. Er hatte das Gefühl, er sei seiner Mutter auf seltsame Weise ganz nah.

* * *

OLGA

Olga stand vor dem Berliner Hauptbahnhof und starrte auf die gläsernen Wände. Ihr Handy klingelte pausenlos. Susanne, Martina, Lissi, Senhora Mendonza. Sie konnte

sich denken, dass ihr Lügengebilde jetzt aufgeflogen war. Wahrscheinlich hatte die Krankenschwester doch gequatscht. Es war ihr egal. Sie hatte einfach keinen Bock mehr auf das ganze Theater. Vermutlich würde sie jetzt endgültig von der Schule fliegen, nach dem sie schon eine Abmahnung bekommen hatte wegen gefälschter Entschuldigungen. Ihre Mutter konnte den Unterhalt für sie und ihr Pferd sowieso nicht mehr lange aufbringen. Marko hatte ihr zwar versprochen, wenigstens die Kosten für ihre Stute Joelle zu übernehmen, aber jetzt, wo er krank war, ging das vielleicht auch nicht mehr.
Überhaupt, Marko – hatte er doch tatsächlich Tante Martina geschwängert! Und wie er so dalag. Es hatte ausgesehen, als hätte er die Decke absichtlich über seine Mutter gestülpt. Lotti war also seine Mutter. Warum hatte Susanne ihr das verschwiegen bei dem Besuch damals. Und wie er jetzt an den Schläuchen hing, nicht wiederzuerkennen. Er hatte doch eigentlich diese Ähnlichkeit mit Brad Pitt gehabt. Nun sah er aus wie ein alter, kranker Mann.
Olga war überrascht, wie schnell sich so eine große Liebe in Luft auflösen konnte. Jedenfalls war ihr Abenteuer mit ihrem Fast-Onkel schlagartig irgendwie vorbei. Am liebsten würde sie sich jetzt in einen Zug setzen und irgendwohin fahren. Schlimmer konnte es ja sowieso nicht mehr kommen. Aber ohne Geld ging es nirgendwohin. Sie setzte sich auf eine Stufe am Bahnhofseingang.

Sie war wohl eingenickt. Der Regen machte sie wieder wach. Es war kühl und nass und dunkel.
„Kann ich dir helfen?" Der Junge neben ihr gefiel ihr. Und was sollte sie allein in dieser großen Stadt, in der sie sich nicht auskannte.

* * *

LEO

So eine Gelegenheit ließ sich Leo nicht entgehen. Hübscher, weiblicher Teenager auf Bahnhofstreppe, offensichtlich schlecht drauf und alleine. Wie geschaffen für ein Date und vielleicht mehr. Er hatte einen Riecher für naive Mädels, die er abschleppen konnte. Dieses gehörte mit Sicherheit dazu.
Das Mädchen fror und war halb durchnässt. Also erst einmal ein paar wärmende Worte und ein trockenes Plätzchen, einen Jasmintee beim Asiaten und eine Nudelsuppe. Das Investment war überschaubar.
Er schickte Felix eine kurze SMS: Heute Nacht im Sisyphos. Da geht was, Alter. Bin dran. See you(-:

OLGA

Das ganze erschien Olga wie ein Traum. Und wenn du denkst, es geht nicht mehr, kommt von irgendwo ein Lichtlein her... Dieser blöde Spruch ihrer Mutter fiel ihr ein. Leo spendierte ihr eine Suppe. Sie waren gleich wie Freunde. Es tat gut, mit jemandem zu reden, der sie verstand, der ihr zuhörte, der ihr wieder auf die Füße half. Markos Abfuhr, die Schwangerschaft von Martina, wie er über seiner Mutter lag und dann auf den Boden rutschte, Marko an Schläuchen, die irre Hektik auf der Intensivstation. War das alles eine riesige Lüge? Sie gehörte nirgendwohin.
Und jetzt saß Leo plötzlich neben ihr, lud sie zum Tee ein und legte seinen Arm um sie, als sie weinte. Jemand, der es gut mit ihr meinte, der sich für sie interessierte. Sie war ihm so dankbar. Und außerdem war er genau ihr Typ, groß, schlank, dunkelhaarig und cool gestylt. Lissi würde vor Neid erblassen, wenn sie sie so hätte sehen können. Und als er sie fragte, ob sie Berlin bei Nacht kennenlernen wolle, geile Locations und mega Clubszene und seine Community, zur Ablenkung und so... zögerte sie keine Sekunde. Auf ins Paradies!
Das schwere Eingangstor zum Sisyphos öffnete sich. Funkelnde Drachen schwebten über dem Gelände, durch die Pools wanden sich kleine Wege und Brücken, Terrassennischen mit lauschigen Sitzgelegenheiten, Palmen

entlang der Dancefloors. Cocktailtheken, Tanzhallen und coole Typen. Olga versank in einem Meer von House, Hip-Hop, Techno und Trancedance. Es erinnerte sie an die schönste Zeit ihres Lebens, an Goa und die warmen Nächte am Strand, die sie in der Obhut von Gopal verbracht hatte, der auf sie aufpasste und sie sanft in den Schlaf wiegte, während ihre Mutter zu TechnoBeats in den Sonnenaufgang tanzte.

Felix und seine Freunde warteten schon auf Leo und seine neue Errungenschaft. Nice!

* * *

MARTINA

Die Unruhe machte sie wahnsinnig. Dieses Nichtstun, diese Unfähigkeit. Eingeschlossen, zu enge Haut. Aber auch nicht die Grenze überschreiten wollen. Martina schlug es von einer Seite auf die andere. Der Raum war zu klein. Sie konnte nicht raus. Der Panther kam ihr in den Sinn. Rilke. *Sein Blick ist vom Vorübergehn der Stäbe so müd geworden, dass er nichts mehr hält. Ihm ist, als ob es tausend Stäbe gäbe und hinter tausend Stäben keine Welt.* Gelbe, glühende Augen in schwarzem Gesicht. Es roch nach Schweiß. Der

Atem blieb aus. Der Kopf dröhnte. Es war zu viel. Oder zu wenig. Kein Gedanke. Nur einer, einer: Brandy.
Sie durchwühlte ihren Schreibtisch. Eine leere Flasche zersplitterte auf dem Steinfußboden. Ihre Hand blutete. Und zitterte. Sie war allein im Universum. Ein Vakuum. Alles menschenleer und seelenlos. Kein Halt. Kein Halten. Der erste Schluck rann weich durch die Kehle, füllte ihren Magen mit Wärme und erlöste sie von ihrem Übel. Der zweite gab ihr die Gewissheit, dass sie lebte und nicht allein war. Der Kopfschmerz ließ nach. Der dritte machte sie ruhig und euphorisch zugleich. Sie zitterte nicht mehr. Dann erlosch die Erinnerung.
Als das Telefon eine Melodie pfiff, ging in ihrem Hirn eine Warnleuchte an, aber sie war nicht in der Lage, ihre Gliedmaßen in Gang zu setzen. Ihr Smartphone lag unerreichbar auf dem Schreibtisch und machte komische Geräusche. Sie kicherte und sackte wieder weg in einen unbeschreiblichen Weichton, in dem sie Marko begegnete und ein Kind zwischen ihnen stand.

Am nächsten Tag quoll ihre Mailbox über. Unter anderem bat eine Klinik in Berlin um einen baldigen Rückruf.

* * *

Telefonisch war Hannes nicht zu erreichen. Trotz der ungeklärten nächtlichen Situation von neulich, wollte sie ihn bitten, während ihrer Abwesenheit auf Haus und Garten aufzupassen, so wie immer. Außerdem wollte sie ihn informieren, dass sein Freund Marko in Berlin im Krankenhaus lag, mit einem Herzinfarkt oder einem Schlaganfall oder beidem. Die Krankenschwester wollte das am Telefon nicht genau sagen. Man hatte ihn in ein künstliches Koma versetzt. Und zu alledem war seine Mutter in der gleichen Nacht gestorben. Wenn sie alles richtig verstanden hatte. Sie war sich nicht sicher, denn nach ihrem Absturz gestern konnte sie sich nur schwer konzentrieren und die Ereignisse zusammenfügen. Sie hatte rasende Kopfschmerzen. Sie nahm zwei Tabletten.

Martina fuhr mit dem Rad zum Strand, aber Hannes war nirgends aufzufinden. Sein alter Ford Transit stand in der Einfahrt. Sie schwitzte aus allen Poren, es war sehr warm für diese Jahreszeit. Sie warf ihre Windjacke über den Klappstuhl und stieg die Holztreppchen hoch zur Terrasse des klapprigen Holzhauses, eher ein aufgemotzter Bauwagen. Auf dem Tisch stand ein verschraubtes Marmeladenglas voller Zigarettenstummel. Sie überprüfte kurz die Haustür, unverschlossen wie immer. Sie lief einmal um das Haus herum. Lugte auf Zehenspitzen durch alle Fenster und rief mehrmals seinen Namen. Hannes war offenbar nicht zuhause. Seine Jolle schwappte im seichten Wasser der Flut. Vielleicht war er surfen. Cleo war auch nicht da. Sie saß oft mit ihm auf seinem Surfbrett, und dann juckelten die beiden ganz gemütlich durch die Ria.

Martina war in Hektik. Wenn sie Hannes nicht bitten konnte, wen dann? Barbara war derzeit in Deutschland auf irgendeiner Tourismus-Messe und Ingrid, die sonst schon mal aushalf, hatte zur Zeit anderes im Kopf, als täglich anzurücken, den Garten zu wässern und nach dem Rechten zu sehen. Auch Patricia, die das Büro von Marko in Tavira leitete, hatte andere Dinge zu tun. Überhaupt – sie musste Patricia informieren.

Außerdem wusste Martina nicht, wie lange sie in Berlin bleiben würde. Das Krankenhaus hatte nur undeutliche Angaben gemacht und sie dringlichst gebeten, so schnell wie möglich zu kommen. Sie hatte daraufhin umgehend einen Flug nach Berlin gebucht, das Chaos vom Tag zuvor beseitigt und einen Koffer gepackt. Sie fühlte sich komplett überfordert, auch schuldig und rief in ihrer Hilflosigkeit und schweren Herzens Susanne an, teilte ihr mit, dass sie Hannes nicht finden könne und bat sie, an seiner statt das Haus zu hüten und ihren Streit auf Eis zu legen.

Zu ihrer Verwunderung zögerte Susanne keine Sekunde und versprach, auf Haus und Hof ein Auge zu werfen. Martina möge sich um Marko kümmern und sie auf dem Laufenden halten. „Die Sache mit der Schwangerschaft klären wir ein anderes Mal", sagte sie in einem ungewohnt sachlichen Ton.

Martina lief aufgeregt durch ihr Haus und überlegte, ob es noch irgendetwas gäbe, dass Susanne nicht in die Hände fallen sollte. Sie verschloss die Kiste mit den Briefen ihres Vaters im Safe und brachte alle leeren Flaschen zum Container. Dann legte sie die Hausschlüssel an die verabredete Stelle hinter dem Gartengrill und lief vor bis zur N125, wo das bestellte Taxi mit Mario schon auf sie wartete.

* * *

Sechs Stunden später saß sie an Markos Krankenbett und hielt seine Hand. Sie hatte seine kräftigen, großen Hände immer besonders gemocht, aber jetzt fühlte sich die Hand schlapp und leblos an. Sie starrte in sein zusammengefallenes, bleiches, aber auch irgendwie entspanntes Gesicht. Sie hatte die etwas wirre Idee, dass sie ihn um seinen Zustand beneidete.

* * *

„War das Frau Kleinschmidt?"

Schwester Helga sortierte im Krankenzimmer die Abendrationen an Pillen. Schwester Marion nickte, während sie Listen ausfüllte.

„Sie roch nach Alkohol", sagte Helga.

„So? Ich hab nichts gemerkt."

„Sie hat ein Alkoholproblem, das sehe ich auf den ersten Blick." Schwester Helga zählte konzentriert weiter.

„Ist das nicht etwas voreilig? Woher willst du das wissen? Die Frau machte auf mich einen sehr erregten Eindruck, was man bei der Situation ja auch verstehen kann, oder?"

„Klar", sagte Schwester Helga, „keine Frage, aber der glasige Blick, der unsichere Gang und dann dieses Bemühen, damit bloß keiner was merkt. Ich kenne das zu gut. Bin bei meiner Mutter in eine gute Schule gegangen. Ich rieche Alkoholikerinnen auf hundert Meter gegen den Wind."

Schwester Marion schaute von ihren Akten hoch. „Wenn das stimmt, dann ist die ganze Familie ja wirklich nicht zu beneiden. Solch ein Durcheinander habe ich lange nicht erlebt. Oma tot, Sohn Herzinfarkt mit anschließendem Schlaganfall im künstlichen Koma, Ehefrau Alkoholikerin, Nichte plötzlich weg. Ach, übrigens, die kleine Nichte, diese Olga, bat mich noch, ihrer Tante nicht zu sagen, dass sie die beiden im Krankenzimmer gefunden hat. Ich glaube, sie will ihr das selber schonend beibringen. Die Kleene stand ja auch unter Schock."

„Ach, das tut mir leid, das hättest du mir mal vorher sagen sollen. Ich habe das eben der Frau Kleinschmidt schon berichtet."
„Na ja, dann ist es eben so", sagte Schwester Marion und wandte sich wieder ihrer Liste zu.

* * *

Martina sackte am Krankenbett immer wieder erschöpft in sich zusammen. In ihrem Kopf kreiste eine Endlosschleife. Wie lange würde Marko im Koma bleiben? Und in welchem Zustand würde er sein, wenn er wieder aufwachte? Die Ärzte konnten ihr noch keine definitive Ansage machen. Was hatte Olga in Berlin und im Krankenhaus zu suchen? Warum lag Marko bewusstlos bei seiner toten Mutter? Was musste sie tun bezüglich der Beerdigung von Lotti? Sollte sie im Apartment am Winterfeldtplatz übernachten? Oder in Lottis Wohnung? Für beide Wohnungen hatte ihr die Krankenschwester die Schlüssel gegeben mitsamt aller Sachen von Lotti und Marko. Wer kümmerte sich um die Auflösung von Lottis Wohnung? Sie schlich sich aus dem Zimmer, winkte ein Taxi und ließ sich in Markos Apartment fahren.
Sie rief Susanne an, erklärte ihr die Lage und fragte sie,

ob Olga in Berlin sei. Offenbar habe sie Marko und seine Mutter aufgefunden.

Susanne wirkte seltsam abwesend, geradezu desinteressiert und meinte, es müsse sich um einen Irrtum handeln. Olga sei im Internat, beziehungsweise würde sie ihre Freundin Lissi nach Haus begleiten. Was solle sie denn auch in Berlin. Allerdings könne sie sie gerade nicht erreichen.

„Vielleicht ist ihr Akku leer?"

Nach Markos Befinden erkundigte sie sich nicht.

* * *

LIVROBRANCO

SUSANNE

Der Ostwind zog über das Land. Das Wetter schlug um. Ende April konnte es an der Algarve manchmal noch recht kühl und feucht sein. Der Pinienwald, der auf der gegenüberliegenden Straßenseite begann und sich über einen Hügel bis zum Ufer erstreckte, nahm dem Levante zwar seine Spitzen, Susanne spürte aber den kommenden Regen in allen Knochen.

Manchmal überkam sie ein wohliges Schaudern, wenn sie das Rauschen des Meeres hinter den Sandbänken so deut-

lich hören konnte, als brandeten die Wellen des Atlantik direkt gegen die Haustür. Das Meer war noch immer ihr Freund. Sie spürte die Brandung in jeder Zelle. Das war in Markos Haus so, so war es aber auch in ihrem eigenen Haus in Bias. Erst Mitte der 1990er Jahre hatte die Erde mächtig gerumpelt, kurz bevor sie das erste Mal an der Algarve gestrandet war. Man sagte, alle 250 Jahre wiederholen sich große Seebeben. Durch das letzte dieser Art war 1755 die Lagunenlandschaft der Ria Formosa zwischen C. Velha bis Ludo entstanden. Galt in der Zeitenrechnung nun das Gerumpel Mitte der 90er? Oder war es bald wieder so weit?
Die Vorstellung eines Tsunamis löste Glücksgefühle und Panikwellen gleichermaßen in ihr aus. Wenn die See aufbrauste und mit unbändiger Kraft zeigte, wer hier das Sagen hatte. Wenn das Wasser sich seine Bahn suchte und immer einen Weg fand. Dann war das Erhabenheit und Verderben zugleich.
Trotz Pinienwäldchen wäre Markos Haus wohl eines der ersten, das unter einer Erdbebenwelle begraben würde, auch wenn die vorgelagerten Sandbänke einiges an Wucht auffangen würden.
Sie kannte die Schwachstellen des Hauses bei Regen und überprüfte die Fensterläden zum Süden hinaus. Den Kamin schützte einer dieser hübschen, tönernen Schornsteine, wie sie in Portugal oft zu sehen sind. Vor die Terrassentür legte sie vorsichtshalber einen zusammengerollten

Baumwollteppich. Merkwürdig, dass ihre sonst so pedantische Schwester in all den Jahren nicht dafür gesorgt hatte, dass das Haus Regen und Wind sicher gemacht wurde. Die alten Holzfenster waren ja sehr hübsch, aber es pfiff durch alle Ritzen. Die Fensterläden boten einen gewissen Schutz. Aber wer wollte den ganzen Tag im Halbdunkel sitzen? Das alte Bauernhaus, das in seiner ursprünglichen Struktur weitestgehend erhalten geblieben war, machte einen ohnehin eher düsteren Eindruck. In den heißen Sommern blieben die Zimmer kühl und angenehm temperiert. Aber im Winter und Frühjahr konnten sie kalt und ungemütlich werden.

Susanne zündete ein Kaminfeuer an. Genügend Holz fand sie im Schuppen. Auch der war so, wie sie ihn in Erinnerung hatte: eine einzige Gerümpelbude mit schlecht gepflegten Gartengerätschaften, einer durchgerosteten Schubkarre, einem funktionsuntüchtigen Damenfahrrad und einer Leiter, die die Statistik über Haushaltsunfälle deutlich steigern konnte. Das alles passte so gar nicht zu der Martina, die sie kannte. Martina musste sich in den Jahren ihrer Abwesenheit völlig verändert haben.

Nur ihr Büro, das sie aus einem der alten Ziegenställe im hinteren Bereich des Anwesens errichtet hatten, entsprach dem Bild, das Susanne von ihrer älteren Schwester hatte: gradlinig, stylisch, minimalistisch und hell. Eine Wand voller Bücherregale mit ausgewählter Literatur in Deutsch,

Englisch und Portugiesisch. Nachschlagewerke, die heute niemand mehr brauchte, weil Gott Google und Wikipedia ohnehin alles besser wussten. Ein Mega-Bildschirm Marke Apple, eine erstklassige digitale Spiegelreflexkamera und ein lederner Eames Chair. USM-Büromöbel kombiniert mit kleinen Antiquitäten, die Martina sicherlich auf einem der regionalen Flohmärkte erstanden hatte. Die unverkennbare Stehleuchte eines schwedischen Möbelhauses nahm sich daneben auffällig billig aus.

Das Büro verfügte über ein kleines Bad mit Dusche, hübsch in Gelb, Weiß und Blau gekachelt und einen hinteren Raum mit einer winzigen Küchenzeile, zwei Kochflächen, einer Marmor-Spüle und einem roten Kühlschrank mit Crash-Eis-Vorrichtung. Außerdem stand dort eine aufgeklappte Schlafcouch, offenbar benutzt; denn es lag Bettzeug auf der Liegefläche.

In allem erkannte sie Martina.

Susanne zog sämtliche Stecker aus den Dosen, ließ die Rollläden herunter und schloss hinter sich ab. Den Schlüssel versenkte sie mit einem Ausruf des Triumphs im Pool, der direkt an das Bürohäuschen anschloss und zu ihrer Zeit noch ein alter Wasserspeicher war.

Offenbar hatte Martina ihre Handschrift im Haupthaus nicht hinterlassen können oder wollen. Marko war da auch schon während Susannes Zeit sehr eigen gewesen und bestand darauf, dass so viel wie möglich in seinem ursprüng-

lichen Zustand erhalten blieb. Warum auch immer.
Hinter dem Geräteschuppen schloss ein weiterer kleiner Raum an, den sie noch als Pumphäuschen in Erinnerung hatte. Hier fand sie tatsächlich alte Plakate und Ölschinken, die vor 18 Jahren noch an den Wänden des Wohnbereiches gehangen hatten. Jetzt dekorierten alte Landkarten, schwarz-weiß Grafiken und moderne Malereien die weißgekalkten Lehmwände. Susanne tauschte aus, was der Schuppen hergab und stapelte die abgehängten Bilder wiederum im Pumphaus.
Sie stellte die Vasen vom Tisch auf die Fensterbank. Sie mochte keine Blumenvasen auf Tischen. Sie stellte das Grillgitter zur Sicherheit in den Flur; denn es war ihr schon mal geklaut geworden. Das alte, klapprige Gartenregal machte am Außenkamin mehr Sinn als am Abstellplatz und die Polsterauflagen vom Liegestuhl am Pool sollte man in dieser Jahreszeit nicht über Nacht draußen liegen lassen, während dessen der Gartenschlauch nicht ständig eingerollt werden musste. Aus dem Schild mit der Hausnummer 66 machte sie aus Spaß wieder 99, in dem sie es umdrehte.
Als der Regen kam, bezog sie nur die eine Seite des riesigen Ehebettes neu und vergrub ihr Gesicht in Markos Kopfkissen. Seinen Geruch würde sie aus hunderten von Kissen heraus riechen. Sie schlief sofort ein.

* * *

Niemand hatte Hannes gesehen. Seit Tagen war er verschwunden. Ohne Cleo. Cleo streunte jaulend in der Gegend herum, saß stundenlang vor der offenen Haustür und verweigerte die Nahrungsaufnahme. Außer Cleo vermisste ihn niemand.

Hannes war weg, und das war gut so. Cleo tat ihr zwar leid, aber Hannes war der einzige, der ihr hätte in die Quere kommen können. So weit sie wusste, kam er regelmäßig zu Markos Haus, sei es um seinen Freund zu besuchen, sich um Haus und Garten zu kümmern oder auch mit Martina einen Plausch zu halten.

Inzwischen wusste Susanne auch, dass da mehr war zwischen Martina und Hannes. In der Nacht nach ihrer missglückten Geburtstagsfeier hatte sie, wie so oft wieder einmal Markos Haus von weitem beobachtet um zu checken, ob ihre kleinen Veränderungsmaßnahmen Wirkung zeigten und ob die geschlossenen Fensterläden ihre Schwester ein bisschen ärgern konnten. Unvorstellbar – aber sie hatten all die Jahre das Schloss in der Haustür nicht ausgetauscht. Susanne hatte damals ihren Schlüssel mitgenommen und gehütet wie einen Schatz. Sie trug ihn seither an einem Band um den Hals – zusammen mit der Creole. Während ihres nächtlichen Ausflugs hatte sie Hannes mit

Cleo gesehen, wie Martina – nur mit einem Bademantel bekleidet – ihm und seinem Hund die Haustür öffnete. Hannes blieb doch tatsächlich bis zum Morgen. Das hätte sie sich ja denken können. Um wie viel besser hätte es Marko mit ihr getroffen. Niemals hätte sie ihn betrogen, schon gar nicht mit diesem Loser Hannes, der verheirateten Frauen hinterher stieg.

Maura konnte davon ein Lied singen. Hannes hatte sie regelrecht gestalkt. Und Maura, diese naive, gradlinige junge Frau, hatte sich anfangs geschmeichelt gefühlt und sich dann in ihn verliebt. Hoffentlich bekam Maura die Affäre in den Griff. Mit ihrem Mann Salvador war auf der Ebene bestimmt nicht zu spaßen.

Im Morgengrauen war Susanne dann wieder zu ihrem Moped geschlichen, das sie im Pinienwäldchen versteckt hatte, war nach Hause gefahren, wo sie den Geburtstagskuchen von Martina umgehend in der Mülltonne versenkte.

Susanne hatte inzwischen das alte gusseiserne Bett, in dem sie damals Martinas Creole entdeckt hatte, wiedergefunden und aufgestellt. Alles war fast wie früher.

Der verschwundene Hannes würde ihr stilles Glück und ihre Zukunft mit Marko jedenfalls nicht zerstören. Dafür hatte sie gesorgt.

Susanne begann nun, Hannes' Haus systematisch zu durchsuchen. Sie wusste nicht, was sie suchte, aber vielleicht würde es ihr weiterhelfen.

Und tatsächlich – was sie fand, schockierte sie einerseits und eröffnete ihr andererseits völlig neue Möglichkeiten.

* * *

BERLIN Mai

MARTINA

Martina saß seit Tagen am Bett von Marko und starrte ihn an. Sie solle mit ihm sprechen, hatte die Krankenschwester empfohlen. Sie brachte ihm CDs aus seinem Apartment mit, etwas Jazz mit dem Bassisten Zé Eduardo und Songs von diesem Domingo, dessen Gitarrenspiel und Stimme er immer bewundert hatte. Sie las ihm Texte von T. C. Boyle und Cees Nooteboom vor und die neuesten Nachrichten aus der Zeitung, in der Hoffnung, es würde ihn zurückbringen zu ihr. Er würde seine blauen Augen öffnen und einen ironischen Spruch loslassen und alle Fragen zu ihrer Zufriedenheit beantworten.

Laut Aussage der Ärzte hatte Marko am Totenbett seiner Mutter zunächst einen Herzinfarkt und kurze Zeit später einen Hirnschlag erlitten. Und wenn er nicht sofort im Krankenhaus eine schnelle Notfallversorgung bekommen

hätte und gleich operiert worden wäre, würde er wohl nicht mehr leben. Was dieser Doppelschlag aber künftig für sein Leben bedeuten würde, mochten die Ärzte nicht sagen.
Im Internet las sie Horrormeldungen wie Verlust der Sprache, auch der Fremdsprachen, Sehstörungen, Depressionen, Desinteresse, Lähmungen, Verhaltensveränderungen, Wutausbrüche... Alles war möglich, auch eine Heilung. Sie konnte kaum realisieren, was geschehen war.
Parallel zur Krankenwache brachen eine Fülle von Aufgaben über sie herein. Sie musste Lottis Wohnung auflösen und alle Papiere erledigen, ein Beerdigungsinstitut finden, sich um ihr Haus in Livrobranco kümmern, ihr Verhältnis zu Susanne klären, Patricia informieren und sich Gedanken machen, ob sie unter all diesen Umständen wirklich ihren Kinderwunsch weiterverfolgen wollte.
Die Frage nach der Anwesenheit von Olga hier in Berlin blieb weiterhin unbeantwortet. Susanne hatte Olga zwar offenbar ausfindig machen und sie überreden können, nach Alter do Chão zurückzukehren, mehr war aber noch nicht in Erfahrung zu bringen. Es sollte sich angeblich um einen Jungen handeln. Olga hatte ihren eigenen Kopf. Martina konnte sich damit jetzt nicht auch noch befassen.

Als erstes kündigte sie das Apartment am Winterfeldtplatz, es war zwar komfortabel aber auf Dauer zu teuer. Es gab ja noch Lottis Wohnung. Ihren Alkoholkonsum hatte sie einigermaßen im Griff. Auch wenn die Gesamtsituation so bedrohlich schien, dass sie gerne getrunken hätte. Sie riss sich zusammen und befand, dass sie eben doch nicht abhängig war.

Lottis Wohnung war ein Alptraum für Martina. Es roch nach Krankheit und Greisin. Alles war braun, grau und echteichefurniert. Gelsenkirchener Barock. Lampenputzer, röhrende Hirsche, picobello Häkeldeckchen, Fransenteppiche, Brokatkissen, die per Handkantenschlag akkurat in eine Sofa-Ecke verbannt worden waren. Alles von vorgestern.
Martina erinnerte das Ganze fatal an den Tod ihrer Mutter, an die Auflösung eines Lebens und die Dinge, die sie lieber nicht gefunden hätte. Was wollte sie in dieser Wohnung, bei dieser Frau, die sie kaum gekannt, die sie auch nicht besonders gemocht hatte, weil sie grimmig und verbittert war, kühl und hartherzig erschien. Sollte sie im Namen von Marko mit der Wohnungsauflösung beginnen? Sollte sie darauf warten, dass Marko ihr Anweisungen geben, ja, vielleicht sich selbst um all dies hier kümmern konnte? Wann würde das sein?
Sie dachte an alte, tote Menschen, die unvorstellbar viele Habseligkeiten hinterließen. Bücher, Fotos, Dokumente, Kleider. Wohin damit? Alles auf den Müllhaufen der Geschichte? Vernichtet. Vergessen. Wie sinnlos doch so ein

Leben erschien, wenn es zu Ende war und nur ein Haufen ungeliebter Gegenstände zurückblieb, mit denen niemand mehr etwas anzufangen wusste? Wohin mit all den gesammelten, fein säuberlich eingeschlagenen Seifenstückchen, den gebündelten Postkarten aus vielen Jahrzehnten, die niemand mehr irgendjemandem zuordnen konnte. Selbst die Münzsammlungen waren nichts wert. Wohin mit all den unbeschrifteten Kassetten, die niemand mehr anhören würde? Wohin mit all den angeschlagenen Sammeltassen, dem unvollständigen und angelaufenen Silberbesteck, den Gummischlüpfern, Wärmflaschen mit Häschenumhüllung und Schubladen voller Medikamente für alles und nichts?

Im alten Holzschrank im Gästezimmer fand sie Berge von Briefmarkenbüchern, Bierdeckeln und Streichholzbriefchen, fein säuberlich sortiert in Pappkartons mit der Aufschrift MARKO. Zum Glück gab es in diesem Haushalt keine Computer und sonstige Datenträger. Was würde man denn mit digitalen Überbleibseln eines Lebens machen?

Berge von Nachlassmüll, von Erbschaftsschrott, von Hinterlassenschaftsabfall. Hängeböden, Kellerverschläge, Garagen – alles voll, voll, voll!

Martina fand unter der Küchenspüle neben dem Scheuermittel eine angebrochene Flasche Metaxa. Als die nicht reichte, leerte sie noch die Flasche Klosterfrau Melissengeist aus dem vergilbten Alibert. Dann legte sie eine Langspielplatte mit heiteren Melodien von Peter Alexander auf den Grundig-Plattenspieler mit eingebauten Lautsprechern, drehte ein paar torkelnde Walzerrunden im Flur und im Wohnzimmer und versank dann auf dem alten Scheselong in einen traumlosen Schlaf.

* * *

Helene Eder – ein Stockwerk drüber – unterbrach ihre TV-Soap. „Mich laust der Affe, bei Lotti ist doch wer und spielt laute Musik?" Und weil sie nicht an Geister glaubte, nahm sie sich vor, am anderen Tag zu klingeln. Vielleicht war der Marko ja nun wieder in die Wohnung seiner Mutter zurück gekehrt und konnte ihr sagen, wie es um Lotti stand.

* * *

Helene Eder stand vor Lotti Kleinschmidts Wohnungstür. Auch nach mehrfachem Klingeln regte sich nichts. „Da stimmt doch was nicht", dachte sie und steckte den Schlüs-

sel ins Schloss. „Einbrecher, die Musik hören?"
Sie hatte ohnehin mit Marko besprechen wollen, wie das jetzt mit ihr und Lotti weiterlaufen könnte. Falls Lotti aus dem Krankenhaus nicht mehr zurückkehren sollte, was sie befürchtete, müsste sie mit Marko eine neue Regelung treffen. Bisher gab es dazu aber keine Gelegenheit, denn sie hatte Marko seit Tagen nicht mehr angetroffen.
Vorsichtig trat sie in den dunklen Wohnungsflur. Sofort sah sie das Chaos. Kisten standen herum, Kleider lagen auf dem Boden. Der Schirmständer war umgestoßen. Waren hier Einbrecher am Werk? Jedenfalls beschlich Helene ein sehr ungutes Gefühl. Hier stimmte entschieden etwas nicht!
Helene warf einen zögerlichen Blick ins Wohnzimmer. Auch hier herrschte ein völliges Durcheinander, und auf dem Sofa lag eine fremde Frau. War sie tot? Neben ihr auf dem Fußboden eine Pfütze Erbrochenes. Helene blieb vor Schreck erstarrt an der Tür stehen und flüsterte: „Hallo?", und dann etwas lauter: „Hallo?!"
Die Frau schreckte hoch, die Haare wirr, der Blick ebenso. „Wer sind Sie?", stieß sie hervor. Das hätte Helene auch gerne gefragt. „Ick bin Lottis Nachbarin von oben. Und wer sind Sie?"
„Ach herrje", Martina versuchte sich zu sammeln. „Kleinschmidt. Martina. Markos Frau. Entschuldigung, ich muss wohl eingeschlafen sein. Sie sind dann sicherlich Helene, nicht wahr? Ich habe Sie gar nicht hereinkommen hören.

Marko hat von Ihnen erzählt. Sie haben neulich angerufen wegen seiner Mutter, nicht wahr?"
„Genau so. Ick hab noch 'n Schlüssel wegen der Betreuung von Lotti." Helenes praktische Seite gewann langsam wieder die Oberhand. „Ick mach mal det Fenster uff. Hier stinkt's ja jewaltig!"
Helene stieg über das Chaos am Boden und öffnete die Fensterflügel. „Wat is denn mit die andern beeden. Ick hab ja nüscht mehr jehört seit Tagen. Hab mir schon Sorjen jemacht. Ans Telefon is ooch keener mehr ranjegangen. Und als ick jestern abend Musik jehört habe, dachte ick, nu schau ick mal vorbei. Und nun dit!" Ihr Blick tastete vorsichtig die Wohnung ab. In den von ihr sorgsam sauber gehaltenen Zimmern war kaum noch etwas so, wie sie es am Tag von Markos Erscheinen verlassen hatte. Sogar Lottis Rollstuhl war über und über mit Büchern, Kisten und Kleidungsstücken beladen. Die Schranktüren standen offen, Gläser, Geschirr und Krimskrams waren halb ausgeräumt und lagen teilweise auf dem Fußboden.
„Wat is denn bloß los!", fragte Helene voll böser Ahnungen. „Isse tot? Kann ick irgendwie helfen?" Martina fiel das Reden schwer. Sie war den Tränen nahe. „Ich weiß nicht", ihr Mund war trocken, ihr war furchtbar übel und ihr Kopf kurz vor dem Zerspringen. Sie wusste zwar, wo sie sich befand, erinnerte sich aber nur schemenhaft, was vorgefallen war.

Helene brachte ihr ein Glas Wasser, während Martina ihre Haare und ihre Kleidung grob sortierte und sich um eine aufrechte Haltung bemühte. Dabei wäre sie fast in das Erbrochene vor dem Sofa getreten. Auf dem Tisch standen eine leere Flasche Metaxa und eine ebenso leere Flasche Klosterfrau Melissengeist.

Martina bemerkte, dass Helene einen kritischen Blick über den Tisch warf. Das ließ sich nun nicht mehr ändern.

„Es tut mir leid", stammelte sie und leerte das Glas Wasser in einem Zug. „Es tut mir alles so schrecklich leid. Lotti ist im Krankenhaus gestorben. Und Marko", sie schluckte und suchte nach Worten, „Marko hatte an ihrem Totenbett einen Herzinfarkt und kurz darauf einen Schlaganfall und liegt jetzt im Koma. Und ich muss, ich bin... ach, Helene!" Sie brach in einen Weinkrampf aus.

Helene spürte ein wenig Mitleid trotz des ganzen Chaos, setzte sich neben die schluchzende Frau, legte einen Arm um ihre Schulter und sagte: „Nu mal janz ruhig, jute Frau. Ick bin ja bei Ihnen. Oder hatten wir uns schon jeduzt?"

* * *

Helene hatte etwas Ordnung geschaffen. „Ick räum mal ebend was wech. Zumindest die Kotze und die Pullen, da-

mit wer uns zivilisiert unterhalten können. Und mach mir nix vor, Martina. Ick weeß, was'n Vollrausch ist und wie'n Suffkopp zusteht. Meinen Alten hat's das Leben jekostet und mir sämtliche Nerven. Ehrlich? Ick war froh als er endlich det Zeitliche jesegnet und ick meine Ruhe hatte. Der Suff, der Suff, der frisste se alle uff!"
Martina merkte sofort, dass es keinen Sinn machte, Helene in dieser Angelegenheit irgendetwas vorzuspielen. Und es erleichterte sie sogar, dieser älteren Dame mit ihrer Berliner Schnauze nichts vormachen zu müssen. Es war das erste Mal, dass sie sich in dieser Sache einem anderen Menschen offenbarte. Gleichzeitig schämte sie sich unendlich und verkroch sich wieder unter die gehäkelte Sofadecke, die etwas nach Urin roch. Helene mühte sich nach Kräften, Ordnung zu schaffen, wischte und räumte auf. Dann setzt sie sich in den Sessel neben das Sofa.
„Also, Lotti is also nu bei die Engel. Vielleicht besser so. Sie hat sich ja schon lange jequält. Ick kenne se nun schon seit so viele Jahre. Beste Freundinnen war'n wir zwar nie. Ick globe, sie hatte jar keene Freunde oder Verwandte – außer Marko, aber der hatse ja nich hier inne Bude besucht. Neulich kam mal 'ne Frau, zwei-, dreimal. Keene Ahnung. Eigentlich war ick die einzige, die immer für se da war, schon grad, nach dem mein Alter tot war. Den Marko kenn ick schon von kleen uff. Ick wohne ja ooch schon an die 50 Jahre in diesen Haus. 50 Jahre – mein Jott – wie die Zeit va-

jeht. Da war der Marko noch ein Kind. Und plötzlich war er weg. Das warn Schlag ins Jesicht für Lotti, im wahrsten Sinne schlagartig sah sie zehn Jahre älter aus. Ick hab se ja damals nur in Treppenhaus jetroffen auf'n Schwätzchen, small talk, vastehste. Aber einmal hatte se mir zum Kaffee einjeladen, det war, als mein Alter jestorben war. Seit dem ham wer uns janz jut verstanden, die Lotti und icke. Seitdem kenn ick ooch die Wohnung und hab dann bei ihr jeputzt, als se nicht mehr krauchen konnte, hab Besorgungen jemacht und dann jekocht und zuletzt hab ick se jepflegt. Nich umsonst, wenn de das denkst. Nee, ick muss ja ooch sehen, wo ick bleibe. Mein Alter hat mich ja nur jekostet und ick lebe von Hartz vier. Und dann die Mieten jetze in Berlin... wird ja immer schlimmer. Also, der Marko, der hat mir wirklich großzügig für meine Dienste entlohnt, jeden Monat pünktlich von England uff mein Konto. Meine Rettung war det. Darf aber keener was von wissen wegen der Steuer und überhaupt. Markos und mein Jeheimnis. Aber nun weeß ick ja ooch nich, ob da noch was kommt. Versprochen hat er's, weil ick mir ja so rührend um seine Mutter jekümmert habe, immer ehrlich und zuverlässig, zum Schluss jetzt ooch mit dem Pflegedienst."

Helene hatte schon ewig nicht mehr so viel an einem Stück geredet und hielt – über sich selbst erschrocken – plötzlich inne.

Martina hatte sich längst gespannt aufgerichtet und jedes Wort aufmerksam registriert. „Aus England? Überweisungen aus England?"
„Na ja, ick soll's ja keinen sagen. Aber jetzt, wo der Marko im Koma liegt, da muss es ja raus, oder?"
„Ja, natürlich, Helene. Das ist schon ok. Ich wundere mich nur, dass das Geld aus England kommt. Das war mir gar nicht klar. Jeden Monat. Wie viel ist es denn genau, wenn ich mal fragen darf?"
Helene zögerte etwas. Aber was sollte sie machen? Mit irgendjemandem musste sie ja darüber reden, jetzt, wo Lotti tot war und es Marko so schlecht ging.
„Wenn Marko das zur Zeit nicht regeln kann, müssen wir uns dazu ja etwas einfallen lassen", warf Martina ein, jetzt etwas behutsamer und ihre aufkeimende Erregung versteckend.
„Ja, det kann man ja ooch mal abwarten, wie sich det mit Marko entwickelt", wandte Helene ein. Sie wollte ihren Geldgeber auf gar keinen Fall verprellen und war sich plötzlich nicht mehr sicher, ob sie nicht einen Fehler begangen hatte, indem sie Markos Frau, die sie ja kaum kannte, alles erzählt hatte. Andererseits durfte sie es sich auch mit Martina nicht verderben. Wer wusste schon, ob Marko seine Geschäfte jemals wieder würde aufnehmen können.
Martinas Hirn arbeitete inzwischen wieder präzise und schnell. „Natürlich hat Marko mir davon erzählt, dass du

hilfst und unentbehrlich für ihn bist, Helene. Natürlich weiß ich, dass er dich angemessen bezahlt. Die Höhe ist mir allerdings nicht bekannt und auch nicht, dass er dich von England aus bezahlt. Marko und ich, wir gehen beide unseren Geschäften getrennt nach, haben auch getrennte Konten, und ich interessiere mich auch eigentlich nicht für seine Einnahmen und Ausgaben. Aber nun sieht die Sache demnächst vielleicht anders aus. Ich hoffe nicht und wünsche das Beste. Aber ich muss mir irgendwie einen Überblick verschaffen. Auch mit dieser Wohnung. Ich weiß gar nicht, wo ich anfangen soll. Die Beerdigung, die Formalitäten. Ich habe ja keine Ahnung von dem allen hier. Und Markos Angelegenheiten muss ich auch regeln, so lange er nicht kann."

„Ja, versteh ick jut. Also die Sache mit England, ick zeige dir da mal einen Kontoauszug von meine Bank. Vielleicht biste dann schlauer. Und ansonsten – wie wäre es, wenn ick dir erst mal bei diesem ganzen Kladderadatsch hier helfe und mir die nächste Monatsrate verdiene? Dann wäre det och schon mal jeregelt."

„Gute Idee", sagte Martina. „Sehr gute Idee, Helene, du hilfst mir bei der Wohnungsauflösung und dem allen. Vielleicht kannst du mir dann auch noch ein bisschen über Lotti und Marko erzählen, wenn du möchtest."

„Jupp!", antwortete Helene. „Dann wolln wer mal. Und – mit Verlaub – du hörst stante pede sofort uff zu saufen.

Sonst bin ick gleich wieder in meine Etage. Von Alkies hab ick die Nase jestrichen voll!"

* * *

Markos Zustand blieb unverändert stabil, aber kritisch. Martina bekam keine genaueren Informationen von den Ärzten, wann er aus der Dauernarkose geholt werden konnte. Sie saß weiterhin stundenlang an seinem Bett und starrte ihn an. Sein vertrautes Gesicht erschien ihr unbekannt. Er war ihr fremd. Er hatte seine wasserblauen Augen geschlossen. Und sie wusste nicht, ob es für immer war.

* * *

Martina und Helene räumten Lottis Wohnung auf. Helene kannte jede Ecke, wusste sogar, wo Lottis Papiere lagen. Ein Testament befand sich nicht darunter. Marko wäre demnach also allein der rechtliche Erbe, vermutete Martina.
Martina beschloss, für die brauchbaren und ihr wichtig erscheinenden Dinge und Möbelstücke einen Container an-

zumieten, damit Marko später die Auswahl treffen konnte. Zahlreiche Kisten mit schwarz-weiß Fotos hielt sie zurück. Vielleicht hatte Helene Lust, mit ihr die Zeitdokumente einmal durchzugehen und Erinnerungen preis zugeben.
Bargeld oder irgendetwas von materiellem Wert fand sie nicht. Sie hatte Helene in Verdacht, sich ihr Salär von Marko doch ein wenig aufgebessert zu haben. Sie verstand sich mit Helene zwar gut, traute der Nachbarin jedoch nicht so ganz über den Weg. Sie fand aber ansonsten keinerlei Unregelmäßigkeiten während der Abwicklung von Lottis Angelegenheiten.
Helene beschwor, dass Lotti verbrannt werden wollte. Martina kam das gelegen. So konnte sie die Leiche zur Verbrennung frei geben und eine Urnenbeisetzung arrangieren, sobald Marko wieder bei Besinnung war. Sie besprach alles mit dem Bestatter. Zunächst wurde Lottis Leiche im Kühlhaus gelagert.
Sie hielt Markos Büroleiterin Patricia in Tavira über die Lage fast täglich auf dem Laufenden und bat sie, ihr wichtige Papiere nach Berlin zu scannen. Beiläufig fragte sie Patricia, ob sie auch über die Kontakte in England im Bilde sei und inwieweit man dort Vorsorge treffen müsste, falls Markos Genesung längere Zeit in Anspruch nehmen würde.
„Ich denke, dort läuft noch alles planmäßig, er war ja eben erst dort. Und die Nachbestellungen der Messe bearbeite

ich gerade. Über die weiteren Kooperationen in England bin ich nicht im Bilde. Die Immobilien Ltd. liegt ausschließlich in seinen Händen. Darüber weiß ich so gut wie nichts."

„Könnten Sie mir die Kontaktdaten der Ltd. aufs Handy schicken? Ich möchte sichergehen, dass da nichts anbrennt. Und Marko kann ich ja zur Zeit nicht fragen."

„Ja, klar, ich schicke Ihnen, was ich habe. Viel ist es nicht. Und alles sehr vertraulich."

„Obrigada, Patricia. Und sprechen Sie weiter mit niemandem über dies alles, hören Sie? Mit niemandem! Sie wissen ja, wie schnell ein Geschäft ruiniert ist, wenn erst einmal die Gerüchteküche brodelt!"

* * *

Eigentlich erstaunlich, dachte Martina, wie wenig ein Mensch vom anderen weiß, obwohl er ihn über Jahre betreut und gepflegt hat. Sicher, Helene wusste, was Lotti gerne aß, wann sie auf die Toilette musste oder welche Sendung sie gerne sah. Sie wusste, dass sie sich über den Krach der Müllmänner vor ihrer Türe aufregte und dass sie die CDU wählte. Aber woher sie kam und warum es sie nach Berlin verschlagen hatte, wie sie als junge Frau mit einem Kind in den Nachkriegsjahren zurecht gekommen war, warum sie keinen Mann hatte und wer der Vater von Marko war, warum ihr Sohn sie nie zuhause besucht hatte und warum es keine Freunde und Bekannte gab – all das hatten die beiden Frauen offenbar nie angesprochen. Und so war es nicht viel, was Martina von Helene über das Leben ihrer Schwiegermutter erfuhr.

Abends allein in der fast leeren Wohnung spürte sie eine bleierne Schwere, die ihr in die Glieder kroch. Sie mussten Marko bald aus dem Koma holen, wenn weitere Schäden vermieden werden sollten. Was würde von ihrem starken, schönen Marko dann noch übrig sein? Konnten sie bald zurück nach Livrobranco in ihr Haus? Was hatte es mit dem Immobiliengeschäft in England auf sich, das immerhin so viel Geld abwarf, dass er Helene monatlich fürstlich entlohnen konnte? Warum hatte er ihr von alledem nichts erzählt?
Nur ein Gutes hatte das Ganze – sie musste hier keine Schwangerschaft mehr vortäuschen.
Sie durchwühlte Gedanken verloren eine der zahlreichen Fotokisten von Lotti. Trümmeransichten. Löwenbabys in Kinderarmen, ein alter VW-Käfer, ein junger Mann mit Schiebermütze, ein blondes Bürschchen in Lederhose, Marko vermutlich.
Das einzige Farbfoto zwischen all den Abzügen gab ihr

allerdings die größten Rätsel auf: Sie sah Lotti Kleinschmidt, alt und runzelig und an ihrer Seite Susanne. Die wiederum hielt stolz ein pummeliges dreizehn-, vierzehnjähriges Mädchen im Arm – unzweifelhaft Olga. Susanne hatte den anderen Arm um die gebeugten Schultern von Lotti gelegt. Auf Martina wirkte es so, als ob die Frauen sich über ihre Begegnung freuten. Was hatte Susanne noch mit Lotti zu tun gehabt und warum trug Susanne ihre Tochter stolz vor sich her?
Martina verschloss alle Türen und öffnete eine Flasche Wein, die sie vor Helene in ihrer Reisetasche versteckt gehalten hatte.

* * *

SUSANNE

In Hannes' Haus herrschte eine Ordnung, die Susanne diesem eher verwahrlost wirkenden Zeitgenossen niemals zugetraut hätte. Hannes wohnte in einem dieser mobilen Holzhäuser, für deren Standort man keine Baugenehmigung benötigte. Das Gelände drumherum allerdings war ungepflegt und wild gewachsen. Ein paar knorrige Mandelbäumchen, Strandgras, wilder Spargel und Steinei-

chen-Büsche. Das Haus stand an exponierter Stelle direkt am Strand. Von der Terrasse aus ging der atemberaubende Blick weit über die Ria Formosa bis hin zu den großen Sanddünen, die das Wattenmeer vom Atlantik trennten.
Susanne trat durch die Terrassentür, die gleichzeitig Hauseingang war, in den Wohn- und Schlafbereich. Der war karg, aber zweckmäßig eingerichtet mit einer Bettcouch, einem Schaukelstuhl und einem XL-Flachbildschirm. In der Mitte des kleinen Raumes stand eine elektrische Heizrippe. Rechts grenzte eine Miniküche an, es folgte noch ein kleiner Raum, den Susanne als Arbeitsraum identifizierte. Hier stand ein Schreibtisch mit zwei Bildschirmen und einem Laptop sowie zwei Druckern. Auf dem Schreibtisch lagen verstreut ein paar Fotos. Auch an einer Pinnwand waren Fotos aufgespießt: neben dem Dom von Münster Abbildungen von Frauen.
Ein, für den Raum völlig überdimensionierter Holzschrank zog Susannes Blick auf sich. Sie kannte dieses Ungetüm, das im oberen Bereich mit Glastüren ausgestattet war und unten vier Reihen quadratischer Schubkästen aufwies, etwa so groß wie Schuhkartons, wenn man sie aufzog. Dieser Schrank hatte zu ihrer Zeit bei Marko im Flur gestanden und enthielt damals Nägel, Schrauben, Glühbirnen, Sicherungen, Klebstoffe, Kerzen, Taschenlampen und vieles mehr, was im Haushalt gebraucht wurde.
Sie wollte eine Schublade herausziehen, aber eine Sperre

verhinderte das. Susanne erinnerte sich an eine geheime Schließvorrichtung an der Rückseite des Schrankes, einen Riegel, den man nach unten schieben musste, damit sich alle Schubläden öffneten. Sie betätigte den Riegel und öffnete einen Kasten... und noch einen... und noch einen... 20 Kästen. In jedem befand sich ein Slip, gebrauchte Dessous unterschiedlichster Größe, Farben und Stoffe. Jedem Slip lag ein Kärtchen anbei, säuberlich beschriftet mit einer Buchstabenfolge, die sie nicht verstand:
ARUA.M
AICIRTA.P
ASSILE.M
ENNASU.S
ANITA.M
und so weiter.
ANITA.M brachte sie auf die Idee, es könne sich um Frauennamen handeln. Frauen, denen Hannes offenbar Unterwäsche entwendet hatte. Einer der Slips kam ihr bekannt vor. Es war ihr eigener – ein Teil, das ihr vor Monaten abhanden gekommen war. Dem Verlust hatte sie jedoch keinerlei Bedeutung beigemessen.
Und nun verstand sie auch die Begriffe. Rückwärts gelesen ergaben sie Frauennamen. Der Punkt sollte Verwirrung stiften und bei ANITA.M hatte er das R vergessen:
MAURA
PATRICIA

MELISSA
SUSANNE
MARTINA
und andere Namen, die sie nicht alle zuordnen konnte.
Die Entdeckung ekelte sie. Hannes ein Spanner, ein Fetischist, ein Höschensammler? Sie hatte immer gespürt, dass mit ihm etwas nicht stimmte.
Sie schaute sich die Fotos an der Pinnwand genauer an. Maura nackt am Badezimmerfenster. Patricia und ihr Mann in eindeutiger Pose auf ihrem Küchentisch. Melissa barbusig am Strand liegend, fotografiert mit Blick zwischen ihre leicht geöffneten Schenkel. Sie selbst beim Sonnenbaden auf ihrer Dachterrasse, eine Hand auf ihrer nackten Brust, die andere Hand im Höschen zwischen ihren Beinen, offenbar mit einer Drohne fotografiert. Und dann Martina nackt auf ihrem Bett – Nahaufnahmen in allen Details.
„So ein Schwein!", stieß Susanne hervor. „So ein widerliches Schwein!" Sie riss ihr Bild von der Wand und nahm ihr Höschen aus dem Kasten.
Auch Mauras Bild zerriss sie wütend und steckte deren Slip ein. Maura hatte gerade ihrem Salvador gebeichtet, dass sie sich in Hannes verliebt hatte, aber alles längst beendet sei und sie zutiefst bereue. Das hatte im Hause Coelho eine Katastrophe ausgelöst, die Maura und ihr Mann bis heute nicht überstanden hatten.

Salvador Coelho hatte sich in Folge der Untreue seiner Frau eine Ehe-Auszeit genommen, war Hals über Kopf von Zuhause ausgezogen und in sein Geburtsdorf Cascais nahe Lisboa gefahren. Dort machte er wohl, was er auch in St. Lucia getan hatte. Er fing Tintenfische in Reusen und Fangtöpfen. Maura hoffte nun, dass er bald zurückkommen und sie in seine braungebrannten Arme nehmen würde. Vermutlich würde ein derartiger Höschen-Fund die Ehe restlos zerstören.
Susanne untersuchte Martinas Kasten genauer. Es war der einzige, in dem außer dem Slip noch etwas anderes lag. Eine getrocknete Rose und Briefe – offenbar sehr alte Briefe, bräunlich, etwas angeschmuddelt und zerfleddert. Die Briefe waren an „Gerda" gerichtet. Gerda? Susannes Herz schlug bis zum Hals. Woher kamen diese Briefe? Was machten sie bei Hannes? Im Kasten von Martina? Ihre Hände zitterten, als sie den ersten Brief öffnete.

20. März 1967
Liebste Gerda,
es war wohl einer der schönsten Tage meines Lebens. So frei und unbeschwert habe ich mich lange nicht gefühlt. Eigentlich noch nie. Und dass du auch so empfunden hast, war einfach das Schönste. Nach so langer Zeit endlich einmal mit dir für viele Stunden zusammen sein, wie oft habe ich mir das vorgestellt, seit wir uns das erste Mal begegnet sind. ...

Wie in Trance öffnete sie einen Brief nach dem anderen...

2. August 1967
Ach Gerda,
ich sehe auch keinen anderen Weg. Wir müssen unsere Liebe vergessen. Deinen Vorschlag bezüglich der finanziellen Regelung finde ich aber etwas überzogen. Du bist doch mit samt dem Kind gut versorgt durch meinen Bruder. Wofür benötigst du dann noch Unterhalt von mir? Du weißt doch, dass es bei uns hinten und vorne nicht reicht. Ich kann unmöglich jeden Monat 100 Mark abzwacken, ohne dass Elli was merkt...

Wenn sie das jetzt alles richtig verstand, war ihre Mutter 1967 schwanger von Onkel Werner. Martina war nicht ihre leibliche Schwester. Nur ihre Halbschwester. Warum wunderte sie das nicht? Es erklärte so vieles und vor allem die Andersartigkeit beider. Martina hatte ihr das alles verschwiegen und sie im Glauben gelassen, sie sei ihre große Schwester und Gerda ihre gemeinsame Mutter. Wieder so ein Betrug, wieder ein Schlag ins Gesicht. Und das Geheimnis hier bei Hannes im Fetisch-Kasten. Welch eine Ironie. Sie atmete tief und bemühte sich um einen klaren Kopf. Sie umfasste ihre Schwangerschaftskugel mit beiden Händen, so als wolle sie sich daran festhalten, als könne sie dem Kind in ihrem Bauch damit Stärke verleihen für all das, was nun noch folgen würde.

Mitte Mai 2013

MARTINA

„I'm sorry, but I can't tell you anything, Mrs Kleinschmidt. Ich habe strikte Anweisungen, Dritten keine Informationen zu geben. Dazu gehören auch Sie. Tut mir wirklich leid. Ich muss das erst einmal abklären."

Betty April, Leiterin der Next Estate Ltd. in Cheltenham, antwortete freundlich, aber sehr bestimmt auf die telefonische Anfrage von Martina. Patricia hatte ihr einige Unterlagen gemailt, die vermuten ließen, dass Marko neben seinen Kunsthandelsaktivitäten ins Immobiliengeschäft eingestiegen war. Offenbar arbeitete er mit dieser Agentur in Cheltenham zusammen.

„Aber gut, dass Sie anrufen, Mrs Kleinschmidt. Ich versuche seit Tagen Marko, äh, also Mr Kleinschmidt zu erreichen. Wie geht es ihm denn?"

Martina wollte nicht allzu viel von ihrer Situation preis geben. Ihr einziger Gedanke war herauszufinden, ob Marko tatsächlich an ihr vorbei ein zweites Leben in England führte, wollte wissen, ob er sie so dreist hinterging. Sie empfand die Art und Weise, wie diese Betty April mit ihr redete als Unverschämtheit, riss sich aber zusammen. Sie musste mehr in Erfahrung bringen, brauchte Anknüpfungspunkte.

„Ja, Frau April, mein Mann musste operiert werden. Er

liegt derzeit noch im Krankenhaus und bat mich, die dringendsten Angelegenheiten zu erledigen."

„Oh, das tut mir wirklich leid, Mrs Kleinschmidt. Ich hoffe, es ist nichts Schlimmes?" Ihre Anteilnahme fühlte sich echt an. Sie schien besorgt.

„Nun ja, er muss sich halt ausruhen und hat mich gebeten..."

„Es tut mir wirklich leid, Mrs Kleinschmidt, aber ich bin definitiv nicht autorisiert, irgendjemandem über Mr Kleinschmidts Geschäfte Auskunft zu erteilen. Ausdrücklich nicht."

Betty Aprils Stimme klang nun kalt und abweisend. Martina nahm die Feinheiten im Unterton körperlich wahr, dazu reichte ihr Englisch allemal aus. Was bildete sich diese Person eigentlich ein?

„Also, hören Sie, ich bin ja nicht irgendwer, sondern seine Frau und ..."

„Nun, Mrs Kleinschmidt, ich glaube Ihnen ja, aber sehen Sie, schlussendlich kann ich das ja am Telefon nicht überprüfen, und ich bin zum Schweigen verpflichtet, tut mir wirklich leid. Könnte Ihr Mann mich vielleicht kurz anrufen und mich instruieren? Oder mir etwas Schriftliches an die Hand geben?"

„Nein, das geht zur Zeit nicht! Aber ich kann mich selbstverständlich als seine Frau ausweisen."

„Tut mir wirklich leid, aber das reicht nicht. Es müsste dann über Dr. Lambert gehen, seinen Rechtsanwalt in

London. Da könnte ich Ihnen die Kontaktdaten geben. Ich denke, dazu bin ich berechtigt. Herr Lambert spricht sehr gut Deutsch und ist Experte für deutsch-britisches Recht."

Martina merkte, dass dies das äußerste Angebot dieser Frau war, für das sie sich vermutlich auch noch bedanken sollte.

„Gut, dann tun Sie das bitte, Frau April."

* * *

LONDON

Telefonisch kam sie so nicht weiter. Sie wälzte sich schlaflos von einer Seite auf die andere, träumte von Melissa und Marko und wie sie die beiden in einen felsigen Abgrund stieß.

Martina beschloss, umgehend nach London zu fliegen, um vor Ort die Recherche fortzusetzen und ihren Fantasien ein Ende zu bereiten.

Sie bekam einen Termin in der Kanzlei Lambert & Partners in London. Sie hatte sich vom Krankenhaus eine Bescheinigung mitgeben lassen, dass ihr Mann Marko Kleinschmidt derzeit aufgrund seines Krankheitszustandes nicht ansprechbar sei. Martina hoffte, damit die Mauer des Schweigens zu durchbrechen.

Die Kanzlei entsprach rund herum ihren klischeehaften Vorstellungen. Dunkelbraune Wandvertäfelung, alte, schwere Möblierung, ein leicht süßlich-muffiger Geruch, Bohnerwachs vielleicht, falls man heutzutage überhaupt noch Bohnerwachs benutzte. Oder die Lilien in einer sehr schönen kupfernen Bodenvase. Dr. Lambert fügte sich wie geschaffen in dieses Gesamtbild. Ein älterer weißhaariger Gentleman in einem feinen Zwirn mit seidenem Halstuch. Sein buschiger Schnauzbart wippte beim Reden auf und ab. Sie nahm die inszenierte Distanz wahr, die sowohl der Auftritt des Rechtsanwaltes als auch das ihn umrahmende Ambiente bewirken sollte.

Dr. Lambert, der sich eine halbe Stunde Zeit nahm, wollte ihr nur vage Andeutungen über die Geschäfte ihres Mannes machen. Sie hatte nichts anderes erwartet. Dieser Mann verdiente sein Geld mit absoluter Loyalität. Und die galt in diesem Fall nicht ihr.

Sein Mandant habe ihn ausdrücklich verpflichtet, vor einem möglichen Ableben niemandem eine Auskunft über seine Geschäfte zu erteilen. „Sobald Ihr Gatte wieder in der Lage ist, wird sich sicherlich alles klären, Frau Kleinschmidt. Sollte Ihr Gatte allerdings ableben, wovon ich selbstverständlich nicht ausgehe, so wenden Sie sich bitte vertrauensvoll mit den entsprechenden Unterlagen an mich."

Als Lambert bemerkte, dass die Frau seines Mandanten um Fassung rang, überlegte er kurz, ob es einen Ansatz gab, mit dem er sie etwas beruhigen konnte. Schließlich konnte es auch nicht im Interesse seines Mandanten sein, dessen Ehefrau vollständig zu verärgern. „Eine Information kann ich Ihnen zweifellos geben, denke ich. Die beiden Organisatoren der Verkaufsveranstaltung ‚map fair', Jürgen und Fred Miles – Sie sind Ihnen sicherlich bekannt – haben eine gewisse kollegiale Verbindung zu Ihrem Gatten. Vielleicht mögen die Ihnen Hinweise geben. Falls nötig, sucht Ihnen meine Mitarbeiterin gerne die Kontaktdaten der Herren heraus. Ich wünsche Ihrem Mann gute Besserung und alles Gute Ihnen."

Damit war die Audienz bei Lambert & Partners für Martina beendet. Die sehr höfliche, aber distanzierte Vorzimmerdame bot ihr noch ein Glas Wasser an und überreichte ihr eine Karte mit Daten.

Martina sammelte all ihre Energie und stürzte auf die Straße, wo sie um ein Haar vor einen anthrazitfarbenen Maserati gelaufen wäre.

* * *

„Was für eine Freude, Martina, dich kennenzulernen, auch wenn der Anlass wirklich nicht schön ist. Wir wussten ja gar nicht, dass Marko überhaupt verheiratet ist. Nun ja, wir haben praktisch nie über private Angelegenheiten gesprochen, auch wenn wir uns sicherlich sympathisch sind. Wir kennen ihn ja schon viele Jahre, einer unserer treuesten Händler, you know?" Jürgen Miles fühlte sich sichtlich unwohl in seiner Rolle. Und auch sein Partner Fred, offenbar waren die beiden ein Paar, wechselte nervös von einem Bein auf das andere. Sie standen im Foyer der ehrwürdigen Royal Geographical Society.

„Nimm doch bitte Platz, Martina", bat Jürgen, der ältere der beiden, mit einer weisenden Handbewegung, und Martina fiel in einen der übergroßen bordeauxroten Ledersessel, in denen schon Generationen von Kunsthändlern und Sammlern ihre überaus bedeutenden Geschäfte besprochen haben mochten.

Auch sie fühlte sich unbehaglich. Wieder so ein holzvertäfelter, dunkler Ort, dessen Ausstrahlung Ehrfurcht einflößen und den Menschen, die nicht dazu gehörten, ihre Nichtigkeit vor Augen führen sollte. Gegenüber sitzend dieses Kunsthändler-Paar, very polite and distinguished.

Was wollte sie eigentlich von den beiden? Würden sie ihr sagen können, was für ein Leben Marko in London und Cheltenham führte? Und was sollte das schwule Pärchen von ihr denken, wenn sie zugab, dass sie vom Leben ihres Ehemannes in London keine Ahnung hatte? Wie weit musste sie noch sinken und sich demütigen lassen? Offenbar hatte Marko auch hier ihre Existenz verschwiegen. Es lag doch auf der Hand, dass er nicht nur geschäftlich in England zu tun hatte.

Sie knickte so tief im Sessel ein, dass sie trotz ihrer Größe kaum über die dicken Lehnen hinausgucken konnte.

Jürgen und Fred schauten sich ratlos an. Jürgen, der als gebürtiger Deutscher die Konversation führte, zuckte mit den Schultern: „Wie geht es Marko denn überhaupt? Du hast nur so Andeutungen gemacht."

Martina riss sich zusammen, dockte an das letzte bisschen Würde, das ihr noch zur Verfügung stand, an, schickte Kraft in ihre langen Beine und richtete sich bestmöglich auf. Sie beschloss, den beiden reinen Wein einzuschenken, um überhaupt etwas in Erfahrung zu bringen. Wenn sie sich weitestgehend offen zeigte, würden Jürgen und Fred vielleicht auch ehrlich zu ihr sein.

„Man musste ihn nach einem Zusammenbruch ins künstliche Koma versetzen, aus dem er bisher nicht zurückgeholt werden konnte. Wir wissen also noch nicht, wie es ihm geht. Das alles geschah in Berlin, nach dem Tod seiner Mutter, der ihn anscheinend sehr mitgenommen hatte. Und nun bemühe ich mich, seine Geschäfte hier wie dort zu regeln, bis er wieder gesund ist. Allerdings habe ich mich um seine Angelegenheiten in England nie gekümmert, so

dass ich kaum Ansatzpunkte habe. Eure Adresse habe ich von seinem hiesigen Rechtsanwalt. Des weiteren hatte ich Kontakt mit Cheltenham, wo Marko an einem Immobiliengeschäft beteiligt ist."
„Beteiligt ist gut", Jürgen grinste plötzlich breit und verlor für einen Moment seine Contenance. Fred stieß ihn besorgt in die Seite. „Na, ja", sagte Jürgen, „aber so weit wir wissen, gehören dem alten Haudegen diverse Immobilien und ein beträchtliches Millionen-Vermögen. Aber darüber wissen wir auch nur vom Hörensagen. Wie es so ist in Händlerkreisen." Er lachte hilflos und suchte mit den Augen die Unterstützung seines Partners. Der nickte betont freundlich.
„Zumindest hat er in einer Auktion mit dem Verkauf des Einstein-Zettels von Desmond damals über eine Millionen gemacht. So etwas lässt sich natürlich nicht verheimlichen. Wir sind allerdings zufrieden, wenn er uns mit seinem Material auf den Messen bereichert. Wir arbeiten da auch eng mit seinem Büro in Tavira zusammen."
„Mit Patricia. Ja, das ist mir bekannt." Martina versank wieder in dem roten Leder. Sie bemühte sich, auf den stabileren vorderen Rand des Sessels vorzudringen.
„Genau, seine Mitarbeiterin. Aber die kennst du doch?"
„Selbstverständlich." Martina war um Fassung bemüht, hatte nun mehr Halt im Sessel und stützte sich mit den Ellenbogen auf den Lehnen ab, so dass sich ihr Oberkörper

aufrichtete.

„Ansonsten können wir leider auch nicht weiterhelfen. Aber von unserer Seite ist alles ok. Keine offenen Rechnungen oder ähnliches, um das du dich kümmern müsstest. Everything's fine! Die nächste Messe ist erst wieder in einem Jahr. Bis dahin ist er bestimmt wieder gesund. Und Patricia weiß ja Bescheid."

Martina raffte sich zu einer weiteren Frage auf und hatte gleichzeitig Angst vor einer konkreten Antwort: „Und wisst ihr sonst noch irgendwas, wo ich nachfragen müsste?" Sie war froh, dass sie sich für einen Hosenanzug entschieden hatte, in dem sie nun breitbeinig und stabil sitzen konnte.

Fred sah Jürgen vielsagend an, tippte auf seinen Breitling Chronomaten und flüsterte: „We are late, Jay!" und erhob sich. Martina staunte, mit welcher Leichtigkeit sich der ältere Herr aus seinem Sessel katapultierte.

Jürgen nickte ihm zu. „Also von unserer Seite", sagte er zu Martina gewandt, „ist da nichts weiter bekannt. Wie gesagt, wir hatten mit ihm privat ja kaum etwas zu tun. Ich denke, das geht den anderen Händlern ähnlich, so weit wir wissen. Marko hat sich immer sehr aus allem herausgehalten. Früher hat er viel mit Desmond zusammengearbeitet."

„Wer war das noch gleich?" Fast wäre Martina wieder zurückgerutscht in die Sitzkuhle des Sessels hinter ihr.

„Desmond? Das war ein legendärer britischer Händler, lei-

der bereits verstorben. Der hatte einen Narren an Marko gefressen und ihm einen Teil seines Vermögens vermacht. Das muss so Ende der 90er gewesen sein." Fred zog die Augenbrauen zusammen. „You do not know that?"
„Doch, doch", beeilte sich Martina zu sagen und lenkte ihre Konzentration auf ihre androgynen und sehr bequemen Schnürschuhe, die ihr eine gute Bodenhaftung verschafften. Sie verlagerte bereits ihr Gewicht auf ihre Beine, um sich möglichst schnell erheben zu können. „Aber, wie gesagt, um seine Londoner Geschäfte habe ich mich nie gekümmert."
Jürgen erhob sich nun auch recht geschmeidig aus seinem Sessel, allerdings nicht ganz so schwungvoll wie Fred. „Wie dem auch sei, wir müssen leider los. Bitte richte Marko unsere Genesungswünsche aus, und er möge sich melden, wenn es ihm wieder besser geht! – Ach so, er ist immer im Hotel Rubens abgestiegen." Fred zupfte dezent am Mantel seines Partners, der nun auf Martina herabsah.
„Zu spät", dachte Martina. „Zu spät aufgestanden!"

Martina versuchte aufzustehen, was ihr nur unvollkommen gelang. Ihr linker Fuß war plötzlich eingeschlafen und der Rücken tat ihr weh.
„Vielleicht fragst du da noch mal nach. Möglich, dass er dort auch Sachen deponiert hat!"

* * *

„Good evening. Könnte ich bitte Herrn Kleinschmidt sprechen?"
„I'm sorry, Madam. Do you have an appointment? Mr Kleinschmidt is not in his suite today. Would you like to leave a message for him?"
„Thank you. Ich soll hier auf ihn warten."
„Perhaps you would like to take a seat in the bar? Mr Kleinschmidt normally receives his guests there. I hope you don't have to wait too long."
„Merkwürdig. War er denn länger nicht hier? Ich komme extra aus Berlin, um ihn zu treffen. Wissen Sie, wo er sich derzeit aufhält?"
„Oh nein, Madam, und wenn ich es wüsste, verbietet es mir die Diskretion, ich hoffe, Sie verstehen das. Wir haben strikte Anweisung von Mr Kleinschmidt, keine weiteren Auskünfte zu erteilen. An niemanden!"
„Auch nicht an seine Frau?" Martina wies sich als Markos Ehefrau aus und legte das Schreiben aus dem Krankenhaus vor. Sie musste sich beherrschen, in der leisen, durch dicke Teppiche gedämpften Atmosphäre der Lobby nicht laut zu werden.
„Just a moment, Madam. I will ask the hotel manager."
Offenbar war dem Rezeptionisten der weitere Dialog zu

heikel. Er verschwand im Nebenraum und kehrte umgehend mit seiner Chefin zurück, die fast akzentfrei Deutsch sprach.

„Sie sind die Ehefrau von Herrn Kleinschmidt? Entschuldigen Sie bitte unsere Vorsicht. Aber Herr Kleinschmidt hat um äußerste Diskretion gebeten und der sind wir all die Jahre zu seiner vollen Zufriedenheit auch nachgekommen – eine wesentliche Grundlage unserer Beziehung. Und da von unserer Seite keine Forderungen bezüglich seiner Suite an ihn offen sind, besteht aus unserer Sicht kein Anlass zur Sorge. Wir hoffen sehr, dass es Ihrem Gatten bald wieder besser geht. Bitte richten Sie ihm allerbeste Wünsche aus. Wir würden uns freuen, Sie demnächst einmal gemeinsam bei uns begrüßen zu dürfen." Die in Schwarz kostümierte Dame nickte leicht und verabschiedete sich smart.

* * *

Es war zu spät geworden, um auf Zimmersuche in London zu gehen. Sie mietete sich widerwillig ein winziges Zimmer im Rubens. Man hatte ihr die Suite ihres Ehemannes nicht angeboten und darum betteln wollte sie nicht. Das Maß an Abfuhren war bei weitem voll.
Auf dem Bett liegend jagten ihre Gedanken durch die

Hirnwindungen. Aus journalistischer Sicht waren die Rechercheergebnisse zwar dünn, aber dennoch aufschlussreich. Marko führte definitiv seit vielen Jahren ein Doppelleben in Cheltenham und London als Inhaber einer Immobilienfirma und Kunsthandel-Millionär mit einer Dauersuite im teuren Hotel Rubens. Aus Sicht der Ehefrau war das Ergebnis ihrer Reise wie erwartet erschütternd. Er hatte alles getan, um sie von diesem Leben auszuschließen. Und anstatt in einer Suite musste sie hier in einem winzigen, völlig übertrueren Zimmer liegen. Eigentlich fehlte nur noch die zweite Ehefrau mit Kind, dann wäre das Klischee komplett. Sie hatte sich immer für klug gehalten. Jetzt fühlte sie sich dumm, klein und gedemütigt. Ein Gefühl überwältigte sie, das ihr bekannt vorkam. Ihr leiblicher Vater, der sie verleugnet hatte, der sie nicht haben wollte, obwohl er ein Leben in ihrer Nähe geführt hatte.

Ein stechender Schmerz machte sie wach. Sie hasste es, sich als Opfer zu fühlen. Selbst in ihrer Verletzung war sie kein Opfer gewesen, hatte ihr Leben im Griff gehabt, auch wenn die Hand zitterte, das Zepter wackelte. Sie richtete sich auf und sah ihr verquollenes Gesicht im Spiegel über der Minibar. Das war sie nicht, das wollte sie nicht sein.
Sie duschte eiskalt, rieb ihren schlanken Körper mit Lotion ein, föhnte ihre kurzen Haare und gelte sie streng nach hinten. Sie schminkte sich kontrastreich – helle

Haut, schwarze Augen, knallrote Lippen. Sie legte ihr Parfüm auf, ein wenig mehr als gewöhnlich. Die Anzughose tauschte sie gegen den passenden, schmal geschnittenen Rock, der ihre schönen Knie freigab. Unter dem knappen Kostümjackett trug sie ein rotes Spitzenbustier, das farblich zu ihren Highheels passte. Immer, wenn sie auf Reisen war, kombinierte sie ihre Garderobe so, dass sie für alle Fälle eine Ausgeh-Variante zur Verfügung hatte. Einen BH benötigte sie nicht, ihre Brüste waren klein und fest. Sie verzichtete auf Strumpfhose und Slip, überprüfte noch einmal ihre Gesamterscheinung Marke Vamp, steckte lediglich Smartphone und Türchip in das Jackett.

Bereits im Fahrstuhl bemerkte sie interessierte Blicke zweier Herren. Der eine – offenbar mit seiner Frau unterwegs – verschlang sie im Fahrstuhl-Spiegel mit Blicken, der andere war allein und zeigte etwas mehr Zurückhaltung. Sie nahm innerlich wie äußerlich eine würdevolle, ja, arrogante Haltung ein. Mit der Gewissheit, eine gute Figur abzugeben, betrat sie die Hotelbar und setzte sich zielstrebig am Ende des Tresens auf einen Barhocker. Sie achtete sorgfältig darauf, ihre Beine in Szene zu setzen und sich sowohl zum Tresen als auch zur halb gefüllten Barhockerreihe hin offen zu zeigen, ohne den Eindruck von Bedürftigkeit zu erwecken. Sie bestellte den besten Cognac und ein Wasser und beschäftigte sich mit hochgerecktem Hinterkopf – was ihren ohnehin langen Hals noch länger erscheinen ließ – intensiv mit ihrem Handy.

Wie oft hatte Marko wohl hier gesessen, sich mit Geschäftsfreunden und Mätressen getroffen? Es war offensichtlich, dass hier Sexarbeiterinnen und Escort-Damen ein- und ausgingen. Diese Damen kosteten ein Vermögen. Sicherlich hatte Marko davon Gebrauch gemacht.

Es dauerte keinen Cognac lang, bis sich ein gut aussehender Enddreißiger, der ihr beim Gang durch die Hotellobby bereits aufgefallen war, näherte. Ihr Herz schlug schneller. Sehr blond, sportliche Figur, offenes bartfreies Gesicht, markantes Kinn.

„Good evening, lady. May I introduce myself? My name is Ole. I would like to invite you for a drink."

Martina spürte sofort, dass diese Einladung eine indirekte Aufforderung zum Sex in Aussicht stellte. Sie schaute provozierend langsam von ihrem Display auf, ließ eine spannungsvolle Pause entstehen, in der es förmlich nach Austausch von Körperflüssigkeiten roch; dann sah sie ihrem Gegenüber direkt in die zu Schlitzen verengten Augen, öffnete ihre roten Lippen, schickte ihre Zungenspitze zwischen die Zähne, lächelte etwas süffisant und sagte: „Tina my name. It's a pleasure, Ole." Sie spreizte ihre Beine leicht und ließ das feine Kribbeln zwischen ihren Schenkeln zu. Sie staunte selbst über ihre Erregtheit und die körperlichen Reaktionen, die die Anmache dieses nordischen Typen in ihr auslöste.

Ole verlor keine Zeit, schirmte mit seinem breiten Oberkörper die Sicht zur Reihe der besetzten Barhocker ab und drängte sich nah an Martinas Seite. Sie stemmte sich ihm leicht entgegen. Er stellte das rechte Bein angewinkelt auf die Fußstange der Theke und legte vorsichtig seine rechte Hand auf Martinas rechten Oberschenkel. Seine Lippen näherten sich ihrem Ohr und er flüsterte: „Is it ok for you? You're making me crazy!"
Martina entfuhr ein unplanmäßiges Stöhnen. Sie starrte auf die Bar-Verspiegelung, sah eine gut aussehende Frau mit weit aufgerissenen schwarz umrandeten Augen und knallroten Lippen, über die – kaum sichtbar – eine Zungenspitze fuhr. An ihrem rechten Ohr ein Blondschopf mit geschlossenen Augen, der sie behutsam an ihrem Ohrläppchen zog.
„You are welcome", stammelte sie, und Ole ließ langsam seine Hand entlang ihrer Oberschenkel rutschen. Er stöhnte in ihr Ohr, ließ seine Zungenspitze in ihrer Ohrmuschel kreisen und presste sich heftig an sie, als er merkte, dass sie kein Höschen trug und er ihre feuchte, geschwollene Vagina ohne Hindernisse mit seinen Fingern berühren konnte.
„Jesus!" Er machte zarte kreisende Bewegungen. Ihr Becken zitterte, sie spürte, wie durch seinen Körper ein Ruck ging. Sie starrte in den Spiegel, versuchte krampfhaft sich an ihrem Blick festzuhalten und kam noch sitzend auf dem Barhocker. Das Zucken ihrer Pobacken übertrug sich

nicht auf ihr Spiegelbild, sie verlor nur für einen Sekundenbruchteil die Kontrolle. Oles Mittelfinger versank noch einmal zwischen ihren Schamlippen und tiefer. Dann zog er seine Hand zurück und legte sie wieder auf ihr Knie. Er öffnete die Augen und grinste sie frech im Spiegel an. Er winkte dem Kellner zu und fuhr sich dabei mit der rechten Hand einmal über den Mund, wobei er kurz an seinem Mittelfinger leckte.

„Two Cognac, please!"

Es kam kein Gespräch zustande. Sie waren sich auch ohne Worte einig. Sie schafften es noch in den Wellness-Bereich und fielen in einem Technikraum übereinander her.

Ole brachte Martina anschließend zu ihrem Zimmer. Er bot ihr unsicher Geld an. Sie winkte dankend ab. „Thank you", sagte Ole förmlich und verneigte sich. Sie nickte ihm lächelnd zu. Sie verabschiedeten sich freundlich, aber bestimmt.

Das war ihr ihr erster One-Night-Stand, wenn man einmal von der Nacht mit Hannes absah, von der sie nicht wusste, was passiert war. Ganz im Gegensatz zu diesem Erlebnis, das – solange es währte – von aufregender Intensität war, nun aber, da es vorbei war, ihre eigentliche Situation nicht wirklich veränderte.

Auf ihrem Bett widmete sie sich wieder der Minibar und irrte in ihren Gedanken umher. Sie ließen sich heute Nacht nicht mehr in eine Form bringen, und sie schlief unruhig ein.

Als das Zimmermädchen klopfte, schreckte sie verkatert hoch und raffte eilig ihre Sachen zusammen. Sie verzichtete auf das teure englische Frühstück. Schon allein der Geruch von gebratenen Würstchen und Bacon verstärkte ihre Übelkeit. Sie verließ das Hotel auf direktem Wege, fuhr mit dem Taxi nach Heathrow und flog zurück nach Berlin. Sie kaufte einen Vorrat an Spirituosen und schloss sich in Lottis Wohnung ein.

* * *

BERLIN
„Schön, dass du anrufst, Olga. Das ist ja eine Überraschung. Was verschafft mir die Ehre? Wo bist du gerade?"
Die Reise in das andere Leben ihres Mannes hatte sie stark mitgenommen. Ein höllischer Kater plagte sie, als sie der überraschende Anruf ihrer Nichte erreichte – eine Stimme aus einer realen Welt, gewissermaßen, die sie in einer relativ nüchternen Phase antraf.
Noch nie hatte Olga sich direkt an sie gewandt. Zu Martinas Bedauern waren sie sich bisher nicht näher gekommen. Irgendetwas stand zwischen ihnen, vermutlich

Susanne. Vielleicht hatte Olga den Groll ihrer Mutter auf Martina übernommen? Aber auch der Besuch Olgas am Krankenbett von Lotti und Marko ließ noch einige Fragen offen.

Am anderen Ende der Leitung war ein Flüstern zu hören.
„Olga? Bist du noch da?"
„Ja ja. Ich, ich wollte fragen, wie es Marko geht. Ich bin dann ja so schnell abgehauen. Ich war irgendwie geschockt."
„Er liegt noch immer im Koma, ist aber so weit stabil. So richtig weiß ich auch nicht, wie es ihm geht. Die Ärzte fürchten wohl einen neuen Infarkt, wenn sie ihn aufwecken und wollen sicher gehen. Ja, das ist nicht leicht gerade. Gut, dass du da warst." Martina schwirrte der Kopf. So viele Fragen, so wenige Antworten. „Kanntest du Markos Mutter eigentlich?"

Olga: „Ja, flüchtig. Ich war mal mit Mama in Berlin. Aber das ist ewig her."

Martina: „Wann war das denn? Ich habe in ihrem Nachlass hier ein Bild mit ihr, dir und Susanne gefunden. Da siehst du noch ganz pummelig aus."

Olga: „Na ja, so mit 14 oder so, glaube ich. So'n Mutter-Tochter-Ding. Wir wollten mal was zusammen machen. Berlin war da natürlich mega geil. Es war Winter und ich wollte unbedingt Schlittschuh laufen lernen. Ich hatte ja noch nie so einen richtigen Winter erlebt in Indien und Portugal und so. Jedenfalls waren wir in so einem

Café am See. Der war zugefroren und ich konnte Schlittschuh laufen üben. Mama hat sich da kurz mit Markos Mutter getroffen, die sie wohl von früher kannte. Die war mega nett zu mir, hat mir sogar noch 50 Euro geschenkt. Keine Ahnung, warum. Jedenfalls hat so'n Kellner noch ein Foto gemacht mit so'ner uralten Kamera. Der wusste gar nicht, wie das geht. Ich glaube, Markos Mutter war mal Fotografin oder so. – Aber Martina, weshalb ich eigentlich anrufe, ist, also – mir geht da was nicht aus dem Kopf. Ich habe... Also, ich war ja in Berlin als..." Olgas Stimme brach ab.
Martina hörte plötzlich Stimmen im Hintergrund. Sie befürchtete schon, Olga würde das Gespräch beenden. „Ja, die Krankenschwester hat mir das erzählt. Du hast die beiden gefunden. Zum Glück, sonst wäre Marko vielleicht gestorben. Warum warst du eigentlich hier? Und im Krankenhaus? Das hat mich schon sehr gewundert. Und dann warst du plötzlich verschwunden. Was war da los?"
Olga druckste etwas herum: „Ach, wegen so 'nem Typen. Ich war hier wegen so 'nem Typen, hab mich wohl verliebt. Im Krankenhaus war ich zufällig, also wegen Lotti – egal. Das kann ich dir ja ein anderes Mal erzählen. Ist jetzt nicht so wichtig. Weshalb ich anrufe, ist eigentlich, ich weiß nicht. Als ich im Krankenzimmer ankam, lag Marko so komisch über seiner Mutter, als wenn er ... als wenn er die Bettdecke über ihren Kopf gezogen hätte."

Martina zuckte zusammen. Sie war an einem Punkt angelangt, an dem sie sich alles vorstellen konnte. „Du meinst, er hat seine eigene Mutter – aber er lag doch auf dem Boden."

Olga: „Keine Ahnung. Er ist runtergerutscht, als ich mich auf die beiden gestürzt habe. Marko hat bestimmt seine Mutter erstickt. Mir geht das Bild nicht mehr aus dem Kopf. Ich musste mal mit jemandem drüber reden."

„Wo bist du jetzt Olga? Hast du das schon jemandem erzählt?"

Aber Olga hatte das Gespräch bereits beendet. Leo drückte ihr einen Kuss auf die Wange. „Das hast du gut gemacht! Die zweite Phase folgt dann bald. Die zahlt bestimmt."

* * *

LIVROBRANCO

SUSANNE

Susanne verbrachte nun ganze Tage im Haus von Marko. Manuel war zu Carlos und Maura gezogen.

Sie empfängt Marko in dem Seiden-Sari, den sie zu ihrer

Hochzeit mit José in Goa getragen hatte. Marko liebt es, sie auszuwickeln aus 16 Meter Seide und ihren nackten Körper mit Küssen zu bedecken. Er flüstert ihr Unverschämtheiten ins Ohr, und sie lacht und beißt ihn ins Ohrläppchen. Sein Geruch betäubt sie fast. Sie genießt die Stunden mit ihm. Er kocht für sie, und sie sitzen gemeinsam am Küchentisch, den sie festlich für zwei gedeckt hat. Es gibt Krabben und Austern, Polvo-Salat und Fischrogencreme, das bereitet er zu wie kein zweiter. Er schlürft die Austern von ihrem Babybauch und leckt ihr die Fischrogencreme von den Brustwarzen. Sie reibt seinen Schwanz mit Olivenöl und spürt den leicht bitteren Geschmack der Oliven und die Würze des Meersalzes auf ihrer Zunge. Sie lieben sich immer wieder, und er liebkost das kleine Bäuchlein, in dem ihr gemeinsames Kind wächst. Ein Kind der Liebe.
„Ich bin so stolz auf dich", flüstert er und bewundert ihre Rundungen. „Und auf unser Kind. Es wird so hübsch wie du, wenn es ein Mädchen wird. Und so stark wie ich, wenn es ein Junge wird. Es ist das größte Glück für mich. Wie lange habe ich dich vermisst. Wie elend war mein Leben mit Martina. Ach, wärst du doch nie gegangen, Susanne, meine Liebe. Ich habe damals den größten Fehler meines Lebens gemacht. Verzeih mir." Und als sie ihm gesteht, dass auch Olga sein Kind ist, legt sich berauschendes Glück über sie.
So ist es Tag für Tag, Nacht für Nacht. Susanne genießt jede Sekunde mit ihm in seinem Haus. Und als sie ihn fragt,

wo Martina denn sei, schüttelt er nur den Kopf und sagt: „Vergiss sie. Sie hat mich mit meinem Freund Hannes betrogen, diesem Nichtsnutz und Frauenschänder. Er hat sie erpresst mit all den Lügen und Briefen, die er ihr gestohlen hat bei ihrem Schäferstündchen im Ehebett. Vielleicht hat sie Hannes beseitigt? Grund genug hatte sie. Zuzutrauen wäre ihr das auch."

„Dabei weißt du noch nicht einmal alles, mein Geliebter. Sie ist gar nicht schwanger – auch das ist eine Lüge. Und sie wollte mich überreden, ja, hat mir gedroht, ihr unser Kind als ihres zu überlassen. Die Kinder, die du hast und bekommst, sind aber einzig und allein Kinder unserer Liebe."

„Oh Gott", stöhnt Marko, „oh Gott, was noch alles. Hätte ich gewusst, dass sie eine Schwangerschaft vortäuscht, dass sie unser Kind haben will, hätte ich gewusst, dass sie von einem Habenichts abstammt und gar nicht deine richtige Schwester ist, hätte ich das alles gewusst, hätte ich mich längst von ihr getrennt. Nun muss sie für all ihre Missetaten büßen. Wann sind wir endlich frei für einander, du und ich?" Er küsst sie zärtlich auf den Nacken.

„Bald, Marko, bald!"

* * *

BERLIN 17. Mai

MARTINA

Liebe ist grausam – dachte Martina. Wenn du die eigene Sicht auf die Dinge verlässt, wenn du eintauchst in die Welt des anderen und hinter das selbstverliebte Bild deines Geliebten blickst, kann da Liebe bestehen? Bemühst du dich vielleicht nur, nicht wahrhaben zu wollen, was doch auf der Hand liegt? Beginnst du zu hassen, was du nicht sehen wolltest?

Olgas Anruf sickerte nur langsam in ihr Bewusstsein. Marko soll seine Mutter erstickt haben? So ein Unsinn. Wieso sollte er? Olga musste da etwas falsch beobachtet haben. Andererseits war sie derart aufgewühlt gewesen, war sich so sicher. Was, wenn sie recht hatte, wenn Marko seine Mutter vielleicht von ihrem Leiden zu erlösen versuchte? Vielleicht hatte es eine Situation gegeben, die ihn so belastet hatte, dass er im Affekt gehandelt hatte und gleich darauf selber zusammengebrochen war. Offenbar hatte er ein sehr schwaches Herz. Auch das hatte er verschwiegen. Was wusste sie überhaupt von ihrem Mann? Mit wie vielen Hiobsbotschaften musste sie noch rechnen? Ihr gemeinsames Leben war offenbar für ihn nur ein kleiner Mosaikstein in seinem gewesen, für sie aber alles. Nein, auch nicht alles, Marko wusste auch von ihr nicht alles – nicht, dass sie gar nicht schwanger war, nicht, dass Susanne ihre Halbschwester war, nicht, dass sie zu viel trank, nicht, dass Hannes bei ihr übernachtet hatte... Was für einen Sinn machte dies alles? Sie saß in Berlin fest, während um sie herum ihr Leben zusammenbrach.

Sie versuchte, Susanne zu erreichen. Seit Tagen besprach sie nur den Anrufbeantworter. War wenigstens in Livrobranco soweit alles in Ordnung? War Hannes wieder aufgetaucht? Hatte Olga ihrer Mutter von ihrem Verdacht erzählt?

Martina wollte Susanne mitteilen, dass sie ihre Scheinschwangerschaft nicht weiter aufrecht erhalten und die verrückte Idee, Susannes Kind als ihres auszugeben, gänzlich aufgeben würde. Wenigstens hier wollte sie Klarheit schaffen.

„Susanne? Melde dich doch endlich. Ich muss das mit meiner angeblichen Schwangerschaft klären und auch darüber sprechen, dein Kind als meines auszugeben... ach, ich will mich nicht mit dem AB unterhalten." Sie klang ärgerlicher und ungeduldiger als sie eigentlich wollte. „Ruf mich unbedingt an. Ich will das Ganze mit dir und mit Marko zu Ende bringen!"

Aber Susanne meldete sich nicht.

Nur Olga rief zwei Tage nach ihrem ersten Anruf an, stotterte etwas herum und sagte, sie brauche Geld, weil sie das Internat aufgeben und sich jetzt im Ausland eine Existenz aufbauen wolle. „5.000 Euro, dann sage ich auch niemandem, was ich im Krankenhaus gesehen habe. Und verrate dir noch was..." Ihre Stimme wackelte und wurde immer leiser.

Martina stockte der Atem.

„5.000 Euro. Und so kurz vor deinem Abi..."

Olga nannte einen Termin und eine Uhrzeit und dass Martina zur Erkennung eine schwarze Handtasche vor sich auf den Tisch stellen solle mit dem Geld darin. „Du gibst mir die Handtasche und bleibst danach noch 30 Minuten sitzen."

Dann beendete Olga abrupt das Gespräch, das sich angehört hatte, als habe sie das Ganze abgelesen. Auf dem Display von Martinas Handy stand: Name unbekannt. Die Nummer war unterdrückt.

* * *

Nach einem Absturz war Martina nicht nur körperlich in schlechter Verfassung, auch mental erlebte sie die Aufwachphase als Momente des Scheiterns. Sie fühlte sich schuldig und als Versagerin. Sie konnte kaum nachvollziehen, warum sie immer wieder und in immer kürzeren Abständen zur Flasche griff. Sie hatte oft keine Erinnerung

an die Phase, in der sie sich entschied zu trinken. Sie wusste auch nicht mehr, was sie während des Trinkens tat, wo sie war, mit wem und wie lange. Offenbar blieb sie Zuhause in geschützter Umgebung. Immerhin war sie bisher immer dort aufgewacht, wo sie getrunken hatte. Und – bis auf das eine Mal mit Hannes war sie noch nie neben einer anderen Person aufgewacht.
Mit Helene hatte sie inzwischen ein stillschweigendes Abkommen. Helene kam nur noch, wenn Martina sie rief. Vermutlich ahnte die Alte ihre Abstürze. Sie hatte ein feines Gespür in Sachen Alkohol.

Heute Mittag fand sich Martina nackt auf dem Boden vor Lottis Sofa wieder. Neben ihr lagen drei leere Rotweinflaschen und eine Flasche Wodka. Der Fernseher lief, – irgendeine deutsche Seifenoper, in der der grausame Hotelbesitzer seine intrigante Gattin mit dem Stubenmädchen im Besenschrank betrog.
Die Erinnerung kam zurück und schlagartig das Verlangen, einfach weiter zu trinken.

* * *

Martina sah in das blasse Gesicht und hielt Markos schlaffe, unterkühlte Hand, in der eine Kanüle steckte. Mein schöner Marko, dachte sie. Mein schöner, lebloser Marko. Er, der – wo immer er auftauchte – für jünger gehalten wurde, als er war, schien in wenigen Tagen gealtert. Sie bemühte sich, laut zu denken, Worte zu formulieren, die Stimme zu erheben. Es klang brüchig in ihren eigenen Ohren.

Die Krankenschwester meint, ich soll dir etwas erzählen. Koma-Patienten könnten sehr wahrscheinlich vieles wahrnehmen und würden in ihrem Genesungsprozess unterstützt, wenn ihnen vorgelesen würde oder so. Ich war viele Tage sprachlos. Jetzt möchte ich dir etwas von mir erzählen, was in letzter Zeit wieder so lebendig geworden ist.
Weißt du noch? Ja, du weißt es noch, davon gehe ich aus – als Susanne ging – damals – da warst du überrascht. Ich nicht. Du meintest damals, sie habe doch eigentlich nichts von unserer Affäre wissen können, weil wir nur außerhalb ihres Dunstkreises miteinander geschlafen hatten. Ich sagte dir, dass eine Frau spürt, wenn ihr Mann fremd geht. Unsere nächtelangen Gespräche, unsere Blicke, die schnellen, heimlichen Berührungen, das Knistern ... Susanne, sagte ich damals, müsse etwas gemerkt haben, warum sei sie sonst ohne ein Wort spurlos verschwunden, mit kleinem Gepäck, Hals über Kopf. So lange ist das her, und doch sind mir die Bilder völlig präsent, weiß ich noch jedes Detail. Deine

Überraschung, dein schlechtes Gewissen. Und meins. Du warst der Meinung, dass ihr Verschwinden nichts mit uns zu tun haben könne. Deine blaue Augen ...
Heute schäme ich mich. Und ich frage mich, warum ich solch ein Vorgehen für nötig gehalten habe. Damals war ich wild entschlossen, dich für mich zu gewinnen. Du solltest mein Mann sein! Nur meiner! Ich habe eine meiner Creolen in euer Bett gelegt, so dass sie sie finden musste. Wie kindisch.
Ich wollte, dass Susanne dahin geht, wo sie hergekommen war – weit weg. Ich konnte sie nicht ertragen mit ihrem Dackelblick und der Fügsamkeit, mit der Verliebtheit in ihren braunen Augen, dem ganzen Glück und einer nahenden Familiengründung. Zumindest schien es mir so.
Familie – das Wort war für mich ein rotes Tuch, fleckig, zerschlissen, durchlöchert. Und gleichzeitig hatte ich diese Sehnsucht nach Zuhause, das Verlangen anzukommen. Vielleicht wie Susanne auch. Aber mir schien, als hätte ich es eher verdient als sie. Ich wollte meine alte Familie, die ja nur zur Hälfte meine war, vergessen. Ich wollte eine neue. Mit dir. Thorsten war Geschichte. Ich war bereit für ein neues Leben. Dass Susanne auf Nimmerwiedersehen verschwand, war mir sehr recht, aber nicht voraussehbar. Es machte mir vieles einfacher. Ich konnte von einem Tag auf den anderen an deiner Seite sein, ohne mich länger verstecken zu müssen. Ich konnte dir dein schlechtes Gewissen ausreden. Das war dir nur allzu willkommen. Susanne war ja schon immer unstet,

immer auf der Flucht, auf großer Fahrt gewesen. Wahrscheinlich, so sagte ich mir, habe sie mal wieder das Fernweh gepackt. So typisch für sie. Ein paar Tage Abschiedsweh, und du hattest ihren Verlust überwunden. Ich habe es dir so leicht wie möglich gemacht.
Ich brauchte Abstand von meinem Elternhaus, das nach dem Tod meiner Mutter ja meins eigentlich gar nicht mehr war, sondern allein meinen Halbgeschwistern zustand. Aber niemand wusste und weiß bis heute von den Briefen meines Erzeugers und meiner Mutter. Niemand weiß, dass der Bruder meines angeblichen Vaters mein leiblicher Vater ist, ein Versager vor dem Herrn, der sich Zeit seines Lebens nicht zu mir bekannt hatte, obwohl wir uns ständig über den Weg gelaufen sind. Niemand weiß, dass ich ein Kuckuckskind bin, das einfach in ein fremdes Nest gelegt wurde, sich dann breit gemacht und für alle Verantwortung übernommen hat. Für alle, die eigentlich gar nicht seine Familie waren. Dirk nur mein Halbbruder. Susanne nur meine Halbschwester. Nein, ich war plötzlich niemandem mehr irgendetwas schuldig. Ich war frei. Frei für ein Leben mit dir. Was ging mich das Schicksal von Susanne an?
Ich wollte einfach mal an erster Stelle stehen. Verstehst du das? Eine eigene Familie gründen, weit weg von Zuhause. Und dann kamst du. Offensichtlich an mir interessiert, an meiner Art, an meinem Intellekt, an meinem Körper. Die Konkurrenz zu meiner komplett verliebten Schwester spornte

mich an. Ich hatte mich ihr gegenüber immer überlegen gefühlt. Ich war die ältere, die erfolgreichere, die selbstbewusstere, die, die wusste, was sie wollte. Und auch als ich erfuhr, dass Susanne nicht meine richtige Schwester war, so wollte ich doch umso mehr die Überlegene bleiben. Es fiel mir leicht, sie auszustechen, sie wieder in die zweite Reihe zu drängen. Diesen Kampf wollte ich um jeden Preis gewinnen. Ich hatte mich bereits für ein Leben mit dir entschieden, noch ehe du überhaupt einen Gedanken daran verschwendet hattest.

Unsere halbherzigen Versuche, Susanne zu finden, verliefen natürlich im Sande. Dafür hatte ich gesorgt. Wir kamen auf Culatra an, als sie längst in Lissabon war. Recherchieren war mein täglich Brot, das hatte ich gelernt. Ich wusste auch, dass sie in Indien gelandet war. Da verliefen sich allerdings ihre Spuren – um so mehr, als auch dein Interesse an ihr von Tag zu Tag nachließ und wir in unser gemeinsames Leben starteten. Ich hatte nur einen Wunsch: Susanne möge nie wieder vor meiner Tür stehen.

Die ersten Jahre zuckte ich jedes Mal zusammen, wenn die Türglocke ging oder das Telefon klingelte. Meine Blicke hasteten über den Markt von Olhão, immer in der Erwartung, ich würde sie zwischen all den Touristen entdecken. Ich saß immer mit der Sicht auf die Tür in den Cafés von Tavira und überprüfte die Gesichter der Menschen auf den Fähren und in den Zügen. Die Aufregung verebbte. Die Unruhe blieb. Als sie dann Jahre später tatsächlich wieder in Portugal auf-

tauchte mit Ehemann und zwei Kindern im Schlepptau – erwachte die Bedrohung wieder, ich sah das Blitzen in deinen Augen, als ich nicht mehr umhin konnte, dir von ihrer Anwesenheit in Portugal zu berichten. Was hatte das zu bedeuten? Ich wusste, dass du früher oder später zu ihr gehen würdest, um sie nach den Gründen ihrer damaligen Abreise zu fragen. Vielleicht dachtest du auch, sie hätte dich sitzen lassen, und das konnte dein Ego niemals einfach so auf sich beruhen lassen.

Würdest du dann noch zu mir stehen? Oder zu ihr zurückkehren? Würde ich am Ende doch den Kampf verlieren nach all den Jahren? Unsere Beziehung war abgenutzt und langweilig geworden. Du hattest nur noch deine Geschäfte im Kopf und, wie ich jetzt weiß, dein spannendes Londoner Leben. Ich hatte mir mein Leben zwischen kleinen Schreibjobs, dekorativer Inneneinrichtung und launigen Treffen mit meinen Freundinnen eingerichtet. Und der portugiesische Wein ist preiswert, gut und gehört überall dazu. Er macht fröhlich und unbeschwert und hilft einem eine gewisse Zeit lang in den kurzen Schlaf. Er hinterlässt keinen Kopfschmerz. Ich hatte jahrelang keine Migräneanfälle mehr. Und je mehr ich trank, umso leichter wurden die Tage – bis zu dem Moment, als die Tage wieder mit Schmerzen begannen und nur mit Macieira leicht wurden, – bis zu dem Moment, als ich anfing, die leeren Flaschen zu verstecken, morgens in Erbrochenem aufwachte.

Es gab Zeiten, in denen ich nicht trank, meist dann, wenn du Zuhause warst. Da hielt ich mein Level niedrig. Sobald du aus dem Haus warst, holte ich die Flasche hervor. Ich stellte mir vor, wie du in London deine Nächte verbrachtest. Ich stellte mir vor, dass du Susanne in Lissabon trafst. Ich stellte mir vor, dass Melissa dir hinterher reiste. Unsere Verbindung war auf einer Täuschung aufgebaut. Kann man sein eigenes Glück auf dem Unglück von jemand anderem aufbauen? Gab es ein Mauseloch, in das ich kriechen konnte?
Als José starb, wuchs meine Angst, die betäubt werden musste. Ich war nie mutlos und depressiv gewesen. So habe ich mich nie gesehen. Wenn ich heute aber in den Spiegel schaue, erkenne ich mich selbst nicht mehr. Ich hatte ein anderes Bild von mir, als das, welches mir da entgegen schaut: eine Frau mittleren Alters – ohne Spannung, mit blassem Teint und verhangenem Blick, fahl, über den Lippen bilden sich erste Längsfalten, in denen sich der Lippenstift sammelt. Erste graue Fäden ziehen sich durch mein dunkles Haar. Ich habe mich in meinem Spiegelbild verloren.
Was habt ihr getan, als du von Susanne spät in der Nacht angetrunken in mein Bett kamst, um mit mir zu schlafen, nach dem wir Monate nicht mehr zärtlich miteinander waren? Mit wem warst du all die Nächte in London, Berlin und Wien? Ich weiß, dass du nicht allein warst. Eine Frau spürt, wenn ihr Mann fremdgeht, auch wenn sie es nicht wahrhaben will.

Dein Interesse an mir schwand, vor allem, als klar wurde, dass wir keine Kinder miteinander bekommen konnten. Lag es an mir oder an dir? Die Fehlgeburt zeigte, dass du zeugungsfähig warst und ich empfangsbereit. Aber warum klappte es nicht? Du hattest dir immer viele Kinder gewünscht, ohne je mit mir darüber zu sprechen, wie das wohl aussehen könnte, mit der Kindererziehung. „Das wird sich dann finden", meintest du. Mir war das zu wenig. Ich fürchtete mich davor, in Livrobranco auf dem Acker festzusitzen, Breichen zu füttern und Windeln zu waschen, während du in Paris oder Mailand deinen verschwiegenen Geschäften nachgehen würdest.
Schwanger. Nein, ich bin nicht schwanger. Ich habe dir etwas vorgemacht, und ich habe es sogar ein wenig genossen. Deine plötzliche Fürsorge, deine Begeisterung. Aber wenn du aufwachst, werde ich dir sagen, dass ich nicht schwanger bin. Vielleicht lüge ich dich an und sage, dass ich es wieder verloren habe. Susanne ist schon wieder schwanger. Sie bekommt die Kinder, die ich nicht haben konnte. Das ist vielleicht eine gerechte Strafe...

Martina schreckte hoch. Jemand war hinter sie getreten. Schwester Helga legte ihr beruhigend die Hand auf die Schulter. „Sprechen Sie ruhig weiter. Erwähnen Sie positive Sachen. Lachen Sie. Senden Sie fröhliche Botschaften. Es wird ihm gut tun. Sie wissen ja, Koma-Patienten bekommen durchaus etwas mit von ihrer Umgebung. Vielleicht versteht er sie sogar."

Martina verkniff sich einen sarkastischen Lacher. Eigentlich hoffte sie, Marko würde nichts von dem verstehen, was sie ihm gerade erzählt hatte. Und nun sollte sie, bei all dem Stress, auch noch positive Stimmung verbreiten. Und wer hörte ihr zu?

„Vielleicht nimmt er meine Stimme wahr", flüsterte sie.

„Ja, die Stimmung jedenfalls. Den Sinn der Worte wird er wohl nicht verstehen, zumindest habe ich das noch nicht erlebt, dass jemand aus dem Koma erwacht ist und alles wiedergeben konnte. Hat man aber auch schon gehört von Patienten, die nicht so tief sediert worden sind."

„Schwester Helga, wo Sie gerade da sind, könnten Sie mir noch mal genau schildern, wie es zu dem Zusammenbruch am Bett seiner Mutter kommen konnte. Ich verstehe es einfach nicht, und die Zusammenhänge wollen mir nicht in den Kopf!"

Schwester Helga machte eine ungeduldige Handbewegung. „Aber wir haben Ihnen doch alles schon zig mal erklärt, Frau Kleinschmidt. Kommen Sie bitte nach nebenan. Dann wiederhole ich es noch einmal."

Sie wechselten in den Überwachungsraum. Martina warf einen Blick durch die Glasscheibe auf ihren Mann.

„Also: Ihre Tochter muss just in dem Moment ins Zimmer gekomen sein, als ihr Mann über dem Totenbett seiner

Mutter zusammengebrochen und vom Bett auf die Erde gerutscht war. Die Ereignisse haben sich dann überschlagen. Der Tod der Mutter, die Herzschwäche ihres Mannes und das Mädchen, das ihre Oma wohl besuchen wollte und beide fand."

„Aber – aber Olga ist nicht unsere Tochter und Lotti ist nicht die Oma von Olga. Das ist alles ein Missverständnis und passt einfach nicht zusammen. Olga ist die Tochter meiner Schwester, meine Nichte."

„Beruhigen Sie sich, Frau Kleinschmidt, um Gottes Willen. Ja stimmt. Entschuldigen Sie bitte. Es war ja auch ein ziemliches Durcheinander. Also Ihre Nichte. Und als dann noch der Schlaganfall kurze Zeit später dazu kam und ihr Mann ins künstliche Koma versetzt werden musste, na ja, und die Olga war ja auch völlig durch den Wind, das junge Ding. Hat sie sich denn mal wieder gemeldet? Sie war ja auch plötzlich verschwunden."

Martina atmete tief durch. „Ging denn mit dem Tod von Frau Kleinschmidt alles mit rechten Dingen zu? Ich meine, was hat meinen Mann so aufgeregt, dass er einen Herzinfarkt und dann noch einen Schlaganfall bekommen hat!"

„Na, hör'n Sie mal, Frau Kleinschmidt, was wollen Sie denn damit andeuten? Reicht es denn nicht, wenn die eigene Mutter stirbt? Frau Kleinschmidt war sterbenskrank. Schon seit Tagen fürchteten die Ärzte um ihr Leben. Es war ja nur noch eine Frage der Zeit..."

„Ja, eben. Mein Mann war ja vorbereitet, dass seine Mutter sterben würde..."

„Sicher, aber wenn es dann so weit ist, trifft es einen dann doch wie ein Hammerschlag. Glauben Sie mir. Wenn der Sterbende noch einmal die Augen aufschlägt und einen letzten Atemzug tut, wenn alles Leben endgültig entweicht, darauf ist niemand gut vorbereitet. Den Blick vergisst man nicht. Warum er infolge auch noch einen Schlaganfall erlitten hat, ist nicht genau nachzuvollziehen und ist eher selten, kommt aber auch vor. Der ganze Organismus ist halt in Mitleidenschaft gezogen. Offenbar hatte ihr Mann ja schon länger Beschwerden und war gewissermaßen anfällig."

Martina sackte in sich zusammen. „Ja, ja", murmelte sie geistesabwesend, schlich wieder zu Ihrem Mann ans Krankenbett und flüsterte: „Es macht einfach keinen Sinn. Selbst wenn Olga recht hat und Marko seine Mutter erstickt hätte, wäre immer noch nicht klar, warum er seiner sterbenden Mutter den Todesstoß versetzt haben sollte und warum Olga die beiden gefunden hat." Durch das Glasfenster konnte Martina sehen, dass Schwester Helga sie stirnrunzelnd vom Kontrollraum aus beobachtete.

Martina beugte sich noch näher zu Markos Gesicht und sprach flehentlich zu ihm. „Was geht hier vor, Marko? Wo sind wir gelandet? In welchem Netz sind wir gefangen?"

Sie spürte plötzlich, wie ihr das altbekannte Monster

langsam über den Rücken in den Nacken in die Stirn zog. Migräne! Sie würde nicht mehr lange am Krankenbett sitzen können. Sie musste möglichst schnell in einen dunklen Raum flüchten, ein Zäpfchen einführen – Tabletten konnte sie nicht bei sich behalten. Diesen Zustand kannte sie seit ihrer Teenagerzeit, und neuerdings überfiel sie die Migräne wieder von Zeit zu Zeit wie aus dem Nichts, überraschte sie in den unmöglichsten Situationen. Nichts half dann wirklich. Keine Medikamente, keine Massage. Und jetzt war es wieder so weit.

Sie gab Marko einen flüchtigen Kuss auf die Stirn. Die nächsten Tage würde sie kaum zu einer Handlung fähig sein. Es war ihr auch egal. Das Monster wütete bereits in ihrem Schädel und drückte tonnenschwer auf die Augenlider, ein übler Geschmack kroch ihr die Speiseröhre hoch, als sie die Wohnung erreichte. Mit letzter Kraft drückte sie auf ihrem Handy Barbaras Nummer und brabbelte unverständliches Zeug.

* * *

21. Mai
Solange ihr das Licht in den Augen wehtat, war die Dunkelheit eine Erlösung. Aber als der Migräneanfall

abgeklungen war, nahm Martina zum ersten Mal seit sie in Berlin angekommen war, bewusst Licht wahr. Wärmendes Sonnenlicht. Der Mai öffnete seine Schleusen. Das zarte Grün der Linden, blühende Kastanien, die gut besuchten Straßen-Cafés. Rund um den Winterfeldtplatz tobte das Leben. Am Kebab-Stand bildete sich eine Menschen-Schlange. In einem Café wehte eine Regenbogenfahne, das Zeichen der Schwulenbewegung. Martina registrierte einige männliche Pärchen, die Händchen haltend über einen Platz schlenderten. Es war ihr peinlich, als sie zwei sich küssende Männer wahrnahm. In einem Shop registrierte sie Nieten und Leder behangene Kleiderpuppen, einen alten Gynäkologenstuhl, Military-Klamotten und Erotik-Spielzeuge. Es gab Bars und Massageräume, offenbar ausschließlich für Männer. Sie fand die Szene befremdlich. Aggressiver Männersex. Abstoßend.

Sie ging Richtung Tiergarten und fragte sich zum Neuen Café durch, der Ort, an dem sie Olga in den nächsten Tagen die 5.000 Euro übergeben sollte. Sie wollte sich ein Bild machen von dem Café und war überrascht. Ein riesiger Biergarten eröffnete sich, leichter Grillgeruch lag über den vollbesetzten Tischen. Gegenüber der Zoo. Durch das Gitter sah sie Antilopen und Lamas. Kinder drückten ihre Stirn zwischen die Eisenstangen, um die Tiere zu beobachten. An den Selbstbedienungskassen bildeten sich lange Warteschlangen.

Martina fand draußen kein geeignetes Plätzchen. Sie nahm im Café Platz, wo sie Ewigkeiten auf einen Cappuccino warten musste. Ein älterer, sehr förmlich wirkender Kellner bediente sie. Martina stellte sich vor, dies sei der Mann gewesen, der das Foto von Olga, Susanne und Lotti geschossen hatte. Und hier nun sollte sie Olga das Geld überbringen und dafür ein weiteres Geheimnis übermittelt bekommen? Ihr Bedarf an Geheimnissen war bereits gedeckt. Olga steckte offenbar in einer schwierigen Lage, wenn sie zu solch erpresserischen Mitteln greifen musste. Martina hätte ihrer Nichte auch so aus der Patsche geholfen, wenn sie sich ihr anvertraut hätte. Warum meinte Olga, sie unter Druck setzen zu müssen? Wofür brauchte sie so viel Geld, was ja wiederum für eine neue Existenz zu wenig war? Und warum war sie aus Portugal abgehauen, wohl ohne dass Susanne davon wusste?

Martina hatte bereits versucht, über Olgas Profil bei Facebook und Instagram herauszufinden, wo sie sich aufhielt und was sie trieb. Aber der letzte Eintrag datierte von vor drei Wochen und zeigte ein Selfie von ihr, offensichtlich an einem Flughafen oder Bahnhof. Olga betextete ihre Fotos nicht. Sie scrollte weiter. Es gab unzählige Fotos von ihr. Manche in Portugal mit ihrem Pferd. Aber auch einige offensichtlich aus London. Die üblichen touristischen Attraktionen: das Riesenrad an der Themse, die Wächter des Buckingham Palace, Graffitis in der Brick Lane.

Auf einem hatte sie sich selbst in einem Schaufenster von Harrods fotografiert und war mit ihrem Handy zu sehen. Hinter ihr stand ein Mann, dessen Gesicht aber durch einen Blitz nicht zu erkennen war. Martina war überrascht, dass Olga so viel unterwegs war. Und was machte sie in London? Im Grunde wusste sie nichts über ihre Nichte.

Martina wollte unbedingt während der Geldübergabe mit Olga reden und sie um Offenheit und Vertrauen bitten. Sie würde ihrer Nichte jederzeit helfen, auch ohne Geheimnisverrat. Gleichzeitig war sie jedoch neugierig, was Olga ihr noch offenbaren konnte, etwas, von dem Olga annahm, dass es 5.000 Euro wert sei.

Vielleicht würde sie ihr erklären, warum sie in Berlin und just in dem Moment im Krankenhaus erschienen war, als die alte Frau starb und Marko an ihrem Totenbett zusammen gebrochen war. An Olgas Aussage, Marko habe seine Mutter erstickt, mochte sie beim besten Willen nicht glauben. Und wenn auch, – müsste sie für die Verfehlungen ihres Mannes gerade stehen? Marko hatte keine besonders tiefe Beziehung zu seiner Mutter gehabt, jedenfalls war ihr das nie so erschienen. Welchen Grund sollte er gehabt haben, seine ohnehin sterbende Mutter umzubringen? Aber etwas musste ihn ja derart geschockt haben, dass er einen Herzinfarkt bekommen hatte und kurze Zeit darauf auch noch einen Schlaganfall.

Martina fiel auf, dass sie beständig damit beschäftigt war,

Fragen zu formulieren, für die sie partout keine Antworten fand. Sie drehte sich im Kreis. Vielleicht konnte ihr Olga ja doch weiterhelfen. Sie fieberte dem Besuch ihrer Freundin Barbara entgegen, die ihren Hilferuf umgehend verstanden und spontan ihren Besuch angekündigt hatte.
Martina hatte genug gesehen und schlenderte über den Wittenbergplatz zurück zur Roten Insel.
Berlin hatte durchaus auch schöne Seiten.

* * *

BARBARA

Sie holte Barbara vom Flughafen Tegel ab. Der Flieger aus Faro landete pünktlich, und Martina konnte es kaum erwarten, ihrer Freundin am Rollband hinter der Verglasung zuzuwinken.
In der Ankunftshalle lagen sich beide in den Armen.
„Mein Gott!", schluchzte sie. „wie gut das tut, eine Freundin in den Armen zu halten. Wie schön, dass du gekommen bist. Mir war nicht klar, wie sehr ich einen Menschen vermisst habe, dem ich vertrauen kann." Sie klammerte sich an Barbara fest, die kaum wusste, wie ihr geschah, sich aber über den ungewohnt emotionalen Empfang freute.

„Du wohnst natürlich bei mir, das heißt in der Wohnung von Lotti. Ich habe mich entschieden, die Wohnung erst einmal zu behalten, so lange keiner was sagt und ich ein Dach über dem Kopf brauche. Ich weiß ja auch gar nicht, wohin mit den ganzen Sachen und ob Marko noch was behalten will. Es gehört mir ja nichts hier und bisher konnte mir noch niemand verbindlich sagen, wie da die Rechtslage ist, solange Marko im Koma liegt. Jedenfalls habe ich mithilfe der Nachbarin Einiges entsorgt, also die Vorhänge, im Badezimmer das ganze Zeugs, Handtücher, Bettwäsche, alte Kleidung, Lampen und all den Müll, der sich so ansammelt. Für einen Teil der Möbel habe ich einen Storage gemietet. Der Rest steht halt noch in der Wohnung, aber es ist erträglich. Und es gibt so eine Art Gästezimmer. Schätze, dass ist das alte Kinderzimmer von Marko. Stell dir vor, – 40 Jahre lang hat sie wohl kaum etwas verändert, und ich hab es auch erst einmal so gelassen. Da kannst du es dir gemütlich machen. Wir können es auch umräumen, so dass du dich wohlfühlst. Du bleibst doch erst mal?"
Barbara nickte nur ob des ganzen Wortschwalls. Sie war erleichtert, dass Martina einigermaßen bei Kräften schien. Am Telefon hatte ihre Freundin einen völlig desolaten Eindruck gemacht, konnte kaum zusammenhängende Worte sprechen, lallte, schluchzte und jammerte. Barbara hatte sie noch nie so erlebt. Markos Herzinfarkt, der Tod der Schwiegermutter und ihre Schwangerschaft – das alles

war wohl zu viel gewesen.

All die Jahre hatte sie Martina nie weinen sehen. Martina blieb kühl und überlegt in allen Lebenslagen. Sogar als immer deutlicher wurde, dass Melissa ein Verhältnis mit Marko hatte, ließ sie sich nichts anmerken. Damals hatte Barbara sie darauf angesprochen und Martina hatte nur geantwortet, sie glaube nicht an die Gerüchte und wenn, könne es sich nur um eine einmalige Geschichte handeln. Während Barbara ihr die ganze Misere mit John haarklein offenbarte und sie auch nicht vor unappetitlichen Details verschonte, die Martina gar nicht hören wollte, schien an Martina alles abzuprallen was Marko betraf.

Jetzt aber war offensichtlich Not an der Frau. Barbara hatte also schnell ein paar Sachen zusammen gepackt, gecheckt, ob sie in ihrer Firma entbehrlich war und den erstbesten Flug gebucht.

„Geht es euch beiden denn gut?", fragte sie etwas ängstlich mit Blick auf Martinas Bauch, eine schlechte Nachricht vermutend, „du bist so dünn geworden..."

„Wieso euch?", Martina guckte fragend. Und dann fiel es ihr siedend heiß ein. Barbara dachte ja, sie sei schwanger.

„Nein. Also, Barbara, es ist so, ich bin nicht schwanger."

„Um Gottes willen, hast du das Kind verloren? Der Stress mit Marko und alles?"

„Nein, nein, es ist anders. Ich war gar nicht schwanger. Ich habe nur so getan, weil... und eigentlich wollte ich mit

Susanne... ach, lass uns später drüber sprechen, es ist kompliziert. Jedenfalls bin ich nicht schwanger."
Barbara gelangte von Minute zu Minute mehr zu der Ansicht, dass sich hier ein Dickicht auftat, das nur Schritt für Schritt gelichtet werden konnte, schwieg und beruhigte sich mit einem ihrer Standards: Kommt Zeit, kommt Rat.

* * *

Nachdem sich Barbara im sogenannten Gästezimmer ein wenig eingerichtet, die gehäkelte Patchworkdecke vom schmalen Bett entfernt und im braunen Holzschrank etwas Platz für ihre Sachen geschaffen hatte, machten es sich die beiden Freundinnen auf dem alten Sofa von Lotti gemütlich.
Martina hatte in der Wohnung einen kleinen Imbiss vorbereitet. Während Barbara eingelegte Weinblätter, Hummus, getrocknete Tomaten, Oliven und Pide verschlang, konnte sich Martina nicht bremsen. „Hast du was von meiner Schwester gehört? Ich kann sie seit Tagen nicht erreichen, nur eine SMS, dass sie jetzt zum Sommer hin wahnsinnig viel zu tun habe und sich bald melden würde."
Zwischen zwei Böreks berichtete Barbara, dass sie nichts von ihr gehört habe. „Aber du weißt ja, dass mir Susanne

eigentlich selten begegnet. Nur Melissa hat erzählt, dass sie ihr auf dem Markt von Estoril eines ihrer Goa-Kleidchen abgekauft hat. Sie war ganz begeistert von dem Fummel. Er stand ihr aber auch wirklich gut. Mehr weiß ich nicht. Ich war vor der Abreise noch kurz an eurem Haus, aber es war niemand da. Die Fensterläden waren dicht. Von außen ist alles prima, der Garten war picobello. Ich nehme an, Susanne pflegt ihn gut. Auch Hannes habe ich nicht angetroffen. Wie ausgestorben sein Haus. Muss man sich da Sorgen machen? Na, mich geht's ja nichts an, ich hab ja zum Glück mit dem Idioten nichts zu tun." Sie räkelte sich trotz der ganzen Aufregung Entspannung suchend auf dem Sofa.

„Aber deine Mühle habe ich über den ganzen Sommer an ein englisches Rentner-Ehepaar vermietet. Dafür ist gesorgt. In Markos Büro war ich letzte Woche schon. Patricia war mächtig am rotieren mit all den Messebestellungen. Sie ist ja ganz pfiffig, aber auf Dauer, glaube ich, ist sie auch überfordert. Sie fragt, ob du sie mal anrufen kannst. Sie braucht ein paar Unterschriften. Und die ganzen Unterlagen von der Bank habe ich dir mitgebracht, so weit ich sie bekommen habe. Um Geld musst du dir offenbar keine Gedanken machen. Wenigstens etwas. So und jetzt zu dir und deiner angeblichen Schwangerschaft. Warum hast du uns allen was vorgemacht?"

Martina erzählte ihrer Freundin von der Verwechslung

des Schwangerschaftstestes, von Marko, der sich so gefreut hatte und von dem Moment der Lüge und dass sie dann keinen Dreh für den Rückweg mehr bekommen hatte. Von der vorausgegangenen Nacht mit Hannes und dem versuchten Baby-Deal mit Susanne erzählte sie nichts.
Barbara drückte Martina an ihre Schulter, denn der Freundin standen schon wieder Tränen in den Augen.
„Ich weiß nicht mehr weiter, Barbara. Du musst mir helfen. Es ist ja nicht nur, dass Marko krank ist und kein Mensch weiß, in welchem Zustand er aus dem Koma erwachen wird, wenn überhaupt. Es ist auch, dass ich durch seine Geschäfte und sein Leben – unser Leben – überhaupt nicht mehr durchblicke. Er hat in London ein komplettes Doppelleben geführt und hat mich völlig außen vor gelassen. Außerdem will Olga 5.000 Euro von mir haben. Sie behauptet – also, ich weiß gar nicht, wie ich's sagen soll – sie behauptet, Marko habe seine Mutter mit einer Bettdecke erstickt. Was sagst du dazu?! Meine Schwester ist unerreichbar. Und dann – es ist… mir geht es überhaupt nicht gut, Barbara."
„Ja, das sehe ich doch. Das wundert mich auch nicht, bei diesem Durcheinander. Nimmst du Olgas Anschuldigungen ernst? Wofür will sie denn 5.000 Euro? Soll das Schweigegeld sein, oder was? Das ist ja kein Pappenstiel."
„Keine Ahnung. Ich meine, Lotti war todkrank. Und ich hab die Krankenschwester extra nochmal gefragt. Laut

deren Aussage ist alles mit rechten Dingen zugegangen. Ich glaube, Olga steht irgendwie unter Druck und denkt sich jetzt alles Mögliche aus. Morgen will sie das Geld haben und mir noch ein sogenanntes Geheimnis verraten. Sie ist wohl aus dem Internat abgehauen. Aber Genaues weiß ich nicht, wie gesagt, auch Susanne ist komplett abwesend."
Barbara hatte die Augen geschlossen und atmete tief. „Eins nach dem anderen. Es wird nichts so heiß gegessen, wie es gekocht wird", zitierte sie einen ihrer Lieblingssprüche, wenn es besonders brenzlig wurde. „Willst du ihr das Geld geben?"
„Ich weiß nicht." Martina sortierte ihre Beine. Sie beide waren zu groß für dieses kleine Sofa. Sie fühlte sich plötzlich total beengt und hatte das Gefühl, sie müsse ein Fenster aufreißen. Sie schwiegen ein paar Atemzüge lang.
„Es gibt da ein weiteres Problem, und ich muss es endlich mal jemandem sagen. Ich meine ... es ist so ... ich trinke zu viel, immer wieder... ich habe Blackouts... und dann diese Migräneanfälle."
Barbara streichelte ihre Freundin behutsam mit ihren großen Händen und hielt sie fest im Arm. „Ich weiß", sagte sie ruhig, „ich weiß. Alles scheint so verworren. Aber von deinem Alkoholproblem weiß ich schon lange. Du hast es gut versteckt. Aber weißt du, wer so lange mit einem Alkoholiker verheiratet war wie ich, der hat ein Näschen dafür."
„Das hat Helene auch gesagt", murmelte Martina.

„Wer ist Helene?"
„Die Nachbarin von oben drüber, die Lotti gepflegt hat und mir beim Aufräumen geholfen hat. Sie lässt sich hier kaum noch blicken, weil sie mich hier in einem schrecklichen Zustand vorfand und sofort gerochen hat, dass ich zu viel trinke. Ihr Mann war ein Säufer und hat sie schikaniert."
„Kenn' ich doch irgendwoher. Es ist gut, dass du es nun laut gesagt hast und selbst erkennst, dass du Hilfe brauchst. Ich weiß nicht, ob ich dir da beistehen kann – so als gebranntes Kind. Aber es gibt bestimmt Möglichkeiten, gerade hier in Berlin. Mehr als in Livrobranco wahrscheinlich."
Martina beruhigte sich etwas. Sie schämte sich unendlich für ihr Geständnis und hätte es am liebsten sofort wieder rückgängig gemacht. Jetzt war es heraus, hatte endgültig das Licht der Öffentlichkeit erblickt. Was hatte sie bloß gemacht! Hilfe. Hilfe. Wer oder was konnte ihr schon helfen. „Am liebsten würde ich jetzt was trinken", murmelte sie. „Ich bin mir selbst zuwider."
„Das musst du selbst entscheiden." Barbara rückte etwas von ihr ab und setzte sich aufrecht hin. „Damit löst du allerdings keines deiner Probleme."
„Ich weiß, ich weiß. Wo fangen wir an?"
„Mit dir. An wen möchtest du dich wegen deines Alkoholproblems wenden?"
„An wen? Ich habe mich doch gerade an dich gewandt. Morgen treffe ich Olga. Was mache ich mit ihr? Und: Sag

mir lieber erst mal wie es dir geht. Wir reden hier die ganze Zeit von mir, dabei hast du ja auch grad' eine Trennung hinter dir. Was macht John denn jetzt? Der Mann ist doch völlig hilflos ohne dich."

„Martina!", Barbara rückte in die hinterste Ecke des Sofas. „Du weißt, dass du jetzt nur ablenkst? Egal. Du musst es für dich entscheiden, was du unternehmen willst. Ich rate dir nur, dein Alkoholproblem anzugehen und es nicht zu verschieben. Diese Taktik führt nur in die nächste Katastrophe, das weißt du! Also gut. Von John habe ich nur gehört, dass er im Pflegeheim in Bristol gelandet ist. Nach dem letzten Exzess und als er versuchte, Fredo zu erschlagen, habe ich seine Tochter in England angerufen und ihr die Pistole auf die Brust gesetzt. Entweder sie holt ihren Vater oder ich schmeiße ihn von der Brücke, wenn er im Vollrausch nach Hause wankt. Sie hat ihn tatsächlich geholt, und er hat sich nicht gewehrt. Ich konnte es selbst kaum glauben. Vermutlich hat sie ihn gleich ins Pflegeheim gesteckt. Keine Ahnung. Ich will es nicht wissen." Nach mir die Sintflut. "Fredo ist jedenfalls ok, sagt der Tierarzt." Barbara holte tief Luft.

„Und weil wir schon mal dabei sind – auch ich habe ein Geheimnis, hatte eins. Denn ich habe nicht länger vor, Katz und Maus zu spielen. Ich habe mich verliebt, in eine Frau, in … Ja, guck nicht so. Ja, ich habe auf meine alten Tage meine lesbische Seite entdeckt und mich in eine Frau verliebt, eine junge Frau!"

Martina zuckte zurück.

„Du musst dich nicht erschrecken. Ich falle jetzt nicht gleich über jede Frau her, obwohl ich dich immer schon attraktiv fand... nein!", sie lachte. „Es ändert sich ja sonst nichts, nur weil ich eine Frau liebe."

„Ich erschrecke ja gar nicht. Ich bin nur überrascht!"

„Ja, ja, den Spruch kenn' ich schon: Ich hab ja nichts gegen Lesben Komma aber... Melissa redet mit mir seither kein Wort mehr."

„Ausgerechnet Melissa!", Martina machte eine abschätzige Handbewegung. „Wer ist es denn? Kenne ich sie?"

„Flüchtig... es ist Sarah. Du erinnerst dich? Sie hat bei mir gearbeitet."

„Waas?! Sie ist 20 Jahre jünger als du!"

„23 Jahre. Stimmt."

„Macht dir das nichts?"

„Mir nicht!", Barbara lachte wieder, diesmal aber mit einem bitteren Unterton. „Aber ihr. Denn unser Verhältnis dauerte nur ein paar Wochen, da war sie wieder verschwunden, und nun sitze ich da mit meinen neuen alten Gefühlen."

„Tja", sinnierte Martina, „manches geht im Alter einfach nicht mehr..."

„Sagt ein junges Küken von 46. Ich bin zehn Jahre älter als du. Bei Frauen geht immer nichts im Alter. Da ist so eine

Liebe dann eher peinlich. Bei Männern nicht, oder?"
„Bei jungen starken Männern sieht eine Hüftbeule unter dem Hemd aus wie ein Colt. Bei alten gebeugten Männern sieht die Beule aus wie ein künstlicher Darmausgang."
Barbara konnte sich einen Lacher nicht verkneifen. „Igitt. Du bist hart in deinem Urteil! Aber für gewöhnlich ist ein alter Mann, der ein junges Ding ehelicht, der Held. Die Frau in gleichem Alter wird da eher als Frau mit Mutter-Sohn-Komplex betrachtet und der Mann erst, der junge, der ist dann ein Gigolo, der die Alte ausnimmt. Bin ich zu alt, um mich zu verlieben? Und dann noch in eine junge Frau?"
„Komisch ist das schon!"
„Ich bin so alt wie Marko. Würdest du auch so urteilen, wenn er sich in eine Jüngere verlieben würde?"
Martina schluckte und blickte aus dem Fenster. „Marko ist nicht alt! Er sieht 15 Jahre jünger aus. Er ist drahtig, gut trainiert, volles Haar..."
„Ich weiß, ich weiß – und dieses jungenhafte Lachen und diese strahlend blauen Augen – hat er das jetzt auch noch?" Barbara konterte etwas giftig. Das Thema reizte sie.
Martina ging darauf nicht ein: „Und jetzt? Bist du jetzt für alle Zeiten lesbisch?"
„Keine Ahnung. Es war jedenfalls wunderschön, und ich hätte es gerne wieder. Wir können es ja mal miteinander versuchen."

Barbara rückte ihr wieder auf die Pelle und lachte über ihren Scherz. Beide waren sehr aufgekratzt und gleichzeitig sehr müde. Es gab so viel zu besprechen.
„Weißt du, Martina, ich stand an einem Punkt in meinem Leben, an dem ich dachte, es geht nicht mehr weiter. Ende. Aus. Erst im Laufe der Zeit wurde mir klar, dass das Gegenteil der Fall war. Ich stand an einem Wendepunkt mit faszinierend vielen Optionen, die Richtung zu wechseln. Wollte ich nur einen Millimeter nach links – oder nach rechts? Wollte ich die 180 Grad-Drehung oder nur 45 Grad? Wollte ich nach unten oder nach oben? Wollte ich heute einen Schritt wagen oder morgen oder in einem Jahr? Die Frage war nur: Hatte ich die Entscheidungskraft, eine Wende einzuleiten? Und wenn ja, welche? Ich war frei, frei zu wählen, wann ich in welche Richtung gehen wollte. Und da bin ich! Freier Wille..."
Martina hörte Barbaras Stimme entfernt. Es dämmerte.
„Freier Wille?", murmelte sie. „Es gibt keinen freien Willen! Wir hängen alle an irgendwelchen Fäden. Schicksal."
„Ich meine doch. Es gibt einen Rahmen, der ist vorgegeben, aber es gibt Spielräume. Wie würde mein Leben sein, wenn ich links gehe? Wie würde es sein, wenn ich rechts gehe? Ich muss mich entscheiden, und ich kann jederzeit meine Richtung wieder ändern, mich neu orientieren. Das habe ich getan. Und da ist nicht die Frage, ob ich es bereue. Wozu? Ich kann es nur besser machen. Reue ist nur hin-

derlich. Angst ist nur hinderlich. Schuldgefühle sind nur hinderlich. Also – bin ich nun lesbisch? Heute ja. Ich bin so frei. Und ich ..."
Barbara vernahm Martinas leichte Schnarchgeräusche, kuschelte sich näher an ihre Freundin und roch in ihren Haaren. Augen zu und durch...! Sie schliefen eng umschlungen auf dem viel zu kleinen Sofa ein.

* * *

23. Mai

MARTINA

Martina musste nicht lange warten. Die junge Frau kam zielstrebig auf ihren Tisch zu. Vor Martina lag eine schwarze Handtasche. Erst im letzten Moment erkannte sie ihre Nichte. Sie hatte sich sehr verändert, seit sie sie vor Wochen das letzte Mal gesehen hatte. Es war auf der Beerdigung ihres Vaters.
Der dunkelblaue Strickpullover war Olga zwei Nummern zu groß und schlotterte ihr um Schultern und Hüfte. Die Leggins im animal print waren an den Knien aufgerissen und ihre schwarzen Stiefel hatten ein Peace-Graffiti. Sie trug das blonde Haar locker hochgesteckt, hatte mit Kajal

ihre aquamarinblauen Augen umrandet und einen Sticker im Nasenflügel. Am Hals klebte ein weißes Pflaster – vielleicht ein Tattoo? Ihr stark geschminktes Gesicht wirkte auf eine betörende Art geheimnisvoll. Der Babyspeck schien sich in Luft aufgelöst zu haben. Ihr Gang war provozierend aufrecht. Ihr Blick hastete von links nach rechts, durchflog gehetzt das Café. Sie drehte sich um und Martina sah, wie ihr ein junger Mann mit Basecap am Eingang auffordernd zunickte.

„Olga? Setz dich doch!", sagte Martina und machte eine einladende Handbewegung. „Möchtest du etwas bestellen? Ich geb' einen aus."

„Nein Danke, Tante Martina. Ich hab's eilig. Gib mir bitte das Geld." Sie streckte ihren Arm zur Handtasche aus. Martina legte mit einer schnellen Bewegung ihre Hand auf die Tasche. „Moment mal. Ich hätte da vorher noch ein paar Fragen. Und du wolltest mir ja auch noch ein Geheimnis verraten. Ich bin aber nicht so ganz sicher, ob ich es wissen will. Vor allem, wenn es genau so ein Blödsinn ist, wie die Behauptung, Marko hätte seine Mutter erstickt. Im Krankenhaus haben sie das jedenfalls nicht bestätigt. Wofür brauchst du das Geld, Olga? Und wer ist der junge Mann da in der Tür?"

„Das geht dich alles gar nichts an, ich nehme das Geld und verschwinde."

„Ich gebe dir das Geld nur, wenn du mir sagst, was du vor

hast, Olga. Versteh doch. Wenn du in der Patsche sitzt, wenn es dir nicht gut geht, ich helfe dir, auch ohne, dass du mich erpressen willst. Du musst mir keine Geheimnisse verkaufen. Du bist meine Nichte, ich helfe dir gerne."

„Du musst mir nicht helfen. Alles ist gut. Leo hilft mir. Ich geh nicht mehr ins Internat. Ich bin fast 18, ich tue das, was mir gefällt."

„Ach ja? Und dafür musst du mich erpressen? So weit her kann es mit deiner Selbstständigkeit nicht sein, wenn du mein Geld brauchst. Hat dein Leo dich dazu angestiftet?"

„Leo ist der einzige, der mich versteht. Wir wollen uns was Eigenes aufbauen. Das Geld steht mir zu."

„Und dafür schickt er dich zu mir, um Geld abzugreifen? Was ist das für ein Müll, Olga. Er benutzt dich. Glaubst du, ich habe nicht gemerkt, dass er bei deinen Anrufen hinter dir stand und Regieanweisungen gegeben hat? Was will er von dir? Woher kennst du ihn? Kann er nicht selber für seinen Unterhalt sorgen? Muss er dich vorschicken? Das ist kriminell, was ihr macht. Olga, ich bitte dich! Hab Vertrauen. Ich kann dir helfen. Du musst ja nicht ins Internat zurück. Ich spreche mit Susanne."

„Du? Das ich nicht lache!" Olga stieß einen schrillen Ton aus.

„Meine Mutter hasst dich. Und wenn du erfährst, was ich dir zu sagen habe, hilfst du mir garantiert auch nicht mehr. Du hast ja keine Ahnung!"

„Dann sag es mir, endlich und dann sehen wir weiter. Den Quatsch mit Marko und seiner Mutter brauchst du mir aber nicht auftischen."

„Siehst du! Du glaubst mir nicht. Niemand glaubt mir, nur Leo. Ihr seid doch alle so mega verlogen, so selbstgerecht, solche Heuchler. Ihr kotzt mich an!" Olga war vor Wut den Tränen nahe. Sie stand noch immer vor Martina und schrie wild gestikulierend. Die anderen Besucher des Cafés drehten sich zu ihnen um. Der Kellner war auf dem Sprung.

„Beruhige dich, Olga. Was meinst du denn? Setz dich doch bitte. Lass uns reden."

„Worüber denn? Du glaubst mir ja doch nicht. Ich hab gesehen, wie die Bettdecke auf Lottis Gesicht lag und Marko darüber. Und dann ist er weggerutscht, als ich mich auf ihn gestürzt habe. Ich bin doch nicht blöd. Und noch was, damit du's weißt: Marko hat mich verführt, obwohl ich noch nicht volljährig bin. Und dafür will ich 5.000 Euro. Das ist das Mindeste!"

Martina hatte den Kellner im Auge, der sich bereits positionierte. Sie sah auch den jungen Mann mit dem Basecap, der in großen Schritten auf sie zukam. Sie hörte Olgas Worte, verstand sie aber nicht. Was hatte sie gesagt? Verführt? Marko? Volljährig?

Leo erreichte ihren Tisch, riss Martina die Tasche aus der Hand. Dann beugte er sich über sie und zischte: „Dein

Mann hat sie ja gut eingeritten. Ich würde an deiner Stelle die Klappe halten. Eine Minderjährige gevögelt. Eine Verwandte. 40 Jahre jünger. Und dann das Ding im Krankenhaus mit Omilein. Sieht nicht gut aus, alte Frau! Das kann teuer werden. Du hörst von uns! Komm, Olga. Wir gehen!" Leo griff Olgas Arm und zerrte sie aus dem voll besetzen Café.

Der Kellner trat besorgten Blickes an Martinas Tisch. „Kann ich Ihnen behilflich sein?"

„Geht schon", sagte Martina wie vom Blitz getroffen. Sie schaute Olga und diesem Leo entgeistert hinterher. „Was für ein gut aussehender Scheißkerl, an den Olga da geraten ist", dachte sie und bereute fast, dass sie die 5.000 Euro noch immer in der Hosentasche hatte.

* * *

24. Mai

Martina saß am Küchentisch und starrte in ihren schwarzen Kaffee. Sie saß hier seit Stunden, unfähig, klare Gedanken zu fassen. Jederzeit erwartete sie einen Anruf von Olga – oder schlimmer noch – von diesem Leo. Sie mussten ja längst festgestellt haben, dass sich kein Geld in der Tasche befand. Leo würde das niemals auf sich sitzen lassen, jedenfalls schätzte sie diesen jungen Mann so ein – auch wenn sie sein Verhalten nicht besonders professionell fand. Sie hätten sich ja auch am Tisch bereits davon überzeugen können, ob das Geld in der Tasche war.

Im Morgengrauen setzte sich Barbara verschlafen zu ihr.
„Willst du jetzt ewig hier sitzen und auf einen weiteren Anruf warten?"
„Was soll ich sonst tun?", erwiderte Martina. „Dieser Leo, Marke Loverboy, wird nicht locker lassen. Der wittert doch eine Geldquelle. Der hat sie bestimmt aufgestachelt, mich zu erpressen. Der meint jetzt, gegen mich was in der Hand zu haben – Marko tötet seine Mutter, nachdem er ein Verhältnis mit seiner minderjährigen Nichte angefangen hat... Es ist nicht zu fassen. Sie sagt, Marko habe sie verführt."
Barbara schnappte nach Luft. „Wie bitte? Das wird ja immer besser. Du glaubst ihr doch nicht etwa diese Räuberpistole? Ich meine, ich traue ja Marko Einiges zu, aber mit seiner 17-jährigen Nichte... nein... das geht zu weit. Zumal der Verdacht, er habe seine Mutter erstickt, ja auch aus der Luft gegriffen war. Das hat die Krankenschwester doch bestätigt, oder?"
„Ich weiß nicht mehr, was ich glauben soll. Olga klang so verzweifelt, so echt. Wenn das alles stimmt, wenn Marko... Verdammt noch mal, Barbara! Bin ich mit einem Monster verheiratet? Und nun lässt er mich mit diesem ganzen

Schlamassel hier alleine und verpisst sich einfach ins Koma! Typisch!" Martina schlug die Hände vor ihr Gesicht und gab sich hemmungslos weinend ihrer Verzweiflung hin.
Barbara wollte sie gerade in den Arm nehmen, ohne dass ihr tröstende Worte einfielen, die über ein: „Das wird schon wieder." hinausgingen, da klingelte Martinas Handy. Kein Name. Das konnte nur eins heißen: Olga, Runde drei.

* * *

„Du bist an allem schuld!" Olgas Stimme überschlug sich fast. „Wegen deiner Scheiß Schwangerschaft hat er sich von mir getrennt. Dabei hatte er mir versprochen, dass er nicht mehr mit dir schläft, weil er mit mir zusammen sein wollte. Du bist schuld!" Sie schrie hysterisch ins Telefon.
Entfernt hörte Martina Stimmen. „Gib mir das Handy. Du bist ja... so geht das nicht... sag ihr, du willst das Geld!"
„Hörst du mich, Martina? Du bist schuld an dem Ganzen. Ohne das alles wäre ich auch gar nicht ins Krankenhaus und hätte den ganzen Mist nicht gesehen!" Olga klang verzweifelt. „Ich will jetzt das Geld, sonst gehe ich mit der ganzen Story zur Polizei!"

Martina war fassungslos. Sie versuchte, etwas zu sagen, stammelte zusammenhangloses Zeug, konzentrierte sich. „Olga, hör mir zu. Lass uns reden."
„Ihr wollt immer reden, reden, verlogene mega Scheiße, der ganze Talk. Ende. Aus!" Irgendwas fiel um, zersplitterte, rauschte. Eine Männerstimme.
Leo: „So, alte Frau. Genug gelabert. Wir erhöhen auf 10.000 in kleinen Scheinen. Letzte Ansage. Und wehe, du willst uns nochmal austricksen. Olga geht es nicht besonders gut, hast du ja gehört. Und du willst ja sicherlich nicht, dass es ihr noch schlechter geht, oder? Du stehst also morgen um 16 Uhr am Alex mit deinem Handy und dem Geld in einem schwarzen Beutel von Edeka und wartest auf die Geldübergabe. Alleine. Verstehst du, alte Frau?"
Martina berappelte sich. „Was soll das sein? Kommt zur Erpressung jetzt auch noch eine Entführung dazu? Seid ihr verrückt geworden?!"
„Halt die Schnauze, alte Frau. 10.000 ist für dich nicht die Welt und Olga braucht neue Klamotten. Irgendwas Geiles. Verstehst du? Morgen 16 Uhr am Alex, alleine. 10.000 in der Tüte. Basta!"
Die Verbindung war unterbrochen. Barbara stand hinter ihr.
„Es stimmt", stammelte Martina. „Es stimmt alles! Er hatte ein Verhältnis mit ihr und er hat seine Mutter erstickt. Es stimmt. Und Olga... Olga ist in Gefahr. Diesem Leo trau

ich alles zu."

„Woher willst du das wissen?", fragte Barbara und reichte ihr einen Becher Kaffee.

„Ich habe es gehört, Barbara, ich habe es gehört. So klingt nur die Wahrheit."

„Du musst mit Susanne sprechen. Sofort. Und die Polizei einschalten."

„Und Marko? Das wäre doch sein Todesurteil, mit seinem schwachen Herz! Ein Mörder und ein Kinderschänder. Und Susanne... wenn Susanne ausgerechnet von mir erfährt, dass ihre Tochter ein Verhältnis mit dem Mann hatte, der sie damals wegen mir verlassen hat... und mich jetzt erpresst. Weißt du, zu was dieser Leo fähig ist? ... Barbara, was ist das alles für eine Scheiße!"

Sie raufte sich die Haare, schlug sich mit der flachen Hand vor die Stirn, als ob sie sich zur Besinnung rufen wollte. Sie war kurz vor Wahnsinn.

„Egal. Als erstes gehe ich zur Bank und hole nochmal 5.000 Euro, damit ich auf alles vorbereitet bin. Und zwar jetzt sofort."

„Soll ich mitkommen?" Barbara mochte dem plötzlichen Aktionismus ihrer Freundin nicht ganz folgen. Man konnte sie jetzt unmöglich alleine lassen.

„Bleib hier, Barbara, falls das Krankenhaus anruft, oder Susanne, oder Olga, keine Ahnung. Bis gleich!" Martina stürzte aus der Wohnung.

Auf der Bank händigte man ihr ohne Umschweife das Geld aus. Als sie wieder auf die Straße trat, hatte sie das diffuse Gefühl, beobachtet zu werden. Sie schaute sich hektisch auf der belebten Hauptstraße um, sah kein bekanntes Gesicht.
„Jetzt ist es soweit", dachte sie. „Jetzt auch noch Paranoia."
Sie ging eilig über die Kreuzung. Und wie nun weiter? Sie hatte keine Ahnung.
„Ich brauche jetzt einen Schnaps zur Beruhigung", dachte sie reflexartig und verschwand umgehend in einer Kneipe mit Namen Queens.
Schon auf dem Hinweg zur Bank hatte sie die Kneipe aus den Augenwinkeln registriert. „Vielleicht sehe ich danach etwas klarer", dachte sie. Gleichzeitig wusste sie, dass sie sich selbst belog und – ständig am Abgrund stehend – schon längst wieder einen Schritt zu weit gegangen war.

* * *

25. Mai
Alles fühlte sich schleimig an, klebrig und pelzig. Ein elender Geschmack, ein dumpfer Schmerz. Sie konnte ihre Beine nicht spüren und kniff sich in den Oberschenkel. Ein leichtes Stechen. Sie lebte jedenfalls. Sie hob ihre geschwol-

lenen Lider. Im ersten Moment schien es ihr dunkel, dann gewöhnten sich ihre Augen an ein dämmriges Licht. Sie konnte Konturen erkennen. Einen Fensterrahmen. Vorhänge. Sie lag in einem Bett, über ihr eine harte, muffige Steppdecke. Neben ihr lag jemand, sie hörte ihn schwer atmen. Es roch nach Bier und Rauch. Sie erinnerte sich nur schemenhaft. Später Nachmittag in der Kneipe, eine üble Spelunke und ein lustiger Abend.

Weine nicht, wenn der Pegel fällt. Dam. Dam. Dam. Dam. Ich hab dir noch ein Bier bestellt. Dam. Dam. Dam. Dam. Alkohol tötet langsam. Wir haben viel Zeit...
Spielautomaten. Männer an Theken, die über Fußball sprechen. Sie setzt sich an einen braunen Tisch und bestellt Tequila. Sie tanzt mit einem schlacksigen Typen mit tiefliegenden Augen und dunklen Haaren.
Hast du Kummer mit die deinen, trink dich Einen! Hahaha! Zur Mitte! Zur Titte! Prost! Sie geht mit ihm.
Sie trägt nur ihr T-Shirt. Ihre Sachen liegen um sie herum, soweit sie sehen kann. Ihr BH ist verschwunden. Sie rafft alles zusammen und schleicht sich aus der Tür. Grelles Tageslicht. Sie hastet in irgendeine Richtung. Nur weg von hier. Da, eine Parkbank auf einem Supermarkt-Parkplatz. Erschöpft lässt sie sich fallen. Die Schädeldecke platzt. Sie sortiert mühsam ihre Sachen. Sie sucht ihre Hausschlüssel. Sie starrt auf die große Straßenuhr. Es ist 16.33 Uhr. Ihr Handy

ist weg und ihre Geldbörse mit dem ganzen Bargeld und allen Papieren auch.
Das Unglück sitzt ihr im Hals fest. Das Herz poltert im Brustkorb und der Atem quält sich durch die Enge der Luftröhre. Schwindel steigt ihr vom Nacken hoch in die Augen. Störbild. Sie erbricht sich hinter der Bank und kann ihren Stuhlgang nicht halten. Sie lebt nicht mehr. Sie liegt im Niemandsland auf einem Acker. Irgendjemand beugt sich über sie.
„Die ist besoffen!"
„Ich weiß nicht. Ich ruf lieber die Rettung."
Sie liegt bewegungsunfähig in ihrem eigenen Dreck, nimmt wahr, was um sie herum geschieht und ist doch ohnmächtig.

* * *

Barbara konnte sich auf das Verschwinden ihrer Freundin keinen Reim machen. War das eine dieser Situationen, in denen jemand Zigaretten holen geht und nicht wiederkommt? Das sah Martina nicht ähnlich. Sie mochte in den letzten Monaten – oder waren es Jahre? – etwas abgebaut haben, aber sie war doch meistens noch die Zuverlässigkeit und Klarheit in Person. Außerdem würde sie Olga doch nicht so im Stich lassen. Der Übergabetermin war längst

verstrichen. Entweder hatte Martina einen Unfall, war einer Gewalttat zum Opfer gefallen oder ... .
Als am Tag darauf Martinas Anruf kam, war Barbara nach einer schlaflosen Nacht auf dem Weg ins nächste Polizeirevier, um eine Vermisstenanzeige aufzugeben.
„Hol mich ab, Barbara. Schnell! Sonst ticke ich durch!"
„Was ist denn bloß los? Wo bist du?"
„In der Luise-Auguste-Klinik. Bring Klamotten mit. Unterwäsche. Alles. Bitte, Barbara. Alles weitere später."

Im Flur der Klinik fing sie die Stationsschwester ab. „Sie sind die Freundin, die Frau Kleinschmidt abholt? Die Rettung hat sie hilflos aufgefunden. Wir mussten sie zunächst von Kopf bis Fuß säubern. Sie hatte einen kompletten Zusammenbruch und keine Papiere und auch kein Handy bei sich. Es dauerte also, bis wir sie identifizieren konnten. Sie musste erst ihren Rausch ausschlafen. Mehr kann ich ihnen nicht sagen. Die Patientin möchte nun auf eigene Verantwortung entlassen werden."
„Ist sie denn krank? Oder was?"
„Sprechen Sie mit ihr. Mehr kann ich Ihnen nicht sagen. Sie sind ja nicht verwandt." Die Schwester eilte fluchtartig den Flur entlang.
Barbara atmete tief durch bevor sie das Krankenzimmer betrat. Was uns nicht tötet, macht uns nur härter!
Martina saß aufrecht im Bett, schaute sie nicht an, sag-

te kaum „Hallo!" und griff sofort nach den Sachen, die Barbara mitgebracht hatte, zog sich alles blitzartig an und sagte: „Danke Barbara, ich muss hier sofort raus. Bitte."

Den Plastiksack mit ihren alten Sachen ließ sie am Schrank stehen. Sie lief barfuß. Barbara hatte die Schuhe vergessen.

* * *

Die Tür öffnete sich und ein Arzt stand im Krankenzimmer.
„Frau Kleinschmidt? Darf ich mich kurz vorstellen? Mein Name ist Dr. Meyerhoff, Leitender Oberarzt. Bevor Sie gehen – könnte ich Sie bitte noch mal kurz zu mir ins Büro bitten? Nur ein paar Minuten, dann können Sie selbstverständlich gehen, auf eigene Verantwortung, versteht sich."
„In welcher Angelegenheit?", fragte Martina distanziert.
„Ich möchte mit Ihnen nochmals in Ruhe über den ärztlichen Befund sprechen." Martina wand sich kurz und bat dann Barbara, noch ein paar Minuten auf sie zu warten.
„Bin gleich wieder da!"
Im Büro von Dr. Meyerhoff herrschte relative Unordnung. Auf dem Schreibtisch stapelten sich Akten-Mappen.
„Nehmen Sie doch Platz, Frau Kleinschmidt."

„Danke. Dr. Harting hat mich doch schon aufgeklärt."
„Ja, aber ich bin Leiter der Suchtmedizin und möchte mit Ihnen noch kurz darüber sprechen, was ich Ihnen im Sinne Ihrer Gesundheit aus meiner Sicht ans Herz legen möchte." Und ehe Martina empört dazwischen fahren konnte, setzte er seine Ansprache mit einer beschwichtigenden Handbewegung fort:
„Ihre Leberwerte sehen nicht gut aus. Sie wurden fast bewusstlos, in einem hilflosen Zustand und mit heftigen Herzrhythmusstörungen aufgefunden. Ihr Alkoholpegel lag immer noch bei 2,1 Promille. Ich empfehle Ihnen dringend eine Entziehungskur mit anschließender Therapie, am besten hier in unserem Haus."
Martina schnappte nach Luft. Genau das alles wollte sie auf gar keinen Fall hören. Sie formulierte gedanklich blitzschnell einige Argumente für Dr. Meyerhoff, weshalb es zu diesem erst- und einmaligen Zusammenbruch gekommen war und warum sie nun umgehend die Klinik wieder verlassen würde, ohne Schaden zu nehmen.
Aber der Arzt winkte wieder ab und setzte ohne Pause fort: „Sehen Sie, Frau Kleinschmidt. Ich kenne alle Ihre Argumente tausendfach. Jeder und jede, die hier sitzt und sich in der Phase der Selbstverleugnung befindet, reagiert mit Ausflüchten, durchaus überzeugenden Argumenten, Täuschungsversuchen – auch Selbsttäuschungen und massiven Widerständen. Da höre ich nur noch bedingt zu.

Denn hier geht es um etwas anderes. Um die Einsicht, dass Sie allem Anschein nach alkoholkrank sind. Und wenn ich ‚krank' sage, dann meine ich das auch so. Krank im Sinne von behandlungsnotwendig. Und ohne Stigma oder Schuldzuweisungen. Verstehen Sie?"

Martina wollte gerade anheben, ihm zu erklären, dass es aber bei ihr genau anders lag, als Dr. Meyerhoff den Kopf schüttelte, zweimal an seinem dünnen Ziegenbärtchen zog und noch einmal begann: „Geben Sie Ihre Erklärungsversuche auf. Sie werden bei mir nicht landen. Ich lehne mich in Ihrer Angelegenheit etwas weit aus dem Fenster, ohne dass ich Ihre ganze Krankengeschichte kenne. Aber Sie sind eine kluge Frau. Falls ich komplett falsch liege, gehen Sie einfach aus dieser Tür und halten mich für einen Spinner. Aber ich denke, Sie sind der Selbstreflexion fähig. Soweit ich sehe, haben Sie ein massives Suchtproblem, mit dem Sie den Rest Ihres Lebens umgehen müssen. Und wenn Sie nicht in regelmäßigen Abständen und irgendwann für immer in der Gosse landen wollen, dann empfehle ich Ihnen: Bleiben Sie in der Klinik, und dann sehen wir weiter. Sie schaffen das, – aber nur mit Unterstützung."

„Nehmen wir einmal an, Sie haben recht. Wie lange dauert das?"

Dr. Meyerhoff atmete deutlich hörbar aus und zog eine gewaltige Menge Luft durch seine große Nase, die wie ein Vogelschnabel aus seinem Gesicht ragte. Martina kauerte auf ihrem Stuhl und bemühte sich um Haltung, war aber gleichzeitig den Tränen nahe.

„Zwei Wochen Entzug Minimum. Aber dann ist lediglich der Körper entgiftet, nicht der Geist. Die Sucht ist damit nicht bekämpft."

Martina schluckte. „Wissen Sie überhaupt, was Sie da verlangen? Mein Mann liegt im künstlichen Koma, eben hier in der Klinik. Und ich dann im Entzug? Das ist der absolute Nullpunkt!"

„Das ist keineswegs der Nullpunkt. Und ich verlange gar nichts. Es ist ohnehin Ihre freiwillige Entscheidung. Und: Wenn Sie jetzt nicht handeln, garantiere ich Ihnen, lernen Sie noch einen ganz anderen Nullpunkt kennen. Sie sind noch lange nicht ganz unten, auch wenn wir Sie gestern schon aus der Gosse gezogen haben. Das ist erst der Anfang, Frau Kleinschmidt. Und glauben Sie mir, ich weiß, wovon ich rede!"

Martina war einem weiteren Zusammenbruch nahe. Sie zitterte am ganzen Körper. Ihr war schlecht, und ihr Kopf drohte zu zerspringen. Sie schlug die Hände vor das Gesicht und stammelte kraftlos: „Was soll ich machen? Mein Mann... die ganze Situation... die Erpressung meiner Nichte... Ich kann nicht in die Klinik!"

„Gehen Sie zum Übergang wenigstens in eine unserer ambulanten Therapiegruppen, damit Sie den Anschluss nicht verlieren. Und wenn Sie Ihre privaten Angelegenheiten –

die jedoch meines Erachtens Sucht verstärkend wirken – überblicken, kommen Sie in unser Entzugsprogramm."
„Ist das so eine Gruppe, wo man aufsteht und sagt: Ich bin ein Alkoholiker?"
„Nein, das sind die Anonymen Alkoholiker, eine Selbsthilfevereinigung. Wir bieten ambulante Gruppen mit professioneller, psychologischer Begleitung an, selbstverständlich auch unter Wahrung des Schweigegebotes. Das ist ja klar."
„Geht das nicht auch in Einzelgesprächen? Die Vorstellung, mit richtigen Alkoholikern an einem Tisch zu sitzen... also...!"
„Sie verkennen die Lage, Frau Kleinschmidt. Allem Anschein nach sind auch Sie – wie Sie es nennen – eine richtige Alkoholikerin, da gibt es keine guten oder schlechten Süchtigen, normale oder anormale. In Ihrem Fall ist eine Einzeltherapie wenig effektiv. Sie müssen sich mit Ihrer Sucht öffnen, sich bekennen, outen gewissermaßen. Das geht nicht in verschwiegenen Vieraugen-Sitzungen. Meine Mitarbeiterin gibt Ihnen Ort, Zeit und Kontaktperson. Ich kann Sie nicht zwingen. Sie müssen aus freien Stücken kommen. Nutzen Sie die Chance! Und passen Sie auf sich auf. Sie bewegen sich gerade auf einem schmalen Grat!"
„Ich überlege es mir." Martina schwankte leicht beim Aufstehen und wollte gehen. Da sprach Dr. Meyerhoff sie nochmals an. Sein Tonfall hatte sich geändert.
„Frau Kleinschmidt, ich habe außerhalb unseres ärztlichen

Gespräches noch eine andere Frage."

„Ja?" Martina drehte sich um, die Hand schon am Türgriff. „Ihren Akten habe ich entnommen, dass Ihr Mädchenname Holzhuber ist. Entschuldigen Sie meine Indiskretion. Aber kennen Sie eine Susanne Holzhuber?", und als er das fragende Gesicht seiner Patientin sah, legte er nach: „So oft kommt der Name ja nicht vor. Ich kannte mal ein junges Mädchen dieses Namens, Vorname Susanne. Ich habe sie in Südafrika kennen gelernt. Ist lange her, 20 Jahre ungefähr. Ich mochte sie wirklich sehr...!"

Martina starrte ihn an. „Susanne", sagte sie verstört, „ist meine Schwester."

„Dachte ich's doch. Haben Sie Kontakt zu ihr?"

„Ja, ja." Martina fiel wieder ein, dass sie Susanne schon ewig nicht mehr erreicht hatte.

„Bitte grüßen Sie sie ganz herzlich von mir. Das kann ja kein Zufall sein. Geht es ihr gut?"

„Ich denke, ja. Ich richte es ihr aus."

„Aber nur, wenn es für Sie ok ist. Ansonsten liegt über allem meine Schweigepflicht an erster Stelle. Ich hoffe, ich war nicht zu streng mit Ihnen? Nehmen Sie bitte meine Empfehlung sehr ernst. Alles Gute. Auf Wiedersehen, Frau Kleinschmidt."

„Ja, auf Wiedersehen, Dr. Meyerling."

„Meyerhoff! Wenn Sie gestatten."

Im Taxi sprach Barbara sie direkt an: „Was ist los. Sag mir die Wahrheit!"
„Die Wahrheit?", schrie Martina hysterisch. Der Taxifahrer sah verschreckt in den Rückspiegel. „Die Wahrheit ist das, was die Menschen wahr haben wollen. Ich bin schon mit einer Lüge auf die Welt gekommen. Was erwartest du da außer Täuschung und Betrug! Was!?" Martinas Blick hatte etwas Tollwütiges.
Bellende Hunde beißen nicht. Dachte Barbara.

* * *

DR. JAKOB MEYERHOFF

Schwester Helga von der Notfallstation hatte ihm die Krankenakte Martina Kleinschmidt, geb. Holzhuber, auf den überfüllten Schreibtisch gelegt mit einem sehr zugewandten Blick und der dringenden Bitte, schnell einmal darauf zugucken und gegebenenfalls noch zu reagieren ehe die Patientin aus der Klinik flüchte. Meyerhoff sah sich in seiner Befürchtung bestätigt, Schwester Helga habe möglicherweise ein Auge auf ihn geworfen.
In dem Moment, als er den Namen „Holzhuber" las, war sein Interesse unmittelbar geweckt. Sofort standen un-

zählige Bilder vor seinem Auge. Südafrika. Sein Vater. Sein Onkel Gustav. Die 16jährige Susanne. Die erste Auslandsstation nach der Wende. Beginn seiner illegalen Reise in das Land der Medizin. Die unendliche Schönheit der Abendsonne im afrikanischen Bushveld.

Und dann diese Patientin, für die er sich ungewohnt hartnäckig, fast schon grenzüberschreitend, ins Zeug gelegt hatte. Susanne – ihre Schwester. Ein Fingerzeig?

* * *

BIAS DO SUL 29. Mai
SUSANNE

Susanne hatte soweit alles vorbereitet. Alle Indizien und Geschichten passten hervorragend zusammen. Alles lief auf den Höhepunkt zu. I-Tüpfelchen war noch der Anruf Martinas auf dem Anrufbeantworter gewesen. Eigentlich war es Zeit, die Umsetzung zu planen und Martina nach Portugal zu locken. Gründe gab es genug – das Anwesen, ihre Schwangerschaft, Markos Büro in Tavira – da würde ihr schon etwas Überzeugendes einfallen.

Allerdings musste das letzte Kapitel Martina noch warten; denn Olgas Verschwinden machte ihr derzeit große Sorgen. Das Internat hatte ihr per Post mitgeteilt, dass sie nun nach der dritten Abmahnung Olga der Schule verweisen würden. Nach der ohnehin fragwürdigen Reise, in der sie behauptet hatte, ihre kranke Mutter zu besuchen, war sie zwar kurzfristig ins Internat zurückgekehrt, dann aber gleich wieder verschwunden und bis heute nicht zurückgekehrt. Man wisse nicht, so Senhora Mendonza, wo sie derzeit sei, zumal man ihre Mutter zwischenzeitlich auch nicht erreicht habe. Die Schule mache sich große Sorgen um Olga, könne aber keine weiteren Nachforschungen anstellen und bitte ihre Mutter oder einen Beauftragten, sich umgehend zu melden, zumal der Verbleib des Pferdes geklärt werden müsse. Entweder müsse der Abtransport in Kürze erfolgen oder ein neuer Pflegevertrag abgeschlossen werden.

Alles in allem wusste niemand, wo sich Olga seit fast zwei Wochen aufhielt. Susanne war zunächst nicht allzu beunruhigt. Sie hatte großes Vertrauen in die Selbständigkeit ihrer Tochter. Olga sprach mehrere Sprachen, hatte ein gesundes Selbstbewusstsein. Gleichzeitig hatte Susanne am eigenen Leibe erfahren, wie sich die erste große Liebe anfühlte und was sie aus einem Menschen machen konnte. Olga hatte beim letzten Anruf von einem Jungen in Berlin geschwärmt.

Was Susanne jedoch in Sorge versetzte war, dass Olga über ihr Smartphone nicht mehr zu erreichen und dass ihr

Facebook-Account abgemeldet war. Olga ließ ihr Smartphone nie aus den Händen. Ihre Tochter gehörte zu den Menschen, die 24/7 online waren und deren Gehirn in der nächsten Entwicklungsstufe der Menschheit mit dem Smartchip zur künstlichen Intelligenz verschmelzen und den weltbeherrschenden homo digitalis hervorbringen würde.

Ein erneutes Telefonat mit Direktorin Mendonza brachte keine Beruhigung und ergab, dass Olga in den letzten Monaten immer wieder unentschuldigt gefehlt, am Unterricht keinerlei Interesse mehr gezeigt und Joelle vernachlässigt hatte. Susanne bat Senhora Mendonza, mit Olgas Freundin Lissi skypen zu dürfen, um eventuell etwas über Olga in Erfahrung zu bringen.

Lissi starrte mit verschreckten Kulleraugen in die Kamera. Ihre Stimme zitterte schon bei der Begrüßung und Susanne spürte sogar via Netz, dass sie mehr wusste als sie gegenüber der Internatsleitung zugegeben hatte.

Susanne beschrieb zunächst den Ernst der Lage und dass sie von Olgas neuem Freund in Berlin wisse, dass sie sie auch per Handy nicht mehr erreichen könne und sich große Sorgen mache.

Lissi kullerten Tränen über die Wangen.

„Ich weiß, Frau Madeira. Ich bin auch total durcheinander. Sie meldet sich nicht, und ich hab ihr versprochen nichts zu sagen."

„Bitte Lissi, sag mir alles, was du weißt. Du willst doch auch, das Olga nichts passiert, oder?"
Lissi schluchzte und stammelte, sie habe ja immer gewusst, dass das alles mal auffliegen würde und viel zu gefährlich sei. Da war eben dieser ältere Mann, der aussah wie Brad Pitt. Der hatte Olga nach London und Berlin und Lissabon und so eingeladen. Den Namen wollte Lissi aber auf gar keinen Fall nennen.
„Aber das war aus", sagte Lissi bestimmt. „Der Typ ist krank geworden und hat sie hängen lassen wegen seiner Frau, oder so. Jedenfalls hat Olga diesen Leo kennengelernt. Hier, die letzte SMS ging so: ‚Leo ist so süß. Wir gehen weg und bauen uns woanders was Neues auf, vielleicht Brasilien. Aber wir müssen noch Geld besorgen. Gute Quelle gefunden. Sei nicht traurig. Love Olga.' Ich dachte schon, ich würde Olga nie wiedersehen. Da stand sie plötzlich spät abends in unserem Zimmer. Ich war völlig durch den Wind. Sie sah ganz anders aus, plötzlich irgendwie, ich weiß auch nicht – erwachsen? Sie brauchte ihre Papiere, ein paar Klamotten und wollte sich unbedingt von Joelle verabschieden. Für immer, glaub ich." Lissi schluchzte laut.
„Es war schrecklich. Wir schlichen uns zu den Ställen. Olga weinte und hing an Joelles Hals und sagte, dass sie nie wieder kommen würde. Ihr Typ wartete an der Straße. Sie waren mit einem Auto unterwegs. Ich habe ihr dann noch einen dicken Brief gegeben, der für sie angekommen war

und den ich aufbewahrt hatte. Sie hat ihn aufgerissen, und da fiel jede Menge Geld raus und ein Brief. Olga hat ihn gelesen und wurde ganz bleich. Ich dachte schon, sie fällt um. Ich habe gefragt, wer denn Helene Eder ist – der Absender stand drauf – und von wem das viele Geld ist und was drin steht. Sie hat mich nur total geschockt angestarrt und ist dann ohne ein Wort einfach gegangen. Sie hat nicht mal adeus gesagt..." Lissi schlug die Hände vor das Gesicht.
Senhora Mendonza tauchte hinter Lissi auf, schob sie vorsichtig beiseite und sagte: „Das alles war vor vier Tagen. Seitdem versuchen wir Sie auf allen Kanälen zu erreichen und waren kurz davor die Polizei einzuschalten. Aber Olga ist ja offenbar freiwillig gegangen, da kann die Polizei vielleicht auch nichts machen. Bitte, Frau Madeira, kümmern Sie sich um Ihre Tochter. Bitte! Ich habe wirklich kein gutes Gefühl bei der ganzen Sache. Und den Verbleib von Joelle regeln wir dann später."
Susanne spürte ein heftiges Ziehen im Unterleib. Bisher war die Schwangerschaft völlig komplikationslos verlaufen. Jetzt meldete sich das kleine Wesen.

Als Mutter war sie eine einzige Katastrophe.

* * *

30. Mai
Sie stand auf der Dachterrasse ihres Hauses in Bias do Sul. Es dämmerte zum Tag hin und die ersten Muschelsammlerinnen stapften durch das Wattenmeer, bewaffnet mit großen Hüten, Eimern und ihren Schäufelchen, mit denen sie in ihren Muschelgärten die begehrten Améijoas aus dem Schlamm buddelten. Abends dann bestellten die Touristen bei Antonio in Moncarapacho eine kleine Vorspeise dieser Köstlichkeit, die es angeblich nur in der Ria gab. Sie selbst bevorzugte Conquilhas, die Sägezähnchen, weit preiswerter und jedermann zugänglich. Sie wollte heute nach Santa Catarina da Fonte do Bispo in die Ölmühle fahren, um frisches Olivenöl zu holen. Sie brauchte Abstand, um darüber nachzudenken, was sie wegen Olga unternehmen könnte.
Noch war es angenehm kühl. Die Stille beruhigte ihre Nerven. Eigentlich die schönste Zeit des Tages.
Ein Motorengeräusch schreckte sie aus ihren Gedanken, eine Autotür klapperte. Ungewöhnlich um diese Tageszeit, vielleicht Maura. Hatte sie einen Termin mit dem Elektriker verpasst? Oder die Anlieferung der Gasflaschen? Sie war einige Tage nicht hier gewesen, hatte viel Zeit in Markos Haus verbracht und sich ihren Träumen vollends hingegeben. Nun war mit Olgas Verschwinden ein Stück Wirklichkeit zurückgekehrt.
Jemand stürmte die Treppe zur Dachterrasse hoch. Die

Tür zum Dach sprang auf. Plötzlich stand Olga dort. Ihre dunkle Erscheinung hob sich sogar im Morgengrauen grell von der weißen Hauswand ab. Nur die hochgesteckten blonden Haare erinnerten sie an ihr kleines Mädchen.
Susanne rief erleichtert mit ausgestreckten Armen: „Olga, Engel! Da bist du ja!", und wollte auf sie zu rennen, sie umarmen. So wie immer, wenn sie nach Hause kam.
Olga blieb steif an der Tür stehen und schrie: „Bleib wo du bist! Fass mich nicht an!"
Susanne stoppte abrupt, wich zurück bis an den Rand der Dachterrasse, die durch ein Mäuerchen begrenzt war.
„Olga! Was ist los! Komm, lass dich umarmen. Ich bin so froh, dass du wieder da bist und dir nichts passiert ist!"
„Nichts passiert!?", Olga lachte schrill. „Nichts passiert! Typisch. Für dich ist immer alles oberflächengechillt. Diese ganze Scheinheiligkeit. Wie konntest du mir das antun!"
„Was, Kind, Engel, was ist denn bloß? Warum bist du aus dem Internat abgehauen. Ich dachte, wir hätten alles geregelt beim letzten Mal. Das Internat, deine Ausbildung, Joelle... Beruhig dich doch. Lass uns in Ruhe reden!"
Susanne fasste sich mit einer Hand auf ihren Bauch. Olga stutzte für einen Moment.
„Du siehst schwanger aus!" Olga hielt für einen Moment inne und schaute genauer hin. „Du bist schwanger!? Ich fass' es nicht. Seit wann? Von wem? Noch ein Kind der Liebe – ohne Vater?" Hohngelächter. „Von Papa kann es

ja wohl kaum sein. Das hättest du bestimmt nicht so lange verheimlicht. Von diesem Hannes vielleicht? Der vögelt doch alles, was nicht bei drei auf den Bäumen ist. Nein... Moment mal – ja, klar! Das ist auch von Marko. So wird's sein. Wahrscheinlich hat er mich belogen und dich gemeint, und nicht Martina. Stimmt's? Hab ich recht? Das wär's ja. Oh Gott, bin ich blöd!" Olga schlug sich mit der flachen Hand vor die Stirn und lachte hysterisch.

Susanne hub an zu beschwichtigen, wollte erklären, abstreiten, um Verständnis bitten, dass sie Olga noch nichts von der Schwangerschaft erzählt hatte. Die Erwähnung von Marko löste in ihr Alarm aus.

Aber Olga fuhr dazwischen: „Halt den Mund, du lügst doch, wenn du den Mund aufmachst. Ist ja auch egal, mit wem du vögelst!"

„Hör auf!", befahl Susanne mit ungewohnt harter Stimme, um Ruhe bemüht. „Wie redest du überhaupt mit deiner Mutter."

„Vorbei! Das hättest du dir mal früher überlegen sollen. Dann wäre das hier alles nicht passiert." Ihre Stimme überschlug sich fast. Sie hielt sich krampfhaft am Türrahmen fest. Susanne registrierte ein rot-grünes Rose-Tattoo an Olgas Hals, das über der anschwellenden Halsschlagader etwas verzerrte.

Olga fuchtelte mit einem Papier wild in der Luft herum. „Hier steht alles drin. Oma hat ihn mir nach ihrem Tod zukommen lassen. Ja, da staunst du, was? Meine Oma! Ich hatte eine richtige Oma. Ich hab sie sogar mal im Arm gehalten. Aber ihr habt mir nichts gesagt! Die Oma hab ich zuletzt gesehen, da war sie schon tot. Und selbst da wusste ich noch nicht, dass es meine Oma war. Markos Mutter war meine richtige Oma. Ha! Und ich bin so blöd und falle auf dein ganzes Gelaber in Berlin rein. Und was bedeutet das? – Sie war meine richtige Oma?"

Susanne wankte leicht und setzte sich auf die Mauer.

„Na? Da redest du nicht mehr, oder? Hier steht's: Ich bin die Tochter von Marko und dir! Mein Vater war immer da und du hast es mir verschwiegen – und Marko auch. Fuck you!"

Susanne kippte bedrohlich nach hinten und mühte sich, ihr Gleichgewicht zu halten. „Olga, Olga, bitte, hör mir zu, verzeih mir, ich konnte nicht..."

„Bleib wo du bist. Komm mir nicht zu nahe. Ich weiß nicht, was ich tue... Und das Schlimmste ist, ich war in meinen eigenen Vater verliebt. Wie widerlich ist das denn. Und er in mich. In seine eigene Tochter. Und wir haben ... in London ..." Olga brüllte wie ein verwundeter Stier und musste würgen... „Ich hab Marko gesehen, wie er über ihr lag, mit einer Decke, es war, ... er hat ...", sie musste sich übergeben und hielt sich den Hals.

Olga steht plötzlich neben sich. Wird man auch für den

Wunsch zu töten bestraft? Ist der Gedanke, jemanden umzubringen, strafbar? Nein. Nicht nach irdischem Recht. Nicht schuldig. Wie lange dauert ein Affekt? Sekunden? Tage? Jahre? Wie weit ist der Weg zwischen Gedanke und Tat? Einen Meter? Zwei Meter? Warum geht sie nicht von alleine und lässt sich fallen? Springt für immer aus meinem Leben. Entfernt sich mit einem einzigen entschlossenen Satz. Ein Satz ohne Worte. Wie viele Zentimeter ist ein Gedanke von der Tat entfernt? 50?

„Não, tu es nicht, Olga!", kreischte eine vertraute Stimme auf Portugiesisch hinter ihr. „Nein, tu das bitte nicht!"
Manuel hatte noch schnell vor der Schule seine alten Torwarthandschuhe von Zuhause holen wollen – es war ja eigentlich gar nicht mehr sein Zuhause. Er hatte seine neuen am Sportplatz vergessen. Als er mit dem Rad den Weg hochfuhr hörte er laute Stimmen, noch ehe er durch das Bougainvillea-Tor trat. Da stand ein unbekanntes Auto mit einem jungen Mann am Steuer. Unvermittelt standen wieder all die schrecklichen Bilder vor ihm. Wie seine Mutter und sein Paizinho stritten und sie ihn von der Treppe stieß und er auf dem Steinfußboden lag, regungslos und blutend.
Er warf sein Rad in den Vorgarten und rannte ins Haus direkt zur Treppe. Oben sah er die Silhouette seiner Schwester. Olga im Türrahmen, wie damals seine Mutter. Was

macht Olga denn hier?, dachte er. Er war eigentlich ziemlich sauer auf sie, weil sie ihn in Bias einfach allein gelassen hatte. Seit Wochen kein Wort, zuvor hatten sie sich über Facebook regelmäßig über ihre Trauer und auch Alltägliches ausgetauscht.

Jetzt schob er alle Gedanken beiseite und raste die Steintreppe hoch. Er fing Olgas letzte Sätze auf. Er sprach zwar nicht gerne Deutsch, verstand aber doch alles.

„Não, tu es nicht, Olga!", schrie er entsetzt, „Nein, tu das bitte nicht! Oder willst du deine Mutter umbringen, so wie sie es mit Paizinho gemacht hat?"

Olga hielt abrupt inne und dreht sich zu ihrem Bruder herunter, der – auf einer unteren Stufe stehend – ihr Bein umklammerte.

„Brüderchen", schluchzte sie, bückte sich und nahm ihn in die Arme. „Brüderchen, was sagst du? Und das hast du bestimmt gesehen? Und nie etwas davon gesagt? Mich wundert gar nichts mehr. Mein kleines, liebes Brüderchen. En sinto muito por tudo. Es tut mir alles so leid. Sie ist ein Monster. Ich erkenne sie nicht wieder. Nun muss ich dich mit ihr alleine lassen. Danke, dass du im richtigen Moment da warst und Schlimmeres verhindert hast. Muito obrigada." Sie riss ihn an sich und küsste ihn stürmisch. „Mach's gut, kleiner Mann. Ich wünsche dir alles Gute. Eu amo-te, immer. Ich muss jetzt gehen. Ich weiß nicht, wann wir uns wiedersehen, ich melde mich, versprochen", flüsterte sie ihm ins Ohr, „verzeih mir, dass ich dich im Stich gelassen habe – und jetzt wieder."

Manuel schaute sie aus seinen großen braunen Augen traurig an. „Ja, Olga, im Stich gelassen. Alle lassen mich im Stich – Paizinho, Mama und du. Ich fahre jetzt zur Schule. Carlos wartet. Adeus, Olga, und sei froh. Denn offenbar lebt dein Vater ja noch. Immerhin!" Er drehte sich um – ohne Susanne eines Blickes zu würdigen und verschwand.

Er fuhr schnurstracks zur Schule, wo Carlos schon etwas beunruhigt von einem Fuß auf den anderen tretend im Schultor auf ihn wartete. Nachmittags spielten sie Fußball mit den anderen. Manuel hielt drei todsichere Torschüsse. Seine Mannschaft gewann. Am Abend kroch er zu Carlos ins Bett und erzählte ihm alles, was er erfahren und erlebt hatte. Carlos tröstete seinen unglücklichen Freund mit liebevollen Worten, obwohl er selbst so unglücklich war, weil sein Vater noch immer nicht wieder bei ihnen lebte. Und sie schworen sich in dieser Nacht ewige Freundschaft – bis das der Tod sie scheide.

Maura kam erst spät in der Nacht nach Hause. Da schliefen sie schon.

Olga verlangte Geld, – alles was Susanne im Hause hatte. Und das war Einiges, denn Susanne hatte endlich Josés Hinterlassenschaft und Lebensversicherung ausgezahlt bekommen, nachdem der Unfalltod offiziell festgestellt worden war. Sie hortete von jeher Bargeld zuhause; denn sie traute den Banken nicht. Sie gab alles bereitwillig Olga, in der Hoffnung, sie könne damit etwas wiedergutmachen. Olga riss ihr das Geld aus den Händen, lief aus dem Haus, stieg zu einem jungen Mann in das wartende Auto und fuhr mit ihm davon. Sie würden sich nie wieder sehen.

* * *

MAURA

Maura hatte sich an diesem Morgen vorgenommen, ein ernstes Wort mit Susanne zu reden. So konnte es jedenfalls nicht weitergehen. Sie hatte jedes Verständnis der Welt dafür, dass Susanne nach dem Tod ihres Mannes niedergeschlagen war, keine Worte fand und Zeit brauchte, alles zu verarbeiten. Dies war aber nun über ein halbes Jahr her und Manuel brauchte seine Mutter – umso mehr, als er seinen Vater so sehr vermisste. Manuel hatte von sich aus darum gebeten, für eine Weile bei ihnen bleiben zu dürfen. Carlos hatte sie angefleht, seinen Freund aufzunehmen. Auch er vermisste seinen Vater sehr, obwohl er ihn schon einige Male in Cascais besucht hatte. Maura hoffte inständigst, dass Salvador bald wieder den Weg zu ihnen finden würde. Sie bereute ihre kurze Liebschaft mit Hannes zutiefst und konnte sich heute selbst nicht mehr verstehen. Dass Hannes seit geraumer Zeit verschwunden war, konnte ihr nur recht sein. Manchmal dachte sie, ihr Mann hätte ihm etwas angetan, wütend und verletzt wie er war, als er vom Hof fuhr. Wo sich Hannes aufhielt, war ihr egal. Hauptsache, Salvador sähe bald keinen Grund mehr, ihrem Dorf fern zu bleiben.

Wie auch immer, sie hatte Manuel gern aufgenommen. Sie mochte den schweigsamen Jungen und begrüßte die Freundschaft mit ihrem Sohn. Sie waren ein Herz und eine Seele und trösteten sich gegenseitig über den Vaterverlust hinweg. Aber nun musste eine dauerhafte Lösung her. Es standen Entscheidungen an über den weiteren schulischen Weg. Manuel brauchte Kleidung, Schulsachen. Er wollte seine kranke Oma in Porto besuchen. Susanne gab ihr zwar jeden Monat etwas Geld für Manuels Unterhalt, aber damit war es ja nicht getan. Er brauchte eventuell eine Brille und eine Zahnspange. Die beiden Jungen wünschten sich einen Ausflug nach Sevilla. Der SC spielte gegen Barcelona, und Carlos war absoluter Fan von Lionel Messi – sein großes Vorbild, schließlich wollte er Profi-Fußballer werden. Sevilla war mit dem Auto in drei Stunden zu erreichen. Aber konnte sie die Verantwortung übernehmen? Susanne war seit Wochen kaum ansprechbar und auch sel-

ten zuhause. Sie hatte es schon einige Male versucht.
Sie ging den Weg zu Susannes Haus zu Fuß, um sich alle Argumente noch einmal zurecht zu legen. Sie wollte ihre Freundin nicht vor den Kopf stoßen oder gar kränken. Sie verstand auch oft nicht, was in Susanne vorging. Sie war zwar immer freundlich, aber auch schweigsam und wenig zugänglich. Und warum ließ sie Manuel einfach gehen, ohne sich um ihn zu kümmern? Warum wollte Manuel partout nicht zurück in seines Vaters Haus?
Noch in Gedanken sah sie vor Susannes Haus etwas liegen. Reglos. Sie lief los und erkannte schon auf halber Strecke, dass es Susanne war, die dort gekrümmt und ohne Lebenszeichen auf dem Schotterweg lag. Sie schrie aus Leibeskräften, zog noch im Lauf ihr Handy aus der Tasche und rief die Ambulanz. Zwischen Susannes Beinen lief ein kleines Blutrinnsal in den Sand, und der linke Arm hing unnatürlich an der Schulter. Sie atmete. Gracas à deus! Sie lebte.

* * *

BARBARA

Barbara hatte sich ein wenig in der Berliner Lesbenszene umgesehen. In der „Begine" lernte sie Steffi kennen. Sie küssten und verabredeten sich, schlenderten Hand in Hand über die Potsdamer Straße, aßen Sushi und tanzten im Kumpelnest. Mehr nicht. Barbara genoss die ungewohnten Begegnungen, spürte aber nicht die gleiche Erregung und Anziehungskraft, die Sarah in ihr geweckt hatte. Sie verliebte sich nicht und fragte sich, ob sie nicht vielleicht doch ausschließlich heterosexuell veranlagt war. Sie schenkte Steffi reinen Wein ein – ehrlich währt am längsten – und verabschiedete sich von ihr.

Es drängte sie ohnehin zurück nach Tavira und in ihre Firma. Dass sie sich nach Sarah sehnte, mochte sie sich nicht eingestehen.

Sie wollte ihren Entschluss zur Abreise Martina bei einem guten Essen schonend beibringen. Das fiel ihr nicht ganz leicht; denn Martina machte auf sie nach wie vor einen desorientierten und instabilen Eindruck. Nach ihrem Zusammenbruch und dem Klinikaufenthalt, der ihr ihren schlechten Gesundheitszustand vor Augen führte, hatte sie sich zwar zwei Tage später in Therapie begeben, kam aber schon nach der ersten Sitzung zurück und machte sich in überheblicher Art und Weise über ihre Mitpatienten lustig, was in Barbaras Augen nichts Gutes verhieß.

Barbara war zunehmend genervt und enttäuscht von Martinas Verhalten. Wo war die taffe, starke Frau geblieben, die sie einst schätzen gelernt hatte und die nun zusehends abbaute und sich in ihrem Widerstand der eigenen Krankheit gegenüber lächerlich machte? Sie war auf Martinas abschätzige Äußerungen gar nicht näher eingegangen und hatte sich verärgert abgewandt.

„Mach's besser!", sagte sie nur. „Du bist klug genug, dass du weißt, – es geht hier nicht um die anderen, sondern nur um dich!"

So weit sie es beobachtet hatte, war Martina dann wieder zur Gruppensitzung geschlichen. Nun war es an der Zeit zu gehen und sie mit ihren Nöten alleine zu lassen.

Sie bestellten sich beim Thai grünes Curry mit Huhn und ein Wasser. „Ich würde ja gerne ein Glas Wein dazu trinken", sagte Martina scherzhaft. Und Barbara erwiderte abrupt, sie sei in dieser Angelegenheit keinesfalls zu Scherzen aufgelegt. Sie könne sich ja betrinken, wenn sie weg sei. Sie würde nämlich übermorgen Berlin verlassen und nach Portugal zurückfliegen.

Martina starrte sie ungläubig an. Offenbar hatte sie gedacht, Barbara würde ihr ewig zur Verfügung stehen.

„Du lässt mich allein? Jetzt? In dieser kritischen Situation?"

„Diese – wie du sagst – kritische Situation wird auch die nächsten Monate noch andauern, so wie ich das einschätze." Barbara stocherte mit ihren Stäbchen im Curry herum. „Ich muss mich jetzt mal wieder um mich und meine Geschäfte kümmern. Wir bleiben ja in Verbindung. Und nach Faro sind es auch nur dreieinhalb Stunden Flug."

„Ich kann ja jetzt nicht weg. Die Klinik hat mir mitgeteilt, dass sie Marko in den nächsten Tagen aufwecken werden. Sein Herz ist stabil. Wie es mit den möglichen Hirnschäden nach dem Schlaganfall aussieht, wissen sie auch nicht genau. Und ich weiß ehrlich gesagt nicht, wie ich damit umgehen soll. Kannst du nicht wenigstens solange noch bleiben?"

„Ich glaube nicht, dass ich dass noch erleben will. Ich hatte zu Marko nie ein besonders inniges Verhältnis und war schon bei den wenigen Besuchen heillos überfordert."

„Davon hast du mir ja gar nichts erzählt!"

„Du warst im Wesentlichen mit dir beschäftigt, Martina. Für meine Belange war kein Platz. Aber jetzt brauche ich wieder meinen eigenen Raum. Es tut mir leid, aber ich reise in zwei Tagen ab. Ich kann natürlich irgendwann wieder kommen, aber das tue ich auch nur, wenn du deine Therapie fortsetzt. So einen Absturz wie neulich mache ich nicht noch mal mit. Du weißt, wie es mir mit John ergangen ist. Da halte ich es mit Helene Eder: Der Suff, der Suff, der frisst se alle uff! Das geht nicht nochmal."

„Aber das mit John war doch was ganz anderes..."

„War es nicht. Du hast es immer noch nicht kapiert, oder?" Barbaras Stimme wurde laut und spitz. „Du bist krank, verdammt noch mal! Sieh das endlich ein und kümmere dich darum. Übernimm Verantwortung und schieb' nicht andere vor! Geh zur Therapie, mach einen Entzug! Du wirst deine Kräfte brauchen, wenn du all deine Probleme mit Marko und deiner Familie in den Griff bekommen willst."

„Ok, ok." Martina hob beschwichtigend die Hände. „Ich versteh dich ja. Es fällt mir nur halt wahnsinnig schwer, mir – und anderen – einzugestehen, dass ich da ein Problem... also, ja, dass ich alkoholkrank bin." Die letzten Worte flüsterte sie heiser. Ein Stück Hühnchen blieb ihr im Halse stecken, sie musste husten und würgen.

„Ja, es ist zum Würgen." Barbara beruhigte sich schnell wieder. Sie hatte gelernt, Distanz herzustellen in Situationen wie dieser. „Du hast alle Möglichkeiten", sagte sie mitleidslos. „Du hast ein Dach über dem Kopf, du hast genügend Geld für alle Fälle, du hast einen Therapieplatz und eine Aufgabe. Dein Mann wacht bald auf. Behandel ihn so, wie du auch behandelt werden möchtest – mit Respekt. Alles weitere später."

Martina spuckte das Hühnchenteil aus. „Ich hab keinen Hunger mehr. Kann ich trotzdem noch was mit dir besprechen?"

Und noch ehe ihre Freundin mit Ja oder Nein antworten konnte, brach es wie ein Wasserfall aus ihr hervor, dass sie beim besten Willen nicht wisse, wie sie ihrem Mann künftig mit Respekt begegnen könne. Einem Mann, der sie belogen und betrogen habe, der ihr jahrelang etwas vorgespielt und sie für dumm verkauft habe, in dem er sein zweites Leben in London lebte, ohne sie daran teilhaben zu lassen. Der offenbar nicht nur Verhältnisse zu erwachsenen Frauen wie Melissa pflegte, sondern auch noch seine eigene Nichte verführt hatte – ein Kind praktisch, dem er Flausen in den Kopf gesetzt und dessen Leben er zerstört hatte, in dem er es in die kriminellen Arme dieses Loverboys getrieben hatte. Einem Mann, der darüber hinaus seiner schwerkranken Mutter noch auf dem Totenbett den Garaus und sich dann aus dem Staub gemacht hatte und sie in dieser ganzen Scheiße alleine ließ. Wie, um Gottes Willen, solle sie diesem Mann in seine wunderschönen wasserblauen Augen sehen, wenn sie sich nach Wochen der Dunkelheit wieder öffnen sollten und als erstes ihr begegneten, seiner Ehefrau, die, kinderlos, dem Alkohol verfallen sei und in dem ganzen Schlamassel nicht mehr ein noch aus wusste. Wo doch bei Wikipedia geschrieben stand, dass man einem Menschen, der aus der Narkose erwacht, zurück ins Leben geholt würde, dass man so jemandem liebend, verständnisvoll und mit aller gebotenen Rücksichtnahme begegnen solle und ihm die neue Welt, in die er nun nach einer Zeit der Abwesenheit, von der niemand genau wisse, was ihm während dieser Zeit begegnet war, zurückkehrte, dass man ihm diese Welt in aller Behutsamkeit erklären müsse. Wie, bitte schön, solle sie diesem Anspruch angesichts der völlig desolaten Beziehung, von der er ja noch nicht wusste, dass sie es wusste, auch nur annähernd gerecht werden. Wo sie ihm doch am liebsten – mit Verlaub

– die Schläuche abreißen und die noch vor sich hindösende Fresse polieren würde."

Martina lachte sarkastisch auf und rang nach Luft. „Hast du da einen wirkungsvollen Tipp, liebste Freundin, wo du doch sonst immer genau weißt, was zu tun und zu lassen ist?"

Barbara schluckte ihren letzten Bissen Curry hinunter. Lieber den Magen verrenken, als dem Wirt was schenken, dachte sie und: wann würde sie damit aufhören, die Mantren ihrer Kindheit bei jeder passenden und unpassenden Gelegenheit zu rezitieren – , sie spülte in aller Ruhe mit Jasmintee nach, legte ihre Sticks beiseite und sagte: „Weißt du was, Martina? Du kannst mich mal, du mit deinem stetigen Selbstmitleid und dem Gejammer. Frag doch deinen Therapeuten. Der weiß bestimmt, was in solchen Fällen zu tun ist. Mir reicht's jetzt erst mal mit deinem ganzen Theater. Hast du dich eigentlich mal gefragt, wie alles so weit kommen konnte? Was dein Anteil an diesem Desaster ist? Zahlen bitte!" Sie legte 20 Euro auf den Tisch und verließ energischen Schrittes das Lokal – und konnte sich selber nicht einmal genau erklären, warum sie die Nase dermaßen gestrichen voll hatte von ihrer Freundin Martina. Lieber ein Ende mit Schrecken, als ein Schrecken ohne Ende!

* * *

Juni
MEYERHOFF

Meyerhoff mochte sich nicht eingestehen, dass ihn der Anruf soeben hocherfreut hatte. Es war natürlich ein Unding, sich mit einer Patientin zu verabreden, die in seiner Abteilung therapeutisch behandelt wurde und die unter seiner Obhut stand. Er hatte es gerade dennoch getan.
Im innerlichen Zwiegespräch redete er sich damit heraus, dass der Fall mit Martina Kleinschmidt anders gelagert sei als bei seinen anderen Patienten und Patientinnen. Schließlich kannte er ihre Schwester, des weiteren war sie bei Frau Dr. Harting in Behandlung und nicht bei ihm, darüber hinaus hatte sie telefonisch um Beistand und seine ärztliche Expertise in einer gänzlich anderen Angelegenheit als der ihrer Sucht gebeten. Es ging in der betreffenden Anfrage um die Krankheit ihres Mannes, der – wie Meyerhoff ja bereits wusste – im künstlichen Koma lag. Ganz gegen seine sonstigen Gewohnheiten hatte er sich bereits nach dem Gespräch mit Martina Kleinschmidt über den Befund ihres Mannes Marko bei seinen Kollegen erkundigt, mit dem Vorwand, dass dessen Ehefrau bei ihm auf Station behandelt werde und er sich einen Überblick über die Lage verschaffen müsse.
Es stand offenbar nicht besonders gut um ihn. Nach der Herz-Operation hatten sich seine Vitalwerte weitgehend

stabilisiert, aber die mangelnde Sauerstoffzufuhr seines Gehirns nach dem Schlaganfall könnte zu nachhaltigen Schäden führen, die derzeit nicht absehbar waren. Wahrscheinlich aber war, dass er sowohl eine halbseitige Lähmung als auch Bewusstseinsstörungen davon tragen würde. Im schlimmsten Falle würde er – falls er das alles überlebte – für den Rest seines Lebens auf Pflege oder zumindest Hilfe angewiesen sein. Das Schicksal schien es mit Martina Kleinschmidt nicht besonders gut zu meinen.
Unter diesen Umständen befand er eine psychologische Beratung als angemessen. Sie hatte ihn nachdrücklich um ein neutrales Vier-Augen-Gespräch gebeten, da sie gewisse Dinge ihren Mann betreffend derzeit nicht in der Gruppentherapie ansprechen könne. Dazu fehle ihr noch das Vertrauen. Die Zeit dränge jedoch.
Meyerhoff hatte der Möglichkeit, ihr alleine zu begegnen, dazu außerhalb der Klinik, nicht widerstehen können und mit ihr ein Treffen für heute ausgemacht. Um es nicht allzu intim erscheinen zu lassen, hatte er eine Uhrzeit am frühen Abend und ein kleines französisches Eck-Café in der Barbarossastraße mit schlichtem Ambiente vorgeschlagen. Dort gab es einen etwas abgeschirmten hinteren Raum, der um diese Uhrzeit zumeist wenig frequentiert war. Martina willigte sofort ein und bat für die Umstände um Entschuldigung. Sie wisse aber momentan niemanden, dem sie sich anvertrauen könne.

Nervös hatte sich Meyerhoff in der Uhrzeit vertan und war zu früh. Er setzte sich bewusst an den Tisch mit den hölzernen Stühlen und nicht in die lauschige Ecke mit dem flachen Nierentisch, den groß gemusterten Cocktailsesseln und der Stehlampe, deren gefächerter Pergamentschirm auf einem schwarzen Eisengestell in die Höhe ragte.
Die Wohnzimmerecke erinnerte ihn blass an die gute Stube seiner elterlichen Wohnung in Ostberlin. Später war das 50er-Jahre-Interieur durch Spanplatten-Chic aus Ostproduktion ersetzt worden. Immer, wenn ihn Erinnerungen aus seiner DDR-Zeit übermannten, drängte er sie rigoros zurück. Er hatte sich als Wessi etabliert und wollte sich keinesfalls als Bürger der ehemaligen DDR zu erkennen geben. Nichts sollte auf seine Vergangenheit hindeuten. Auch seine Mutter besuchte er in Friedrichshain nur hin und wieder unauffällig. Sein fehlendes Medizin-Examen und ein für die Karriere unzuträgliches Ost-Image lagen tief verborgen unter einer großgemusterten, schweren Decke. Ausschließlich sein Onkel Gustav war im Bilde und der hatte allen Grund, nicht an alten Geschichten zu rühren. Meyerhoffs inszeniertes Wessi-Image machte es notwendig, in einem der alten Berliner Westbezirke zu wohnen. Er hatte Schöneberg gewählt.
Hier befand sich auch dieses Retro-Café, eines der Sorte, wie sie gerade überall in den Berliner Kiezen aus dem Boden schossen. Jeder der alten Tische hatte ein anderes

Design, jeder der alten Stühle auch. An einem Tisch saß ein junger Mann tief über seinen Laptop gebeugt, neben sich eine halbleere Tasse Tee. Unter der Decke hingen große Industrieleuchten und an der modernen Theke wurden homemade Cookies und Tarte angeboten.

Meyerhoff bestellte sich einen Café au lait und überlegte einmal mehr, worin der Unterschied zwischen all den Kaffee-Angeboten von Café Latte bis Milchkaffee bestand. Er hatte schon alle Varianten mit wechselnden Bezeichnungen vorgesetzt bekommen. Mit Milch, Soja- oder Haferdrink. Manchmal erschien ihm die Produkteinfalt seiner DDR-Kindheit geradezu wie ein Stück Lebensqualität.

Der Kellner fragte ihn etwas auf Französisch. Auch so eine Neuberliner Unart. Neuerdings wurde man in den angesagten Cafés der Hauptstadt mostly in English und hier sogar en francais bedient. Er sprach kein Französisch. Er hatte Russisch in der Schule gelernt. Er liebte diese Sprache, mochte sie aber nicht anwenden, da sie ihn als Ossi hätte entlarven können. Zum Glück sprach in Berlin aber kaum jemand Russisch. Auch kannte er kein hippes Café, in dem man auf Russisch bedient wurde. Nicht mal im legendären Restaurant Paris-Moskau.

Plötzlich stand sie vor ihm. Das dunkle kurze Haar streng nach hinten gegelt, der schmal geschnittene Hosenanzug betonte ihre knabenhafte Figur und ihre unglaublich langen Beine. Unter der Jacke trug sie ein weißes schlichtes

T-Shirt. Sie hatte zwar dunkle Schatten unter den Augen, war jedoch geschickt geschminkt und machte einen recht frischen Eindruck. Er hätte sie auf der Straße nicht wieder erkannt.

Er erhob sich etwas zu schnell und reichte ihr die Hand. Beinahe hätte er sie reflexartig umarmt wie er es bei guten Bekannten tat. Sie begrüßten sich freundlich. Er bedeutete ihr mit einer Geste, sie möge ihm gegenüber Platz nehmen. Er ertappte sich dabei, wie er ihr unentwegt auf den Mund starrte, der irgendwie nicht zum Rest der Erscheinung passte. Sie hatte für seinen Geschmack zu viel Lippenstift aufgelegt und etwas Rot war auf ihren Zähnen hängengeblieben. Er war froh über die Irritation; denn sie bewirkte, dass er innerlich wieder etwas Abstand von ihr nahm.

Er war kurz davor, eine rote Linie zu überschreiten. Das war ihm bewusst. Eine Patientin aus seiner Klinik, im vollen Therapieprozess, hier privat in einem französischen Café, wohl wissend, dass er drauf und dran war, sich zu verlieben ... Das ging gar nicht. Das konnte ihn seine perfekte Karriere kosten.

Er bemühte sich umgehend, das Gespräch in professionelle Bahnen zu leiten.

„Frau Kleinschmidt, Sie baten mich außerhalb Ihrer Therapie um dieses Gespräch bezüglich Ihres Mannes. Worüber können wir reden, was Sie nicht auch mit der behandelnden Ärztin oder auch in Ihrer Therapiegruppe ansprechen könnten?"

Er war fest entschlossen, das Gespräch nicht länger als eine Stunde dauern zu lassen – der übliche Rahmen einer therapeutischen Sprechstunde. Er gab ihr also etwas Zeit für den narrativen Teil, in dem sie ihr Anliegen vortrug.

„Ich hatte gehofft", sagte Martina sehr vorsichtig, „wir könnten eine weniger förmliche Ebene finden. Denn, was ich mit Ihnen besprechen möchte, weiß sonst niemand außer meiner Freundin, die mir im Übrigen geraten hat, mich Ihnen anzuvertrauen. Und da Sie ja auch meine Schwester kennen, dachte ich, das Ganze könnte sich nicht ganz so unpersönlich gestalten. Von Susanne soll ich Sie übrigens ganz herzlich grüßen. Sie war sehr überrascht, von Ihnen auf diesem Wege nach so langer Zeit zu hören." Diese kleine Notlüge hatte sich Martina überlegt, um das Gespräch etwas aufzulockern.

Meyerhoff nickte und bedankte sich für die Grüße, schwenkte aber sogleich wieder ein:

„Nicht, dass Sie mich falsch verstehen, Frau Kleinschmidt, aber ich muss eine gewisse berufliche Distanz wahren, vor allem in Ihrem eigenen Interesse und um Ihren Therapieprozess nicht zu gefährden. Das verstehen Sie doch sicherlich. Nichtsdestotrotz können Sie selbstverständlich alle Themen, die die Krankheit Ihres Mannes betreffen, anschneiden. Wobei ich betonen muss, dass es dabei ausschließlich um die psychologischen Aspekte gehen kann."

Natürlich war er neugierig, welche Gefühle sie für ihren Mann hegte. Er bewegte sich am Rande der Manipulation. Martina konzentrierte sich und entschied sich trotz dieser etwas angespannten Stimmung davon zu berichten, wie es zum Zusammenbruch ihres Mannes gekommen war, wobei sie Olgas Beobachtung verschwieg, Marko habe seine Mutter erstickt. Sie erzählte, wie sie begonnen hatte – mehr zufällig – zu recherchieren und wie sie Mosaiksteinchen um Mosaiksteinchen zusammengefügt hatte und ein Bild vom Leben ihres Mannes entstanden sei, das ihr gänzlich unbekannt und fremd war. Nicht nur, dass er mehrere Affären gehabt habe, unter anderem mit einer Siebzehnjährigen, nein, zudem habe er in Großbritannien ein Millionenvermögen gemacht und ein luxuriöses Leben geführt, von dem er ihr nie etwas erzählt habe.

„Liebe Frau Kleinschmidt", er hätte gerne ihre Hände, die unruhig an einer Papierserviette zupften, in seine genommen. „Das ist natürlich eine schier unglaubliche Geschichte und für Sie sicherlich auch verletzend und enttäuschend und erklärt Vieles, was auch Ihren Zustand betrifft. Dies alles sollten Sie unbedingt in Ihrer Therapie ansprechen. Was nun genau ist das Thema, mit dem Sie zu mir kommen?" Er schaute verstohlen auf seine Uhr, in der Hoffnung, sie würde es bemerken und zum Kern ihres Anliegens vordringen.

Der Kellner brachte zwei Café au lait, und sie verlangte nach Süßstoff. Der Franzose verstand sie nicht. Meyerhoff sagte: „сахарин." Sie sagte: „Wie bitte?"
„Das ist Russisch und heißt Süßstoff."
Sie musste lächeln und nahm einen Schluck ungesüßten Kaffees. Er auch. Und sah sie dabei unverwandt über den Rand der Kaffeeschale an.
„Es ist ...", sie stockte und starrte auf seine beachtlich große Nase, die kurz den leichten Milchschaum in der Kaffeeschale berührte. Sie lächelte wieder, und er hätte sich fast verschluckt.
„Ich weiß auch nicht genau, aber ich habe das Gefühl, den Stress eigentlich, ich müsste nun, wenn er aufwacht, ganz viel Verständnis und liebevolles Auf-ihn-Eingehen zeigen. Vielleicht muss ich ihm die Welt neu erklären oder ihn hingebungsvoll pflegen, oder, oder... ich glaube, ich kann das alles nicht, nach allem, was war. Ich bin wütend, ich hasse ihn, ich möchte ihn schlagen und würgen, wie er so daliegt und so tut, als wenn nichts wäre. Ich empfinde kein Mitgefühl, ich will ihn nicht verstehen, Ich habe Angst vor ihm, vor mir, vor der neuen Situation, ich will weg, nach Hause, nach Portugal, will mich in meine Räume einschließen, will mich betrinken bis zur Besinnungslosigkeit, will vergessen!" Lautlose Tränen rannen über ihr Gesicht. Ihre Augen weinten, der Rest nicht. Sie blieb beherrscht. Nun nahm er doch ihre Hand und sah sie mitfühlend an.

„Ich verstehe das", hörte Meyerhoff sich sagen. „ich verstehe das sehr gut", und er bemerkte, dass er nicht als Therapeut sprach, konnte aber nicht wechseln. „Ich wünschte, ich könnte Ihnen helfen, könnte Ihnen einen schlauen Rat geben. Aber das kann ich nicht. Schon Angehörige, zwischen denen keine belastenden Ereignisse stehen, haben mit dieser Aufwachsituation zu kämpfen. Das ist individuell sehr unterschiedlich. Wir wissen nicht, in welchem Zustand ihr Mann erwacht. Vielleicht erkennt er sie gleich, vielleicht nicht. Vielleicht weiß er, wer er ist und was er getan hat, vielleicht nicht. Vielleicht spricht er zu Ihnen, vielleicht nicht. Wir wissen es nicht. Aber ein, zwei Dinge kann ich sagen: Tun Sie nichts, hinter dem Sie nicht stehen. Verbiegen Sie sich nicht, nur weil Sie im Internet gelesen haben oder ein Pfleger sagt, wie Ihr Verhalten idealerweise sein sollte. Kranke haben für gewöhnlich ein feines Gespür für die Zwischentöne und mögen es nicht, wenn man ihnen etwas vormacht. Auf der anderen Seite: Überschütten Sie Ihren Mann nicht sofort mit Ihren Emotionen, Vorwürfen und ähnlichem. Das überfordert alle Beteiligten. Dafür ist später immer noch Zeit, wenn es denn sein muss. Wollen Sie denn überhaupt dabei sein, wenn er aufwacht? So ein Vorgang kann sich über Tage hinziehen und verläuft in verschiedenen Phasen."

Sie nickte.

„Besprechen Sie diese Phasen nochmal mit dem ärztlichen

Personal. Und dann schauen Sie hier und jetzt, was Ihnen begegnet. Was Ihnen Ihr Mann entgegen bringt. Nur hier und jetzt. Und alles andere später."

Meyerhoff war, als spreche er von sich. Hier und jetzt – könnte er doch selbst beherzigen, was er da predigte. Könnte er sie doch hier und jetzt in den Arm nehmen und vorsichtig küssen – auf ihre verschmierten Lippen.

Hier und jetzt – und alles andere später.

* * *

1. Juni

MARTINA

Trotz aller ungünstigen Prognosen hatte sie irgendwie erwartet, er würde seine aquamarinblauen Augen öffnen und alles wäre wie immer. Aber er hob nach einigen Aufwachversuchen seine flatternden Lider, sah sie an, und seine Augen waren nachtblau und voller erschrockener Fragen.

Als sie ihn so da liegen sah, immer noch voller Schläuche, an den Apparaten und dem Sauerstoffgerät hängend wie an einem letzten bisschen Leben, in seiner völligen Hilflosigkeit und Traurigkeit, um Jahre gealtert und mit diesen dunklen Augen, da zerfielen Wut und Hass in tausend

Mikroteilchen, die sich im Raum verteilten wie Raumspray aus einem Zerstäuber. Hier und Jetzt. Alles andere später!
Sie nahm ihn in die Arme. Sein Oberkörper war schlaff und zitterte. Sie flüsterte ihm ins Ohr „Willkommen im Leben. Ich bin bei dir." Er zuckte und gab gurgelnde Geräusche von sich.
„Lassen Sie es langsam angehen", sagte Schwester Helga und legte ihre Hand behutsam auf Martinas Schulter.
Erschöpft legte sie ihn zurück auf sein Kopfkissen. Er sprach nicht. Er schloss die Augen und atmete. Und es war ihr, als hätte er sich erst jetzt entschlossen, dies regelmäßig weiter zu tun und wieder an einem Leben teilzunehmen, wie sie es kannte.
Aus welcher Welt er kam, war ihr schleierhaft.

* * *

10. Juni
Es dauerte einige Tage, bis klarer wurde, in welchem Zustand sich Marko aus der Narkose befreien würde. Er selbst konnte sich nicht verständlich machen. Er war halbseitig gelähmt, sein Sprachzentrum war gestört, so dass er nur unartikulierte Laute hervorstieß, über die er sich offenbar ärgerte. In welcher Sprache, blieb vorerst unklar. Seine

Muskulatur war geschwächt. Er konnte nur kurz aufrecht sitzen. Er sah sie oft erschrocken an und schüttelte den Kopf.
Sie sprach zu ihm, wie mit einem Kind. Schwester Helga riet ihr, wieder in der Sprache der Erwachsenen zu ihm zu sprechen, da Marko unwirsch auf ihre Babysprache reagierte. Sie versuchte es auf Portugiesisch und auf Englisch. Er reagierte verstört. Deutsch schien er zu verstehen. Dann wieder schrie er plötzlich aus Leibeskräften wie ein waidwundes Tier, bäumte sich auf und fuchtelte mit den Armen als kämpfe er mit Dämonen. Sie mussten ihn teilweise festbinden und ihm erneut ein Beruhigungsmittel verabreichen, was dazu führte, dass er wieder in einen unruhigen Schlaf verfiel.
Martina verbrachte mehr Zeit an seiner Seite als in den Wochen zuvor. Sie schlief zeitweilig auf der Station. Nur ihre Therapiestunden nahm sie regelmäßig wahr – im Haus nebenan. Sie begegnete Dr. Meyerhoff ein paar Mal und schilderte ihm kurz die Situation und dass sie ganz anders reagiert habe als ihm gegenüber vermutet. Er nahm es nickend zur Kenntnis und bestärkte sie darin, fürsorglich an der Seite ihres Mannes zu wachen. Sie hätte ihn gerne zu einem – natürlich alkoholfreien – Drink eingeladen, wollte ihm aber nicht zu nahe treten.
Marko wurde in eine neurologische Reha-Klinik nach Potsdam verlegt, wo er rund um die Uhr weiter betreut

und von Logopäden, Physio- und Ergotherapeuten „bearbeitet" wurde. Er wurde von Tag zu Tag etwas wacher und machte winzige Fortschritte in der Motorik und in der Kommunikation, in der Gestik und Mimik. Martina freute sich über jeden auch noch so winzigen Genesungsschritt. Marko selbst machte einen ungeduldigen, ja mürrischen Eindruck.

War es nun Liebe, die wieder auflebte, Mitgefühl für einen Menschen, mit dem sie 18 Jahre verbracht hatte – oder war es die Gewissheit, dass er nie wieder ein eigenständiges Leben führen würde ohne ihre Hilfe, dass er nun auf ewig von ihr abhängig war und sein Schicksal ausschließlich in ihren Händen lag?

* * *

5. Juni

SUSANNE

Sie fühlte nichts. Kopf, Herz, Bauch – alles leer. Sie konnte sich nicht erinnern, an keinen Sturz, nicht daran, dass Maura sie gefunden hatte. Erst im Rettungswagen fand sie ihr Bewusstsein wieder. Es lag grau und kalt neben ihr und sagte nichts. Bis jetzt hatte es sich zu den Vorfällen nicht geäußert. Sie sollte gestürzt sein, offenbar von der Dachterrasse, zwei Meter tief auf die Gartenliege? Es dämmerte langsam. Sie erinnerte sich an Olga und Manuel auf dem Dach. Und, ja, auch an die furchtbaren Äußerungen von Olga, dass sie nun wisse, wer ihr Vater sei, dass sie mit ihm ein Verhältnis gehabt habe, dass Manuel den Tod seines Vaters so darstellte, als habe sie ihn von der Treppe gestürzt. Alles wahrscheinlich ein Alptraum.

„Sie hatten unendlich viel Glück", sagte der Arzt. „Sie sind mit einer Gehirnerschütterung, einem gebrochenen Arm und Blutergüssen davon gekommen. Und das wichtigste, sie behalten ihr Kind. Mit viel Ruhe wird die Schwangerschaft normal verlaufen. Das war nicht ganz sicher. Aber jetzt sehen wir keine Gefahr mehr für das Kind. Vorausgesetzt, sie bleiben jetzt noch eine Weile ruhig liegen. Ein Mädchen übrigens."

Glück gehabt? Alles war leer.

Die Tage im Krankenhaus waren auch leer. Beobachtung, Röntgen, Routine, Liegen wegen des Kindes. Maura kam regelmäßig vorbei und berichtete von Manuel, der sie nicht besuchte. Welche Fortschritte er in der Schule machte, dass er dies und jenes benötigte. Susanne vertröstete sie in Geldangelegenheiten bis die nächste Witwenrente käme. Es war ihr egal. Alles, was sie spürte, war dieser bohren-

de Hass auf ihre Halbschwester, die ihr alles genommen hatte. Ohne sie wäre Marko bei ihr, Olga hätte ihren Vater gekannt und würde ganz normal studieren, José lebte noch, ihr werdendes Baby hätte einen richtigen Vater. Und Manuel...? Sie wischte diesen Gedanken beiseite.
Sie konnte einfach an nichts anderes denken als an Rache und fieberte dem Tag ihrer Entlassung entgegen. Das Kind in ihr forderte Ruhe. Sie musste viel liegen. Aber sobald sie wieder fit war, würde sie ihren Plan endlich in die Tat umsetzen.

* * *

MEYERHOFF

Jakob Meyerhoff hatte die Fähigkeit sich einzufügen – in Systeme, in Hierarchien, in Gedankengebilde. Er war kein Mitläufer, das nicht. Aber ein Massenläufer, zum Beispiel ein Marathonläufer, der zwar für gewöhnlich alleine trainierte, aber mit dem Ziel, beim Marathon im großen Feld rhythmisch mit zu laufen, das große Ganze, in dem er sich bewegte, zu genießen, Energie daraus zu ziehen und als einer der besten im Pulk anzukommen. Für die ganz vorderen Plätze hatte es nie gereicht, es war auch nicht sein

Bestreben, aber im Mittelfeld machte er eine sehr gute Figur, konnte auch mal führen – immer im Kontakt zum Hauptfeld.

Vielleicht lag dies an seiner DDR-Vergangenheit. Er hatte gelernt, mit dem Strom zu schwimmen, sich nicht auffällig zu positionieren, ohne jedoch seine Haltung gänzlich zu verlieren oder gar zu resignieren. Schon früh verfolgte er das Ziel, Arzt zu werden, Menschenleben zu retten. Sicherlich das Erbe seiner Mutter, die aus ärmlichen Verhältnissen aus der Oberlausitz stammte, eine mäßige Schulbildung im Nachkriegsdeutschland genossen hatte und zu gerne Krankenschwester geworden wäre. Als Gisela dann im späten Alter und kurz nach dem Mauerbau dem schneidigen Willy im Gasthaus „Zur sauren Gurke" begegnete, nahm ihr Leben eine fantastische Wendung. Er zog mit ihr in die Hauptstadt der DDR. Noch ehe sie verheiratet waren, wurde sie schwanger. Willy war begeistert. Im Gegensatz zu allen, die Gisela kannte, bekamen sie sofort eine Zweiraumwohnung in der Hauptstadt in Mitte, einen Wartburg und eine komplette Küche. Willy hatte allerbeste Verbindungen. Sie waren privilegiert.

Ihrem Jakob fehlt es an nichts. Der Junge machte sich prächtig. Einem Medizinstudium stand nichts im Wege und er bekam einen Studienplatz in Humanmedizin an der Humboldt Universität. Gisela platzte beinahe vor Stolz. Schließlich hatte sie es nur bis zur Reinigungskraft halbe Tage an der Poliklinik Weißensee gebracht. Sein Vater hätte ihn zwar lieber im Ingenieursstudium gesehen, aber Arzt war natürlich auch akzeptabel.

Mitten in Jakobs Examen platzte die Wende, schlug ein wie eine Bombe zwischen die Konzerte von Bruce Springsteen und Joe Cocker. Natürlich erinnerte er sich noch heute an dieses spezielle Wendegefühl, an die Nacht der Nächte, an den 9. November 1989, an seine Kommilitonen, die samt und sonders ausflippten. Er selbst saß allein auf dem Dom-Vorplatz und starrte auf die jubelnden Massen, die aus allen Richtungen zum Brandenburger Tor strömten und dachte: „Wenn das man gut geht!" Er musste an seine linientreuen Eltern denken, die sich schon seit Wochen kaum noch aus dem Haus wagten – diese überzeugten Sozis, für die seit Ungarn und Gorbatschow eine Welt zusammenbrach. Nicht, dass sie sich weiterhin eine Mauer gewünscht hätten, aber sie sahen den antifaschistischen Schutzwall als Möglichkeit, den Arbeiter- und Bauernstaat zielstrebig weiter zu entwickeln.

Jakob hatte sich schon lange gespalten gefühlt zwischen der Ideologie seines Elternhauses und dem Geist der Bürgerrechtsbewegung. Dass sich das deutsche Volk auf beiden Seiten der Mauer jedoch plötzlich als Gemeinschaft vereint fühlte, daran glaubte er nicht eine Sekunde. Feierten die Wessis etwa genauso euphorisch den Fall der Mauer wie die Ossis? Während er die stinkenden Trabbis mit jubelnden Insassen Richtung Westen knattern sah, erschienen vor seinem geistigen Auge die westdeutschen Versicherungsvertreter und Autohändler in ihren Volkswagen und Mercedes-Benzen, wie sie den ansonsten geschmähten Osten überfluteten.

Jakob tastete sich vorsichtig an die neue Freiheit heran. Was hieß überhaupt „Freiheit". Freiheit von was? Reisen, wohin man wollte? Was war der Preis der Freiheit? Das erhoffte Glücksgefühl blieb aus.

Zuhause hielt er es nicht mehr lange aus. Sein Vater verfiel zusehends. War er vor 1989 als Held gefeiert und mit Privilegien ausgestattet worden, so wurde er jetzt als Verbrecher gebrandmarkt und geächtet. Seine Mutter gleich mit ihm. Sie waren vollends isoliert. Niemand wollte mit ihnen etwas zutun haben. Wer sie vorher überschwenglich gegrüßt hatte, wechselte nun die Straßenseite.

Jakob, der zu Zeiten der Mauer nie einen Fluchtgedanken gehegt hatte, noch nicht einmal als er im Sanitätstrupp der Nationalen Volksarmee seinen Dienst absolvierte, flüchtete nun, da die Grenzen offen waren. Sein Medizinexamen war hin. Auch er wurde in Sippenhaft genommen. Im Trubel der Wiedervereinigung ging seine Prüfung den Bach runter. Kein Mensch interessierte sich mehr dafür, schon gar nicht seine linientreuen Professoren, die mit der Rettung ihrer Reputation und ihres Status beschäftigt waren. Nur Frau Dr. Rother blieb in ihrer unnachahmlich strengen, christlich korrekten Art stoisch an seiner Seite. Letzlich musste sie ihn aber zu ihrem höchsten Bedauern durch die Prüfung fallen lassen.

Da kam der Ruf aus Südafrika gerade recht. Gustav, der geschmähte, kriminelle Kapitalist, das schwarze Schaf der Familie, suchte den Kontakt zu seinem Neffen und machte ihm ein verlockendes Angebot. Er brauchte zum Aufbau und zur Anerkennung seines geplanten Kinderheim-Projektes einen loyalen Arzt in Südafrika. Und er wusste, dass Jakob durch das Examen gerasselt war...

„Ich besorge dir die Papiere, du hilfst mit beim Aufbau meines Projektes!"

Jakob überlegte keine Woche und sagte zu. Es dauerte weitere drei Monate und Jakob reiste mit Sack und Pack und den notwendigen Papieren nach Johannesburg.

Die Parallelität der Ereignisse in der DDR und in Südafrika war verblüffend. Hier war er nun nicht mehr der doofe Ossi mit STASI-Vater, der protegierte Student ohne Uni-Abschluss, sondern der gute, erfolgreiche Doktor und Neffe des weißen Gönners. Letzterer hatte sich noch gerade rechtzeitig als Unterstützer und Freund der schwarzen Bevölkerung positioniert. Dass Jakob ein Stück seiner Seele an seinen Onkel Gustav verkauft hatte, mochte er sich kaum selbst eingestehen. Niemand sonst wusste davon, nicht einmal sein Vater, der das Spionage-Handwerk gelernt hatte. Der starb noch ehe die Währungsunion aus den Wessis Gewinner und den Ossis Verlierer machte und der schamlose Ausverkauf der ehemaligen DDR den Grundstein dafür legte, dass sich der Osten noch Jahrzehnte später als benachteiligt empfand. Jakob war sich sicher, dass Gustav diese Gelegenheit, seinen Reibach zu machen, nicht ungenutzt hatte verstreichen lassen. Seine Mutter hatte keine Ahnung. Sie hielt bedingungslos zu ihrem Sohn, so, wie sie zuvor bedingungslos zu ihrem Mann gehalten hatte.

Wenn Meyerhoff heute das Wort „Wende" hörte, bekam er Pickel. Er hasste diesen Begriff und was er in ihm auslöste. Das war keine Wende, das war eine Explosion! Er wollte nichts derartiges mehr in seinem Leben, nachdem diese eine Wende das bisherige Leben seiner Familie vollends zerstört hatte. Er wollte, dass nun alles gerade und in geordneten Bahnen verlief.

Jahrelang war er damit beschäftigt gewesen, aus seinem Leben eine ausgebaute Autobahn zu machen. Freie Fahrt für freie Bürger! Stromlinienförmig, zielgerichtet. Nichts sollte ihn davon abhalten, einzig und allein Menschen zu retten – auch nicht eine Frau, die ihn aus der Bahn werfen konnte. Die ihm vielleicht sogar so nahe käme, dass er ihr in einer schwachen Minute verraten würde, dass seine Karriere als Arzt auf einem falschen Zeugnis beruhte, das ihm sein Millionärs-Onkel im Wendetrubel „besorgt" hatte.

Wie schnell so etwas passieren konnte, hatte er an der Seite der jungen Susanne Holzhuber im Kinderprojekt erfahren. Er mochte sie wirklich, diese unaufgeregte, tatkräftige und gleichzeitig verträumte junge Frau. Beinahe hätte er ihr in einem Anfall von Melancholie und im Angesicht des südafrikanischen Sonnenuntergangs sein Versagen gebeichtet. Nicht auszudenken, was das für ihn hätte bedeuten können.
Seine gesamte Facharztausbildung in Psychiatrie und Psychotherapie absolvierte er mit Bravour. Dann folgte er dem Ruf nach Berlin. Berlin-West. Er entschied sich für eine Biografie als Westbürger. Als Bundi – wie er als DDR-Bürger die Westdeutschen genannt hatte.
Es gab zwei Gründe, für diesen Entschluss. Der eine lag in der Angst, von irgendeinem Professor oder Kommilitonen aus der Umbruchzeit enttarnt zu werden, vornehmlich von Frau Dr. Rother. Sie lebte damals mit ihrer Familie in Wilmersdorf und hatte zu Mauerzeiten die Sondergenehmigung, an der Charité zu arbeiten. Später ergaben seine Recherchen jedoch, dass sie bereits in den 90er Jahren an Brustkrebs verstorben war. Es tat ihm leid, er hatte die herbe Dame mit ihrem sozialen Gerechtigkeitseifer gemocht. Gleichzeitig war er froh. Eine Zeitzeugin weniger, die ihn hätte entlarven können.
Ein anderer Grund war das schlechte Ansehen von Ostbürgern, die seiner Erfahrung nach für zurückgeblieben

und Kapitalismus untauglich gehalten wurden. Schließlich galt ihr Lebensmodell als komplett gescheitert und war umgehend vom Westen geschluckt worden. Er hatte keine Lust auf dieses Loser-Image.

Um nicht als Ossi geoutet zu werden, arbeitete er hart an seinem Berliner Akzent – gebildete Westberliner sprachen inzwischen vornehmlich Hochdeutsch – und an seinem DDR-Sprachschatz, aus dem hin und wieder das ein oder andere in seine Konversation rutschte. Er vermied Begriffe wie Sättigungsbeilage, Goldbroiler oder Winkelement. Er fertigte sich eine Liste gebräuchlicher Wörter an, die er aus seiner Jugend her gewohnt war – zum einen, weil sie sich über die offizielle Politsprache lustig gemacht, zum anderen weil sie tatsächlich in die Alltagssprache Einzug gehalten hatten – und übersetzte sie ins Westdeutsche. Akrobatischer Volkstänzer für Breakdancer. Brettsegeln statt Windsurfen. Rennpappe für Trabant oder Schallplattenunterhalter für DJ. Freundinnen fragte man nach dem Gebrauch der Anti-Baby-Pille, und nicht nach der Wunschkindpille. Hier erklärte sich für ihn auch, warum alte Ossis auf Anglizismen nach wie vor allergisch reagierten. Sein Freundeskreis hieß nicht mehr Freundschaft und Plastik nicht mehr Plaste. Und als der asbestverseuchte Palast der Republik in Berlin-Mitte abgerissen wurde, starb mit ihm auch der Begriff „Erichs Lampenladen". Den Verlust mancher Begrifflichkeiten bedauerte er zutiefst, zum Beispiel „VEB Horch, Guck und Greif" für das Ministerium für Staatssicherhiet, Nachrichtendienst und Geheimpolizei, kurz STASI, für das sein Vater Zeit seines Lebens gearbeitet hatte. Mit den Jahren wurde das Leben als Westdeutscher, der für ihn ehemals offiziell „der Klassenfeind" gewesen war, einfacher. Er hatte sich vollständig gewendet.

Alles war perfekt, bis zu dem Moment, als er in der Krankenakte dieser verwahrlosten Patientin den Namen „Martina Kleinschmidt, geb. Holzhuber" las.

* * *

TIRES PORTUGAL Juli
MARTINA

„Eine Leiche verschwindet nicht so einfach", sagte Comissário Rodrigues, „schon gar nicht, wenn sich jemand selbst umbringt."

„Ja, was weiß ich denn, was mit Hannes ist. Vielleicht hatte er einen Unfall. Ich weiß jedenfalls nichts über sein Verschwinden. Wer das behauptet, lügt."

„Es spricht so Einiges gegen Sie, Senhora Kleinschmidt. Wir haben einen Slip von Ihnen in seinem Haus gefunden,

ihre Schwester hat ihn identifiziert."
Was hatte Susanne damit zutun? Woher kannte sie die Slips ihrer Schwester? Was hatte ihr Slip bei Hannes im Haus zu suchen?
„Und mit der gleichen DNA einige alte Briefe, aus denen man ersehen kann, dass sie nicht die leibliche Tochter ihrer Eltern, zumindest ihres Vater sind. Woher hatte Hannes Ahrens diese Objekte? Unter den zahlreichen Fotos von Frauen in eindeutigen Positionen waren auch zahlreiche von Ihnen. Hat er Sie damit erpresst? Drohte er damit, seinem Freund Marko, ihrem Ehemann, alles zu erzählen? Und warum war er kurz vor seinem Verschwinden nachts bei Ihnen? Das ergibt Motive, finden Sie nicht? Sie sollten kooperieren, Senhora Kleinschmidt."
„Wer sagt das alles? Weder gibt es meines Wissens eine Leiche, noch habe ich ein Motiv. Ich hatte kein Verhältnis mit Herrn Ahrens. Wir waren befreundet, ja. Eigentlich war er eher mit meinem Mann befreundet. Aber mehr doch nicht! Das ist doch alles nur zusammengebastelt." Martina fühlte sich überrumpelt und zerschlagen. Kaum war sie wieder in Portugal, hatte man sie am Flughafen in Lissabon abgeführt wie eine Schwerverbrecherin.
„Wir haben eine Zeugin, die Sie und Senhor Ahrens zusammen gesehen hat. Wir haben DNA von Senhor Ahrens in Ihrer Wohnung gefunden."
„In meiner Wohnung? Wie kommen sie dazu... Ja, sicher, er

besucht uns oft." Mit einem sehr mulmigen Gefühl dachte sie an ihre letzte Begegnung, die mehr als eigentümlich geendet hatte.

„Auch Ihr Ehebett? Ejakulat. Spermienspuren, Frau Kleinschmidt. Hatten Sie ein Verhältnis mit Herrn Ahrens?"
„Nein!", schrie sie., „nein! Wie kommen Sie überhaupt dazu..."
Er schnitt ihr das Wort ab: „Ein Fischer hat Sie an Herrn Ahrens Haus gesehen, direkt bevor sie nach Berlin geflogen sind. Da könnte Herr Ahrens noch gelebt haben. Oder wollten Sie sich überzeugen, dass Sie keine Spuren hinterlassen haben? Seine Jolle ist ebenfalls verschwunden. Sie haben vor seinem Haus ihre Windjacke hängen lassen. Daran haben wir Blutspuren von Senhor Ahrens gefunden."
„Wie bitte?!" Die Stuhlbeine wackelten. „Natürlich musste ich nach Berlin. Mein Mann lag im Koma. Seine Mutter tot. Ich wollte lediglich Hannes fragen, ob er wie üblich auf unser Haus aufpassen kann während meiner Abwesenheit. Was sonst?! Da kann kein Blut von ihm an meiner Jacke sein. Ich hab ihn doch gar nicht angetroffen!"
„Er hatte Beweise, wer ihr eigentlicher Vater ist. Die Überprüfung Ihrer Erbangelegenheiten läuft noch. Möglicherweise haben Sie sich widerrechtlich ein Erbe erschlichen. Wir überprüfen das derzeit. Als Vertrauter ihrer Schwester wusste er auch, von wem Ihre Schwester ein Kind erwartet. Viele Fragen, Senhora Kleinschmidt! Finden Sie nicht

auch?"

Ihr wurde schlecht. Ihre Hände zitterten. Was wurde hier gespielt? Sie brauchte unbedingt etwas zu trinken. „Wieso ist das wichtig, von wem meine Schwester schwanger ist. Von ihrem verstorbenen Mann..."

„Sein Laptop ist voll indiskreter Fotos von Ihnen. Er hat Sie vermutlich gestalkt, Frau Kleinschmidt... Ihre Hände zittern, Senhora Kleinschmidt." Rodrigues machte eine Pause. „Warum haben Sie eine Schwangerschaft vorgetäuscht, Senhora Kleinschmidt?"

„Woher wissen Sie..."

„Ihre Schwester hat sich besorgt an uns gewandt. Sie hat ausgesagt, Sie seien in einem desolaten Zustand und sie habe Angst vor ihnen. Sie hätten gedroht, ihr das Baby wegzunehmen, mit welchem sie schwanger ist. Sie hätten ihr Geld geboten, viel Geld und ihr gedroht, wenn sie sich nicht auf den Deal einlassen würde, würden Sie dafür sorgen, dass ihrer Schwester alle Kinder weggenommen würden."

„Warum sollte ich ihr die Kinder wegnehmen?"

„Wir haben eine Aussage von Ihnen auf dem Anrufbeantworter Ihrer Schwester, die bestätigt, dass es da eine Absprache gab."

Martina erinnerte sich vage an diese Ansage. Sie hatte tagelang versucht, Susanne zu erreichen und wollte wegen dieser ganzen Schwangerschaftsgeschichte reinen Tisch machen. Nun schlug ihr das Bemühen darum ins eigene Gesicht.

Comissário Rodrigues fuhr ungerührt fort: „Und ihre Schwester hat ausgesagt, dass sowohl ihre älteste Tochter Olga als auch ihr Ungeborenes von ihrem Mann seien, Senhora Kleinschmidt. Und dass Ihr Mann zu ihrer Schwester zurückkommen wollte, schon allein wegen der Kinder. Nach dem Tod von Senhor Madeira seien sich die beiden wieder näher gekommen. Das war natürlich alles, bevor ihr Mann so tragisch erkrankte."
Das Ungeborene von Marko? Olga die Tochter von Marko? Sie zitterte am ganzen Leib. Entweder sie drehte nun vollends durch, oder sie schaltete rigoros ihre Denkmaschine an. Natürlich, so musste es sein. So wurde ein Schuh draus. Sie lachte hysterisch. Marko hatte nicht nur ein Verhältnis mit seiner angeblichen Nichte, sondern mit seiner eigenen Tochter! Olga musste es in Erfahrung gebracht haben. Susanne wusste nichts von dem Verhältnis. Und in der Nacht, als Marko bei Susanne war und später zu ihr ins Bett gekommen war – da hatte er Susanne wieder geschwängert. Es war ihr, als hätte sie es bereits gewusst. Welch ein Wahnsinn. Sie lachte wild.
„Frau Kleinschmidt! Bitte reißen Sie sich zusammen. Brauchen Sie etwas zu trinken? Beruhigen Sie sich! Ich hole einen Arzt!"
„Schon gut, schon gut. Alles gut. Ich habe verstanden. Ich höre zu..." Martina japste nach Luft, war entsetzt und erleichtert zu gleich. Endlich lichtete sich das Dickicht.

Endlich begann sie zu verstehen. Endlich fügten sich die Mosaiksteinchen zusammen und ergaben ein noch leicht verschwommenes Bild.

„Ihre Schwester deutete auch an, dass sie um Herrn Kleinschmidts Leben fürchte. Und auch um ihr eigenes. Was sagen Sie dazu, Senhora Kleinschmidt?"

Nach einer längeren Pause, in der sie versuchte, sich zu konzentrieren und zu sammeln, sagte sie völlig klar: „Und selbst wenn die Anschuldigungen meiner Schwester bezüglich der Kinder und meines Mannes zuträfen, was sie nicht tun, ich betone dies ausdrücklich! – was hätte das mit dem Verschwinden von Herrn Ahrens zu tun?"

„Wir ermitteln noch, Frau Kleinschmidt und hoffen auf ihre Mitwirkung. Aber ihre Schwester sagt aus, sie habe Herrn Ahrens als einzigen Menschen das Geheimnis um ihre Kinder anvertraut. Und möglicherweise habe er dieses Wissen in einen Erpressungsversuch mit einbezogen. Sobald ihr Mann vernehmungsfähig ist, werden wir ihn dazu befragen. Dann wissen wir mehr."

Ich glaube, dachte Martina, ich weiß nun alles. „Ich bestehe auf einen Anwalt!"

„Sie können jetzt jemanden anrufen. Vorläufig bleiben Sie hier in Tires in Gewahrsam. Aus unserer Sicht besteht Fluchtgefahr. Außerdem müssen wir Sie offenbar von Ihrem Mann und Ihrer Schwester fern halten, solange der ganze Fall nicht geklärt ist. Dazu kommt Ihr Widerstand gegen die Staatsgewalt am Flughafen. Bei Ihrer Festnahme haben sie eine Polizistin verletzt. Sie hatten erheblichen Alkohol im Blut. Der Haftrichter wird in Kürze entscheiden, wie es mit Ihnen weitergeht. Bis dahin verbleiben sie in U-Haft."

„Aber mein Mann braucht mich. Er ist ja auf Hilfe angewiesen. Andernfalls kommt er in ein Pflegeheim. Ich muss zurück nach Berlin, um alles vorzubereiten, wenn er aus der Klinik kommt."

„Das unterstreicht nur die Fluchtgefahr, Frau Kleinschmidt. Ihre Schwester hat sich im übrigen bereit erklärt, sich um Marko Kleinschmidt zu kümmern, falls Sie dazu nicht in der Lage sein sollten. Ist Ihnen nicht gut, Frau Kleinschmidt? Soll ich einen Arzt rufen? Frau Kleinschmidt?!"

„Nein, nein", wehrte Martina ab. Nach und nach breitete sich eine lang vermisste Klarheit in ihrem Kopf aus. Rodrigues benutzte das Wort prisão. Martina überlegte angestrengt, wie sie es auf Deutsch deuten konnte. Haft. Knast. Oder auch Gewahrsam. Gewahrsam ist gut, dachte sie. Ist auch so etwas wie Schutz oder Obhut. Gelegenheit, Abstand zu nehmen.

„Ja, danke. Ich möchte jetzt nichts Weiteres aussagen. Könnte ich bitte etwas zu schreiben haben? Ein Glas Wasser. Und telefonieren, bitte!"

* * *

Martina bemühte sich trotz übelster Kopfschmerzen, eine ihrer Stärken zu aktivieren, die in letzter Zeit auf eine harte Probe gestellt wurde: Logik. Zeit genug war in ihrer Zelle vorhanden. Es gab wenig, was sie ablenken konnte. Außer ihre eigenen Gedanken, die in alle Richtungen Bilder, Gespräche, Begegnungen scannten. Konzentration, Fakten sammeln, roten Faden finden, recherchieren, analysieren, kommentieren – Punkt für Punkt. Einen Anfang festlegen. Und ein Ende.
Martina litt für gewöhnlich unter klaustrophobischen Anfällen. Merkwürdigerweise führten die beengten Räumlichkeiten im Außen jetzt aber dazu, dass sie sich im Inneren konzentrieren konnte auf das derzeit Wesentliche. Diese Methode hatte sie in den Jahren, in denen sie als Journalistin erfolgreich war, trainiert.
Sie schrieb mit zitternden Händen alle Erkenntnisse minutiös auf, clusterte, verglich Zeitverläufe, rekonstruierte Gespräche – fügte zusammen, was in diesem Fall von Interesse sein könnte. Es ergab nach und nach ein Bild.
Susanne hatte sie unter dem Vorwand nach Portugal gelockt, ihr bei den Geburtsvorbereitungen zu helfen und ein paar Dinge das Grundstück betreffend zu regeln. Sie konnte nach dem ganzen Streit schlecht Nein sagen und wollte

dann gleich wieder zurück nach Berlin. Sie hatte ad hoc in der Saison keinen Direktflug nach Faro buchen können und war nach Lissabon geflogen, wo Susanne sie abholen wollte. Martina hatte sich sogar auf ihr Zuhause gefreut, nach all den furchtbaren Wochen in Berlin. Marko schien in der Reha zunächst gut versorgt und konnte ein paar Tage ohne sie auskommen. Sie hatte Helene Eder um Hilfe gebeten. Die hatte gerne zugesagt und war froh, dass sie ihre magere Rente weiterhin aufbessern konnte.

Im Flugzeug hatten sie die Ereignisse der letzten Wochen überschwemmt, sie bekam Angst vor der Enge der Kabine und geriet in Panik. Sie bestellte einen Cognac und noch einen... Rückfall ... und kam betrunken in Lissabon an.
Am Flughafen wankte sie in die Gepäckausgabe und war direkt von zwei Polizisten in Gewahrsam genommen worden, ohne dass ihr jemand den Grund genannt hätte. Bei der Festnahme hatte sie sich massiv gewehrt und um sich geschlagen. Sie hatte eine Nacht in der Ausnüchterungszelle verbracht. Ihr gingen die Sätze von Dr. Meyerhoff durch den Kopf: „Sie sind noch lange nicht ganz unten, auch wenn wir Sie gestern schon aus der Gosse gezogen haben. Das ist erst der Anfang, Frau Kleinschmidt."
Und dann die Vernehmung mit diesem Comissário, ohne einen Anwalt. Musste nicht bei jedem Verhör ein Anwalt dabei sein? Wie hatte sie sich nur so überrumpeln lassen

können? Wo war ihr messerscharfer Verstand geblieben? Schon weggesoffen? Martina schüttelte sich. Es war heiß in der Zelle, und sie musste sich konzentrieren.

Sie kam zu dem nüchternen Schluss, dass Susanne einen Rachefeldzug gegen sie eingefädelt hatte. Die Fakten, Vermutungen und Indizien, die Comissário Rodrigues aufgetischt hatte, deuteten darauf hin. Vermutlich hatte Hannes in der besagten Nacht einige der Briefe ihres leiblichen Vaters gefunden und einen Slip mitgehen lassen. All dies hatte er bei sich aufbewahrt. Susanne musste die Dinge mitsamt der vergessenen Windjacke gefunden haben. Demnach wusste sie auch, dass Martina nur ihre Halbschwester war. Das mütterliche Erbe – Martina hatte bis heute überhaupt nicht daran gedacht, dass ihr dies eventuell gar nicht zustehen könnte. Warum auch, sie war doch ebenso wie Dirk und Susanne leibliches Kind ihrer Mutter. Und das gesammelte Unterhaltsgeld stand ihr doch eigentlich zu. Sie kannte sich im Erbrecht nur ungenügend aus. Über einen Internetzugang zur Recherche verfügte sie in der Zelle nicht. Nach dem Tod ihrer Mutter hatte es jedenfalls innerhalb der Familie keine Komplikationen bezüglich der Erbaufteilung gegeben.

Offenbar hatte Susanne von Olga erfahren, welche Rolle Marko in der ganzen Geschichte spielte. Wer sonst hätte ihr davon erzählen können? Barbara? Martina schloss dies beinahe aus. Aber wenn doch? Barbaras Gerechtigkeitssinn trieb manchmal seltsame Blüten. Vielleicht hatte sie Susanne mit Olgas Verhältnis zu Marko konfrontiert, um Schlimmeres zu verhüten und in der irrigen Hoffnung, dann würde sich alles zum Guten wenden? Sie scheute sich, Barbara anzurufen und um Hilfe zu bitten, zumal sie sich im Streit getrennt hatten. Möglicherweise war sie in dieses ganze Dilemma verwickelt.

Wieso wusste Susanne überhaupt, dass Hannes in der Nacht nach dem Geburtstagsdesaster bei ihr gewesen war? Das hieße doch, entweder Hannes hatte es ihr noch vor seinem Verschwinden gesagt – dann hätte Susanne ihn letzmalig lebend gesehen. Oder aber Susanne hatte es selbst beobachtet. Vielleicht nicht zum ersten Mal. War sie es gar, die immer wieder die Dinge rund um ihr Haus und in der besagten Nacht sogar im Haus „gerade gerückt", die Fenster verschlossen hatte? „Sie ist im wahrsten Sinne des Wortes verrückt und gefährlich", dachte Martina. Susanne hatte womöglich die Dinge so zurecht geschoben wie sie damals gestanden hatten, als sie Hals über Kopf nachdem Creolen-Fund verschwunden war.

Susanne hatte offenbar den Schmerz über den Verlust ihrer großen Liebe trotz Indien, Heirat mit José und Geburt von Manuel nie überwunden.

Und Olga? Olga war tatsächlich Markos Tochter. Susanne musste damals schwanger vom Hof gelaufen sein. Olga! Olga, tat ihr plötzlich unendlich leid. War sie nicht diejenige, die am meisten unter den ganzen Lügen und Intrigen ihrer Familie litt? Wo war sie?

Für Susanne war wohl alles umsomehr in sich zusammengebrochen, als José starb. Sie war schwach und verletzt, alte Wunden rissen auf. Und nun war sie erneut schwanger von Marko – genau zu dem Zeitpunkt als sie, Martina, vortäuschte, ebenfalls von Marko schwanger zu sein – mit einem „ausgeliehenen" Teststab von Susanne. Um das zu klären, war ihre Schwester vermutlich auch bei ihr im Büro aufgetaucht. Was für ein Irrsinn!

Eines war Martina klar: Solange Hannes verschwunden blieb, wurde es eng für sie. Die Polizei glaubte, sie sei die letzte gewesen, die ihn lebend gesehen hatte. Und Susanne hatte alle Indizien fein säuberlich zu einer logischen Kette zusammengefügt. Respekt, kleine Schwester! Das Gegenteil war schwer zu beweisen. Da stand Aussage gegen Aussage. Und Marko, der vielleicht Einiges hätte gerade rücken können, lebte in einer anderen Welt. Falls Susanne die letzte gewesen war, die Hannes lebend gesehen hatte – wäre Susanne in der Lage, einen Menschen zu töten und zu beseitigen? Bei aller nüchternen Betrachtungsweise schüttelte es Martina bei diesem Gedanken.

Die Geschichte, dass Susanne und Marko wieder ein Paar wären und eine gemeinsame Zukunft planten, hielt Martina angesichts ihrer Recherchen in London allerdings für nahezu unwahrscheinlich. Möglich war aber auch das.

Konnte das heißen, dass Susanne und Marko unter einer Decke steckten, was die Vernichtung von Martina betraf? Schon als sie ihn damals auf die „verrückten" Dinge aufmerksam machen wollte, hatte er sehr abweisend reagiert und sie für verwirrt, möglicherweise auch für betrunken gehalten.

In gewisser Weise hatte Martina sogar Verständnis für den Rachefeldzug ihrer Schwester, der vermutlich noch heftiger ausgefallen wäre, wenn Susanne gewusst hätte, dass Martina ihr damals die Creole bewusst untergeschoben hatte.

Sie hätte jetzt gerne ein, zwei Brandys getrunken, oder auch mehr. Aber in ihrer sehr engen Zelle, die sie zum Glück alleine „bewohnte", gab es keine Geheimfächer.

Nichtsdestotrotz musste sie handeln. Es war ihr gestattet zu telefonieren, Briefe zu schreiben und Besuch zu empfangen. Wer könnte ihr helfen? Wer war unvoreingenommen und kompetent? Ihre Freundinnen in Livrobranco standen nicht zur Debatte. Entweder sie hatten selbst genug um die Ohren oder sie würden sich schadenfroh ins Fäustchen lachen oder, oder… Barbara konnte sie zwar bezüglich der Erpressungsversuche von Olga entlasten, auf der anderen Seite hatte sie ihre Abstürze hautnah miterlebt und auch ihre Drohungen bezüglich ihres Ehemannes.

Marko kam selbstverständlich auch nicht in Frage. Er lernte mühsam ein paar Worte zu artikulieren und seine linke

Seite zu aktivieren. Auch schreiben konnte er noch nicht und seine Reaktionen waren uneindeutig. Vom Rest ihrer Familie blieben lediglich Dirk und ihr dementer Vater. Ohne Kommentar.

Ihr fiel nur eine Person ein: Dr. Jakob Meyerhoff. Er mochte sie, dass hatte sie im Café und bei den Flurbegegnungen in der Klinik gemerkt. Sie fand ihn auch sympathisch. Vielleicht auch etwas mehr als sympathisch. Aber für weitere Gefühle war nicht die richtige Zeit.

So weit sie wusste, lebte er allein, war zeitlich also nicht an eine Familie gebunden. Möglicherweise hatte er Verbindungen und konnte ihr eine gute Anwaltskanzlei besorgen. Andererseits kannte er Susanne und hatte sich sehr positiv über ihre Halbschwester geäußert. Auf wessen Seite würde er stehen? Sie musste ihn von ihrer Unschuld überzeugen und dass Susanne log. Vielleicht konnte er Einfluss auf Susanne nehmen. Er war doch Psychologe. Vielleicht erkannte er, dass Susanne krank war und könnte dies vor der Polizei glaubhaft begutachten.

Wenn er sie nicht unterstützen würde, stand sie auf verlorenem Posten. Sie stellte ihre Ergebnisse übersichtlich zusammen, rief ihn an und telefonierte 60 Minuten lang mit ihm. Dann verschwand sie wieder in ihrer Zelle.

* * *

PORTUGAL Juli

MEYERHOFF

Dieser Weg wird kein leichter sein, sang Meyerhoff lauthals mit. *Dieser Weg ist steinig und schwer.*
Er saß in einem schneeweißen BMW, den er sich am Flughafen Lissabon gemietet hatte, hörte seine derzeitige Lieblings-CD und seinen Herzschlag.
Er erinnerte sich vage an seine letzte Bekanntschaft. Damals sang er gerne „Losing my Religion" von REM. *I thought that I heard you laughing, I thought that I heard you sing, I think I thought I saw you try.*
Sie hatte ironischerweise laut gelacht über seinen Gesang und fragte ihn, ob er zu denen gehöre, die jeden Radiosong unter der Dusche oder im Auto durch den Versuch des Mitsingens zerstörten. Er hatte sich umgehend getrennt.

Seine Gedanken kehrten zur Aktualität zurück. Es war wider Erwarten nicht so schwierig gewesen, eine Rechtsanwaltskanzlei zu finden, die sich sowohl in deutschem wie auch portugiesischem Strafrecht auskannte. Anwalt und Advocado Eduardo Santos hatte sofort Kontakt zu Martina aufgenommen, Akteneinsicht verlangt und sie anlässlich weiterer Verhöre beruhigt. Solange es keine Leiche gab und nur ein paar Indizien und Spekulationen, musste sie sich offenbar keine allzu großen Sorgen machen.

Meyerhoff hatte einen positiven Eindruck und wähnte Martina in juristisch guten Händen. Sie selbst war am Telefon stets klar und gefasst und sehr strukturiert gewesen. Zu strukturiert, für seinen Geschmack. Keine Emotionen. Sie riss sich offenbar zusammen, mit höchster Kraftanstrengung. Wie lange würde sie diese Fokussierung noch halten können? Er fürchtete früher oder später einen Zusammenbruch, einen Ausraster, sobald der Dampfdrucktopf hochging. Er hatte derartige Verhaltensweisen nur allzu oft bei Abhängigen erlebt. Er konnte sie nicht wirklich einschätzen.

Dieser Weg wird kein leichter sein. Bilder eines Konzertes in der Berliner Waldbühne, Jahre her.

Setz die Segel nicht, wenn der Wind das Meer aufbraust...
Er hatte sich für Martina von Anfang an sehr weit aus dem Fenster gelehnt.

Seit er dieser Frau im Krankenhaus begegnet war, stiegen in ihm immer wieder Bilder aus seiner nahen und fernen Vergangenheit auf, die er über die Jahre in sein Unterbewusstes verbannt hatte. Erinnerungen, die ihm bedrohlich nahe kamen, die er für immer vergessen wollte, obwohl er berufsbedingt wusste, dass sich verbotene Bilder einen Weg ans Licht bahnten, sobald man ihnen die Tür einen Spaltbreit öffnete.

Dieser Weg wird kein leichter sein. Das Lied berührte ihn heute immer noch auf eine seltsame, entfernte Weise.

Nicht mit vielen wirst du einig sein, doch dieses Leben bietet so viel mehr.
Er hatte sich stringent eingerichtet in diesem Leben, auf eine feste Beziehung verzichtet. Allzuviel Nähe machte ihn schwach, schwach, allzu viel zu offenbaren, zu riskieren, sich fallen zu lassen, ohne Netz und doppelten Boden.
Aber nun waren sie da, die Bilder, die Gefühle. Wende. Die sogenannte Wende, das, was jeder Ossi über 20 körperlich in seinen Genen spürte, hatte alles über den Haufen geworfen. Hatte ihn zu einem Betrüger, zu einem Hochstapler gemacht. Gleichzeitig hatte er sich nie wieder so lebendig und glücklich gefühlt wie 1989, 1990, als die Mauer fiel und seine Welt nur eine Richtung kannte: grenzenlose Freiheit. Und jetzt wieder. Er spürte eine hitzige Lebendigkeit, ein verwegenes Kribbeln, eine diabolische Lust.
Alles noch einmal auf eine Karte setzen. Rot oder Schwarz. Alles oder Nichts.
Kurz vor dem Frauengefängnis Tires wusste er, dass sein gehütetes Leben auf wackeligen Beinen und zur Disposition stand. Die Mauern würden fallen. Grenzen überschritten.
Noch ein paar Schritte und dann war ich da, mit dem Schlüssel zu dieser Tür.

* * *

Der Besuchsraum im Gefängnis war genauso, wie er es sich vorgestellt hatte – dank tausender Tatorte und Krimiserien hatten sich in die deutsche TV-Seele alle Details des Strafvollzuges auf ewig eingebrannt. Auch in seine. Er fühlte sich ohnehin wie in einem Film. Die Atmosphäre war mit „Knast" freundlich umschrieben. Er saß an einem Stahltisch in einem Raum mit unverputzten Backsteinwänden. Ihn fröstelte in seinem kurzärmeligen T-Shirt, obwohl draußen an die 30 Grad herrschten. Sommer in Portugal. Sehnsuchtsort von Millionen von Reisenden.
Als sie hereingeführt wurde, dachte er: Wie viele Gesichter hat diese Frau? Wie viele Leben? Dieses war mit Sicherheit keines, das er mit ihr teilen wollte.
Sie wirkte angestrengt und hochgradig kontrolliert, schmallippig und mit einem stahlharten Blick. Sie lächelte nicht einmal als sie ihn ansah.
„Ich danke Ihnen", sagte sie tonlos, so als sei dies das Äußerste, was sie hervorbringen könnte. „Vielen Dank, Dr. Meyerhoff. Ohne Sie wüsste ich nicht, wie ich das hier alles überleben sollte. Manchmal denke ich, man hat mich hier vergessen."
Er zuckte zusammen, als sie ihn Dr. Meyerhoff nannte. Er duzte sie längst in Gedanken und führte mit ihr intime Gespräche. Er berührte sie in seinen Phantasien zärtlich und tröstete sie insgeheim.
„Alles gut, Frau Kleinschmidt. Das habe ich gerne getan.

Menschen retten ist mein zweiter Vorname." Er versuchte es humorig. „Und nun ist es an der Zeit, dass wir uns duzen, meinen Sie nicht? An diesem schrecklichen Ort muss man ja ein bisschen Nähe herstellen."
Sie streckte ihre Hände über den Tisch und verlor für einen kurzen Moment ihre Starre.
„Ja, es ist an der Zeit. Ich heiße Martina und habe das Gefühl, einen Freund gefunden zu haben." Sie senkte etwas verschämt ihren Kopf. Die Mädchen-Attitüde gefiel ihm nicht. Er wusste nicht, ob er sich freuen sollte. Aber er nahm ihre Hände in einer ersten Berührung in seine und sah sie betont freundschaftlich an. „Ich heiße Jakob. Und offenbar sind wir uns zu einem denkwürdigen Zeitpunkt begegnet."
„Ja, offenbar bist du tatsächlich so eine Art Retter für mich. Ich weiß auch nicht…" Sie zog ihre Hände ruckartig zurück und verfiel wieder in eine komplett kontrollierte Haltung. „Ich muss hier bald raus, Jakob. Ich bin wahnsinnig müde und kann nicht schlafen. Ich bekomme so schlecht Luft in der engen Zelle und habe Rückenschmerzen. Und dann diese Migräne. In den letzten Wochen habe ich mich ausschließlich mit meiner Situation, den Anschuldigungen und mit der Durchleuchtung der Anklage beschäftigt und damit auch zwangsläufig mit meiner Familie, meinen Freundschaften, meiner Lebenssituation. Der Anwalt hat mich begleitet. Es gab viel zu besprechen. Ich habe ihm alle meine Erkenntnisse vermittelt. Er hat mir Mut gemacht.

Es gibt keine Leiche und damit auch keinen Mord, sagt er. Aber sie lassen mich trotzdem nicht raus. Vielleicht, weil ich mich bei der Festnahme so dämlich verhalten habe. Es bewegt sich nichts. Es gibt offenbar nicht mal eine klare Tatzeit, vielleicht gibt es nicht mal eine Tat, geschweige denn ein Opfer. Es ist zum Mäuse melken. Der Haftrichter sieht Fluchtgefahr und eine Bedrohungslage für meinen Mann, meine Schwester und deren geborene und ungeborene Kinder. Was für ein Treppenwitz. Ich halte das nicht mehr lange aus."

„Es tut mir alles sehr leid. Ich glaube dir ja, dass du mit den Vorwürfen nichts zutun hast. Dein Mann kann leider noch keine Aussage machen, aber es geht ihm laut der behandelnden Ärzte den Umständen entsprechend gut, auch wenn er nur minimale Fortschritte macht. Ich habe dir deine Sachen mitgebracht. Ich musste sie vorne abgeben. Du bekommst sie nach Prüfung."

„Sie hat mir einen Umschlag geschickt. Anonym. Aber ich weiß, er ist von ihr."

„Von Susanne? Ja und, was war drin?"

„Kein Brief. Kein Wort. Nur eine goldene Creole. Meine Creole, die ich ihr damals ins Bett gelegt hatte, damit sie sie findet. Sie hat sie bis heute aufbewahrt. Es ist ihre Rache für alles, für ihr ganzes Leben. Ich habe einen sehr großen Fehler gemacht und eine Schuld auf mich geladen. Es tut mir leid."

Sie starrte ihn flehentlich an. „Ich würde sie gerne um Verzeihung bitten, weiß aber nicht wie, ohne dass es so aussieht, als wolle ich ihre Rache abwenden und mich retten. Ich möchte um Verzeihung bitten, nicht dafür, dass ich mich in Marko verliebt habe, das kann ich nicht. Aber dafür, dass ich sie mit einem üblen Trick ausgebootet habe, anstatt mit ihr zu reden, die Auseinandersetzung zu suchen. Auch, dass ich ihre Halbschwester bin. Sicher, auch das hätte schief gehen können, aber vielleicht wäre Vieles anders gelaufen – in meinem, aber auch in ihrem Leben. Ich verstehe, dass sie mich hasst. Hat sie vielleicht sogar Hannes umgebracht? Am Ende nur, um mich zu belasten?"
Ihre Mundwinkel zogen sich nach unten und zitterten. Vielleicht würde sie jeden Moment anfangen zu weinen. Ihr Oberkörper war müde zusammengesackt.
„Aber das ist doch alles so lange her. Ihr müsst doch mal alles hinter euch lassen."
„Es ist alles so lange her und hat im Verborgenen gegärt. Nichts davon liegt hinter uns. Und verzeihen kann man nur, was auf dem Tisch liegt. Ich muss mich der Vergangenheit und der Wahrheit stellen, sonst kann ich keinen Frieden finden."
Martina starrte auf die Wand.
Jakob schluckte. Er sah plötzlich Frau Dr. Rother vor sich und spürte ihren bedauernden Blick. Es schüttelte ihn frostig.

„Meine Freundin Barbara hatte recht. Ich muss erst einmal gucken, was mein Anteil ist. Ich hab meiner Schwester die Liebe ihres Lebens, den Vater ihres Kindes genommen – mit einem schäbigen Trick. Ich hab mich hängen lassen und bin mir nicht treu geblieben. Da muss ich mich nicht wundern, dass Marko mir auch nicht treu war."
„Aber die anderen haben doch auch ..."
„... auch ja, aber ich eben auch. Ein Gutes hat das Ganze. Ich hab nicht mehr getrunken, seit ich hier bin." Ein Lächeln huschte über ihr Gesicht. Sie guckte ihn an und war wieder ganz die Martina, in die er sich verliebt hatte.
„Meyerhoff", sagte sie, „du bist ein ganz spezieller Psychologe und ein sehr netter Mann."
„Hm, was kann ich tun?", hörte er sich sagen. Spielte sie ihm nur etwas vor? Wollte sie ihn in ihre Spielchen einbauen? Meinte sie es ernst? Meinte er es ernst?

* * *

Eins war ihm klar: Sobald er Susanne begegnete, würde die Tür zu seiner Vergangenheit offen stehen. Er war bereit, dieses Risiko einzugehen. Er hatte sich entschlossen, zu diesem eigentümlichen Ort an die Ostalgarve zu fahren, um Susanne aufzusuchen und sich ein eigenes Bild von ihr

und ihren Anschuldigungen zu machen. Er musste wissen, wo er stand. Hatte er sich in eine Mörderin und Betrügerin verliebt? Oder war das hübsche Mädchen, das ihm in Südafrika beinahe den Kopf verdreht hatte, ein bösartiger Racheengel?
Sein gesamter Jahresurlaub würde mit dieser Portugal-Odyssee draufgehen. Aber das war es ihm wert.

* * *

Auf dem Weg in den Süden des Landes kam allerdings keine Urlaubsstimmung auf. Faro, Loulé, Moncarapacho, Fuzeta – er hatte von den meisten dieser Orte noch nie gehört. Sein Navi führte ihn sicher an die Küste. Er verfuhr sich nicht ein einziges Mal und stand plötzlich vor diesem hübschen kleinen Häuschen mit einer riesigen Bougainvillea über dem Eingangstor. Er hielt direkt davor, blieb im Auto sitzen und starrte in den Vorgarten in der Hoffnung, sie zu sehen. Würde sie sich überhaupt an ihn erinnern? Was wollte er eigentlich hier?
In seiner Aufgeregtheit hatte er alle Strategien, die er sich auf der Fahrt überlegt hatte, vergessen. Er bemühte sich, seine Gedanken zu sortieren. Atmen! Er würde ihr von Anfang an reinen Wein einschenken, ehrlich, offen. Er

würde sie dann fragen, ob sie tatsächlich glaubte, Martina habe diesen Hannes umgebracht und würde sie und Marko bedrohen. Er konnte es sich nicht vorstellen, so wie er Martina kennengelernt hatte mit ihren Zweifeln und später mit ihrer Zuwendung ihrem Ehemann gegenüber. Oder war das alles nur Show? Hatte sie nicht auch gesagt, dass sie Marko hasse?

„Ich möchte ihn schlagen und würgen, wie er so daliegt..."

Was aber, wenn er mit seinem Besuch hier alles nur noch schlimmer machte, weil er sich in Dinge einmischte, die ihn überhaupt nichts angingen? Was trieb ihn? Befriedigte er hier vielleicht nur seine eigene Neugier? Sein Helfersyndrom? Wollte er Martina imponieren, in dem er zu ihr stand? Wollte er Susanne gerne wiedersehen oder sie der Lüge überführen? Oder öffnete ihm das Schicksal oder sein Unbewusstes eine Tür zu sich selbst? Esoterischer Quatsch. Er sah sich im Rückspiegel an und fand sich eigentlich passabel. Manchmal ging er sich mit seiner Art der therapeutischen Selbstreflexion allerdings selber auf die Nerven. Dann bereute er seine psychotherapeutische Ausbildung, weil sie ihm im Wege stand, das Leben so zu nehmen wie es war. Immer musste er an etwas herumdoktern.

„Der Weg der Selbsterkenntnis und hin zum wahren Ich", dachte er „ist ein Irrweg. Der Spiegel zeigt immer nur ein verkehrtes Bild, ist aber gleichzeitig die einzige Möglich-

keit, sich von Außen zu betrachten. Ein Narzisst liebt immer nur sein verdrehtes Bild von sich, nicht sich selbst."
Meyerhoff bezweifelte, dass Selbstreflexion zum Kern führte. „Wie viele Selfies braucht der Mensch zur Selbsterkenntnis?" Klang das nach Lebenskrise? Bisher war er lediglich mit den Krisen anderer konfrontiert gewesen. Schwermut...
Gerade als er seinen Autoschlüssel umdrehen und den Rückwärtsgang einlegen wollte, um sich diesem ganzen unsinnigen Unterfangen zu entziehen, trat Susanne Madeira, geborene Holzhuber, in den Vorgarten und schaute in seine Richtung. Er erkannte sie sofort. Sie war noch etwas runder geworden. „Na klar, schwanger", dachte er laut. Ansonsten hatte sie sich kaum verändert. 18 Jahre ohne nennenswerte Spuren? Er war verblüfft und würgte den Motor ab.

* * *

Sie saßen in der kleinen, liebevoll eingerichteten, mit Krimskrams vollgestopften Küche. Susanne hatte einen Kräutertee gekocht und Mandelkuchen angeboten.
Ihre Begrüßung war außerordentlich herzlich ausgefallen. Susanne schien wenig überrascht, als sie Jakob erkannte.

Er war betont sportlich aus dem Auto gesprungen und ihr auf dem Weg im Vorgarten entgegengelaufen. Sie schaute ihn blinzelnd an. Die Nachmittagssonne blendete sie. Als sie ihn erkannte, öffnete sie einfach ihre Arme und sagte: „Na, so was! Jakob! Mir war so, als ob jemand im Auto sitzt, den ich kenne. Komm rein!"
In diesem Moment konnte er sich nicht vorstellen, dass diese Frau jemals irgend etwas Böses im Schilde führen könnte. Sie fühlte sich weich und hingebungsvoll an, gleichzeitig hatte ihre Umarmung etwas Allumfassendes, ja, Besitzergreifendes. Sie roch nach Butter, Mandeln und etwas Süßem – ja, vielleicht Blut? Es verstörte ihn. Er spürte ihre Verletzbarkeit und ihren dicken Bauch, der sich auf seinen Unterleib drückte. Er war traurig und froh zugleich, als sie ihn losließ und herein bat. Die Tür stand sperrangelweit offen.
Die Nachmittagssonne warf einen großen Lichtfleck auf die blauen Fliesen des Fußbodens. Er musste schmunzeln. „Blaue Fliesen" – so hatten sie in der DDR den 100-DM-Schein, das Westgeld, genannt. Er betrat Susannes Reich und hätte sie allzu gerne wieder berührt, wie damals in der Abendsonne im Bushveldt von Südafrika.

„Was treibt dich hier her? Wie hast du mich gefunden? Wie geht es dir?" Während Susanne den Tisch befüllte und Tee eingoss, bemühte sich Meyerhoff um seinen roten Faden.

„Was macht dein Onkel? Gustav hieß er wohl?"

„Ja, der lebt jetzt mit seiner zweiten Frau und dem Kind in Lissabon."

„Oh, Lissabon", sie verdreht die Augen. „Ich liebe Lissabon. War lange nicht mehr da. Dann gibt es das Kinderprojekt gar nicht mehr?"

„Doch, doch." Jakob rutschte unruhig auf dem ungewöhnlich geschwungenen Holzklappstuhl hin und her. „Das ist jetzt eine Stiftung und wird selbstständig verwaltet. So weit ich weiß, läuft es sehr gut."

„Das freut mich. Und du?"

„Ach, lange Geschichte, bin jetzt Leiter einer Suchtklinik. Aber du Susanne... du bist schwanger", sagte er mit Blick auf ihren Bauch. „Wie weit ist es denn?"

„Anfang achter Monat."

„Oh, dann ist es ja schon bald soweit."

„Na ja, noch ein paar Wochen, wenn alles gut geht. Es könnte auch etwas früher kommen. Es gab da ein paar Komplikationen. Ist aber alles gut."

„Und, hast du sonst noch Kinder? Einen Mann?" Er schämte sich etwas, weil er nicht so ehrlich war, wie er sich vorgenommen hatte, weil er Dinge fragte, die Martina ihm bereits erzählt hatte. Er hatte das Gefühl, sie würde es bemerken.

„Mein Mann ist letztes Jahr verstorben. Meine Kinder, ein

Sohn und eine Tochter, sind grad nicht da. Aber du bist doch nicht hier, um dich nach Schwangerschaft und Kindern zu erkundigen? Jakob ...", sie lächelte etwas entfernt. „Wie lange ist das her? 18 Jahre? Bist du denn ein richtiger Arzt geworden wie du es wolltest?"

„Na ja, nicht ganz, aber, ja, ich bin Arzt in einem Krankenhaus in Berlin."

„In Berlin?", Susanne schreckte zurück, ihr Blick verdüsterte sich und ein Vorhang fiel schlagartig vor ihr Gesicht.

„Ja, Westberlin. Du weißt ja, ich kam aus Ostberlin, praktisch meine alte Heimat." Er bemerkte, wie er hektisch erklärte, wo es nichts zu erklären gab.

Susanne stieß hinter gepressten Lippen etwas Luft aus. „Martina schickt dich", stellte sie eisern fest. „Du kennst meine Schwester. Ich spüre es."

„Aber nein, Susanne, beruhige dich. Sie hat dir doch gesagt, dass wir uns zufällig in der Klinik begegnet sind. Ich hatte sie gebeten, dich von mir zu grüßen. Und du hast mich zurückgrüßen lassen. Ich dachte, du würdest dich vielleicht freuen. Abgesehen davon – sie weiß nicht, dass ich hier bin."

„Sie hat mich nicht von dir gegrüßt, und ich habe dich nicht grüßen lassen. Das wäre das letzte, was ich täte. Ich höre jetzt zum ersten Mal, dass ihr euch über den Weg gelaufen seid. So ganz zufällig. Typisch!", sie lachte schrill. „Typisch, sie lügt und betrügt, wo immer sie auftaucht und

spielt ihre Spielchen. Wahrscheinlich weißt du auch, dass sie im Knast sitzt, weil sie einen Mann umgebracht und mich und ihren Mann bedroht hat. Und sie hat dich um ihre dreckigen Finger gewickelt, so wie sie es mit Marko gemacht hat. Haha! Es ist nicht zu fassen! Wahrscheinlich sollst du mich aushorchen, vielleicht sogar umstimmen."
„Bitte, Susanne, beruhige dich doch. Schon wegen deiner Schwangerschaft. Ich wusste ja nicht, dass – ach, ich hätte nicht kommen sollen. Ich dachte, ich könnte mich einfach mal mit dir über das Ganze unterhalten, vielleicht helfen."
„Helfen? Wem helfen? Mir oder Martina? Oder dir selbst? Ich will einfach meine Ruhe, Jakob. Nachdem ich damals aus Südafrika weg bin und in Portugal landete, dachte ich, ich hätte mein Glück, mein Zuhause gefunden. Ich habe Marko geliebt, und das ist bis heute so. Und er liebt mich. Dieses Kind", sie umfasste ihren Bauch, „ist von ihm. Ein Zeichen unserer Liebe. Sie hat mir damals alles genommen, und jetzt hat sie es wieder versucht. Ich werde nicht zulassen, dass sie sich noch einmal zwischen uns stellt. Sag ihr das. Sag ihr, dass ich weiß, dass sie eine Affäre mit Hannes hatte, dass er sie dann erpresst hat, dass sie eine kranke Trinkerin ist, dass sie niemals Kinder kriegen wird und dass Marko längst wieder bei mir wäre, wenn er könnte."
„Aber du weißt schon, dass Marko schwer krank und pflegebedürftig ist. Er kann noch nicht gehen, reden, schreiben, lesen oder ähnliches. Und wird es vielleicht nie

mehr können."
„Ja, so weit hat sie ihn getrieben. Aber die Gerechtigkeit wird siegen. Marko wird wieder gesund, und wir werden eine Familie sein. Mit Olga, Manuel und Zoe."
Wieder umfasste sie mit beiden Händen ihren runden Bauch.
„Aus medizinischer Sicht..."
„Deine medizinische Sicht", zischte Susanne, „interessiert mich nicht die Bohne. Überhaupt interessiert mich deine Sicht nicht. Du stehst auch auf ihrer Seite, ich spüre das. Du willst mich überreden, meinen Kampf um Gerechtigkeit und meine Liebe aufzugeben. Aber das wird nichts, Jakob. Schade, damals habe ich dich echt gemocht. Du warst ein Freund, dachte ich. Aber wahrscheinlich wolltest du mich auch damals nur vögeln. Hättest du mich auch besucht, wenn sie dich nicht geschickt hätte?"
„Sie hat mich nicht geschickt."
„Egal, du bist auf ihrer Seite."
„Ich glaube ihr, dass sie diesen Hannes nicht umgebracht hat. Dass sie dir deine große Jugendliebe genommen hat, hat sie mir selbst erzählt. Sie bereut das, und es tut ihr leid. Ich dachte, dass solltest du wissen. Ich dachte, du könntest deine Anschuldigungen vielleicht nochmals überdenken."
„Jugendliebe! Wie verharmlosend sich das anhört... Du willst sagen, dass ich lüge? Kennst du die Indizien nicht? Weißt du nicht, was die Polizei alles ermittelt hat und wie

sie sich bei der Verhaftung aufgeführt hat? Da sagst du, ich hätte mir das alles nur ausgedacht?"
„Hast du?"
„Geh jetzt bitte! Sofort! Und sag ihr, ich genieße jeden Tag, an dem sie hinter Gefängnismauern vermodert. Und sag ihr, ich freue mich auf Marko und mein Kind und ich freue mich auf den Tag, an dem Marko zu mir zurückkehrt, ob im Rollstuhl oder auf seinen eigenen Beinen, mir ist beides recht. Geh jetzt, Jakob, und komm nie wieder!"
Meyerhoff sah, dass er auf verlorenem Posten stand. Eine Annäherung war nicht möglich. Hatte sie recht oder handelte es sich bei Susanne möglicherweise um Liebeswahn, Depression, narzisstische Kränkung, Borderline oder zumindest um neurotisches Verhalten? Eine therapeutische Sicht auf die Dinge half ihm nicht weiter.
Egal wie, sein Herz war wie immer traurig, wenn ein Rettungsversuch scheiterte, wenn er keinen Zugang zum Gegenüber fand, wenn er abgewiesen wurde.
„Vielleicht magst du ja doch noch mit mir reden. Ich will dir wirklich nichts Böses. Ich lass dir meine Visitenkarte hier. Ich bin noch ein paar Tage in Portugal. Mach es gut, Susanne. Ich hoffe, du schadest dir nicht selbst am meisten. So viel Hass macht krank und einsam."
„Geh endlich", schrie sie. „Geh!"
Als sie sein Auto leiser werden hörte, hielt sie einen Streichholz an die Visitenkarte.

* * *

CASCAIS

Meyerhoff war deprimiert und hatte keinen Sinn für Land und Leute. Er kehrte an der Nationalstraße 124 in ein uninspiriertes Gasthaus ein, aß gekochtes Kaninchen und schüttete abwesend einen halben Liter Rotwein in sich hinein.

Am anderen Tag suchte er das Haus am Caminho do Salomé. Er pirschte sich vorsichtig an, warf einen Blick in den Hinterhof und stellte sich Martina im Pool vor. Wieder ein anderes Leben. Müßiggang.

Er schüttelte sich dreimal und beschloss, sich ab sofort ausschließlich um seine eigenen Angelegenheiten zu kümmern.

Er rief seinen Onkel Gustav in Cascais bei Lissabon an. „Ich freu mich, Junge. Schön, dass du dich mal meldest. Komm vorbei! Ich hab was für dich. Ich glaube, die Zeit ist reif dafür."

* * *

Nach gut drei Stunden Autofahrt erreichte er den malerischen Küstenort Cascais, die „Stadt der Könige und

Fischer". Die Entwicklung vom kleinen Fischerhafen zum Nobel-Urlaubsort hatte die Stadt König Luìs zu verdanken, der im 19. Jahrhundert Cascais zu seinem bevorzugten Sommersitz erklärte und damit die Adligen, Schönen und Reichen anzog. Gustav war nun einer von ihnen.

Meyerhoff hatte seinen Onkel einige Jahre nicht gesehen und war überrascht, wie gesund und munter der 84jährige wirkte – als wäre er in den letzten Jahren in einen Jungbrunnen gefallen. Dieser Eindruck wurde unterstützt durch sein ausgesprochen gepflegtes Äußeres, sein silbergraues volles Haar, den aufrechten Gang. Er trug ein flottes Seidentuch um den faltigen Hals, ein frisch gebügeltes, weißes Oberhemd mit einem marineblauen Cardigan, dazu eine beige farbene Hose und blankgeputzte, braune Lederslipper. Meyerhoff war beeindruckt und blickte etwas betreten an seinen abgewetzten Outdoor-Klamotten hinunter.

Gustav und seine etwa 30 Jahre jüngere Gattin Maria, gebürtig aus Angola, freuten sich sichtlich über Jakobs Besuch. Ihr 14jähriger Sohn war nicht zuhause, er ging in Lissabon auf ein Internat und kam nur zum Wochenende. Jakob bestaunte die Nobelvilla im idyllischen Reichenvorort Cascais, direkt am alten Leuchtturm mit Blick auf die wilde nördliche Felsenküste. Ausgestattet war der Wohnbereich des prachtvollen alten Gebäudes im afrikanischen Kolonial-Stil: Tigerfelle, Mahagoni-Möbel, goldverzierte

Badarmaturen im Gäste-WC, marmorne Springbrunnen. Köchin, Gärtner und schwarze Hausdame. Wie in Südafrika, dachte Jakob.

Im überdimensionierten Bürotrakt, der im Gegensatz zum restlichen Interieur erstaunlich minimalistisch im Bauhausstil eingerichtet war, präsentierte Gustav stolz seine Projekte: ökologisches Bauvorhaben in Angola, Windparks in Brandenburg, Bio-Gemüseanlagen und Olivenbaumplantagen in Südportugal, eine nachhaltige Zeltstadt für homoöpathische Anpflanzungen im Alentejo und natürlich das Kinderprojekt im Norden Südafrikas, das sich prächtig entwickelt hatte und inzwischen mehr als 100 Kindern Platz bot. Gustav, der Gutmensch. Ein zufrieden wirkender Senior.

Jakob war mehr als erstaunt und stellte hoffnungsvoll fest, dass das Leben einen für begangene Jugendsünden nicht unbedingt mit Gebrechlichkeit und Armut bestraft. Portugal hatte das Ehepaar als Standort gewählt, weil Maria Portugiesisch sprach und Verwandte in Lissabon hatte. Sagte Gustav. Deutschland war für ihn offenbar keine Option. Aber seine Verbindungen dort zu gewissen Kreisen waren nach wie vor ergiebig.

Gustav verschloss hinter Jakob die Tür zu seinem Bürotrakt und bat seinen Neffen, in einem der Barcelona-Sessel von Mies van der Rohe Platz zu nehmen. Jakob konnte nicht sehen, aus welchem Schrank sein Onkel hinter ihm einen Stapel Papiere geholt hatte. Gustav übergab ihm fein säuberlich sortiert ein Akten-Paket, auf dem handschriftlich geschrieben stand: Für J., vertraulich.

„So, mein Junge. Wir haben ja schon beide gemeinsam ein paar Dinger gedreht, über denen der Staub der Geschichte liegt. Sei's drum. Hier habe ich ein paar Akten des Ministeriums für Staatssicherheit in meiner Verwahrung, von denen ich dir nun eine Auswahl, die dich im weitesten Sinne betrifft, herausgefiltert habe. Lies es dir in Ruhe durch, mein Junge und ziehe deine Schlüsse. Es versteht sich ja wohl von selbst, dass dies hier absolut vertraulich ist und ich dir nie etwas derartiges übergeben habe. Es handelt sich um Kopien, die du bitte zu deinem Schutz an einem absolut sicheren Ort verwahrst."

Jakob bedankte sich und fühlte sich wieder wie ein kleiner Junge. Geheimakten, wie früher. Aufregend.

Bei einer guten Flasche Rotwein und zwei Brandys berichtete Jakob von seiner Arbeit und dass er nun endlich seit zwei Jahren Abteilungsleiter der Suchtklinik war. Gustav nickte anerkennend. „Dann hat sich das ja gelohnt!"

Jakob wechselte das Thema: „Wie geht es überhaupt Tante…?"

„Klinik", unterbrach ihn Gustav kurz angebunden. „Sie ist gut versorgt."

„Und deine beiden ältesten Söhne?"

„Amerika, auch gut versorgt." Offenbar wollte er nicht

weiter darüber reden.

Cascais am Abend war einfach zu schön. Sie saßen auf der Dachterrasse und schauten auf den Atlantik. „Unten im Yachthafen liegt mein Schiff. Wir können morgen gerne einen kleinen Ausflug machen. Es ist paradiesisch."

Die Köchin servierte gegrillten Tintenfisch. Hier gab es doch tatsächlich neben all dem Luxus auch noch Fischer, die Polvo fingen, erläuterte Maria stolz. „Unser Lieferant heißt Salvador und stammt aus einer alten Fischer-Familie", sagte sie in perfektem Englisch und rollte genüsslich mit den Augen.

Leicht angetrunken hatte Jakob das Gefühl, sein Jahresurlaub könnte nun doch noch einen angemessenen Ausklang nehmen.

* * *

BERLIN

Zurück von seiner frustrierenden Reise in die Welt der beiden Schwestern und seinem genüsslichen Aufenthalt bei seinem Onkel, brauchte er mehrere Anläufe, um die Kopien der STASI-Unterlagen zu lesen.

Bisher hatte er den Drang, seine eigene Akte beim „Bundesbeauftragten für die Unterlagen des Staatssicherheitsdienstes der ehemaligen Deutschen Demokratischen Republik" einzusehen, erfolgreich unterdrückt. Schon allein die Länge des Ministerium-Namens schreckte ihn ab. Er redete sich ein, dass er das meiste ohnehin bereits wusste. Er wollte noch immer nicht tiefer eindringen in das, was er all die Jahre gemieden hatte.

Nach dem Tod seines Vaters hatte seine Mutter mit ihm über „alles" sprechen wollen. „Alles" – ihm graute vor der Fülle dieses Wortes. Es sprudelte nur so aus ihr heraus. Er hatte lediglich den Korken ziehen müssen und schon ließ sie den Geist aus der Flasche. Trotz aller Unschuldsbekundungen klang jeder Satz wie eine Beichte: Auch sie hatte sich bis dato geweigert, in irgendwelche Akten zu schauen, nachzulesen, andere anzuhören. Das wäre ein Vertrauensbruch, meinte sie. Sie seien ein Team gewesen, Vater und sie. Er habe alles mit ihr besprochen, die geheimen Spionage-Aufträge in eigener Sache als „Kundschafter des Friedens", die Feindbeobachtungen, die Lobeshymnen auf den „großen Bruder" Sowjetunion, die Durchleuchtung seiner Umgebung, die Kontakte nach Afrika, – auch, dass und wie er seine eigene Frau und sein Kind in den Aufzeichnungen erwähnen musste, um glaubwürdig zu sein. Sie hatte all die Jahre mitgespielt.

Das Material von Gustav war über weite Strecken unvollständig. Einiges stammte von seinem Vater direkt, anderes waren Aussagen über ihn. Vermutlich hatte Gustav alles

aus den Unterlagen herausgenommen, was ihn selbst belastete. Vielleicht verfügte sein Onkel sogar über die Originale – bei seinen außergewöhnlichen Verbindungen hätte Meyerhoff sich nicht gewundert. Jedenfalls erfuhr er nun so Einiges über ehemalige Nachbarn, Verwandte und Schulfreunde. Mit all dem hatte er gerechnet, wenngleich er über die Art und Weise dieser bürokratischen, gefühllosen Sprache zwischen entsetzt und amüsiert schwankte. Ellenlange Berichte über seines Vaters Kollegen in Tansania und Brandenburg, vage Andeutungen über kriminelle Verwicklungen und Geschäfte seines Bruders Gustav mit dem Westen. Details und Daten – 80 Prozent Uninteressantes und von keinerlei Relevanz, 20 Prozent Vernichtung, Verleumdung und Verrat.
Meyerhoff konnte den Drang von Staatsgebilden nachvollziehen, sich möglichst aller Daten zu bemächtigen, die zur Stabilisierung eines Systems dienten, auch wenn er es abstoßend fand. Er verurteilte die DDR-Diktatur deswegen nicht. Alle Systeme der Welt, die auf Machterhalt aus waren, funktionierten so. Man realisiere nur die Datenmacht heutiger kapitalistischer Systeme, Google und Co waren die mächtigsten im Lande, Datenkraken, die sich aller Leben einverleibten. Internet-Plattformen, mit denen Wahlen gewonnen, Kriege initiiert und Menschen vernichtet wurden. Dagegen war die STASI doch nur ein kleines Licht, was die Sache natürlich an sich nicht besser machte.

Ja, er spürte sogar ein klein wenig Dankbarkeit, dass hier alles so offensichtlich, fein säuberlich zu Papier gebracht worden war; denn was einst zur geheimen Überwachung und Zersetzung angelegt war, diente jetzt der vollständigen Transparenz. STASI-Leaks.

Ihn rührte diese auf Schreibmaschinen getippte, handschriftlich ergänzte Offenbarung, aus der neben der Angst, aus dem System herauszufallen, auch eine tiefe Überzeugung sprach, das Gute – sprich Sozialistische – aus dem Menschen herauszukitzeln, auch wenn es möglicherweise zum Gegenteil führte. Wer wollte das schon über die Zeit hinweg beurteilen.

Was aber mit Sicherheit auch seine Mutter nicht wusste und was in den Unterlagen nur eine Randnotiz hergab, die ein ermüdeter IM eventuell vergessen hatte zu schwärzen, war der Hinweis, dass Willy Meyerhoff, Jakobs Vater, vor dem Mauerbau bereits als DDR-Agent in Westberlin tätig gewesen war und dortselbst zur Tarnung geheiratet hatte. Und so stand zwischen lapidaren Bemerkungen wie „Die Pfeiffer spielt gerne Westmusik und näht sich ihre Kleider im Stile der amerikanischen Gammler selbst." und „Peter hat sich lobend über den Geschmack von Jakobs Kaffee geäußert, den er von seiner Kusine aus dem kapitalistischen Westen bekommen hat" der Satz: „Eine Tarn-Ehe, die zum Zwecke der Spionageabwehr geführt wurde und einen Sohn mit Namen Mirko K. hervorbrachte, zu dem – wie

auch zu seiner Mutter – nach dem Bau des sozialistischen Schutzwalls keinerlei Kontakt mehr bestand...."
Somit geriet Jakob Meyerhoff unversehens an einen Halbbruder mit Namen Mirko K.– falls es sich nicht um einen Tarnnamen handelte. Die Wiedervereinigung machte es möglich. Es gab keine Zufälle. Oder doch?

* * *

BIAS DO SUL August
SUSANNE

Für vieles war es zu spät. Die Geburt kam definitiv zu früh. Susanne spürte schon seit zwei, drei Tagen, dass etwas nicht stimmte. Wehenähnliche Schmerzen und Krämpfe im Unterleib quälten sie. In all ihren Anstrengungen um Gerechtigkeit hatte sie sich wohl etwas übernommen. Indem sie sich von der Creole getrennt hatte, war etwas in ihr geschehen, was sie nicht mehr halten konnte.
In all den Jahren, in denen sie den Ohrring ihrer Schwester mitsamt dem Schlüssel zum Haus am Caminho do Salomé gehütet hatte, waren ihr diese Objekte heimlich, still und leise ans Herz gewachsen. Den Schlüssel würde sie mit ins Grab nehmen. Die Creole aber gehörte dort hin, wo sie

hergekommen war. Zu Martina.
Creolen waren Schmuckstücke und Identität zugleich. Hatten doch auch die Helden ihrer Kindheit, die Fischer und Seefahrer, einen goldenen Ring im Ohr getragen. In den ließen sie sich ihre Initialen eingravieren, um beim möglichen Seemannstod in der Fremde leichter identifiziert werden zu können. Die Kirchengemeinde des Fundortes durfte die wertvolle Creole behalten, der Preis für ein christliches Begräbnis und die Aussicht auf das Paradies. Martina hatte sie mit solch einer Creole auf eine lange Reise geschickt. Es war Zeit, die Ankunft vorzubereiten.
Als die Fruchtblase platzte und das Wasser auf ihre Terrasse lief, überwältigte sie ein Gefühl von Erfüllung. Es war geschehen. Jetzt lag es nicht mehr in ihren, sondern nur noch in Gottes Händen.
Sie rief Maura an, die sich eilig um einen Rettungswagen bemühte.

Während der Geburt stand sie wie so oft in letzter Zeit neben sich und beobachtete das Geschehen. Beobachtete, wie sie sich unter Schmerzen wand – Schmerzen, die ihr bekannt und deshalb erträglich erschienen. Beobachtete Hebamme, Krankenschwestern und Ärzte, die geschäftig hin und her liefen und den Kaiserschnitt vorbereiteten. Eine Frühgeburt erforderte offenbar einiges an Vorsichtsmaßnahmen, Vorbereitung, Aufmerksamkeit. Das zu er-

wartende Kind stand im Vordergrund. Nicht sie.
Später sah sie ein winziges, runzeliges Würmchen. Weniger ein Kind als vielmehr ein Symbol des Scheiterns.
Sie hatte mit alldem nichts mehr zu tun.

Zoe kämpfte um ihr Leben.

* * *

BERLIN
MEYERHOFF

Meyerhoffs stringente Welt war aus den Angeln gehoben. Er war in den letzten Wochen im Wesentlichen, wenn auch widerwillig, damit beschäftigt gewesen, über sein eigenes Leben zu stolpern. In ihm wuchs der Drang, sich in einen Ozean von Wahrheiten und Bekenntnissen fallen zu lassen. Er spürte eine unwiderstehliche Neugier auf seine tief verschüttete Ossi-Identität. Nun grinste sie ihm aus allen möglichen Ecken entgegen, vor allem aber aus den Akten seines Onkels. Wollte er sich wirklich auf die Suche nach einem Wessi-Halbbruder machen und dabei unausweichlich in seine DDR-Vergangenheit blicken?
Was macht einer, der von einem Halbbruder erfährt?

Ignorieren? Suchen? „Mirko K." war jedenfalls älter als er, im Westen, wahrscheinlich Westberlin, geboren, Produkt einer Tarnehe. *Was für eine Scheiße ist das denn? Ein Kind zur Tarnung. Eine massive Kränkung*, befand er und spürte zum ersten Mal so etwas wie Wut auf seinen Vater. Er selbst hatte sich immer als geliebtes und gewünschtes Kind empfunden. Auch wenn sein Vater mehr Sozi als Vater war. Was für ein Geschenk angesichts eines Halbbruders, der aus Gründen der Staatszersetzung und Spionageabwehr gezeugt worden war. Vielleicht sollte er diesen Halbbruder doch lieber ignorieren.

Man stelle sich vor, sie begegneten sich und Mirko – oder wie auch immer er heißen mochte – erfuhr durch ihn von seines Vaters Schicksal. Meyerhoff machte sich lebhafte Bilder davon, zu welchem Bruderverhältnis das unausweichlich führen musste.

Andererseits sind die Dinge wie sie sind und jeder hatte ein Recht auf die Tatsachen – von Wahrheit mochte er an dieser Stelle nicht reden.

Wie würde es ihm gehen? Ein Halbbruder. Er musste zugeben, dass er die Vorstellung, einen Bruder zu haben, sympathisch fand. Ja, er begann sich auszumalen, wie dieser Ältere wohl aussehen mochte, wo er wohnte, was er aus seinem Leben gemacht hatte. Gab es Ähnlichkeiten? Die Möglichkeit, er könne eventuell nicht mehr leben, verdrängte er geflissentlich.

Er rief Gustav an und fragte ihn, ob er weitere Informationen habe.

„Worüber?", fragte Gustav etwas scheinheilig.

„Über meinen Bruder natürlich. Tu nicht so als wüßtest du nicht, was mich beschäftigt. Du hast mir die Akten doch nicht absichtslos gegeben."

„Nein, natürlich nicht. Familie ist wichtig, Jakob. Auch wenn ich das nicht immer beherzigt habe, so ist mir im Alter doch klar geworden, dass nicht viel mehr bleibt."

„Das musst du gerade sagen, du mit deinem ganzen Vermögen, deinen Häusern, deiner Yacht und allem. Plötzlich altersmilde?"

„Lass uns über dich reden, Jakob. Du weißt, ich habe immer ein Auge auf dich gehabt. Vielleicht war es früher, weil ich Willy eins auswischen wollte, in dem ich dich auf meine Seite zog. Aber du bist ein feiner Kerl, bei allem Dreck am Stecken. Ich habe dich immer gemocht. Ich will dich nicht mit meinen ganzen Angelegenheiten belästigen, aber ich wollte, dass du weisst, dass du einen Bruder hast..."

„Und das ich erfahre, dass mein Vater auch nicht der Heilige Joseph war, für den ihn damals alle gehalten haben?"

„Lass gut sein, Jakob. Leider weiß ich auch nicht mehr über ihn als das, was in den Akten steht. Nur eins noch, Willy hatte als Agent im Osten einen mir unbekannten Tarnnamen. Das könnte dir weiterhelfen. Du wirst ihn vermutlich

suchen, nicht wahr Jakob? Das ist das Erbe deines Vaters. Ich habe lange gezögert, aber jetzt ist die Zeit reif, denke ich."
„Du hast die Akten schon lange?"
„Ja, einige Jahre. Ich wollte dich nicht verwirren."
„Und dich nicht in Verlegenheit bringen. Immerhin hast du dich auch strafbar gemacht. Und das Kinderprojekt mit einem falschen Arzt aufgebaut. – Und Mutter? Weiß sie davon?"
„Ich denke, nicht. Und verschon sie damit, zumindest solange du selbst nichts Genaueres weißt. Wenn du Hilfe brauchst, sag Bescheid. Meine Arme reichen noch ziemlich weit. Aber – ich wäre dir sehr dankbar, wenn du meinen Namen aus deinen Geschichten heraushältst."
„Wo fang ich an zu suchen? Mirko K., Vater: Willy Meyerhoff, alias X."
„Tja, davon kannst du ausgehen. Und er muss in Berlin-West geboren sein – nach 1945 und vor dem Mauerbau. Mehr weiß ich zu diesem Zeitpunkt auch nicht. Ich könnte versuchen, meine Quellen noch mal anzuzapfen, bevor alle wegsterben."
„Lass mal gut sein! Hast du immer noch Leute in der Hand?"
„Ach, es ist wie es immer war. Für den Überwachungsstaat ist Korruption natürlich praktisch. Der Mangel an Waren in der DDR machte damals vieles möglich, wie du weißt. Mit Kassettenrekordern konnte man sich sogar eine Prü-

fung an der Uni erkaufen. Dein Examen war etwas teurer, aber der Deal ging ja auch kurz nach der Wende über die Bühne. Da waren die Bestechungsregeln etwas durcheinander geraten. Mach dir keinen Kopf, Jakob, dein Examen ist wasserdicht. Was glaubst du, wie viele Doktoren und Professoren im Lande herumlaufen, die ihre Titel erschlichen, gekauft oder erpresst haben? Der akademische Titel ist immens überbewertet und deshalb teuer. Mich haben sie jahrelang als kriminell gebrandmarkt, diese Heuchler und Hochstapler. Aber ich habe sie nur benutzt und bezahlt, die Pseudo-Ehrlichen und Moral-Apostel dieser Welt. Und wenn es sein muss, mach ich das noch heute. Dein Vater allerdings war ein Überzeugungstäter, nicht käuflich mit Geld, aber mit politischen Flauseln."

„Du bist genauso ein Falschspieler wie alle", sagte Jakob.

„Siehste! Und du auch. Hast profitiert von meinen Tricks, oder?"

„Ich weiß nicht", murmelte Jakob. „Vielleicht bin ich an einer ..."

„Jetzt sag bloß nicht: Wende!"

„Ja vielleicht bin ich an einem Wendepunkt angekommen. Ich denke darüber nach, meinen Posten in der Klinik aufzugeben. Vielleicht sollte ich eine eigene Praxis eröffnen. Als Therapeut für Kinder und Jugendliche. Was hältst du davon?"

„Gar nichts, Junge, gar nichts! Der ganze Aufriss umsonst?"

„Umsonst? Nein, nicht umsonst. Mein Weg eben, mein spezieller Weg... Ich melde mich, wenn ich Hilfe brauche. Danke erstmal und Gruß an Maria und den Jungen."

* * *

TIRES

MARTINA

Martina war ihr ganzes Leben lang darauf bedacht gewesen, keine strafbare Handlung zu begehen, die sie hinter Gitter hätte bringen können. Nicht, dass sie besondere soziale, religiöse oder sonst wie ethische Gründe dafür gehabt hätte. Vielmehr war es die panische Angst, in einem engen Raum eingeschlossen zu sein.
Sie mied in Zügen und Flugzeugen die engen Toiletten, sie benutzte Fahrstühle nur im äußersten Notfall. Zum Glück gehörten Telefonzellen der Vergangenheit an. Nur in London hatte sie noch ein paar historische rote Exemplare gesehen, in denen Massen von Klebchen mit Call-Girl-Nummern hafteten. *Ruf mich an!* Die Vorstellung, in eine MRT-Röhre geschoben zu werden, löste in ihr Schnappatmung aus. Warum zwängten sich Menschen freiwillig und über Monate in eine Raumkapsel, in der

sie in der Umklammerung des unendlichen Alls herumschwirren wie ein Dotter im Ei?
Die Tage und Wochen in Untersuchungshaft erwiesen sich inzwischen als eine stetige Herausforderung, eine andauernde Konzentrationsübung, eine Besinnung auf ein einziges Thema, das sie – fernab ihrer Emotionen – intellektuell zu lösen versuchte.
Sie fieberte den zwei Stunden Ausgang am Tag entgegen – Auszeit. Jeder Tag eine stetige Gratwanderung entlang ihrer klaustrophobischen Grenze. Sie übte, sich in Gedanken an den Rand ihrer beginnenden Panik zu begeben ohne sich darin zu verlieren. Hin und wieder wagte sie sich zu weit vor, überschritt ihre eigene Grenze und landete in Verzweiflung. Dann war es schwierig, wieder zurückzufinden – auf die andere Seite der Mauer. Nur auf eben dieser Seite war sie in der Lage, logisch zu denken und sich auf das Wesentliche zu konzentrieren, auf einen Gedanken, der ihr das Dasein ermöglichte, zu erkennen, dass die alte Volksweise recht hatte: Die Gedanken sind frei… bis sie wie Vollgummibälle von den Wänden abprallten. Wenn es ihr gelang, die Bälle aufzufangen und ihnen eine neue Richtung, eine neue Kraft zu geben, ging das Leben weiter. In dieser Phase schrieb sie ununterbrochen. Jeder Gedanke mit dem Ziel: „Wie komme ich hier raus?" Und sei es nur im Kopf.
Meyerhoff hatte ihr verstört von seinem Besuch bei

Susanne berichtet. Sie hatte insgeheim gehofft, er würde zu ihr fahren, ohne ihn darum gebeten zu haben. Aber das Fazit seiner Reise erschreckte sie. Es bestätigte, dass Susanne – von Hass gegen sie getrieben – keinen Millimeter von ihrem Plan abweichen würde. Ja, mehr noch, sie gewann den Eindruck, dass Susanne selber an ihre Lügen glaubte und daran, dass ihr mit der Vernichtung der Schwester Gerechtigkeit widerfahren würde.

Die Gefängnismauern waren das eine, was sich um sie herum schloss, die Rachegespinste ihrer Schwester das andere. Sie spürte, dass Meyerhoff sich von ihr abwandte und auch darüber war sie traurig. Er hatte sich wohl zu weit vorgewagt in ihr chaotisches Leben – vielleicht auch in seine eigene Vergangenheit. Sie hätte ihn nicht so stark in ihre Angelegenheiten einbinden dürfen. Nun zog sich sogar ihr einziger Vertrauter zurück.

Manchmal dachte sie an Lotti, die noch immer im engen Kühlfach lag.

* * *

POTSDAM
MEYERHOFF

Den einen Gefallen wollte er ihr noch tun. Martina hatte ihn dringlichst gebeten, ihren Mann in der Rehaklinik zu besuchen und zu schauen, ob alles in Ordnung sei. Es wäre ihr eine Beruhigung, ihn gut versorgt zu wissen. Auch wenn Meyerhoff sich entschieden hatte, sich nur noch um seine eigenen Angelegenheiten zu kümmern, so konnte er ihr diesen einen Wunsch doch nicht abschlagen.
Für den Besuch in der Potsdamer Rehaklinik musste er sich einen halben Tag frei nehmen. Es war ihm ein leichtes, diesen Weg in berufliches Interesse zu kleiden. Man erwartete von ihm, sich über nahegelegene Spezialkliniken einen persönlichen Eindruck zu verschaffen.
An der Tür zum Patientenzimmer prangte ein Namensschild: Marko Kleinschmidt. Das K war feingeschnörkelt und bunt gezeichnet, ein einigermaßen missglückter Versuch, den Flur nebst Tür etwas freundlicher zu gestalten und mit einer persönlichen Note zu versehen.

Marko Kleinschmidt lag vor ihm im Bett, ohne Schläuche, kein Anschluss mehr an Maschinen, auch wenn alles noch griffbereit neben seinem Bett stand. Marko starrte ihn aus großen tiefblauen Augen an. Er sah besser aus als bei seinem ersten Besuch vor Wochen.

Meyerhoff ahnte nun, dass dieser Mann vor seiner Krankheit sehr attraktiv gewesen sein musste, was den Hype um seine Person vielleicht erklärte. Meyerhoff beugte sich etwas vor und sagte langsam und deutlich:
„Herr Kleinschmidt, mein Name ist Dr. Meyerhoff, und ich bin der behandelnde Arzt Ihrer Frau in Berlin. Ihre Frau bat mich, Sie zu besuchen, da sie selber momentan nicht kommen kann."
Kleinschmidt bewegte seinen Kopf unruhig hin und her und stieß ein paar unartikulierte Laute aus.
Meyerhoff verstand ihn nicht, merkte aber, dass er auf seine Ansprache reagierte, sich jedoch nicht wunschgemäß äußern konnte.
„Wenn Sie mich verstehen, Herr Kleinschmidt, können Sie für ein Ja ihre rechte Hand anheben?"
Die Anstrengung war Kleinschmidt ins Gesicht geschrieben. Es ging nicht.
„Oder ist es Ihnen lieber, Sie senken für ein Ja Ihre Augenlider?" Kleinschmidt klappte einmal seine Augenlider herunter.
„Heißt das, Sie verstehen mich und antworten mit Ja?"
Augenlider einmal.
„Gut, dann können Sie jetzt zweimal senken und es heißt Nein."
Augenlider zweimal.
„Ich stelle eine Testfrage, Herr Kleinschmidt. Heißen Sie

Marko?"
Augenlider einmal.
„Haben Sie mich vorher schon mal gesehen?"
Augenlider zweimal.
„Sie verstehen meine Worte?"
Augenlider einmal.
„Können Sie sprechen?"
Augenlider zweimal.
„Was machen Sie denn da!" Die Tür sprang auf und Helene Eder stand im Zimmer.
„Wer sind Sie?" Helene sprang auf Meyerhoff zu als wolle sie ihn an einem Mord hindern. Meyerhoff wich zurück und hob die Arme schützend vor sein Gesicht.
„Das Gleiche könnte ich Sie fragen! Ich bin Dr. Meyerhoff und besuche Herrn Kleinschmidt im Namen seiner Frau."
„Ach, du liebes bisschen. Hamse ihn wat jesacht? Ick meine, wejen seine Frau in Portugal?" Sie zwinkerte ihm auffällig zu. „Hamse?"
Meyerhoff witterte eine Verschwörung. „Und Sie, wer sind Sie?"
„Ick bin Helene Eder, die von Frau Kleinschmidt beauftragte Pflegekraft für Marko. Ick betreue ihn, solange se in Portugal allet organisieren muss!", wieder zwinkerte sie in Meyerhoffs Richtung. „Stehn Se in Kontakt mit Martina?"
„Ja, tue ich. Ich hab sie besucht und sie hat mir nichts von Ihnen erzählt!"

„Hattse wohl vajessen, die Jute. Ick meene, da, wo se is, hat se ja och wat anderes in Koppe, wa? Jedenfalls guck ich hier jeden Tach nachn Rechten, mein Job, vastehn se? Nech, Marko?" Sie wandte sich lächelnd ihrem Patienten zu und zog ihm die Decke bis ans Kinn. „Allet jut, Marko?"
Marko stammelte unverständliches Zeug und blickte flehentlich Meyerhoff an. Es lief ihm etwas Speichel das Kinn hinunter.

„Er redet mit den Augen", sagte Meyerhoff, zu Helene gewandt. „Einmal Augenklappern heißt ‚Ja'. Zweimal heißt ‚Nein'."

„Ach, nee, wat Se nich sajen. Wir vastehn uns och ohne Worte, wa, Marko? Ick kenne Marko schon, da war er noch'n Steppke. Jeben Se mir mal bitte die Taschentücher aus der Schublade, ick muss ihm die Nase putzen. Ja, da oben links..."

Meyerhoff kramte ungeschickt in der Schublade herum. Die Packung Taschentücher war nach hinten gerutscht. Als er sie endlich hochnahm, fiel sein Blick auf ein ramponiertes Schwarz-Weiß-Foto. Ein kleiner Junge, stolz an einen VW-Käfer gelehnt und hinter ihm ein langer Kerl mit einer Schiebermütze und einem breiten Grinsen im Gesicht. Dieser Mann hatte eine frappierende Ähnlichkeit mit – ja, irgendwie schon, mit seinem Vater Willy. Was für ein Unsinn. Wahrscheinlich sahen zu der Zeit alle Männer ähnlich auf Fotos aus. Gleiche Mütze, gleiche Bekleidung, gleiche Haltung.

„Na, wirds denn noch wat, Herr Doktor? Is Ihnen ne Laus über die Leber jelofen?"

Meyerhoff reichte ihr mechanisch die Packung Taschentücher über das Bett. Während Helene eifrig ihren pflegerischen Aufgaben nachkam, überlegte Meyerhoff fieberhaft, was es mit dem Bild auf sich haben konnte. Eine Verwechslung, eine besondere Ähnlichkeit? War Marko überhaupt der Junge am Käfer? Warum lag das Foto in seiner Schublade neben Taschentüchern und Nagelschere? Meyerhoff nahm es heraus und starrte es an.

„Ach, det Foto hat's Ihnen anjetan? Ick hab det im Sakko von Marko jefunden. Ick dachte, wenn er det mit sich rumschleppt, wirds ja wohl wichtig für ihn sein. Vielleicht erinnert er sich oder so. Kennen Se den? Oder wat is los? Hallo? Ick find ja den ollen Käfer schicki. Der hat noch diese kleenen Rückscheiben, 'n echter Oldie." Helene kicherte. Marko machte schmatzende Geräusche.

Meyerhoff wandte sich Marko zu. „Herr Kleinschmidt, sind Sie der kleine Junge da auf dem Foto?"

Marko schloss einmal die Augen.

„Na klar is det Marko, ist doch klar wie Kloßbrühe. Son hübscher Bengel damals. Und der daneben is vielleicht sein Vater. Könnte hinkommen, wa Marko?"

„Ihr Vater?"

Augenlider einmal.

„Lebt er noch?"

Augenflattern und Stöhnen.

„Hm. Sie wissen es nicht?"

Markos Augen blieben geschlossen.

„Siehste!", sagte Helene triumphierend. „Det Foto is wichtig. Sach ich doch. Sein Vater war ja'n Spion, so weit ick weeß. Markos Mutter, die Lotti, hat mal so wat anjedeutet. Jedenfalls hat se mir mal erzählt, dass der S...Siggi – glob ick – dat der alte Kleinschmidt bei Nacht und Nebel rüberjemacht hat in' Osten und hat se mitsamt den Marko einfach sitzen lassen. Hinter die Mauer isser wohl jestorben. Von den Schock hat se sich nie wieder erholt, die Lotti, die arme!"

Meyerhoff schnappte nach Luft.

„Schlechte Luft hier, find ick ooch. Aber man darf ja nich mal det Fenster uffmachen wegen der Rausspringjefahr. Ja, Marko, wat is? Biste unruhig? Allet zu viel, wa? Ick globe der Marko braucht jetzte sein Mittagsschläfchen, Doktor. Wenn se nu vielleicht mal jehn würden?"

„Ja, also, selbstverständlich, ich muss sowieso. Ich lass mal meine Telefonnummer hier, für alle Fälle. Vielen Dank, Frau Eder und auf Wiedersehen, Herr Kleinschmidt. Ich bestell' Ihrer Frau dann schöne Grüße. Sie kommt bestimmt bald wieder. Auf Wiedersehen und gute Besserung..."

Helene Eder folgte ihm zur Tür. „Appropos, Doktor, wissen Sie da Näheret von der Martina?", raunte sie ihm zu. „Det in Portugal muss doch bald mal erledigt sein, oder wat."

„Ja, ja, sie wird sich dann sicherlich bei Ihnen melden. Genaueres weiß ich auch nicht. Ich hab Ihr lediglich versprochen, Ihren Mann einmal aus medizinischer Sicht zu besuchen. Schön, dass er bei Ihnen in guten Händen ist, Frau Eder. Könnte ich vielleicht gerade noch einmal auf die Toilette...?"

„Aber sicher, Doktor." Helene Eder ging zurück ans Bett. Meyerhoff verschwand im Bad, steckte in Windeseile die Haarbürste, die auf der Spiegelablage lag, in sein Jacket und verließ mit einem Nicken das Krankenzimmer. An der Tür registrierte er noch einmal das Namensschild mit dem betonten K.

Marko K. Mirko K.?

* * *

Tagelang rang Meyerhoff mit sich, ob er einen DNA-Bruderschaftstest veranlassen sollte. Er rief seinen Onkel in Lissabon an.

„Gustav? Halt dich fest. Es könnte sein, dass ich meinen Halbbruder gefunden habe!"

Gustav war nicht einmal besonders überrascht. „Das ging ja schnell. Es gibt keine Zufälle", sagte er. „Schlussendlich sind wir ja auch alle mit sämtlichen Menschen auf der Erde blutsverwandt. Dein Vater war eben doch ein Schlitzohr. Und – wer ist es?"
„Es ist ja nicht sicher. Ein lallender Pflegefall mit Namen Marko Kleinschmidt. Er liegt zur Zeit nach einem Schlaganfall in der Reha-Klinik und ist der Mann der Frau, die ich in Portugal im Gefängnis besucht habe. Ihre Schwester musst du kennen. Ich habe sie vor 18 Jahren bei dir im Kinderprojekt in Südafrika kennen gelernt!"
„Donnerschlag!", nun schien Gustav doch beeindruckt und ließ einen Pfiff los. „Manchmal wissen nicht mal meine Informanten alles. Ich würde sagen, das klingt nach Seifenoper oder Geheimdienst. Es klingt nahezu unglaublich und nach Schwierigkeiten. Willst du meinen Rat?"
„Bitte!"
„Vergiss es, lass die Finger von den Schwestern, mach deinen Job in der Klinik, iss Heiligabend Gänsekeule mit Rotkohl bei deiner Mutter, vögel ab und zu eine Nutte und mach Urlaub all inclusive auf den Malediven."

* * *

PORTUGAL
MAURA

Maura steckte ihren Arm durch das Loch im Brutkasten und berührte mit aller ihr zur Verfügung stehenden Zartheit das winzige Würmchen in der durchsichtigen Plastikbox. Die schrumpelige, unendlich feine Haut an den Händchen erinnerte sie an ein kleines gerupftes Hühnchen. Sie konnte die Haut etwas verschieben. Die krummen Beinchen ragten aus einer viel zu groß scheinenden Windel heraus. Mauras Tränen tropften auf die Abdeckhaube, sie hatte sich ganz nah über das Baby gebeugt.

„Zoe", flüsterte sie. Automatisch passten sich Mauras Bewegungen und ihre Stimme der Winzigkeit dieses Wesens an. Sie wollte das kleine Mädchen nicht erschrecken und stellte sich vor, wie wohl die Welt aus Zoes Perspektive aussah, wenn sich ein riesiges Gesicht über sie beugte und Tropfen auf das Dach über ihr klatschten.

Was sollte nur aus Zoe werden? Ihre Mutter lag ein paar Stationen weiter und sprach kein Wort, zeigte kein Interesse an ihrem zu früh geborenen Baby, starrte an die Decke und weigerte sich, Zoe auf der Frühchenstation zu besuchen. Etwas über 2.000 Gramm wog Zoe nach dem Kaiserschnitt. Lebensfähig jedenfalls; denn die Lunge war gut ausgebildet. Aber sie brauchte nun alle Zuwendung der Welt, die Wärme der Mutter, ein Lächeln.

Als Vater hatte Susanne den Mann ihrer Schwester angegeben. Maura war entsetzt. Sie hatte angenommen, dass Susanne noch von ihrem verstorbenen Mann schwanger gewesen sei. Und nun sollte es dieser Marko gewesen sein, ihr Schwager? Der saß laut Susanne in Berlin im Rollstuhl, ein Pflegefall, der nicht einmal richtig sprechen konnte.
Zoes Tante Martina befand sich wohl noch immer im Gefängnis. Susanne hatte behauptet, ihre Schwester habe Hannes umgebracht. Maura konnte das kaum glauben, hatte sich aber nicht getraut, genauer nachzufragen. Angeblich hatte er sie erpresst, zuzutrauen wäre ihm das.
„Von mir aus kann er bleiben, wo der Pfeffer wächst", dachte sie. Hannes, der ihr so übel mitgespielt hatte, weinte sie keine Träne nach.
Zoes große Schwester Olga schien verschwunden zu sein seit dem Tag, an dem Maura ihre deutsche Freundin im Vorgarten ihres Hauses gefunden hatte. Bis heute war unklar, auf welche Weise Susanne von der Dachterrasse gestürzt war. An jenem Tag hatte sie mit Susanne über Manuel reden wollen und dass sie ihn nicht länger bei sich behalten könne – zumindest nicht ohne genauere Absprachen zu treffen. Stattdessen musste sie um das Leben von Susanne und ihrem Ungeborenen bangen und hatte es später nicht über sich gebracht, mit Susanne ein klärendes Wort zu reden. Manuel lebte also noch immer bei ihnen und schien auch nichts anderes zu wollen. Auch jetzt

war er noch nicht im Krankenhaus aufgetaucht, um seine Schwester und seine Mutter zu besuchen. Der Junge machte ihr Sorgen. Das war doch nicht normal, dass er sich von seiner Familie fernhielt.
Genau genommen ging es ihr inzwischen mit Susanne aber ähnlich. Maura hatte Angst vor Susanne – Angst vor deren Schweigen, Angst vor ihren Augen, die immer weiter in ihren Höhlen verschwanden, umso eindringlicher man sie anschaute.
Angst vielleicht auch davor, dass Susanne ihr Vorhaltungen wegen ihrer Affäre mit Hannes machen würde, dass sie an etwas rütteln würde, was Maura zu vergessen suchte. In dem sie Manuel bei sich aufnahm, konnte sie vielleicht etwas Schuld abtragen – auch ihrem eigenen Sohn gegenüber, dem sie durch ihren unseligen Fehltritt den Vater genommen hatte. Sie war ja keinen Deut besser als Susanne. Ihnen beiden war es nicht gelungen, ihren Kindern die Väter zu erhalten. Maura hatte auch Angst, Susanne könne mehr wissen über den Verbleib von Hannes als sie zugab. Was, wenn nicht nur Martina, sondern auch Salvador etwas mit dem Verschwinden des Widersachers zu tun hatte? Nein, sie würde Susanne nicht provozieren, sie nicht zur Rede stellen und auch nicht bedrängen. Auf dieser Frau lastete ein Fluch. Um sie herum war nur Elend. Ja, sie hatte wirklich Angst vor Susanne, von der sie einmal dachte, es wäre ihre Freundin. Besser, sie beließ alles so wie es war.

Besser, sie würden Freundinnen bleiben. Besser, sie wären aufeinander angewiesen.

Aber Zoe würde sie beim besten Willen nicht aufnehmen können, das überstieg ihre Möglichkeiten. Sie musste ihre Stelle auf der Olivenplantage in Moncarapacho unbedingt behalten. Von was sollten sie und die Jungs sonst leben? So ein Winzling brauchte doch die volle Aufmerksamkeit. Außerdem waren sie nicht verwandt. Sie konnte das Baby ohnehin nicht einfach mitnehmen. Nein, sie war nicht verantwortlich. Es musste ein andere Lösung geben.

Sie würde noch einmal vorsichtig bei Susanne vorfühlen und an ihre Muttergefühle appellieren. Es konnte doch nicht sein, dass da nichts war.

* * *

September

HANNES

Im portugiesischen Atlantik ertrinken Jahr für Jahr Hunderte von Menschen. Sie werden zum Teil von der Strömung davon gerissen. Der Golf-Strom bringt sie an die französische Küste. Und genau da tauchte Hannes Ahrens auf. Seine Leiche wurde vier Wochen nach seinem tragi-

schen Ende in Frankreich angeschwemmt.
Die französischen Behörden benötigten Monate, um herauszufinden, wer die Wasserleiche war. Hannes' Familie in Münster, sein erwachsener Sohn am Bodensee, seine Exfrau in Detmold wunderten sich allesamt nicht, dass Hannes noch ein letztes Mal auf eine große Reise gegangen war. Es hatte ihn schon immer in die Ferne gezogen. Auch als er noch lebte wussten sie oft monatelang nicht, wo er sich aufhielt. Als Leiche war es nicht anders gewesen.

Die Untersuchungen der französischen Behörden ergaben, dass sehr wahrscheinlich keine Fremdeinwirkung vorlag, soweit man dies an der angefressenen Wasserleiche noch erkennen konnte. Offenbar war ihm der Segelmast seiner Jolle an den Hinterkopf geknallt. Schlussendlich musste er wohl ertrunken sein. Er war keineswegs der erste, der in den Strömungen der Ria ums Leben gekommen war.
Die Polizei in Tavira übernahm den Fall. Das Verfahren gegen Martina wurde neu beleuchtet. Übrig blieb die Frage: Wie war Hannes' Blut an ihre Windjacke geraten?

* * *

SALVADOR

Als Salvador Coelho in Cascais die gute Nachricht vom Tod seines Widersachers Hannes vernahm, dem er vor seiner Abreise noch ein ordentliches Ding verpasst hatte, so dass dieser wie ein nasser Sack rücklings in seine reparaturbedürftige Segeljolle getorkelt war, packte er umgehend seine Siebensachen, lud alles auf seinen Toyota und fuhr auf direktem Wege nach Hause zu Maura und Carlos. Tintenfisch konnte er auch wieder in Santa Lucia, la Capital do Polvo, fangen.

Maura lag weinend in seinen Armen, und er versprach ihr zu bleiben, bei ihr, bei Carlos und dem Polvo.

Auch Manuel durfte vorerst im Hause Coelho wohnen. Salvador schloss ihn in sein Herz; denn Manuel war ein erstklassiger Schüler und wollte dennoch genau wie Salvador – Fischer werden – oder Seefahrer! Während sein leiblicher Sohn stundenlang vor dem Computer saß und von einer Profi-Karriere als Fußballer träumte, was ihm beides keineswegs gefiel.

Salvador Coelho und seine Frau Maura erwähnten den tragischen Tod von Hannes Ahrens nicht mehr.

* * *

SUSANNE

Wenn das Herz so eng wird als wäre es eingemauert. Wenn es schreit und nur du hörst es nachts. Wenn die Mauer so hoch ist, dass sie die Wolkendecke berührt. Wenn du flüchten willst, egal wohin, aber kein Tor tut sich auf, keine Leiter ist in Sicht und niemand lässt ein Seil herunter. Was dann?

Susanne wäre gerne glücklich gewesen. Glück? Glücklich war sie nur ein Jahr lang in ihrem Leben. Und sie verfluchte dieses Jahr, dieses Glück. Denn hätte sie nie kennengelernt, was Glück sein kann, wäre sie nicht so tief gestürzt. Wäre sie ihrer Sehnsucht nicht so verfallen. Sie war vollends erschöpft.
Sie hatte sich aufgerieben in dem Bemühen, ihre Schwester zu hassen und Marko zu lieben. Ohne Erfolg. Ihre Rache brachte keine Entlastung. Ein kleines Mädchen war aus ihrem Bauch geholt worden, aber es war, als wäre es nicht ihr Kind. Eine Leiche war aus dem Meer gefischt worden. Was hatte sie damit zutun. Sie war gescheitert. Sie konnte nichts anderes mehr denken. Sie war gefangen.
Nur einer hätte das Tor öffnen, die Leiter herunterlassen oder ihr das Seil zu werfen können. Marko. Aber Marko hatte sie verraten. Seine Kinder. Ihre Liebe. Alles.

Oktober

Die Guaven sind reif und verbreiten einen fruchtigen Duft. Der Thymian blüht. Im Oleander hängen noch ein paar pinkfarbene Blüten. Es hat so gut wie gar nicht geregnet in diesem Sommer.

Luis sitzt mit seinen Fischer-Kollegen bei Ludovina in Sapateirra und genehmigt sich zum Sonntag einen halben Frango. Carlos sitzt wie immer mit hängendem Kopf vor seinem Sagres. Daniel macht Faxen. Er ist betrunken, vielleicht auch bekifft. Er zieht seine Hose auf Halbmast und wackelt mit seinem nackten Hintern vor Luis' Nase herum. „Heppa!", Luis wehrt den Nackedei mit finsterer Miene ab und tut empört. „Deixa-me em paz! Lass mich in Ruhe.... Chato!"

Diesmal sieht er die blonde Deutsche nicht, wie sie durch das Watt auf die Sandbank läuft. Es dämmert schon, von den professionellen Muschelsammlerinnen arbeiten sonntags nur wenige. Eine spanische Familie ist auf dem Rückzug und grüßt Susanne: „Boa tarde!" Susanne erwidert den Gruß nicht. Sie sieht den Himmel mit den rosa umrandeten Wölkchen. Sie spürt das Wasser zwischen ihren Zehen. Als sie den Priel durchschwimmt, lassen ihre Kräfte bereits nach. Sie gibt sich der aufsteigenden Schwäche, dem unaufhaltsamen Sog der Wassermassen und der Kälte hin. Ihr Kopf ist leer, und sie schluckt die letzten Tabletten mit

Salzwasser hinunter. Es ist genug. Endlich erscheint ihr alles richtig. Alles ist nun so, wie es sein soll. Manchmal ist es besser, jemand geht und macht den Weg frei.

* * *

Ich liebe euch. Manuel und Olga. Mehr als ich sagen konnte. Mehr als ich geben konnte. Ich wäre euch gerne die allerbeste Mutter gewesen. Ihr habt es verdient. Auch Zoe, die mich nicht kennenlernen wird. Es ist alles anders gelaufen als ich mir in meinen Träumen vorgestellt habe.
Olga, dir habe ich verheimlicht, dass Marko, den du für deinen Onkel hieltest, in Wirklichkeit dein Vater ist. Der Mann, dem meine tiefe, wahre Liebe galt und der auch Zoes Vater ist. Meine große Liebe war mein größter Fehler Ich konnte mich ihrer nicht erwehren. Vielleicht war ein noch größerer Fehler, dass ich das alles zu verheimlichen suchte. Dadurch habe ich allen geschadet: José, dem wunderbaren Vater von dir, Manuel, der uns so liebevoll in seine Arme genommen hat und der doch selber vom Schicksal geschlagen war. In einem Anflug von Verzweiflung habe ich ihm gestanden, dass ich immer auch Marko geliebt habe und dass Olga dessen Tochter sei. Er wollte alles auffliegen lassen. Da bin ich in Panik geraten und habe ihn geschubst.

Manuel, ich weiß, du wirst mir niemals verzeihen, was du in der Küche gesehen hast, aber es war nicht meine Absicht. Es lief alles falsch. Und ich konnte nicht reden. Ich weiß, du bist zu jung, um ohne Eltern aufzuwachsen. Aber was kann ich tun? Maura, Salvador und Carlos sind dein Glück im Unglück und die beste Familie, die ich mir für dich wünschen kann.

Olga, auch du wirst mir nicht verzeihen, ich weiß, du hasst mich für mein Schweigen. Zu recht. Es tut mir so leid. Du bist stark. Du wirst es schaffen, wo immer du nun bist!

Meine Schwester wollte ich leiden sehen. Martina, ich wollte dich bestrafen für alles, was mich quälte. Dabei war es nur eine Creole. Und dann Hannes. Am Tag nach deiner Abreise nach Berlin, Martina, da habe ich noch mit ihm im Farol einen Portwein getrunken. Am nächsten Tag war er tot.

Sein Tod kam mir gerade recht. Ich habe ihn in seiner Jolle gefunden. War er gestürzt? Ich bin nicht seine Mörderin, er war ja schon tot, als ich ihn fand. Aber ich habe seine Leiche benutzt, um dich, Martina, zu vernichten. Sein Blut an deiner Windjacke. Wie einfach! Ich habe ihn in seinem Boot in die Barre geschleppt und bei auslaufender Flut der Strömung überlassen. Gott habe ihn selig!

Und auch Marko, den ich immer geliebt habe, mehr als ich vertragen konnte. Marko, der so gerne eigene Kinder gehabt hätte. Als ich ihm sagen wollte, dass ich ihm zwei Kinder geboren habe, lag er schon im Koma. Ich war so verletzt. Sein

Verhältnis zu dir, Olga – Onkel und Nichte – dafür ist er verantwortlich. Aber Vater und Tochter – diese Katastrophe habe ich zu verantworten. Alles ist schief gelaufen. Und alles ist meine Schuld. Wenn ich noch einmal von vorne anfangen könnte – eine Millionen Möglichkeiten vorher – hätte ich wohl eine andere Route gewählt. Aber nun ist es diese gewesen.

Ich habe alles verloren und mich schon lange. Verzeiht mir und seid nicht traurig. Jetzt, wo alles offen liegt, wird alles gut. Olga, mein Schatz, die Liebe zu deinem Vater kann nicht ganz falsch gewesen sein. Und Manuel, mein Lieber, dein Vater hat dir so viel Gutes mitgegeben. Du bist ihm sehr ähnlich, nicht nur äußerlich. Und Zoe, ich lege dich in die Hände von Martina. Sie hat sich so sehr ein Kind gewünscht. Dein Vater, was immer auch die anderen sagen, ist kein schlechter Mensch, und er wird dir all das geben, was er mir und Olga nicht geben konnte.

Ihr findet meinen Körper auf der Sandbank. Ich schaue gen Meer, wo die Piraten sind. Ich gehe jetzt dort hin, wo ich am liebsten war und treffe dort all die verlorenen Seelen, mit denen ich mich auf so eigenartige Weise verbunden fühle. Ich bin mir ganz sicher, dass dies der beste Weg für uns alle ist. Bitte bringt meine Überreste nach Moncarapacho. Es gibt ein Leben nach dem Tod. Ich bete, das meines auf Erden nicht vergebens war. Meine Liebe begleitet euch. Ich wünsche

euch von Herzen ein gutes Leben. Ein besseres konnte ich euch nicht geben.
Anne, auf großer Fahrt.
PS: Liebe Martina, ich gebe dir alle meine Kinder in Obhut. Bitte kümmere dich vor allem um Zoe, deren Mutter du ja von Anfang an sein wolltest.
Lieber Vater, lieber Bruder, auch von euch möchte ich mich verabschieden und euch alles Gute wünschen, auch wenn ihr nichts von mir wisst und ich nicht von euch.

* * *

POTSDAM
JAKOB und MARKO

„Weißt du, Marko, Friedrich der Große hatte, glaube ich, auch heftige Probleme mit seinem Vater. Der wollte aus ihm was anderes machen, als Friedrich wollte. War der nicht homosexuell, oder so? Na, jedenfalls liebe ich Sanssouci sehr."
Marko wackelte vor ihm deutlich mit dem Kopf. Meyerhoff schob ihn im Rollstuhl ein wenig abseits der großen Wege durch den prächtig blühenden Park in Potsdam, entlang bunter Wildblumenwiesen mit Taglilien und Teufels-

kralle, durch alte Zypressenalleen und vorbei am königlichen Weinberg.

„Zu DDR-Zeiten war ich gerne hier. Man promenierte durch eine marode Ruinenlandschaft und erahnte nur das, was heute mühsam wieder herausgeputzt wird. Das Schloss ... Unesco-Weltkulturerbe ... Auferstandern aus Ruinen, hahaha!" Meyerhoff wanderte gedankenschnell durch die Historie und amüsierte sich über unabwendbare Wiederholungen. Wende hin oder her..

Plötzlich sah er sich als Jungpionier in den Mauerresten herumspringen. *Wir Jungpioniere tragen mit Stolz unser blaues Halstuch.*

„Die SED-Funktionäre, allen voran mein Vater, hassten den preussischen Kulturbesitz, dieses adelige Geprotze, diesen kriegerischen Alten Fritz. Ich glaube, sein Denkmal wurde damals von Ost-Bürgern vor dem SED-Regime sogar versteckt. Ich habe mit Vater immer diskutiert, wenn es um Geschichtsklitterung ging. Man kann doch eine ungeliebte Ära nicht verarbeiten, in dem man die Schlösser, Parks und Denkmäler dieser Zeit vernichtet. Ob das nun der Alte Fritz, Saddam Hussein oder Lenin ist."

Am Freilufttheater kreuzte gerade eine kostümierte Hof-Gesellschaft im Stile des Großen Kurfürsten den Weg, ausgestattet mit weißen Hochperücken, Rüschen bestückten Sonnenschirmchen, seidenen Kniebundhosen und Schnallenschuhen.

„Na ja, durch kostümiertes Schmierentheater und Verharmlosung natürlich auch nicht." Meyerhoff schüttelte verständnislos den Kopf.

Die Gruppe verschwand tänzelnd und scherzend hinter der nächsten Baumgruppe.

„Ach, Marko, dass du aber auch nicht reden kannst.... Eigentlich wollte ich dir ja mehr über meinen Vater erzählen, Willy. Aber ehrlich, ich möchte dich nicht verletzen oder traurig machen. Denn ich hatte ja eine mit Abstrichen recht gute Zeit mit ihm und meiner Mutter. Er war für mich ein guter Vater, der für uns gesorgt hat. Meine Mutter und er haben sich geliebt, denke ich. Er war ein krasser Sozi, ein Überzeugungstäter, total verbohrt und einseitig, aber liebenswürdig in seiner Art. Er hat übrigens noch einen Bruder. Gustav lebt in Lissabon, stell dir vor, auch in Portugal. Aber der ist ganz anders, der volle Kapitalist. Hat in Südafrika während der Apartheid ein Vermögen gemacht."

Meyerhoff blieb an einer Bank stehen, ging vor dem Rollstuhl in die Hocke und schaute Marko an.

„Also, wenn ich alles richtig verstanden habe, ist dein Vater Siggi kurz nach Mauerbau sang- und klanglos aus eurem Leben verschwunden. Da warst du vielleicht drei oder vier Jahre alt. Ich bin 1963 geboren, da warst du schon fünf, oder so. Ich kann mir ja nur ungefähr vorstellen, wie das ist, ohne Vater aufzuwachsen, der noch dazu plötzlich weg

war. Und die Lotti, deine Mutter, wie muss die gelitten haben – plötzlich ohne Mann mit Kind, alleine in den schwierigen Zeiten. In einer Stadt, die plötzlich geteilt und abgeschnitten war. Junge, Junge! Das ist schlimm. Martina hat mir erzählt, dass Lotti erst kürzlich verstorben ist und dass du angesichts ihres Todes krank geworden bist."
Ein altes Ehepaar kam ihnen entgegen und nickte freundlich.
Meyerhoff schob den Rollstuhl weiter und redete leise vor sich hin, so, dass er annahm, Marko würde ihn nicht hören. Wie sollte dieser kranke Mann all die Dinge verkraften, die in den letzten Wochen rund um ihn herum passiert waren, ohne dass er Einfluss nehmen konnte?
„Weißt du Marko, ich habe da so eine irrwitzige Vermutung, du könntest mein Halbbruder sein. Aber ich traue mich nicht, einen Bruderschaftstest zu machen. Vielleicht lassen wir alles erstmal so wie es ist. Ich komme dich ab und zu besuchen und gut is. Warten wir mal ab, ob es dir bald besser geht. Dann können wir das gemeinsam besprechen und entscheiden. Dein Augenklappern reicht mir da nicht.
Wenn deine Frau wieder in Berlin ist, kann sie mir sicherlich mehr darüber sagen. Ihre Schwester ist vor kurzem gestorben. Weißt du das eigentlich schon? Ganz tragisch. Aber Martina kommt jetzt frei, zum Glück. Sie kommt ja bald zur Beerdigung deiner Mutter. Sie bringt dann das

Baby mit. Dein Baby." Meyerhoff klopfte Marko aufmunternd auf die Schulter und schob den Rollstuhl schweigend weiter. Sie mussten zurück zur Klinik. Markos Kopf hing schlaff auf seiner Brust.

Zu wem gehört eigentlich dieser Mann. Was redet er da über Väter? Was für ein Baby? Ach ja, es dämmert ganz hinten. Martina war ja schwanger. Alles grau. Er hat einfach keine Worte für das alles. Dieser Mann, der ihn seit einiger Zeit besucht, was konnte das genau bedeuten? Er muss nach London. Er wünscht sich zurück ins Bett. Keine Kraft mehr. Seine Mutter, seine Frau, seine Pflegerin... Da ist noch mehr. Viel mehr. Das spürt er genau.

* * *

PORTUGAL
MARTINA

Barbara konnte direkt vor der Haftanstalt parken. Sie war etwas früh und sehr aufgeregt. Sie hatte die Freundin seit ihrem letzten Streit in Berlin nicht mehr gesehen, und das war nun schon Wochen her. Sie hatten danach zwar einige Male miteinander telefoniert und sich dabei auch wieder ihrer Freundschaft versichert, aber Martina wirkte am Telefon zurückhaltend. Die U-Haft war nicht spurlos an ihr vorüber gegangen.

Während sie im Gefängnis saß, hatte sie Barbara um allerlei Erledigungen gebeten, das Geschäft von Marko und ihr Haus in Livrobranco betreffend. Manchmal hatte sie leise gesprochen und stockend, wollte wissen, ob Barbara etwas von Susanne gehört habe. Barbara hatte berichtetet, was ihr zu Ohren gekommen war. Dass Susanne im Krankenhaus lag, weil sie offenbar von ihrer Dachterrasse gestürzt war, dass sie sich danach komplett verbarrikadiert hatte. Man munkelte, ihrem Baby gehe es nicht gut.

Barbara hatte dann auf Bitten von Martina bei der Kripo eine Aussage gemacht. Sie war sich nicht sicher, ob sie Martina damit helfen konnte; denn so weit möglich, war sie bei der Wahrheit geblieben. Immerhin hatte sie mehrfach zu Protokoll gegeben, dass sie von Martinas Unschuld überzeugt sei. Die Alkoholexzesse verschwieg sie. Alles in allem interpretierte der Haftrichter ihre Aussage nicht unbedingt als Entlastung. Zumindest führte sie nicht zu ihrer Freilassung.

Nun aber, da Hannes' Leiche aufgetaucht war und Susannes Abschiedsbrief zwar nicht klärte, unter welchen Umständen Hannes nun genau ums Leben gekommen war, aber immerhin Martina weitgehend entlastete, war sie froh, dass sie nicht an Martinas Unschuld gezweifelt hatte.

Ganz im Gegensatz übrigens zu Melissa, die mit spitzen Bemerkungen über Hannes' „widerliches Sexualverhalten", Martinas „exzessives Gesaufe", Susannes „mörderisches Familiendrama" und Markos „komplette Beziehungsunfähigkeit" die Indizienkette ölte.

Als sich das Tor öffnete und Martina mit einer großen Umhängetasche auf den steinigen Weg vor die Haftanstalt trat, rannte Barbara wild gestikulierend und schreiend auf sie zu. „Martina! Endlich! Willkommen in der Freiheit!"

Sie fielen sich lachend und weinend um den Hals und Barbara spürte, wie ihre Freundin in der Umklammerung kurz zusammensackte.

„Ich dachte, ich schaff's nicht, Barbara. Ich dachte wirklich, ich schaff's nicht bis in deine Arme."

Während der Autofahrt warf Barbara vorsichtige Blicke auf ihre abgemagerte Freundin. Sie sah unendlich müde aus und hing gebeugt im Gurt.

„Es ist so schrecklich, was mit deiner Schwester passiert ist." Barbara sprach leise und vorsichtig. „Deiner kleinen Nichte geht es aber so weit gut. Martina? Hörst du mich?"

Martina schreckte zusammen. „Ja, sicher. Es ist alles meine Schuld, Barbara!"

„Nein", sagte Barbara bestimmt. „Ist es nicht. Marko, du, Susanne selbst. Ihr habt euch vollkommen ineinander verheddert. Du musst dich besinnen, Martina, du hast jetzt eine Aufgabe zu erfüllen, die dir alle Kraft abverlangt."

„Ob ich das kann? Nach allem, was war? DU warst es doch, die mir geraten hat, erst mal zu schauen, was mein Anteil an dem allen ist."

„Ich helfe dir, wenn du willst." Barbara trat auf das Gaspedal. „Wenn du an der Beerdigung deiner Schwester teilnehmen möchtest und vorher noch ins Krankenhaus willst, müssten wir uns etwas beeilen."

* * *

Auf der Frühchenstation in Faro brach sie angesichts der kleinen, überaus zarten, aber quicklebendigen Zoe in hemmungsloses Weinen aus. All die furchtbaren Tage im Alkohol, die übelriechende Wohnung einer Toten, Marko in einer anderen Welt, kalte Gefängnismauern, der Verrat der Schwester und deren Tod – Schlamm und Unrat bahnten sich einen Weg. Und nun dieses kleine Wesen in ihren Armen. Es war Liebe auf den ersten Blick.

Am liebsten hätte sie Zoe gleich mitgenommen, aber noch musste das Baby ein paar Tage in der Klinik aufgepäppelt werden.

Barbara hatte ihr Haus am Camino do Salomé zwar einigermaßen hergerichtet und schon einiges für Zoe vorbe-

reitet, aber auch Martina brauchte noch etwas Zeit, um sich an ihre neue Situation in Freiheit und als Mutter zu gewöhnen. Bei ihrem ersten flüchtigen Besuch in ihrem Haus hatte sie sofort erkannt, dass hier heftig herum gerückt worden war. Blitzartig schossen ihr die Bilder durch den Kopf, als sie mit Marko wegen der verrückten Gegenstände rund um ihr Haus gestritten hatte – damals, als sie dachte, ihr Leben bliebe so wie es war. Es kam ihr wie eine Ewigkeit vor.
Nun stand der endgültige Abschied von ihrer Schwester bevor.

* * *

Ein traditioneller Trauerzug durch die kleinstädtischen Straßen von Moncarapacho bis zum Friedhof blieb aus. Vermutlich wäre auch niemand diesem Zug mit der Leiche einer deutschen Selbstmörderin gefolgt außer Martina, Barbara und Maura.

Senhora Susanna – eine Mutter von drei Kindern, eines davon gerade erst geboren. Die älteste Tochter soll ihre eigene Mutter vom Dach gestoßen haben und ist bis heute verschwunden. Der Junge, Gott behüte ihn, lebt ja schon seit dem Tod seines Vaters nicht mehr bei seiner Mutter, sondern bei Coelhos. Warum nur? Und die kleine Zoe, eine Frühgeburt, ist wohl gar nicht vom Ehemann der Toten, Gott hab ihn selig. Der ist ja auch unter merkwürdigen Umständen gestorben. Angeblich hat Marko, der Mann ihrer Schwester, sie geschwängert. Kein Wunder, dass sie sich umgebracht hat. Bom céu!, was für eine Familie! Die Kinder tun mir wirklich leid, beide Eltern tot. Wo soll das nur hinführen? Da sieht man mal wieder, wie gut es uns geht.

Und so standen Maura, Barbara und Martina schweigend inmitten weißer Grabplatten und bunter Plastikblumen am Grabregal, in das Susannes Leichnam verschwunden war. Martina dachte wieder an Lotti im Kühlfach.
Luis, der Fischer, wartete in respektvoller Entfernung in einem der Gänge unter einer schattenspendenden Pinie und bekreuzigte sich mehrmals.

* * *

Manuel hatte sich zusammen mit Carlos im Zimmer eingeschlossen. Um nichts in der Welt wäre er zur Beerdigung seiner Mutter mitgegangen, dahin, wo die Toten in Ikea-Regalen gestapelt lagen.

* * *

Martina stand noch eine Weile allein an der Grabstätte ihrer Schwester. Es gab eine Zeit, da war sie wie eine Mutter für ihre kleine Schwester gewesen. Weil ihrer beider Mutter bettlägrig war und nicht gut für Susanne sorgen konnte. Weil sie sich alt genug, wichtig und verantwortlich fühlte, weil es Spaß machte, ein kleines Baby, ein Kind zu versorgen, das lebendiger war als all die langweiligen Dinge und Menschen um sie herum, das lachte, wenn man es am Bauch kitzelte, das sich an einen schmiegte, wenn es müde war. Ja, das war herrlich gewesen.
Martina vernahm den wunderbaren Geruch der kleinen Susanne, sah das Lachen in ihrem Mondgesicht und spürte die Wärme und Zartheit der Kinderhaut auf ihrer.

Susanne, wann bist du abgebogen? Wann haben sich unsere Wege endgültig getrennt? Warum konnten wir nicht wieder zueinander finden?
War es nur die Creole? War es nur dieser eine Mann? Oder war es eine andere Sehnsucht, die uns trieb? War zufällig vieles zusammengekommen, was uns beide aus dem Ruder brachte, dazu führte, dass wir uns selbst verlassen haben?
Drei Kinder hast du geboren. Nicht eins davon konnte dich bewegen, bei uns zu bleiben. Lebensmüdigkeit. Todessehn-

sucht. Ausweglosigkeit. Ist Sterben eine Lösung? Schicksal? Göttliche Fügung?
Wo mochte Olga sein? Sie war im Strudel der Ereignisse verloren gegangen.
Susanne, du hast an Gott geglaubt. Aber Gott verbietet den Selbstmord. „Du sollst nicht töten!" Es ist, als hätte ich dich getötet. Ist das deine Strafe für mich?

Martina fühlte sich schuldig. Sie hatte nicht gut genug auf ihre kleine Schwester aufgepasst. Ihre Halbschwester. Alles nur halb. Es war zu spät. Sie wünschte, sie könnte Susanne noch einmal in die Arme nehmen, ihren Duft einatmen und ihre Wärme spüren.
„Verzeih mir", flüsterte sie und kniete weinend nieder. „Verzeih mir, kleine Schwester!"
Die Creole legte sie in das Grabfach, dazu ein Foto von Marko.

Sie verspürte den unwiderstehlichen Drang, ihren Kummer zu ersäufen.

EPILOG_Veränderung

7 Jahre später

Am Ende einer Geschichte geht das Leben weiter.

ZOE

Als Zoe sieben Jahre alt war, machte Martina-Mutti mit ihr eine große Reise. Vati blieb zuhause in Potsdam. Seit sie denken konnte, saß er im Rollstuhl. Helene passte auf ihn auf. Mia-Robby half. Und Barbara und Sarah waren ja auch noch da. Die waren zwar für Muttis Firma zuständig, halfen aber bei ihnen immer mal aus.
Auch Onkel Jakob kümmerte sich. Er war eigentlich nicht ihr richtiger Onkel und auch kein richtiger Arzt. „Therapeut!", verbesserte er, wenn ihn jemand Arzt nannte. Versuchte Menschen zu heilen, die abhängig waren von Gift. Er liebte Mutti und konnte auch Vati gut leiden.
Vati war also gut versorgt und konnte ja auch wirklich vieles selbstständig machen. Klar, er war anders als die Väter im Kinderladen von Zoe, weil sie ihre Beine bewegen und richtig sprechen konnten. Dafür hatte Vati viel mehr Zeit für Zoe und war immer Zuhause, wenn sie vom Kinderladen oder vom Fußball spielen kam. Er handelte seine alten Sachen im Internet. Vati hatte ihr Schach spielen beigebracht und Rummikub. Sein Gehirn funktionierte nämlich ganz gut, und er gewann fast immer. Bei den Computerspielen, zum Beispiel bei den Ninjas, sah es schon anders aus. Beim Vorlesen gab es natürlich Probleme, aber Zoe verstand inzwischen seine Aussprache und wusste alles über die Fische der Algarve, auch wenn sie die Vogelwelt

viel mehr interessierte.

Am Schönsten war es mit ihm im Keller. Da fuhr er mit dem Fahrstuhl mit ihr hin und zeigte ihr die Schätze seiner Sammlung, zum Beispiel eine ganz alte Karte von Goa in Indien oder eine Seefahrerkarte von Südafrika. Die Goa-Karte war sein erstes Stück, das er jemals verkauft und später wieder zurück erstanden hatte. Er selber war nie in Indien gewesen, aber Susanne-Mutti hatte dort gelebt. Und Zoes Schwester Olga lebte nun auch dort. Olga, ihre einzige richtige Schwester. Olga hat ein Baby, Merlin. Merlin war Vatis Enkelkind und gleichzeitig ihr Neffe. Wer's glaubt!

Auch in Südafrika war er nie gewesen, aber Onkel Jakob hatte dort gearbeitet und wiederum Jakobs Onkel Gustav auch. Der war aber schon tot und interessierte Zoe nicht wirklich. Spannender war, dass Vatis Papa von Beruf Spion gewesen war. Und auch Onkel Jakobs Vater war Spion gewesen. Die Welt war wohl voller Spione. So etwas konnte sich Zoe beruflich auch einmal vorstellen, wenn es als Fußballprofi nicht klappen sollte. Als Spionin Zane war sie im Netz ziemlich erfolgreich. Vati arbeitete nicht mehr in einem Beruf. Er hatte wohl früher genug Geld verdient.

„Alle rennen im Hamsterrad um ihr Leben. Ich nicht mehr!", sagte er oft und bremste scharf mit seinem Rollstuhl.

Aber nun lockte das richtige Leben, und sie würde Vati

und Onkel Jakob eine Weile nicht sehen.

Die Reise begann auf dem Monumenten-Friedhof in Berlin am Grab von Oma Lotti, die sie nicht mehr kennengelernt hatte und die kurz bevor Zoe geboren wurde, gestorben war. Martina-Mutti erzählte ihr am Grab alles, was sie über Oma wusste, auch das Vati seither krank war, weil er dabei war als sie starb und er das nicht gut verkraftet hatte. Er war aber schon vorher am Herzen krank gewesen. Durch Oma Lotti hatte ihre Schwester Olga überhaupt erst erfahren, das Vati auch ihr Vati war. Denn ihre Mama Susanne hatte das verheimlicht, weil Vati da schon mit Martina-Mutti zusammen war. Zoe fand das alles schrecklich kompliziert. Gleichzeitig wollte sie alles genau wissen, konnte aber nur die Hälfte von all dem Durcheinander behalten.

Dann flogen sie nach Goa in Indien, wo ihre richtige Schwester Olga mit Gopal und ihrem Sohn Merlin lebte. Ein toller Flug war das. Zoe war noch nie so lange in der Luft gewesen.

Olga hatte gemeinsam mit Gopal eine Bäckerei und ein Café von einem Mann namens Winni übernommen, ein komischer alter Typ, der in einer Elefantenhängematte in den Palmen hinter dem Café hing und – so sagte Olga – von jungen Männern und Pumpernickel aus dem Lipperland träumte. Merlin war noch ein Baby. Zoe trug ihren Neffen stundenlang stolz durch die Gegend.

Olga wollte nicht ihre ganze Geschichte erzählen. Sie wollte nicht so richtig über ihrer beider Mutter Susanne reden, weil ihr Tod sehr tragisch war und sie ihr Leben nicht so gut auf die Reihe bekommen hatte.

Zoe war auch manchmal traurig, dass sie die Frau, die sie geboren hatte, nie kennenlernen konnte, auch wenn Martina-Mutti wirklich lieb zu ihr war. Sie kannte ihre leibliche Mama nur aus Erzählungen und von Fotos und einem Video, Olga hatte sie ja selbst erlebt. Und über Vati wollte Olga auch nicht reden, weil sie ihn erst so spät als Vati kennengelernt hatte und er wohl auch nicht besonders nett zu ihr war. Sie sagte nur einen Satz dazu, den Zoe nie wieder vergaß: „Mord verjährt nicht!" Das beunruhigte Zoe sehr, denn zu ihr war Vati immer sehr lieb gewesen. Olga freute sich aber sehr, Zoe kennen zu lernen und sagte, sie könne jederzeit zu ihr kommen. Und wenn sie mal erwachsen sei, dann würde sie ihr die ganze Geschichte erzählen und ihr Briefe und Fotos zeigen. Zoe fand es schade, dass Olga so weit weg von ihr wohnte. Wie sollte sie da je die ganze Geschichte erfahren? Und wenn Merlin richtig laufen konnte, wäre sie nicht dabei.

Sie blieben ziemlich lange bei Olga. Zoe fand Goa super und war ganz traurig als sie wieder abreisen mussten. Sie würde zuhause in ihrem Sparschwein Geld sammeln und dann bestimmt wiederkommen.

Endlich ging es nach Portugal – das Land, in dem Zoe geboren war und ihre Babyzeit verbracht hatte. Daran konnte sie sich nicht so richtig erinnern und auch nicht an ihren Halbbruder Manuel, der schon immer bei Carlos gewohnt und sie nur selten besuchte hatte. Sie flogen also nach Porto und trafen Manuel in einem hübschen alten Café mit blau-weißen Kacheln an den Wänden.

Manuel weinte, als er Martina und Zoe zum ersten Mal nach so langer Zeit wieder sah. Und Martina weinte auch. Er nahm Zoe auf den Arm und schwenkte sie einmal über den Tisch. Sie konnten nicht viel miteinander reden; denn Manuel sprach nicht so gut Deutsch und Zoe kaum Portugiesisch. Aber Manuel war stark, das gefiel Zoe. Sie hatte wirklich tolle Geschwister.

Auch wenn Manuel und sie nur die selbe Mama hatten, fühlte sie sich doch sofort wohl mit ihrem Bruder. Manuel war auch noch ziemlich jung und fing gerade an zu studieren. Seefahrt, oder so ähnlich. Er war bei seinem Freund Carlos und dessen Eltern Salvador und Maura aufgewachsen, als Martina-Mutti, Vati und sie nach Berlin umgezogen sind. Manuel hatte unbedingt in Portugal bleiben wollen. Er war wohl eher ein Portugiese, und auch wegen Carlos.

Manuel hatte wirklich schlimme Zeiten durchgemacht. Sein Vater war von der Treppe gestürzt, weil Mama Susanne ihn versehentlich geschubst hatte. Manuel hatte das gesehen und später der Polizei berichtet. Als sich dann Mama Susanne das Leben nahm, war er zwölf und hatte plötzlich gar keine Eltern mehr. Nach dem Abitur zog er sofort nach Porto, um seiner Oma Anna und dem Geburtsort seines Vaters nahe zu sein.

Manuel und sein Freund Carlos begleiteten sie, als sie ans Meer weiterzogen. In Livrobranco liefen sie den Caminho do Salomé entlang und warfen einen schnellen Blick auf die alte Quinta, wo Zoe die ersten zwei Jahre ihres Lebens verbracht hatte. Sie erinnerte sich nicht. Franzosen hatten das Anwesen gekauft. Das alte Bauernhaus war abgerissen worden. Dort stand jetzt ein großer weißer Kasten. Die neuen Besitzer hatten um das Haus eine hohe Mauer gezogen, so dass nicht mehr viel zu erkennen war.

Martina-Mutti meinte, es gäbe da noch eine wunderschöne alte Mühle, die ihr gehörte. Und wenn sie mal alt sei, würde sie dahin ziehen und Ziegen hüten.

Später matschten sie durch das Watt vor Sapateirra, zwischen Winkerkrabben und Austernbänken an die Stelle am Priel, wo Manuel mit seinem Freund Carlos damals die Asche seines Vaters José verstreut hatte. Dort auch, wo gegenüber auf der Sandbank die Leiche ihrer Mutter gefunden worden war. Da mussten sie alle vier weinen.

Weiter ging es nach Moncarapacho. Sie tranken Galão und aßen Pasteis de nata und Pasteis do bacalhau und sprachen über all die vielen Geschichten, die ganze Familie und auch

die schlimmen Ereignisse. Vor allem sprachen sie über Mama Susanne, die einfach nicht glücklich werden konnte, weil sie nur einen einzigen Mann geliebt hatte, und das war Vati. Sie hatte drei Kindern das Leben geschenkt und ihr Bestes gegeben, aber es reichte hinten und vorne nicht. Und als das dann mit einem Mann, der Hannes hieß, passierte und sie erfuhr, das Vati nicht nur zu ihr nicht nett gewesen war, sondern auch Olga schlecht behandelt hatte, da wollte sie nicht mehr und ging ins Meer.
„Dort hin", sagte Martina-Mutti traurig, „wo mit den Seefahrern und Anne Bonny alles begann!" Doch das war eine andere Geschichte.
Manuel, Carlos, Martina und Zoe beschlossen dann, auf dem Friedhof von Moncarapacho das Grab ihrer Mutter zu besuchen. Es lag etwas abseits, da wo Leute beerdigt werden, die nicht mehr leben wollten. Überall auf dem Friedhof standen bunte Plastikblumen. Man konnte die Särge sehen und die Bildchen von Verstorbenen. Carlos zeigte ihnen auch das Grab von seinem Opa. Und da mussten Carlos und Manuel auch mal lachen, weil sie fanden, das Grabhaus sähe tatsächlich aus wie ein Ikea-Regal.
Martina-Mutti sagte, sie wolle noch etwas bleiben. Also gingen Manuel, Carlos und Zoe wieder in ein Café um die Ecke und Manuel zeigte ihr, wie man Billard spielt. Sie spielte mit Hocker, weil sie sonst kaum über den Tisch gucken konnte. Ein kleiner Portugiese kam in die Kneipe.

Manuel grüßte den Mann, der Luis hieß, herzlich. Manuel staunte, weil Luis mit einem nagelneuen Auto vorgefahren war. Das hatte er mit einem Rubbellos aus der Papelaria von Ester Lopez in Fuzeta gewonnen.
Martina-Mutti ging es hier in Portugal nicht so gut. Es waren wohl zu viele Erinnerungen, die weh taten. Fast hätte sie wieder Brandy getrunken, sagte sie. Dabei war ihr das strengstens verboten, denn sie wurde krank davon. Auch in Berlin ging sie immer einmal in der Woche zu einer Gruppe, mit denen sie das Alkohol trinken besprach. Es gibt Menschen, die vertragen Alkohol einfach nicht und dürfen deshalb nie welchen trinken.
Sie fuhren mit dem Zug zurück nach Porto, zündeten eine Kerze für José und Susanne in der Kathedrale an und sagten Manuel und Carlos adieus. Manuel versprach, bald einmal nach Berlin zu kommen. Martina-Mutti sagte, sie würde sich sehr freuen, auch wenn Carlos mitkäme. Manuel und Carlos trennten sich fast nie. Nur wenn Carlos Fußball spielte, mussten sie so tun, als wären sie kein Paar. Carlos spielte beim FC Porto und verdiente eine Menge Geld mit Fußball spielen. Zoe bewunderte Carlos und war hin und weg.
Auf dem Rückweg landeten sie in Stuttgart. Und schon wieder mussten sie einen Friedhof besuchen, um die andere Oma, Martinas Mutter, zu verabschieden. Auch diese Oma hatte Zoe nicht kennengelernt, und langsam ging ihr

die ganze Verabschiederei auf die Nerven. Man stelle sich vor, auch die Oma war ertrunken. So ähnlich wie Mama-Susanne. Oma war auch nicht ganz glücklich geworden. Wenigstens lebten Opa und Onkel Dirk, wer weiß wie lange noch. Die beiden konnte Zoe zwar nicht besonders gut leiden, weil sie immer so muffelig waren und praktisch kaum redeten. Aber wenigstens musste man sie noch nicht auf einem Friedhof besuchen. Zoe mochte Friedhöfe inzwischen nicht mehr.

„Opa Heinz hat nicht alle Tassen im Schrank", meinte Onkel Dirk, der immer bei ihm war und nichts anderes zu tun hatte, als diesen uralten Mann zu versorgen, der nur noch im Bett lag. Und Zoe vermutete, dass Onkel Dirk vielleicht auch nicht mehr alle Tassen im Schrank hatte. Martina-Mutti war wohl ganz froh, dass sich ihr Bruder um den Opa Heinz kümmerte. Dirk staunte allerdings nicht schlecht, als Martina-Mutti ihm und auch Zoe mitteilte, dass Opa Heinz gar nicht ihr richtiger Vater sei, so wie sie eben auch nicht die leibliche Mutter von Zoe sei. Zoe wunderte sich inzwischen über gar nichts mehr.

Als Onkel Dirk nachfragte, wieso sie denn darauf käme und wer denn dann ihr leiblicher Vater wäre, erzählte Martina eine tolle Geschichte mit einer Geheimtruhe und einem Schatz und von Werner, der wiederum der Bruder von Opa Heinz war und auch, wie konnte es anders sein, auf dem Friedhof in der Nähe von Eistenstätt lag. Zum

Glück musste sie sein Grab nicht besuchen. Martina ging alleine hin.

Zoe war zwar unheimlich neugierig auf all die Geschichten aus ihrer Familie, manchmal war ihr das aber auch zu viel und sie war froh, als sie wieder in ihren Kinderladen in Potsdam und zum Fußballtraining gehen konnte. Fußball war ihre Leidenschaft. Dort kannte sie jeden und alle kannten sie. Ihr schien das Leben Zuhause um Einiges einfacher.

Mit Vati musste sie aber noch reden. Ihr kam es so vor, dass er in der ganzen Geschichte nicht so gut weg kam, und das fand sie ungerecht. Und wenn sie so zurückdachte, wurde sie doch etwas traurig.

Am Ende blieb ihr Martina-Muttis Geschichte in Erinnerung. Denn sie nannte sich selbst ein Kuckuckskind.

„Ein Kuckuckskind!", rief Zoe hocherfreut. „Meine Beinahe-Mutti ist ein Kuckuckskind."

Und ihre Beinahe-Mutti sagte lachend: „Man könnte glatt über das Ganze ein Buch schreiben!"

Personen

Susanne Madeira, geb. Holzhuber
geb. 1976 in Eistenstätt, jüngere Schwester von Martina,
stillt ihr Fernweh in Südafrika, Indien und Portugal.

Martina Kleinschmidt, geb. Holzhuber
geb. 1967 in Eistenstätt, ältere Schwester von Susanne,
bricht alle Brücken in Deutschland ab.

Marko Kleinschmidt
geb. 1958 in West-Berlin,
sucht das Land seiner Freiheit.

José Madeira
geb. 1966 in Porto, Prof. für Literatur und Geschichte,
findet im indischen Goa eine neue Familie.

Olga Madeira
geb. 1996 in Goa, Susannes uneheliche Tochter,
wird betrogen und kehrt zurück an den Ort ihrer Geburt.

Manuel Madeira
geb. 2002 in Goa, leiblicher Sohn von José und Susanne,
hütet ein grausames Geheimnis.

Gerda Holzhuber, geb. Polaczek und Heinz Holzhuber
Gerda, geb. 1940, und Heinz, geb. 1926,
haben zwei Kinder und einen Kuckuck.

Sara Barbosa Sanches
geb. 1916, indische Großmutter von José,
hütet in Goa das Erbe ihrer katholischen Ahnen.

Lotti Kleinschmidt, geb. Kürmann
geb. 1930, Markos Mutter in Berlin,
hält ihr Leben unter Trümmern verborgen.

Dr. Jakob Meyerhoff
geb. 1963 in Berlin Ost, Sohn von Willi und Gisela,
wendet sich zum Betrüger.

Zoe Madeira
geb. Sept. 2013, drittes Kind von Susanne,
bringt Licht in das Dunkel.

Ester Ette

... macht seit 50 Jahren das, wozu sie sich schon mit zwölf Jahren berufen fühlte: Schreiben. Als Journalistin, Songwriterin, Werbetexterin oder Autorin von Sachbüchern (u. a. Rowohlt) und Satire (Edition Marotte). Mit „Die Creole" legt sie nun ihr erstes Werk aus dem Genre Belletristik vor – eine spannende Reise durch Lebensgeschichten und Sehnsuchtsorte.

www.epubli.de